新 浮 生 六 记

任尚荣◎著

中国文联出版社
http://www.clapnet.cn

图书在版编目（ＣＩＰ）数据

新浮生六记 / 任尚荣著. -- 北京 : 中国文联出版社，2016.4

ISBN 978-7-5190-1339-4

Ⅰ.①新... Ⅱ.①任... Ⅲ.①散文集－中国－当代 Ⅳ.①I267

中国版本图书馆 CIP 数据核字(2016)第 073945 号

新浮生六记

作　　者：任尚荣	
出 版 人：朱　庆	
终 审 人：奚耀华	复 审 人：柴文良
责任编辑：王东升　李婉君	责任校对：潘传兵
封面设计：科印数码	责任印制：陈　晨

出版发行：中国文联出版社

地　　址：北京市朝阳区农展馆南里 10 号，100125

电　　话：010-85923016（咨询）85923000（编务）85923020（邮购）

传　　真：010-85923000（总编室），010-85923020（发行部）

网　　址：http://www.clapnet.cn　　http://www.claplus.cn

E - mail：clap@clapnet.cn　　wangds@clapnet.cn

印　　刷：北京艺堂印刷有限公司

装　　订：北京艺堂印刷有限公司

法律顾问：北京天驰君泰律师事务所徐波律师

本书如有破损、缺页、装订错误，请与本社联系调换

开　　本：710×1000		1/16	
字　　数：310 千字		印　张：28	
版　　次：2016 年 5 月第 1 版		印　次：2016 年 5 月第 1 次印刷	
书　　号：ISBN 978-7-5190-1339-4			
定　　价：36.00 元			

个人史背后是最真实的国家史

版　首　语

（代作者声明）

　　本书为自传体文学作品，内容纯为虚构，但选择了作者同时代的历史为背景，作品中人物的遭遇，当时比较普遍，目前这一时期的群体多数还在世，际遇若有雷同，实属偶然，请勿对号入座。

作　者

代　序

人从他的青春里走来。

精神分析大师弗洛伊德说："一个人对过去和现在了解得越少，他对未来的判断就越不可靠。"一个人的"过去"，总会以直接或变形的形式，被带到"现在"和"未来"，像幽灵一样随着他的一生。

最无法走出的"过去"，莫过于一个人形成自我认同、大声对世界说话的青少年时期，即"青春期"这一段了。

当下的中国，和个体一样，也没有走出"过去"，而且正在"过去""现在"和"未来"的时间序列，以及政治符号、体制选择上徘徊、迷茫、焦虑。维持"现在"的秩序显然是压倒一切的，但是，通向不同于"现在"的"未来"之门，仍然没有关闭——也无法关闭。

一部中国政治社会进程、文化变迁的叙事，其实就是现在能够影响到中国走向的所有人的青春叙事的合力。因为处于不同的历史

1

时期，这些青春叙事各不相同。不同年龄、阶层群体在政治、社会、文化结构上打下的烙印，也会不一样。

而中国的走向，某种程度上，就隐藏在不同年代的人的青春的冲撞、交集中。

《南风窗》2013 第 12 期《青春，中国的现在和未来》

自　序

　　本书是读清沈复的《浮生六记》后有感而作。人生无常，生活之艰难，求学之不易，青春蹉跎，爱情受挫，邻里恩怨、商海浮沉，一生之经历，风风雨雨，常思常想，虽然碌碌无为，总觉有非常之处，人生一世，草木一秋，雁过留声，人过留痕，淹之可惜，久欲诉诸笔端，奈受学识之限，不能组成文字，今勉强为之，只能述其大意，能让后辈人管窥今人之生活。

　　本书描述的是个人私情故事，反映的是从 20 世纪 60 年代开始半个多世纪的社会生活，是平民历史的缩影。

作　者

目　录

引　言

学　徒　记

人从他的青春里走来，社会从人的青春里走来。

每个人都从年轻时走来，每个人都有不同的成长经历。造化弄人，不同时代有不同的思想，不同的记忆。青春的经历不可复制，青春的思想却成了永远的记忆。

我们的青春期正好重合在十年动乱时期，学校停课，上山下乡，人们的思想道德十分混乱，何况青春期的少年。

人之初，性本善，青春期的少年是一张白纸，如何做到不被社会的染缸所污染，这是一个很复杂的问题。大多数的青少年被既定的政治、社会、文化背景所形塑，一旦成为热血青年，就很难逃脱成为时代的牺牲。而社会的发展、传承需要有青少年形成自己的思想和定力，青少年正确思想的形成，才是社会发展、进步的基石，这是被实践证明了的真理。

现在的年轻一代正在陷入人生诸多重大陷阱的最大，最险、最关键、最难于弥补的陷阱中，那就是断言青年时代有"无限的可能性"。所以千军万马走独木桥，考大学、考公务员。我们应该诚实地告诉青年人，大多人应该在劳动者的位置上，否则他付出一辈子的代价，也找不到合适的位置，其实做学徒应该是很大一部分人的最合适选择。曾几何时，我们国家传统的学徒模式被废弃了。其实，做学徒是教人、育人最好的方式。

三年学徒，四年半作，说的是一个好的技术人员需要七年的时间才能真正练出所在行业的专业技术，成为这个行业能传承的人才。一个人如果能熬过这三年四年的学徒生活，那他在思想上是成熟的，在技术（手艺）上是稳固的，基本上已能抵御社会上各种风浪，他不怕没有饭吃，也不会去做什么出格的事，他就会变成社会稳定的基石。学徒出身虽然地位不高，但它能使人终身受用。

不要说伟人的丰功伟绩，他们是社会大厦的栋梁，要支撑社会大厦整体的，更多的是砖石和泥沙，青少年在社会的大厦中找到正确位置，才是社会大厦稳固的基础。

不要怨生不逢时，历史有先后，每个人生活的时代没有先后，你所出生、成长的年代都是当代，你就是当代人。

不要怨社会有多不公平，每个时代有每个时代的不公平，就是要靠你去改变那个时代的不公平，如果你没有正确的思想认识或许你还会制造下一个时代的不公平。

不要忘记历史，为的是创造未来，我们不能保证未来一定是美好，但我们不能让历史的悲哀重演。

每个人都年轻过，不要以为年轻是你的专利，了解上一代人年轻成长的经历，才是下一代人健康成长的保证。

我做了五年学徒，这五年学徒的记忆是我终身难忘的记忆，做学徒也是那个时代历史的记忆，是当时很多年轻人所共同经历过的，《学徒记》留个时代的印记。

恋 爱 记

儿女私情，很俗，但人生难以免俗，除非出家，人生总会纠缠到儿女私情之中去。现在的年轻人以为儿女私情是他们的专利，其实上代人的儿女私情远比当代人来得丰富和深邃，每个时代的情爱无不打上时代的印记。其实，自从人类进入文明期以来，每朝每代都有丰富的爱情故事，每个人都有童年、少年和青春期。人一辈子很短，都是一瞬间的事，但好的爱情故事是可以传世的，也未必都是帝王将相、才子佳人所专有。民间的情爱故事才是人类社会的主流形式，无非是没有被记录和宣扬出来罢了。《山楂树之恋》写的就是普通人的故事，它激起了我们对青春期的回忆，有了把自己青年时代的情爱私情写出来的冲动，让后辈人能了解我们那个时代的人是如何经历青春期的情爱纠葛的；能暴露我们当时的思想情感，也能反映当时的社会现实。《恋爱记》的故事虽然描述的是一人一事，但对反映当时社会史实具有普遍意义。从那个时代走来的人一定会对故事似曾相识，只是一个时代的花已经无可奈何地落去了，如想有所记忆，只能留诸文字。

求 学 记

我们的青少年时期，或因家庭经济贫寒，或因政治歧视，很多少年儿童都没有机会上学读书，更谈不上接受良好的教育。20 世纪60 年代，即使能进学校读书，大多数人也没有好好学习。那个时期，对要求学习上进的青少年是个痛苦的年代。进入 20 世纪 80 年代后，社会上又掀起文凭热、职称热，于是又有了许多成人教育和专业班，目的都是为了补习文化知识获取文凭和应试教育，其实所学的东西都是些现代八股，对提高实际工作能力和个人素质毫无作用，更不要说能学有所用了。除了少数人，确实是为了补习知识或圆少小时失学而留下的读书梦，大多数人是为了讨个文凭，讨个职称。这辈人现在已经逐渐进入爷爷奶奶、外公外婆的时代，由于他们的经历，有可能影响到二代人。这是非常可怕的主流意识。当今中国社会，崇尚金钱、权力；大家都希望做公务员，求个稳定的工作，有稳定的收入，或能有机会发展仕途，讨个一官半职。无人愿意从事艰苦的劳动，搞科研、搞技术，或从事工农业生产劳动。探讨根源，就是我们这代人该上学读书的时候没有好好学习，接受良好的人文思想有关，虽然后面有了继续教育的机会，但都是受功利驱使，读些无用的新八股，所以才写下这《求学记》。

邻 里 记

远亲不如近邻，急难之中靠四邻。中国传统文化非常重视邻里关系。好邻居千金难买。择邻而居，说明邻居的重要。孟母三迁，就是这个意思。孟母为了儿子的教育成长，对有不利儿子成长邻居的居住地选择搬迁。历史上苛政暴君统治的时候，还有邻里连坐之法，一邻犯事，十邻连坐。

居家过日子，邻居一定要好。万一哪个地方民风不纯，虎狼之地，那你就要选择搬离。既然邻里那么重要，何不择邻而居，更何况身处"太平年月"，又无战事，又无强敌入侵，何来那么多邻里恩怨。可君子啊你哪里知道，我们生活的年代有严厉的户籍制度，老百姓没有迁徙自由，住房极度紧缺，而且不能自行支配。如你居住环境稍有宽松一些，即被强行租用，不管你愿意不愿意，均可强行征用。租金极度低廉或无偿使用，原住户一可变二，二可变四，居民楼上一户，楼下一户，或前半间一户，后半间一户，此话极非危言耸听，20 世纪五六十年代过来的人均可作证。

如此环境，邻里之间何来没有矛盾，所以，窥探隐私者，告密打小报告者无所不用其极，更何况人们接受的思想是欺师灭祖，六亲不认，砸烂一切，造反有理，所以，邻里之间产生诸多恩怨也就无可避免了。

邻里恩怨记，毕竟恩在前、怨在后，好邻居还是主流，这里记录的主体是恩。现在我们居住在一家一户的公寓里，对门相见不相识，何况楼上楼下，回想起来，过去的生活也有很多值得回味的地方，故作《邻里记》，以志纪念。

商 海 记

作者也担任企业的老总（厂长）三十余年，知道企业要由小到大，平稳发展很不容易，三十余年风风雨雨，企业的酸甜苦辣无人知晓，外界都以为当厂长、老板风光，就是身边人也不知道这其中倾注的心血。经商买卖，一要有内在的功夫，二要有外面的人和，三要大环境配合，三者缺一不可。但世上哪有什么好事都让你碰到，所以就会有许多曲折坎坷，还不能遇到大的风波。一个人的能力是渺小的，一个企业的作用是无足轻重的，因此就只能随波逐流，商海浮沉。

改革开放三十余年来，第一个十年虽然也有许多困难，但那时候总体形势对企业有利，更多的应该是鲜花和阳光。第二个十年风云变幻，社会群体分裂，人们思想混乱，一部分人成为既得利益者，一部分人沦为弱势群体。企业正好在这风口浪尖上，厂长、经理就好比旧社会失势的工头，是面对下岗职工的首当其冲者。如果自身不清廉或真的没有能力，就成为最先的牺牲。如有能力躲过这一劫，凭着以往企业经营积累的无形资产，就又能东山再起，重新创业。第三个十年，虽然关系已经理顺，但经营环境大不如从前，首先是东南亚经济危机带来的萧条，其次是严重缺电和非典等突发事件，再就是弄权日趋成熟和银行的面子信贷，说白了就是经营环境的严重恶化。

人言道，三十年河东、三十年河西。这改革开放后的三十年都让我们遇上了。现在又是一个新的三十年，新的时代有新的发展。高科技、互联网时代，电子商务应运而生，企业的集约化和托拉斯将会成为新状态，过去已是明日黄花。但三十年商海浮沉，也是一代人亲身经历的平民史话。

《商海记》原为《商海浮沉记》，为和前面四记题目统一改为《商海记》，记述了三十余年的经商生涯，这三十余年，在商海是风起云涌，故事触目惊心，但为了避忌，文章只抽取了原文的部分无关痛痒的记忆，有意忽略了重点和细节，有些地方还藏头露尾，文章的可读性差，实因当代人写当代事有不便之处，如有可能，当重写《商海浮沉记》。

游 历 记

神州大地历史悠久，人文荟萃，风景名胜遍布。读万卷书，行万里路，是不少人的追求。但要读万卷书难，行万里路倒容易。数十年来，我几乎游遍了国内的知名山水，还先后到过日本、俄罗斯、欧洲多国、美国、东南亚多国，每到一地，都想把一些见闻的东西记录下来，把游历的经过写成文章。虽然也写了一些东西，但内容过于庞杂，文字不够精练，不经雕琢难以示人。这次正好要写《新浮生六记》，为了凑足六记，就拿这游历的一部分记忆充数，游历的路线是浙江、江苏、上海、安徽、山东、北京、陕西、宁夏、甘肃、四川和广东。文章不文不白，散文不像散文，传记不是传记，只是一些碎散的记忆，但感情却是真实，见闻也足以可信，以供后人品味。

我平生游历的地方颇多，不敢妄称见多识广，但比起一般人相对是阅历丰富。我每到一个地方，必定仔细观察当地的风土人情，饮食习俗，见到有新奇的地方和值得记忆的事就记下来，有文字资料的就收集起来。有心整理出来，在人们正愁找不到回家的路，故乡的记忆被逐步挖断的今天，留些文字做要想寻梦者的砖引，让后代人能记住祖辈的生活，也是有积极意义的。

人是有根的，如果没有代代相传，何来今日的我们，有的人把自己当成外星人、机器人、虚拟世界的人，但随着年龄的增长，他必然要回归人类本身，到了那一天，他们也想寻根问祖了，但路在何方，就在这些传记里。

历史会留在散碎的记忆里。

卷一　学徒记

一、童　工

1966 年 7 月，我到一家印刷厂做童工，时年 14 岁。

这年我小学刚毕业，脑子里还憧憬着进中学的大门，幻想着校园里美丽的花草，教室里桌板倾斜的整齐课桌，听老师讲授代数和英语。但一切都变得十分遥远，我知道我将失去读中学的机会，马上要面对这没有自由的学徒生涯。

我已经忘记了我是怎样来到这印刷厂的，接待我的是一个姓刘的车间主任。刘主任是一个约四十多岁的中年男人，他有一个明显的特征是嘴往前拱，颇像猪八戒。

刘主任也没和我多说什么，径直叫我到楼上装订间做装订。

刘主任把我带给了一个比我大不了多少的女孩子，对她说叫我暂时做装订，也不再理会我就径自走了。

那个女孩子叫刘兰芝，我以为她是刘主任的女儿。

装订间在两间临街的老式楼屋的楼上，七月的江南天气已经很热，老式楼屋的楼上更热。因为要去上班，我衣服穿得很整齐，里面穿着汗衫，外面穿着妈妈刚刚为我做的淡青府绸的新衬衫，下面穿着西装长裤，一双圆口布鞋，袜子也穿上了。在蒸笼似的楼上，我是汗水出了一身又一身，里面的汗衫全湿透了，裤子的腰上也湿透了，汗水一次一次渗到外面的衬衣上，衬衣上的颜色深一块、淡一块的，汗水渗到的边上还露出一圈盐渍来。

装订间用四块硕大的门板搭了两个工作台，工作台上，地板上都堆满了要装订的印刷品。一块工作台能让六个人工作，刘兰芝在她工作的座位对面收拾出一个位置，给我找来了一张高凳，叫我坐在那里。她叫我先做配页工作，还给我找了一个产品，是个三联单，白、红、黄三色有光纸的印刷品。她说这单子数量不大，是三联单，好配一些，你一个人做。

刘兰芝把成本单（生产凭单）给我，问我能否看懂，我说能，但一说出口我有些后悔了，我想万一看不懂咋办？她说那好，你先看看成本单，看不懂问我。听这口气她好像是个老师傅，我就开始看这生产凭单。

这是一个供销社的收购凭证，是个三联单，第一联是存根，第二联是付款凭证，第三联是记账，共印 600 本，号码从 00001 起到 30000 止，每本 50 份，六连拼印刷。这生产凭单我能看懂，刘兰芝问我看明白没有，我说看明白了，她说看明白了就可以撮页①，联次不要搞错，号码要对牢。联次我是不会弄错，号码我也弄得清楚，因为这种收购凭证以前我见过。家里没钱买米的时候妈妈叫我

----

①撮页：就是把不同联次的页子用手指一张张拿起来配在一起。

拿铜火囱①去废品收购站卖钱就是用这种收购凭证，他们把东西过称后叫你用这填写好的收购凭证去取钱，农民出售农副产品给供销社也是用这种收购凭证。

我开始配页工作，就是页子撮不起来，刘兰芝叫我戴上橡皮手指套，效果确实好多了，但手指头很不舒服。页子撮快了要乱，我就琢磨着刘兰芝她们是如何配页的，我看她们是边撮页边整理，我也学着她们边撮页边整理，一个上午下来竟也配了不少页子。开始时我很紧张，就知道很热，汗不断流下来，衣服湿了一遍又一遍，也没有喝一口水，也没记得去厕所小便，好不容易熬到中午下班。

中午吃饭时间到了，吃饭时间一小时，印刷厂没有食堂，职工家里路远的到总厂食堂去吃饭，路近的回自己家里吃饭。总厂食堂就在我家原先的房子里，我家就在总厂食堂的后面，我就跟着厂里一些到总厂食堂吃饭的人一起回家吃饭。

中午我回到家里吃饭，因为我去上班，今天家里的饭是二弟做的。以前我在家做饭二弟没轮到做饭，今天他第一次做饭，饭有些夹生，我盛了一碗饭正要吃，弟妹们说家里的老母鸡找不到了，我急忙放下碗去找，匆忙之中碰了桌子，我的饭碗掉在地上碎了，饭撒了一地。妈妈回来说，第一天上班就把饭碗摔破了，这工作做不长的。因为这句话，我以后每天去厂里上班都非常小心，唯恐把饭碗给丢了。

吃饭一个小时，找鸡也找不到，饭也没有好好吃，就换了件衣服匆匆忙忙的又去上班了。下午还是撮页子，我观察了车间里的情况，这里原来是磨坊的房子，楼上是堆放面粉的，所以比住宅宽

---

①铜火囱：用黄铜制成的取暖器，盖上有眼，里面加入炭火使其发热取暖。

广。装订间就在楼上，这是两间打通了的房子，还有半间被木板隔断关着，其余一间半搭了两个工作台，一个是顺着房子进深竖的方向搭了两块大门板，还有一个是横的方向搭在两间屋中间，这个台子坐两个人，一个是十七八岁脸上长满雀斑的姑娘，还有一个稚气未退的小姑娘看起来比我还小。我们这个台子上坐着刘兰芝和一个叫德庆嫂的中年妇女，两张台面坐满可以各容六个人同时工作，现在连我只有五个人。

楼上装订间的台子上、地板上堆满了待配页装订的印刷品，刘主任不断来催刘兰芝，问什么产品做好了没有，什么产品要等几时能做好，似乎刘兰芝是个组长或负责人。渐渐我知道刘兰芝不是刘主任的女儿，她13岁就来这里做装订了，已经在这里做了两年多，是这里面来厂时间最长的。里面那个脸上长满雀斑的姑娘叫朱春花，是去年初来的，已经做了一年半，叫德庆嫂的今年初才来，还有一个小姑娘茹冬梅，是比我早十来天才来的，车间里原来还有两个熟练工在我们来之前刚调到机器车间里去了。装订间的活很多，但做的人少又不熟练，我已经明显的感觉到这里人手不足了，产品要及时交货压力很大。

装订车间五个人中，只有刘兰芝和朱春花是熟练的，她们两个成了主角，朱春花还在为没有被调到机器间去而生气，刘兰芝不但自己要做产品，还要帮助德庆嫂，德庆嫂不识字，手脚也不是很麻利，联次、号码等都要刘兰芝帮她弄好。朱春花在带茹冬梅，幸好装订活不是很难，我看茹冬梅配页也是有手有势了。刘兰芝在探我虚实，能否把产品弄清楚，她见我联次、号码都搞得很清楚，也就不大来管我了。

下午我在不停地配页子，速度也不是太慢，配好的页子也不算太乱，我自己觉得比德庆嫂做的也差不到哪里去，何况我一个下午厕所也没去，就是不会笃纸①，配好的页子也不敢笃。刘兰芝说我配页的速度还可以，明天还是继续配页，配好的页子她来笃齐。我配页子配得不慢是我没有倒工，因为我一直盯着号码看，所以号码没有错，不返工速度就快了。我看德庆嫂不时因号码错位了而倒页子，她配些页子，号码错位了就要倒出来重配。实际上一个下午德庆嫂配的页子比我少多了。那边工作台上朱春花配页子很快，但有时也会退出来，刘兰芝说她是毛快，茹冬梅配配倒倒，但没德庆嫂倒工多。

我是一个对数字很敏感的人，从读五年级起我做算术就没错过一道题，我一直盯着号码，如果印刷时少一张我马上看出来了，所以我做了一天一次都没倒页子。

那一年的夏天特别热，七月中旬已是高温天气，印刷厂的楼上也特别热，原来我们住楼屋时夏季的下午一般不上楼，今天在楼上整整一天，下班回到家里痱子已经捂出来了。弟妹们说鸡也找不到，我家的老母鸡是生蛋的，鸡找不到鸡蛋也没有吃了，全家人很不高兴，所以这上班第一天我记得特别牢。

第二天还是配页子，配好的页子刘兰芝来笃齐。这样一直好几天，刘兰芝说页子笃熟了上下联格子就对不准了，所以不让我们去笃纸，我看德庆嫂笃纸技术也不行，有的笃过的页子要刘兰芝重新笃一遍。我觉得这样下去也不行，我知道妈妈办公室里有整令②的

---

①笃纸：印刷厂的术语，用手把不齐的纸整刀的笃（理）齐。

②令：纸张的计量单位，500 张为令。

油光纸，是她们做纤经轴头时要用的。我去要了几十张大纸，裁开了在家里练习笃纸技术，我每天晚饭后练笃纸，几天下来也渐渐能掌握要领了：一是手要松，不能捏死了；二是开始数量要少，逐渐增多；三是不要把纸弄熟，尽量在最少的操作中把纸笃齐。妈妈说，你是新造茅厕三日香。

我很快能独立操作配页、笃纸，也能看明白生产凭单上的要求，我在不长的时间里学会了装订工作，刘兰芝见我比德庆嫂做得好多了，她问我以前做过这工作吗？我觉得她问得幼稚，我说没有做过，但她哪里知道我晚上在家里练习，当然装订工作也不是太难，只是我不愿意老这样坐着做，真是应了妈妈的话，我是新造茅厕三日香。

我很快成了装订间一个正常劳动力，学会了配页、笃纸、订本、胶头、包面、糊袋各项工序。刘兰芝老是差遣我楼上楼下搬东西，把要装订的印刷品搬上楼来，把装订好的半成品搬下楼去。每天工作虽累，但我坚持下来了，只是感觉天气太热，装订间的楼上实在热得受不了。

二、冷饮费

　　装订车间的工作我算是坚持过来了。没有来工厂上班前我想这想那，心里很害怕，有过无数的假想，我怕师傅们骂我；我怕真的学不会东西；我怕听不懂别人说的话；我怕力气不够做不动，但现在我在装订间的工作做得还可以。我最怕与人难以相处，现在她们几个人对我也还好。车间里又调进来了一个人，她叫项杏玲，原来是我妈妈厂里的织布工，因为有些文化，她丈夫又在部队里当军官，就调到印刷厂里来了。项杏玲很会讲故事，她喜欢讲些才子佳人的故事，如《唐伯虎点秋香》《五美图》《十美图》等。刘兰芝会把一些越剧唱本拿到厂里来看，有时会哼几句，大家说说笑笑，虽然天气炎热，但我也逐渐有些喜欢这里了。

　　这里的工作开始似乎很顺利，我每天都早早到厂里上班，我的工作态度也很积极，有些力气的活我都抢着去做，学习装订技术也快，刘兰芝说我已经超过德庆嫂了。茹冬梅跟着朱春花，朱春花在刘兰芝面前唠叨，说茹冬梅跟着她，老是问这问那，已经影响她自己做工作了。好像听说茹冬梅也没读过什么书，这下可好了，一个车间五个人，有两个不识字的，因此刘兰芝和朱春花只能把我当作好依靠的人了，所以她们都对我很好。项杏玲来了后，现在装订间共六个人，只有我一个是男的，大概应了异性相吸、同性相斥的原理，她们不排斥我，解除了我最初来上班的恐怖心理，可是好景不长，不愉快的事情很快就发生了。

此时正好七八月间，工厂在发冷饮费（高温费），厂里其他人都有，我们装订间除项杏玲外其他人都没有，说我们是外包工。我和茹冬梅是刚来的，也不知道是什么规矩，可是刘兰芝和朱春花很不开心，她们有些嘟嘟囔囔，也有些怠工，这样子弄了好几天，生产任务明显积压起来，产品拿不出来了。刘主任急了就来骂人，话说得很难听，说你们要做就做，不做就回去，两只脚的蛤蟆难找，两只脚的人有的是，你们好好去想想，想清楚了明天来说一声。

刘主任这话分量很重，当时社会上在搞支农运动，很多家庭大哭小喊，年轻人被强迫到农村里去。以前搞过支宁运动，很多年轻人去了结局很惨，现在到农村去，生活不能自立，仍要父母的钱养着，在工厂工作和到农村结果是天上和地下，谁不害怕，我们好不容易找到工作，如果一旦丢了如何面对父母家人。后来这事家长知道了，都来求刘主任，并千方百计赔不是。大概是小不忍则乱大谋，冷饮费事小，失了工作事大，所以为区区几块冷饮费必须忍着。

我是个思想上早熟的孩子，刘兰芝找我要和刘主任去评理，我也没说什么，每天都是小心翼翼去上班，也积极工作的，但事情还是牵连到我，厂里说是我来了才引起的。他们说去年夏季装订也是没有冷饮费，但装订间的人都没说什么，是我来了才把她们挑起来的。我问刘兰芝、朱春花事情是这样吗？朱春花告诉我，去年装订也是五个人，一个叫陈秋菊，今年年初调到机器间去了，还有两个是在我们来之前调到机器间去的，一个叫沈芙蓉，还有一个叫向桂英，今年她们都有冷饮费了，意思是她们不算"外包工"了。我和茹冬梅新来的不说，就剩下刘兰芝和朱春花两人了，她们能开心吗？这也不是冷饮费的事，还关系到人员的性质，刘主任想过别人的感受吗？这个人也太刻薄了些。我从总厂了解过，冷饮费有与没有，就凭刘主任一句话，说实在印刷厂装订间低薪雇用童工本身就有剥削人的意思，这件事情第一次使我感到社会上的可怕。

要说我这工作还是姐姐到农村去支农换来的，姐姐原来在化工厂做临时工，五月份被迫下农村去了，按当时惯例，一户家庭一人支农可安排一人工作。姐姐支农时我还在学校读书，年龄又小，姐姐比我大一些，父母本来不想姐姐去支农，但由于无势又无钱，被凶神恶煞的爪牙逼得没办法，就只能让姐姐支农去了。这次刘主任要清退我们，我母亲也求了刘主任，说我年幼不懂事，才算没有被清退。

我们家是多子女，经济困难，姐姐早就失学在家带弟妹，也做些社会工作，还是居民小组长。姐姐由于工作积极，去年镇上已经给她安排了去做学徒的指标，但由于父母没有权势又不去送钱送物，招工指标给人掉包占了，学徒没有做成，从此改变了姐姐一生的命运。

姐姐被强迫支农后，也不知母亲去镇里要求了多少次，镇里才答应给我安排到印刷厂来当学徒。我来印刷厂上班是镇里开了介绍信来报到的，但不知道刘主任凭什么说我是"外包工"的。而且我每天在厂里上班，按月发放固定工资，也不符合"外包工"的事实，但那个时代就是有理也说不清楚的。

这一年印刷厂的活特别多，厂里正在向社会招工，所以我们被安排招了进来，刘主任真要为了这件事清退我们，也没有这么容易办到，刘主任也是发发淫威的，但我们这些弱小的童工最终还是吃亏了的。两个月冷饮费三元钱，当时也能买很多东西，最要紧的是"外包工"三个字决定了我们的用工性质，就是说厂里随时可以不要我们。

冷饮费事件后，刘主任不让我在装订间了，他把我调到了机器车间，他不是让我去学习做机器，而是让我帮人去踏后车。当时的印刷机没有动力，是纯手工的，机器靠人力驱动，机器的中间是一根曲轴①，用一根挂钩与脚踏板连起来，曲轴的一头装有一个一米多直径的飞轮，先用手转动飞轮，飞轮带动曲轴，曲轴一上一下之间带动踏脚板，人力在踏脚板上来时踩下踏脚板，又靠惯性把踏脚板带上来，再用人力把踏脚板踩下去，这样一上一下连续运动，印刷机就转动起来了，大概要保持每分钟 30 张的转速，一个小时能印制 1500 张左右。人力驱动印刷机很累，印刷机有大小，大的印刷机更累，要靠一个人驱动会很累，所以就再用一个人帮着踩，叫做踏后车。刘主任就叫我去做这工作，也算是一种惩罚吧。

---

①曲轴：曲轴有两种，一种是主轴中间是弯的，呈局部 U 字型，还有一种是轴心是偏的，这是两种科技含量很高的发明，中国人很早发明了曲轴，但没有和机械动力搭配上，这两种曲轴印刷机都用上了。

刘主任要调我工作，装订间的几个人都为我鸣不平。说我做得好好的，大家又刚熟悉了，我在装订工作也做得不错，互相配合得也很好，而且她们车间人手也不够，如果再来个不识字的怎么办？但她们说了不算，刘主任说了才算。我也想了许多，我并不留恋装订间的工作，我是怕自己适应不了新的环境。

三、充当苦力

　　印刷厂在镇上的新街弄里，进去是两间临街的楼房，放着一台手摇切纸机，堆满了成品和半成品。后面是一些平房，有六七台圆盘印刷机，厂里声音很响，一进屋就是一股油墨味。这里原来开过磨坊，是驴子拉磨的地方，所以空间比较大，我上班的装订间就在前面楼房的楼上。以前在装订间上班，我除了搬产品，也没有来关注这里，现在要调我去机器间，我以为就在这里，但刘主任叫我到另外的车间去上班。

　　印刷厂还有个车间，租用在我母亲上班的工厂院子里面的一排洋式大通间的平房，平房里摆放着五六台圆盘印刷机，正在印制学校学生手工劳动课的图片。刘主任叫我帮一个姓刘的师傅踏后车，刘师傅的机器是这里最大的一台印刷机，能印制现在 A3 尺寸的印刷品。

　　我一进厂就遇到了三个姓刘的人，开始我以为刘兰芝是刘主任的女儿，但冷饮费的事我知了她们一点关系都没有，这次又遇到了姓刘的，我想刘师傅是不是刘主任的儿子，其实我都是瞎猜猜，他们也没关系，而且印刷厂几十号人就只有他们三个姓刘的，却都让我先遇着了。

要靠人力脚踏驱动一台印刷机的确很累，而且上面两只手要不停地进纸出纸，刘师傅的背心都是汗湿的，还要不断地用毛巾擦汗。刘师傅人也很好，我帮刘师傅踏后车，他老是叫我去歇歇，歇歇。但我是来挣钱的，我不能歇着，而且现在是我和刘师傅两个人的事了，我歇着就意味是他在帮我做了。

踏后车的工作真的很累，而且人是斜着的，因为正面的位置是印刷的师傅站着的，我盼早点下班，但是等晏①晏不到，等夜夜不到，好不容易坚持到下午下班，我的两只脚已经迈不开了。第二天早上起来，小腿肚痛得要命，第二天更累，三天下来，我大腿根部的淋巴肿得像鸭蛋，但我咬着牙关坚持着，我知道我不能丢了这工作，家里需要我挣这十几元钱补贴家用。

刘师傅是个二十多岁的年轻人，他对人还算可以，对我也比较照顾，两个礼拜坚持下来，我也慢慢习惯了这工作。还因为妈妈工作的地方就在这边上，我也能去喝口水，最初的难关总算挺过来了，夏季高温酷热也熬过来了，这时厂里来通知，这里的车间暂时停用，叫我们回到老地方去。原来我们这里是做长日班的，现在厂里决定到新街弄的厂区开日夜班，我和刘师傅刚熟悉又要分开了。

回到新街弄的厂里，刘主任叫我帮一个叫余雅芸的姑娘踏后车，她是厂里唯一的正式学徒，她在做大二号②圆盘机。余雅芸比

---

①晏：中午。

②大二号：圆盘印刷机有三个规格型号，大二号最大，二号机中等，三号机最小，大二号能印制八开的印刷品。

我大五岁，当时看是个大人，现在的女孩子到这个年龄也还是个小姑娘，我就跟着她。余雅芸人也很好，而且她还很喜欢我，她哥哥是我妈妈厂里的厂长，我们以前就认识。

在老厂里，名义上说我是给余雅芸踏后车，其实我是个杂工，刘主任经常叫我去送货，纸头到了要我去拆件、背纸。一令油光纸、打字纸还好背，一令70克、80克的双胶纸我真的背不起来，有人帮一下翻到肩上我背着腰也伸不直，一令80克的双胶纸有34.376千克，要我一个14岁的孩子背，而且要背几十令次，因为我们厂里的纸来了都是几件、十几件的，车只能拉到外面，必须拆件了一令一令背进来的。

那年好像我们厂里特别忙，进的纸也多，纸来了刘主任自己不会去搬，机器上的人也不会去搬。仓库保管员是个女的，她只管在外面帮一下，翻到你肩上。一个切纸师傅在里面把纸叠齐了堆好，就让我背进去，我心想我不来时谁搬呢。

我和余师傅相处得很好，虽说是师傅，但她自己才是个第三年的学徒工。她是1964年进厂的，大概由于她哥哥的关系，或许是年龄的关系，她是正式学徒工。当时印刷厂还有陈秋菊、沈芙蓉、朱春花、向桂英、刘兰芝和茹冬梅都不是正式学徒工，但也不完全是年龄关系，因为陈秋菊和沈芙蓉有十七八岁了。厂里还有一批二十多岁的青年男女，都是正式工，他们年龄大些，从不和我们混在一起。

我帮余师傅踏后车，余师傅总觉得我是个小孩子，她老叫我歇着，基本上没有叫我做什么，她觉得我这么小就来上班很可怜。我跟刘师傅踏了一段时间的后车，也有些练出来了，我更不肯贪懒去歇着，但有时余师傅她会强制叫我去歇着。余师傅上班经常会带些糖果给我吃。余师傅对我的好却给刘主任钻了空子，他看我歇着了就来叫我去做杂活。当时白版纸紧张，我们印刷的白版纸是上海大厂里买回来的回司①料，刘主任就叫我去找产品合适的回司料。厂里的回司料堆在另外一处租来的房子里，很大一堆，堆满了半间屋子，有时候要找一批产品合适的回司料要翻遍整个屋子。回司料既然是废品，脏是明摆着的，而且它是一个规格一捆，每一捆的重量都很大，我要找足一个产品的原料，把人弄得又脏又累，这哪里是一个14岁的孩子做的事。刘主任还叫我给客户送产品，一两个包我都背着、提着去的，东西多了要去借钢丝车②，借不到钢丝车我要来回送很多次。后来厂里买了一辆三轮车，就用三轮车去送货，那时候我还没骑过自行车，骑三轮车歪歪扭扭的。一次去送货，车上的东西装得太多了，在下坡时我掌握不住了，车子斜着往河里冲去，眼看要车毁人亡，我急中生智将车撞到河边一棵树上，虽然车和货保住了，但我人受了伤，幸好没伤着骨头。但那时候是人贱，物资重，刘主任听说我送货闯了祸，没问我人怎样，只问货物有没有损坏，那个时候就是这样。

刘主任还叫我到十几里外的安昌古镇去刻字、刻版子。20世纪60年代我们小地方没有铜锌版，图版都是木刻的传统工艺，安昌古镇上有个木刻艺人，他就叫我去刻版子。我们厂里到安昌有轮船，但轮船一天只有三班，早班轮船6点20分；中班轮船10点20分；

---

①回司：纸张不成正开切剩的边料。

②钢丝车：一种两个轮子的人力车。

晚班轮船下午 2 点 20 分。去刻版子除非是第一天准备好的，都赶不上早班轮船，坐其余两班办不了事。刘主任就叫我走着去，所以我经常要走着去刻版子，到了那里等师傅刻，师傅也不是说一天都能完成，但我必须把急的带回来，所以我一去就一天，有时候回来就很晚了。

刘主任叫我去安昌刻版子，我是趺跤坐坐，走了也好，省得刘主任老是叫我去打杂。刻字的地方在安昌中街的一片综合店里，有修钟表的，修眼镜的，我不知道刻字师傅姓什么，只知道他叫刻字阿毛，我叫他毛师傅。毛师傅人也和气，我在那里等着他刻版子，有时候也帮些小忙，打打下手，去的次数多了，一来二去也熟悉了。中午毛师傅也不回家吃饭，我们就在隔壁饭店里吃碗青菜面或汤年糕当中饭。我是有心想在毛师傅那学技术，因为我年纪小，毛师傅也不介意我盯着他做活，我就看他如何写反手字，如何把画好的图稿反贴到刨好的木板上，然后上油，图案就清晰了。我也知道刻版要用黄杨木，如何在有瑕疵的木板上补缺口，我也记住了毛师傅用哪些刀具，如何用刀，刻完了如何磨平，如何拓版。刘主任叫我去安昌刻版，我却因祸得福，反倒给我创造了一个学习的机会，后来我去杭州西泠印社门市部买了刻刀，在厂里做些长袍改短袄的活，皆得益跑安昌去刻版的机会。

叫我到安昌去刻版我也愿意，省得给刘主任叫来叫去，又能换个新鲜的地方玩玩，当然也能学些技术。但我走出去却苦了余师傅，她名义上有我在踏后车，但我被刘主任叫来叫去，她就一个人在做机器，幸好我们搬回新街弄的车间后是开日夜班的，轮到做夜

18

班我和余师傅就不分开了。

我和余师傅在一起很愉快，我帮她踏后车，她也教我些技术，我趁她走开的空当自己开机器，学习落纸①技术，开始印不准，坏张②比较多，余师傅也不会说，遇到较厚的纸张好印时，余师傅会主动让我印，不久我已经能独立印刷了。我心里非常明白，如果是别的师傅我要等好久才能学到技术，当然也不会放手让我上机台直接练手了。

做夜班我特别开心，一来可以避开刘主任，省得他老是叫我做这做那；二来我还可以上机器学印刷，如果刘主任在肯定要骂；三来还有夜餐费和粮票补贴。晚上到十点余师傅会带我去饭店吃夜宵，饭店就在新街弄口上，镇上工厂里做夜班的都来吃夜餐，余师傅还认识很多人，她把这些人介绍给我做朋友，她还多次在别人面前夸我，说这小东西很聪明，能帮着她干活了。

这年印刷厂活特别多，到下半年了还有许多账页没印出来。由于新街弄里厂区面积小，新的厂房就在我家门前的藕池里建造好了，但老厂由于活忙还不能停下来搬，就先把原先我们做过的车间里的机器搬了进去。刘主任叫余师傅先过去开那里的机器，余师傅说一个人不去，要把我带去，我就跟余师傅到了新厂房里。当时新厂房还没人，就我和余师傅两人，我们天高皇帝远，在那里忒开心。

---

①落纸：把要印刷的白纸连续不断地放到转动的印刷机里，大概每分钟30张左右。

②坏张：废品。

在新厂房里，余师傅让我独立操作，余师傅说，我还没有满师①，你倒可以出师①了。一天刘主任过来看场地，他见我一人在机台上做活，余师傅出去了，很是生气，就问我余师傅哪里去了，我说她上厕所去了。印刷厂里没有厕所，上厕所要到外面的公共厕所去，女同志喜欢三五成群的去，时间很长。刘主任等好久不见余师傅回来，就没好气地说，她上厕所这么久，是不是在小产②了，叫我去看看她。我也没好气地顶了他一句，我说我才不到女厕所去，你不好自己去看看吗？刘主任说："小猢狲，你这么能，那你就不用给人踏后车了。"我以为刘主任会让我独立档车③，但我又想错了，刘主任还是让我打杂。

那时候我们厂里木刻版子多，老要叫人往安昌跑，这些时间我跟余师傅在新厂房里，那边人手不够，其他人又不愿意去，所以刘主任很头痛，就又叫我到安昌刻版子去了，刘主任要我学些技术回来，自己刻版子。其实刘主任也是在惩罚余师傅，让余师傅一个人去做。

以前我到安昌去刻版，毛师傅对我很客气，现在我到安昌去说是学刻版，毛师傅可不客气了，因为一旦我学会了刻版毛师傅的生意就少了，所以毛师傅虽然答应了刘主任教我学刻版，但他实际却不想教。毛师傅就给我立了好几条规矩，却有刁难我的意思，他要我早上他上班到我也要到，晚上他下班我才能走。我家里到安昌有十几华里，又不能骑自行车，等轮船的时间早上要迟到了，晚上下

①出师：学徒期满，达到独立工作的技能了。
②小产：指自然流产。
③档车：印刷厂的术语，就是做机长。

班早过了轮船的时间，那时候已是冬季，我早上5点多要出门，8点才能到毛师傅店里。5点钟出门天还没有亮，我从镇里出来后路上没路灯了还要打手电筒，到安昌头上已结一层霜，晚上回家要8点才能吃晚饭，去住旅馆是根本不可能的事。

我每天去了毛师傅都叫我做些打杂的活，他根本不叫我上手刻版子。我开始到毛师傅那里去刻版子他不避我，现在去学刻版子毛师傅做什么都避着我，他说学刻字哪有这么容易，学习写反手字要学三年，意思就是没有那么容易学。我心里想，你既然不肯教，当初为什么答应刘主任同意我来学刻版。其实我还年轻，不知道社会上有很多打太极的东西。

我在毛师傅这里学刻版，来来去去到安昌，早出晚归一个多月，毛师傅一次都没有让我上手刻版，就叫我做些锯版材、磨版子等一些杂活，我只能同刘主任说实话，说去了没用，刘主任也知道学不到什么，就叫我回来了。我回来后大着胆子自己弄，但毕竟学不到什么，有难度的版子还是要到毛师傅那里去刻，但修修补补，拼拼凑凑我也能弄几块了。我还学会了刻铅字，当时厂里配铅字要到上海，缺字严重，缺字了有急件我自己刻，反正现成的刻坯有的是，我就多刻几个，或者用两个字各取半个拼起来，其实也不是很难，只要花些工夫还是能将就，特别是旧字翻新，我刻得还过得去，这样一来，我就留在排字间了。印刷厂的排字车间算是厂里最好的地方，我去了待得住待不住还不知道，就有好多人眼红，妒忌了。排字车间有个姓车的师傅心胸非常狭小，他原来和一个师弟在一个上海请来的陈师傅那里学技术，也是两个人经常打架，后来那个师弟被他弄得气走了。现在上海师傅回去了，他就在那里称老大了，任何人进去都被他排挤出来，所以排字间只有一个叫高荷香的女同志在，车师傅想和她搞对象，那女的不肯，所以技术也不大学得到。刘主任是两手准备，如果我去了能学到技术最好，学不到就叫我做别的。但我同样被排挤。他好的轧线刀霸占着不让你用，他自己轧的线也不能去用他。我在排字间根本插不上手，只能在那里帮着拆版子，就是把印好的版子拆洗干净，把铅字还到字架上去，把锌线归位到原来的架子上，材料要按规格分开放好。拆版子是印刷厂最脏的活，车师傅说："要学排版要先拆半年版。"我听了心都凉了半截，但高荷香说："你别听他的，我们都是自己拆自己的版，我的版子我自己拆。"高荷香给了我一本上海字模一厂的字盘样本，她叫我先熟悉字架上的铅字排列。我就帮高荷香撮字、还字，车师傅很不高兴，就和刘主任说他们排字间两个人够了，就这样刘主任又把我调回机器间去了。

四、粮价补贴

我和余师傅分开后，刘主任叫我去学刻版，到排字房，转了一圈后还是叫我独立上机器间做。厂里也没给我指定一个师傅，我心里也不开心，上次冷饮费的问题，这次叫我上机器的问题，我总觉得刘主任看我不入眼，但一波未平，一波又起。

1966年底，国家调整粮食收购价格也同时调整粮食销售价格，四等籼米的销售价格从每市斤0.112元调整到0.122元；粳米销售价格从每市斤0.122元调整到0.138元，在粮食价格上调的同时给每个在职职工每月发放粮价补贴2元。当时这是每个城镇职工及家庭的大事，可是厂里却说我们几个是外包工，粮食补贴没有。这件事让几个女孩子束手无策，但心里却有所不甘，这不是冷饮费了，这是每个月的事情，她们几个女孩子找我商量，我也是初生的牛犊不怕虎，这次我跑到总厂找领导、找会计，但都没有解决，我就跑到镇里，镇里很多领导被打倒了，但还有一个副镇长在留守，他原

23

来就在我们印刷厂的前身巨泰纸店当过学徒，他做学徒时也只有十三四岁。我们详细向他反映了我们的情况，他听了我们的话后很同情，而且他就是镇里领导粮价补贴政策执行的负责人，他马上给厂里打了电话，他说这是中央文件，每个在职职工都要补贴。厂里辩称我们是外包工，他说什么外包工不外包工的，他们八小时在厂里上班，按月领取工资，又不是计件工资，不能算外包工。中央文件规定，不管是固定工、临时工，一律都要发放粮价补贴，他叫厂里坚决执行政策，还特别强调不能因为这次粮价补贴的事反映到镇里而难为我们，更不能因此而辞退我们的工作。这件事让我非常开心，我觉得世界上还是好人多，而且是大王好见，小鬼难缠。刘主任是个小人，厂里职工背后叫他猪八戒，意思是他贪。

这次我们到镇里去反映情况是大获全胜，厂里是很没面子，刘主任更没面子，不但解决了我们的粮价补贴，还解决了所谓的外包工问题。从此厂里再也不提我们是外包工了，我也在这些女孩子中树立了威信，但我真的得罪了刘主任，从此刘主任和我结下了梁子，老是找我茬子。

关于粮价补贴一事，中央也预计到地方执行起来可能有偏差，这时候"文革"形势已经很复杂，所以中央特别强调不能引起群众不满，所以我们到镇里一告一个准，但如果不去反映，就又有可能和冷饮费一样被糊弄过去。其实刘主任也确实是个心胸狭窄之人，他也为日后的被赶下台埋下了伏笔，但赶他下台的绝不是我们这些被他欺压的弱势童工。

对这件事刘主任怀恨在心，前次冷饮费是刘主任大获全胜，家长们纷纷来向刘主任求情，这次粮价补贴的事，这些小鬼不但得到钱，还解决了所谓外包工的问题。也该当刘主任倒霉了，这时候厂里装订间来了一个叫胡不二的人。他原来也是厂里的工人，因为有羊癫病①，所以也没有合适工种，东弄弄，西弄弄，"四清"运动后期镇里成立劳动者协会，厂里觉得他在厂里反正也不能派上用处，就把他借调到镇里劳协会去了。"文革"开始，镇里所有部门都乱了，劳协会也解散，胡不二在家里休息了一段时间，没办法了只能回厂里，厂里也没合适的岗位，就在装订间窝着，但胡不二哪里能甘心这寂寞呢？

胡不二到了厂里后，说厂里死气沉沉，对这次运动很不理解，很不得力，一些党员都是生产党员，不是革命党员，就在厂里发动运动，写大字报拿到大街上去张贴。

开始胡不二撺掇刘主任到总厂造反，写总厂书记大字报，要打倒总厂书记，还把我牵连了进去，正好刘主任也恨我，说总厂书记包庇自己阿侄梁云，别人进来只有12元工资，而我进厂有14元工资。其实我妈妈告诉过我，我们工厂是个综合福利厂，车间就是分厂、印刷厂的最高领导就是刘主任，一切由刘主任说了算，工资都是刘主任定的，总厂书记才不管这些，这都是刘主任小心眼，一定要减茹冬梅二元钱，说她还小。终于，总厂书记打倒了，而刘主任也长不了。胡不二又联系了一些人，说刘主任是总厂书记的马前卒，让刘主任也靠边站。其实，胡不二是想占刘主任的位置，刘主任被气病了，这样印刷厂就是胡不二的天下了，厂里一切都由胡不二说了算。

那是个混乱的年代，几个造反派说夺权就夺权，胡不二成了厂

①羊癫病：癫痫。

里的中心。我们印刷厂那些人既胆小又不惹事，就让胡不二这些人去折腾，但这些人既不懂生产，又无心踏踏实实地工作，生产任务已经严重积压起来，有订单进来要排到六个月以后。造反派还不断组织职工上街去游行，开大会，职工也顺水推舟，反正劳动也不是第一需要，大家能不做就不做，厂里成半瘫痪状态。

1967年春天，工厂已经全部搬到新厂房，当时在未搬厂房的时候厂里说到新厂房里全部电气化，把脚踏机全部改为电动机，现在搬到新厂房却毫无动静。工人们也不大想做活，就旧事重提，向造反派提出要改电动机的事，造反派本来无心生产，就胡乱地说你们去改吧，改好了向毛主席报喜。有了这个说法大家都很高兴，但厂里的男同志几乎无动于衷，而女同志却都很兴奋，特别是余师傅，她一定要把我拉进去搞技术改造。

厂里脚踏机改电动机的技改小组成立了，技改小组成员有5人，一个是上海市印七厂60年代初精简回乡的王师傅，另外三个是余师傅和两个女同志，我成了技改小组的一员，5个人当中没有一个电工和机修工。几个月过去，技改毫无进展，只有余师傅搞到了一只1.1千瓦的电动机，我托舅舅在上海福州路旧书店买了几本电工的书籍。我们就改装了一台机器，终于有了一台电动机带动的机器。大家都不想做脚踏机了，所以我们技改小组的压力很大，我只得四处托人搞电动机，说老实话我也不想做脚踏印刷机。

我表兄从部队转业到农机厂当书记，我们表兄弟之间感情很好，小时候我在鱼花池游泳都是他带着我的，在部队当兵他经常给我写信，所以我就托他去弄电动机。我表兄他说他们厂里有一台七个千瓦的报废电动机，如果能修复你们可以买来，我找到隔壁台门一个在电机厂工作的领导，他说可以帮我们去修复，过了几天他叫我们把电动机取回，那是个苏联产的电动机，又大又笨，但我们买不到电动机就只能修这个笨家伙了。

电动机是有了，但要如何用这个电动机带动所有的机器有难度，我想到"联营①里一台大车②带动多台机器的"，那是通过天轴传动的。我又叫上海舅舅去买传动技术方面的书，我舅舅到福州路旧书商店去找了好多天，才买回来一些关于传动技术的书籍，以前用蒸汽机做动力，都是通过地轴或天轴传动来带动设备的，最后我们制定了用地轴传动的方案。

方案是出来了，但要实际测算出转速的传动比我没这个水平，这时候总厂来了一个在外地读大学因成分问题而回乡来的员工，被总厂招来做临时工，他叫金伯定。金师傅人很好，我们很快成了朋友，他帮我测算，然后绘制了图纸。数据有了，图纸有了，需要找个加工点，余师傅二哥在农机厂当副厂长，余师傅就叫农机厂帮忙车制主轴，翻砂每台机器的皮带盘、主轴上的大飞轮，锻制刹车配件。农机厂也配合，因为农机厂支持，我们的工作进展很顺利，但问题又来了，通过这么长的地轴传动，需要很多副轴承，那时候不但电动机紧俏，轴承也很难买到，就又找人去搞轴承。通过千辛万苦，到 1967 年夏季，终于完成了脚踏印刷机改成电动传动的印刷机。虽然计算上也出了一些问题，幸好地轴上带动印刷机的转盘是木头车制的，速度快了些，就把这转盘拿下来，重新去车小了些，问题就解决了。这转盘是两个半爿合起来的，拿上拿下也挺方便，

---

①联营：指公司合营的工厂。
②大车：蒸汽发电机。

从此我们印刷厂告别了脚踏印刷机的历史。

通过这次技术改造，我在厂里的地位明显提高，大家对我很信任，特别是厂里的女同志对我都很好，余师傅一直护着我，还帮我吹，老说这个小鬼聪明，肯做又肯动脑筋，将来一定是块好料能成材的。但是胡不二这帮人却把我视作眼中钉，当然我也看不起他们，这样越是加深了矛盾。

余师傅是 1964 年进厂的，到 1967 年上半年三年学徒已经满师了，工资要转正为一级工。当时厂里、镇里都是无政府状态，工资我们厂里自己定，余师傅是厂里第一个学徒转正，根据以前的文件，一级工可以定为 27 元或 29 元，二级工可以定为 31 元或 34 元这两个档次，我们大家的意见是拣高的定。一级工定为 29 元，二级工定为 34 元，但胡不二这帮人气量很小，胡不二因为自己的工资才 27 元，所以硬要定 27 元。结果余师傅的工资定了 27 元。后来 1972 年国家调整工资，上面领导就是从余师傅的工资里找到依据，我们厂里标准是一级工 27 元，以此为起点计算，厂里所有人的标准都低了，包括胡不二本人，真是害人又害己。这就叫做现世报应。

后来余师傅因为和胡不二这帮人不和，找了个男朋友一起调到桂林支援二线去了，从此我在厂里少了一个护我、挺我的人。这一年我才 15 岁。

五、殃及池鱼

　　1967 年 8 月 26 日，造反派用武力彻底战胜了老保派，我们那里称为"八·二六"事件。胡不二这帮人掌权了。原来余师傅她是倾向老保派的，因为她三个哥哥都是党员干部，她二哥是我们总厂的厂长，她在厂里是有一定地位和力量的。造反派和老保派的矛盾是一个要打倒老干部，一个要保护老干部。我是一个 15 岁的孩子，只知道要好好工作，好好学习本事，我从来不过问他们的事，更何况我爸爸"文革"开始也被从坐办公室的文职财务人员调去劳动改造了，所以我是绝不参与"文革"的事，生怕给父母带来麻烦。但由于我和余师傅关系较好也被牵连了，胡不二说我倾向老保派，把我调到废棉厂去弹花①。一些和胡不二不是一路的人，很多被清退回家了。

――――――――――

　　①弹花：用一种脚踏驱动的弹花机把棉花弹松了。

我们总厂是个综合厂，有石料厂、废棉厂、煤球厂、印刷厂、羽毛厂。当时印刷厂算是上等人待的，其他几个厂都是下等人待的，羽毛厂的工人还只能算是外包工。现在因为胡不二这帮人掌权，他本来看我不入眼，乘此机会把我调走了，和我一起调走的还有朱春花和茹冬梅，我想这是掩人耳目，主要目的是要对付我。

　　废棉厂是用废布加工成棉花再纺纱织布，是废物回收，也就是现在黑心棉的那种事，但那时候叫废物利用。我做的工作是老花胎加工，把老花胎上面的纱扯了，在弹花机①里把棉花弹松，然后再加工成花胎，这些老花胎已经使用了几十年，又脏又黑，要把很硬的花胎扯松了才能放到机器里去弹，扯花胎时有很多沙土和灰尘，一个口罩不要几分钟就黑了，而且弹花机也是脚踏驱动的，幸好我在印刷厂也做过脚踏的印刷机，我三天弹花工作做下来就发了三天寒热，体温升高时脑子也糊涂了。弹花车间都是一些老头和盲人，还有一些成分历史有问题的人，其实就是去劳动改造，不但做活苦，还有政治名声不好，我感到很是抬不起头来。

　　弹花车间的活我实在不想做了，我想辞职。但被我妈妈劝住了，她告诉我，这些旧花胎是农民伯伯拿来加工翻新的，农村里的小朋友还有很多因没有被子盖而睡在稻草上，你不能及时把他们加工的花胎翻新，很多孩子会因此而受冻，我听了妈妈的话就在弹花车间坚持下来了，我也想到了胡不二等人就等着我自动辞职。我如果不能坚持正好中了他们的奸计。厂里刘兰芝她们也来看我，鼓励我坚持下来，她们认为印刷厂活忙了会要我回去的。

　　──────────

　　①弹花机：一种半自动化加工棉花的机器，靠人力驱动。

我在弹花车间坚持下来了，胡不二他们一计不成又施一计，把我调到了浆纱车间。此时已是 11 月，浆纱要泡在水里，下水非常冷，手脚都开裂了，而且是露天作业，日晒雨淋的。浆纱的活要与水、浆糊和颜料打交道，人都像叫花子一样，那时候的工人是一点劳动保护措施都没有的。浆纱组的活最苦最累也不去说它，最关键的也是个面子的问题的，浆纱组除了组长是个没有问题的人，其余都是些犯过错误和政治历史有问题的人，其实他们也是让我去劳动改造。为了区区 14 元钱，我任凭他们发落，但为了父母，为了弟妹，为了支农的姐姐，我都忍了过来。

到了 12 月份，印刷厂的活特别忙，年底农业社账页要换新的，下年度学校簿本要供应，当时印刷厂还没有专门的电工和机修工，生产遇到很多问题，上半年脚踏机改电力驱动，好多工作都是我做的，正好这时候胡不二癫痫病又犯了回家去休息，印刷厂就把我调回去了，我重新回到印刷厂工作。胡不二病好了来上班看我已经回到印刷厂就大发雷霆，说是谁把我调回来了，这时候造反派几个人也发生了内讧，他们也看不惯胡不二，就没好气地对他说："活拿不出来，谁来做，你来做？"胡不二见无人附和也只能干瞪眼。

我回到印刷厂上班，又上机器档车，又兼做电工、机修工，印刷厂这帮男人胆子小，碰到与电有关的事他们都不敢去碰，什么事情都叫我去做。我也是边干边学，有几次还触了电，我都是自己克服，吃苦头也不吭声，自己受着，碰到难题自己看书找资料，渐渐地我倒不像学徒像师傅了。

印刷厂业务越来越多，业务范围也不断扩大，原来印刷厂只印刷账页、簿本、票证和食品招头纸等印刷品，"文革"开始后书刊业务迅速增多。书刊业务增加铅字的需求也增加，每次要到上海、杭州配字非常不便，厂里从南京买来了铸字机。铸字机是手摇的燃煤铸字机，很不方便，又脏又慢，我就自己动手把它改成电热铸字机。社会上外购的成品电热丝成本高、寿命短，我就用摇线机将电热原丝自制适合电炉的电热丝，节约了成本也提高了寿命。但当时小地方电压不稳，铸字机效率很低，我就提出要购一台稳压器，我们到省毛主席著作出版办公室①申请，批到一台稳压器。厂里叫我到杭州去提货，我一到杭州宝善桥仓库，看见一台三相稳压器有上百公斤，根本拿不动，我就叫了一辆三轮小汽车②，一直把稳压器运到厂里，厂里说我派头大，还批判了我资产阶级大少爷的大手大脚，真是颠倒是非。

转眼已是 1968 年春天，印刷厂从省"毛办"分配到一台机器，机器要厂里自己派人去温州提货。当时温州也很乱，如果没有人去盯着可能一年也提不到货，但厂里没有一个人愿去，最后大家说要我去，还说这台机器提来了让我先做，我也实在看不下去就答应了。我从武林门坐长途车到温州，车子沿金丽温公路走，都是一边靠山，一边临水的危险路段，还好那时候车不多，大概坐了 13 个钟头才到温州。在温州住下后我每日到厂里去催货，当时全国只有温州可以买黑市香烟，我 2 元钱一包买牡丹牌香烟去分给师傅吃，三四包香烟分下来，他们看我人又小，就有些同情了，答应给我发设备。我等了十多天，终于等到设备发货，杭州方向有两台机器装

---

①毛主席著作出版办公室：简称毛办，就是印刷物资公司。

②三轮小汽车：那时候杭州城的交通主要靠这种三轮小车，其实是摩托车改装的，也不能算汽车。

同一辆车，我觉得坐货车后厢不安全，就自己去买车票。但当时温州是进去容易出来难，要买回程票几乎没有，我就从温州坐轮船到上海十六浦码头，从上海坐火车回杭州。回到厂里领导没有表扬我，反说我到上海去玩了。我在温州分香烟也花了十几元钱都是我自己掏腰包，但厂里对此事一句不提，当时我对厂里这些人非常失望。

六、工伤事故

　　新设备来了，但当时是卖方市场，生产厂商可不管安装调试，而且装配质量也粗糙，厂里就让我自己去调试。由于出厂时安装有缺陷，一块平板没有固定好，在机器转动时掉了下来，我就赶紧用手去托住，如果不托住这台新机器会报废了。平板是托住了，但我的手指被轧破了，中指骨折，拇指被轧成两瓣，白森森的骨头露了出来，一块肌肉只连着了一点点，差点掉下来了，旁边的人看了都很害怕，但我还是自己坚持走到医院里。

　　到了医院里两个外科医生看了后发生了争执，一个医生说要把这块肉拿掉，还有个医生说这块肉不能拿掉，如果这块肉拿掉了这只拇指就废了，而且是右手，一个医生说我年纪这么轻，以后一辈子生活都有影响。这时候我母亲也闻讯赶来了，我们也坚持求医生把肉缝上，医生说答应他两个条件就给缝，一是不能上麻药，因为上麻药成活率就低，二是以后万一不好不能怪他。我们说不上麻药我能坚持，以后万一不好也不怪他。

讲好条件医生很快开始做手术，手术做了两个多小时，缝了十三针，里面血管还要接上，医生在做手术时我一声不吭，大有关云长刮骨疗毒的风度。手术时我妈妈和厂里一些同事也在场，妈妈说，儿子你要想想黄继光、邱少云，你一定能坚持。后来这句话成了同志们的笑柄，一旦遇到难事，同事们会说，梁云，你想想黄继光、邱少云，你一定能坚持。

手术我坚持下来了，但手术后的痛可真是刻骨铭心，我迷迷糊糊睡了一天一夜，刚要睡着，但不时被手指上的剧痛给痛醒来。厂里的同事一班班来看我，他们买来了许多礼品，那时候人们挣的钱少，让他们花钱买东西我很过意不去。我在家没休息几天，厂里就有事来问我，那时候厂里是明显有两派，一派是安分守纪，要养家糊口的，他们认为来上班挣工钱一定要好好工作，我父母亲也再三关照，去上班挣钱一定要好好工作，所以我和这些人是同一种心思的。原来厂里的事刘主任一人在操心，但刘主任被当作走资派一伙的人靠边了，其他一些工人只知道管自己的事，而胡不二这帮人要的就是停产闹革命，他们东窜窜，西跳跳，就是不管生产。我是刘主任在时老对我东支支，西弄弄，人又聪明肯学，虽说只有两年时间，工作上有很多事已了然于胸。厂里的工人有事喜欢问我。我也热心，又喜欢学习，所以在工人中有了一定影响，我老管厂里的事，我妈说我是顶着石捣臼不怕头大。胡不二最忌恨我的也就是我在职工中有影响，特别是在女职工中威信很高，她们都说我是个好苗子，我在印刷厂是无冕之王，所以一直被造反派忌恨。

我手指头压伤只在家里休息了十几天厂里就来叫我了。那时候中央人民广播电台在晚八点的新闻联播节目中经常播出毛主席最新指示，我们印刷厂要连夜赶印出来，第二天要敲锣打鼓的去分发。每次中央人民广播电台播出毛主席最新指示，都是我在电台用记录速度①播送时记录下来的。刘主任靠边站了，但他也看不惯胡不二这班造反派的所作所为。一天刘主任就直截了当地对我说："你是棵毛杉树，不刨几刨你就不知道天高地厚。记录毛主席最新指示，厂里这许多人不做叫你做，弄错了你吃不了兜着走。"其实胡不二一伙是个阴谋，他们在背后说："如果弄错了，那就是他的死期到了。"其实我自己也知道，做这事如果真的搞错了，那可是人头落地的事呵。但我也知道，一个人如果要做事，学习技术也是不可以怕死的，我也是在利用这机会培养自己的能力。现在厂里刘主任靠边了，造反派只重视闹革命，不重视生产，厂里一些男同志胆小怕事，女同志有心思，但有些事又做不了，正好给了我山中无老虎，猴子称大王的机会。我明白，要做些事，机会和风险是同时存在的。

1968年春天，厂里是造反派不干事，原来管事的靠边了，一些年岁大些的男同志又胆小怕事，有些老奸巨猾的又作壁上观，实际生产的任务倒落在我们这些小孩子和妇女身上了。当时我们还都是临时工，我觉得该是解决身份问题的时候了，就和当时已是生产骨干的刘兰芝、向桂英、沈芙蓉和陈秋菊商量，要向厂里提出解决身份的问题。有了上次粮价补贴的经验，她们几个女的都盯牢我。我是真的不想出头，可我不出头他们也会说我在挑头，还不如干脆直

———————

①记录速度：当时还没有电传，中央人民广播电台播送重要新闻，会用一种很慢的速度播送，每句播送两遍，强调标点，以便各省记录。

36

接出头。

我们先找到厂里革命领导小组，厂里革命领导小组的人说你们几个现在确实是生产骨干，但我们解决不了。我说你们承认我们是生产骨干就好，问题是你们愿不愿意解决，他们说只要上面同意，我们肯定愿意，我说那就好，我们去找上面。其实他们是做个推头，心里根本不想给我们解决。但只要他们表面上不反对就好，我们也是将计就计。

从厂里办公室出来后，她们几个女的问我，说这就完了，我说这就行了，但我们要去找上头。我们就约好第二天去镇里，这时候镇里已经有革命委员会在管事，我们找到革委会生产指挥组，那里管事的说，这事要找县里，镇里解决不了。我们又约好去县里。第三天我们五个人约好去县里找领导，早上坐头班车去，但等到汽车开了刘兰芝也没有来，就我和向桂英、沈芙蓉、陈秋菊四人去县里。我们乘车到县城，找到县政府的办公地，径直找到了工交生产指挥部①，指挥部一位领导问了我们的情况，就说你们是镇里管的，只要镇里革委会同意就行了。我觉得那人面善，他并不是推辞，我就问了他姓什么，他说他姓朱，朱同志还说如果镇里有什么问题可打电话给他，就说是老朱说的。

我们从县政府出来已近中午了，她们说问题还没解决我们就回去吗？我说不回去还等啥，中午我在湘湖饭店请她们吃了中饭，就乘车回来了，我说要趁热打铁，明天再去镇里。

我们几个连续走出了几天，厂里也有些慌了，因为生产受到了影响。第二天一早，我们四个又到了镇里，我们向镇里革委会生产

①工交指挥部："文革"期间管理工业和交通运输的临时领导机构。

指挥组的人说了去县里的情况，这时候走出来一个领导说他已经知道此事了，叫我们回去安心上班，我们就回厂里上班了。我们几次出去，刘兰芝都没去，因为她养父不让她去。

我们去镇里、县里的事厂里都知道了，镇里领导也给厂里革命领导小组打了电话，叫他们打报告上去。但厂里革命领导小组还是做了手脚，他们打报告给镇革委会生产指挥组，分别将我们五人定为二年制学徒和三年制学徒。结果镇革委会发文批准陈秋菊和沈芙蓉为二年制学徒；向桂英、刘兰芝和我为三年制学徒，时间从1968年5月1日起算，也就是说我们还得重新做学徒。他们批为二年制和三年制的依据大概是从年龄大小考虑吧，这一年陈秋菊已经20岁，在厂里做了四年；沈芙蓉19岁，在厂里做了四年；向桂英18岁，在厂里做了三年；刘兰芝17岁，在厂里做了四年；数我最小，也做了两年。至此虽说我们也算正式学徒了，但我总觉得厂里这帮人心胸狭窄，一点没有与人为善的思想。

革委会的文件发下来，我们几个算是正式学徒了。不管怎么说是有个成为正式工的时间表了，那时候实行的是固定工制度，固定工只要不犯错误，是可以终身制的，在那个上山下乡一片红的年代也算是找到一个较好的归宿了。和我一起调到废棉厂的朱春花、茹冬梅还留在废棉厂织布，1966年底厂里也招了一批普工进来，里面也有年纪轻的，我们虽说多做了几年，但在厂里也算是宠儿了。文化大革命，人们口头上虽然革命、革命的，但吃饭毕竟是最重要的，红卫兵也好，造反派也好，大家都要吃自己的饭，说到底还是个钱的问题。想当初，刘主任找童工，弄出个14元、12元的工资，目的就是为了省钱，现在他们让我们做五年学徒、六年学徒、七年学徒，目的还都是为了剥削我们的劳动力。这次他们给我们五人批准正式学徒工，主要原因是我们五人已经是厂里的生产骨干了，印刷车间的活主要靠我们在做。这件事也使我懂得了做人一定学好技术，要有实际工作能力。

我是被批准为正式学徒的五个人中唯一男性，可能和我出了工伤事故，手指被压伤也有关系。当时厂里有很大一批人挺我，他们说我为了保护厂里设备不受损失，并且因公负伤了，如果领导上不给我转为正式学徒，在群众中也有些说不过，所以尽管有人不喜欢我，我还是被批准为正式学徒了。

七、寻找师傅

　　作为正式学徒工，按理工厂要指定师傅，但我们已经做了几年临时工学徒，所以厂里也不管这事了。何况余师傅原来是正式学徒，厂里也没有给他指定师傅。但师傅还是有的，无师自通对一般人来说不大可能，我觉得我的身边、身后有许多师傅，只不过在那个特定时期关系被扭曲了。但师傅们给我带来的帮助我至今还是不能忘却。

　　师傅，在中国传统思想里有特定的位置，叫做一日为师，终身为父。一个人有一个好的师傅是终身有幸。师傅，现今的人们往往理解成"为学徒传授技艺的业师的尊称，或特指有各种生产技能的工人"。其实师傅是老师的通称。如果一定要说师傅和老师有什么区别，就是师傅和徒弟的关系比老师和学生的关系更亲密。韩愈《师说》："师者所以传道受业解惑也。"可见师傅不光传技术，还要教你如何做人。

拜师学艺，我们当地的风俗是要去师傅那里送礼，每当年节，要去师傅家里拜望，但我们做学徒却逢"文革"高潮时期，又无明确指定的师傅，所以这倒也给我们省了许多繁文缛节。但能者为师，我身前身后的许多人在我做学徒的几年里给了我在技艺上、待人接物上有许多良益的教导，使我终身受用，也是我几年学徒生活难忘的记忆。

我的第一个师傅应该是刘兰芝，在我惶恐的到印刷厂去上班的头几天，是刘兰芝耐心地教我做装订活，在我工作上出现差错和遇到困难时给予帮助与指导，我似乎感觉有个小姐姐在呵护我，才使我最初去做学徒时悬着的心渐渐安静下来。后来她又借书给我看，我好像一个孤独的小孩子找到了一个同伴，也是刘兰芝认真工作，不贪懒，对技术上精益求精的作风影响了我。我一辈子在工作上是勤奋的，真如我妈妈所说的气力做做有得来的，人做做也就做过了，懒懒也就懒过了。一个人碰到一个好样会学好，遇到正派的会有正气，大概就是这个道理，所以我在她们面前一直是正面的，一辈子都坚持下来。

我的第二个师傅是余雅芸，余师傅也是一个正直善良的人，她给人以乐观善良、和蔼可亲的形象。她不但对人好，而且长得美丽大方，有亲和力。余师傅教会了我印刷厂印刷工艺的技能，她毫无保留，不厌其烦。一个初次上手的学徒工做起活来肯定不是很顺利，还会出许多纰漏，如果师傅对你态度不好，你肯定会更加手忙脚乱，但余师傅不会说你，她会耐心地手把手教你，这样，你就能过了最初上手的第一关。余师傅不但教了我印刷厂的技术，她还教我怎样做人，她有许多朋友，她告诉我哪些人可交往，哪些人不可以交往，她教我如何待人接物，那时候正是"文革"初期，她告诉我不要和那些造反派打交道，她讲这些话是要担政治风险的，但她当我是自己人，所以讲这话，也使我在"文革"中有正确的人生观，从来不参加造反派的活动，所以余师傅是我人生之中少有的良师益友。

我的第三个师傅应该是毛师傅，毛师傅是一个木刻师傅，他对木刻工艺很是认真，他擅长凸版和凹版木刻，他还爱好版画，他木刻的鲁迅先生的画像很是传神，虽然他不大肯教我刻版技术，但仔细回想起来，他说写好反手字要三年，这话也非危言耸听，要写一手好字，别说三年，我写了三十年都难，当时他讲这话也是真话，刘主任想叫我短时间内去学会刻字、刻版是不可能的，毛师傅肯定看到了这一点，才委婉拒绝我的。但我还是从毛师傅那里学到了许多画稿、写字和刻版技艺的，我同时也学到了毛师傅工作的认真、严谨。毛师傅若是现在就是非物质文化的传承人，是国家要保护和传承的对象，如果真的能做毛师傅的徒弟也应该是很不错的，但在当时的特定环境里大家考虑的是如何弄口饭吃。

我觉得我身边还有许多师傅，金师傅金伯定和诸师傅也算得了是我的师傅，金师傅教我能看懂图纸和绘制简单的图纸，我原来对机械识图和绘图是一窍不通，跟金师傅学了后我才能看懂机械图纸，后来我们厂里要到外单位加工机械零件我自己也能画好图纸了。金师傅对技术一点都不保守，是有问必答，他对他懂的东西都会毫无保留地告诉你。我还和金师傅学习了许多数学计算上的知识，我和金师傅相交往的十几年中，我觉得从金师傅那里学到了很多知识，对我一个小学毕业的人在数、理方面知识的提高起到了很大的帮助。我和诸师傅相处时间不长，但那时候诸师傅画画、写美术字正好在我们台门①里，那是我们的老房子的厅堂里，我们住的地方紧挨着，诸师傅每天在那里画领袖画像，用美术字抄写各种标语、大字板，厅堂的后门是敞开的，我每天上夜班起来就看到他在写字、作画，我白天也闲来无事，我看他画画、写字，因为大家彼此也熟悉，他就让我也学学写字、绘画。他和别人不一样，他有一种愿意教人的冲动，所以我就跟着他学习写字、绘画了。绘画是我从小欢喜的，我的图画课成绩一直很好，但以前绘画都是线条加颜料，也没有章法，是诸师傅教我练素描，让我分清国画、水彩和油画。他还教我写美术字。诸师傅是大学的美术教师，因为右派才流落民间，我和诸师傅相处了一年多，我的绘画技艺进步很大，但后来诸师傅因一张署名"利剑"的大字报又被抓走了，所以我也忌讳谈及跟诸师傅学绘画写字的往事，但后来我在印刷厂能画稿就是拜诸师傅所教之功。

其实我当学徒所在的工厂不缺好的师傅，但在那个扭曲的时代好师傅都被边缘化了，厂里一些真正有技术或见识的师傅往往就是临时工，或者是有些"脚跛头赖"的人，但我总觉得我得到了他们很多教益。我们单位里有个吴师傅，他是个临时工，新中国成立前在国民党闸北印刷厂做过。上海闸北印刷厂是国民党的造币厂。吴师傅对印刷业务很精通，而且吴师傅文化也很好。据说他早年在商务印书馆待过。吴师傅说以前印刷厂的师傅是穿长衫②的。吴师傅在技术上一点都不保守，问他什么他都会亲自帮你弄。但吴师傅在

①台门：石库门，和北方的四合院相同。
②穿长衫：是指文化人，就是说印刷厂的师傅都是文化人。

厂里只不过是个临时工，1971 年他就离厂走了，我觉得他对提高我们工厂的技术作出了很大的贡献，我们这批学徒在技术进步上很大程度是受了吴师傅的影响，他也使我们对印刷行业在认识上开了眼界。

伍师傅叫伍吾泉，是个排字师傅，当时厂里排版人手不够就请他来了。伍师傅也是个临时工，他新中国成立以前在《东南日报》待过，虽然他排版技术很好，撮字的速度也很快，但由于他在《东南日报》的历史，他只能在很多印刷厂做临时工。我做学徒的这段时期伍师傅正好在我们厂里做临时工，伍师傅对技术也不保守，他会教我们一些排版上的窍门，他对书刊及报纸的排版很有专长。当时我们工厂正在发展书刊业务，也有一些小报，以前我们单位排的只是一些零件版子，伍师傅来了我们厂里排书刊、报纸的技术迅速提高。以前我们排版车间的车师傅把排版技术弄得神秘兮兮，但伍师傅来了就把这个局面打破了，排字车间一下子多了许多会排版的人，我们也迅速学会了自己排版子，从此排版车间也开放了，车师傅也没有了昔日的专横。

我们厂里还有个"部长"师傅，人们都叫他赵部长，他原来是工商联的一个什么部长，个子又高，看起来真的像个"部长"。他文字功底很好，又写得一手好字，"文革"期间下放到我们厂里做校对，他对文字很认真，有些字我们读音不准或读白（别）字，他会纠正我们的错误，特别是书刊上一个错误的标点他都不放过，我们也在他那里学了很多文字上的功夫。"部长"师傅看过很多书，他会给我们讲些书本中的典故，后来厂里批判他向青少年传授封建文化的糟粕。其实这些师傅都很有品行修养，我在学徒期间确实也

44

受他们的影响，学成了不轻狂、少言语，为人正直、正派，做事一丝不苟的作风。后来仔细想想，人绝不可能无师自通，我是在很多地方吸收了这些师傅的技能和做人之道的，虽然那个时代没大没小，但我在心里都是把这些人当师傅的。

师傅带徒弟，这是中华民族几千年文明的根基之一，这是一个很好的传统。这种形式对师傅和徒弟都有好处，作为年轻人，如果有个师傅，在受到父母的教育外还有另一个约束你的人，师傅肯定教你好好做事，好好做人。而师傅为了要在学徒面前有师道尊严，师傅也是约束自己的一言一行的，他必须以正面的形象面对徒弟，这样一个社会才能正能量占上风，才能避免这个社会道德准则下滑的风险。只可惜这种传统现在差不多被丢弃了。

八、小鬼当家

我们被批准为正式学徒工，是理论上学徒期的开始，也是实际上学徒生涯的结束，更是艰苦奋斗的开始。

那时候的工厂很乱，也没有给学徒指定师傅，学习技术都要自己钻研或偷着学，更何况我们这些人在这个厂里已经做了有二三年的，也有四五年的，实际上都是生产骨干和老师傅了，所以也无所谓是学徒不学徒的。那年头也是"文革"最乱的时期，反正也是君不君、臣不臣的，什么师傅徒弟，你尊重别人叫一声师傅，不尊重别人就老张、老李随便叫，叫名字也可以，反正拜师傅都是封资修的一套。

"文革"开始，书刊业务增加，我们印制厂扩大了规模，这几年也招了不少人，但都是临时工。印刷厂在招人的同时也进了不少设备，我们从上海大厂买来了一批淘汰设备，这些设备的修复任务也很重。我们被批准为正式学徒，算是固定工了，厂里忘记了我们是学徒，而是把我们当师傅，就让我们去顶最苦、最难的工作岗位。

厂里有一台上海大厂淘汰的半自动对开机，这台机器版面尺寸大，很适合印书，厂里叫我和一个上海精简回乡的王师傅搭班，我们俩日夜班轮换。但这台机器毛病多，我们经常要修理机器，这年我才16岁，上海回乡老师傅56岁。由于我能刻苦钻研，我基本上掌握了这台机器的性能，我的单班产量比上海老师傅高，但我们印制的产品坏张多，厂里认为坏张是我印的，可我觉得很冤枉，但也无处说。这是一台半自动的印刷机，进纸要靠手摆落纸，后来我观察上海老师傅的进纸，我发现他的进纸很多前规不到位。这位上海精简回乡的老师傅技术很好，厂里是有口碑的，为什么会落纸不正，这时候我猛然想到，他是眼花了。但我也不敢明说，我就在我自己印的产品上留下记号，这下真相大白，厂里就让上海老师傅不再档车，让他专管技术指导。

厂里承接了一批《毛主席语录》的印刷任务，内芯印刷只要不跳字应该没问题，但每本语录的首页有一张毛主席的标准像，这是用铜网线版双色套印出来的。标准像的印刷要求很高，印刷的难度在于墨色要均匀，套印要准确。但这些还不是最难的，最难的是不能留脏点，铜版的网纹很细，要清洗干净铜版上的脏点很难，而且还不能用布擦，一旦用布擦就会留下纤维。

我们的厂房是大跃进式的洋房，上面是像羊脚骨一样的橼子，橼子上面直接盖了洋瓦，外面下大雪屋里下小雪；外面下大雨屋里到处漏；外面刮一阵风，里面落一层沙。机台上根本弄不干净，我们就在屋里用竹子和纸再糊一个小房子，把机器罩起来，但还是解决不了版面的干净问题，上海老师傅说传统做法是用少量汽油在版子上用火烧，但又怕造反派来找事，最后我想办法用有一定压力的水冲干净，然后用电吹风将版面吹干了，这样我们印制的毛主席标准像就比县印刷厂和一些大厂印得还要好。

我们厂里承印上海冠生园食品厂的糖果纸，用的材料是 30 克的食品包装纸和 17 克的拷贝纸，糖果纸要用多种颜色套印起来，这样的薄纸印刷起来难度很高，因为是手工落纸，厂里有能力印刷的人很少。我由于平时刻苦练习落纸技术，也算有能力印刷的几个人之一，但我虽然能印刷，可我毕竟是个学徒，年纪又小，每天印刷这种产品我在体力上感到很累，但厂里还是让我和一个姓朱的师傅去拼车，那个姓朱的师傅落纸技术算是厂里最好的，让我们日夜班轮班。那个朱师傅见我是个 16 岁的大男孩，心里有些不服气，不但没有照顾我，反而要经常刁难欺侮我。他有意把机器转速调快了，想让我印不好败下来给我难堪，但我还是坚持下来了。虽然我工作一天下来很累，但我每天产量不比他少。他一计不成又生一计，他每次碰到要换版、改色洗墨就停掉不做了，让我一上班就轮到换版、改色洗墨，如果我要保持产量不少就更辛苦了，这样我和那位师傅同机一段时间，虽然我产量没有落后，但人累得要命，由于当时我尚未发育完全，后来落下一种病，就是我的右手一到冬天不管穿多少衣服都不热，一到下雨天就酸痛，由于发育时做印刷老是弯着腰，其实我的背微微有些驼的。要说小气的话，当时我的工资是 14 元，那位师傅的工资是四十多元，但他一点都没有照顾我的意思。

我和那个朱师傅同机档车，这朱师傅很傲慢，一次印制福建三明食品厂的透明糖果纸，先是印刷一道白墨，他用凉纸架，虽然把纸摊得很薄，我告诉他油墨干燥时会粘连，他硬是不听，结果印好的产品都像年糕一样粘起来，揭开来不是扯破就是下一张的墨粘到上一张了，而我印的产品我让人用有毛面的包装纸夹起来，产品质量很好，他也不得不服我了。那时候我虽说是个学徒工，但我肯动脑筋钻研，厂里很多事情都是我出点子，厂里同事给我起了个外号，叫我"梁博士"。

人怕出名猪怕壮，由于我在厂里积极肯干，他们把苦的、累的、危险的工作都推给我去做。

我们工厂由于快速扩大，原来用电的设计用量较小，后来由于用电的负荷大了，特别是做夜班，做着做着保险丝突然会烧掉，这时候会突然停电，他们就坐着不动，然后叫我去修，我也是初生牛犊不怕虎，有时候保险丝会很烫，好几次险些把手烫伤，有时候重新合闸时会重新短路，火星爆出来也很可怕，但厂里习以为常了，有事了就叫我去修。有时候我不当班，由于我家住在工厂对面，他们半夜里会打着手电来家里叫我去修电闸。

20世纪60年代，塑料胶棍还没有问世，印刷厂用的胶棍都是动物胶，胶棍用旧了要回炉重新浇铸，浇胶的工作又脏又累，传统上这种下手工作是叫学徒做的，现在我是厂里学徒工中唯一的男生，车间里胶棍换不出了，他们就要我去浇胶，浇胶的工作很脏，先要把旧的胶棍清洗干净，胶棍的缝隙里，空洞里都是黑色的油墨，洗一次胶手上的黑墨几天都洗不干净，尤其是冬天，煤油一弄我的手背里都裂开了，鲜血流出来，夏季浇胶高温难耐，还有可能烫伤，因为是学徒，所以我也只好忍下来。

当时我们印刷厂还没有自来水，厂里六七十个人每天吃的，洗手洗胶要用六七担水，取水要到一华里外的过滤池去挑来，挑水的任务也落到我身上。厂里除了一个脚骨头曾经跌断过的老师傅偶尔帮我去挑几次，多数挑水的任务都是我去完成，后来有个师姐看不过去也来帮我挑水，我就更不好意思了，只能早早把水挑满，这样的时间过了一二年，差不多到我学徒要满师了，厂里才装上自来水。

我们厂里没有磨刀机，磨切纸刀、配铅字要到杭州去，厂里如果光配铅字就派别人去了，如果遇到又要磨刀又要配字就叫我去，我背着一把刀，早上坐头班车到县城，又挤公交车到杭州，下午磨好了刀，背着磨好的切纸刀，提着铅字又挤公交车，坐长途车回厂里。这个活也是苦差事，去一次还可以，去多了真不想去，最苦的是挤公交车，有时候没座位要站一路。

印刷厂的工作，有时候是业务忙，纸张紧张，那时候还是计划经济，纸张要分配，但分配的数量是不足的，我们印刷厂随着业务的增加，材料有时候供应不上，所以要到上海去购回司料（废物利用），也要到外省去采购一些计划外的，这些都是苦差事，遇到这些工作，厂里就派我去，我曾多次到上海去购回司料，购回司料要到别人大厂的废料间里去挑出来，都是又苦又累的。我到牡丹江，一个十几岁的人，在火车上还不一定有座位，拿着全国粮票啃窝窝头，我还到过安徽购甲鱼包①的纸，坐在货车后面，在很小的山路上颠簸，那时候没有柏油路，一路上吃灰尘，弄得满身泥沙。这些都是做学徒的经历。

我们的学徒生涯，前面已经做了两年童工，要学技术基本上在

---

①甲鱼包：用稻草绳简单的捆扎，甲鱼包的纸不大好印刷。

前两年，后来批准为正式学徒，又是三年，在工作上、技术上我们已经是骨干，真所谓打小从腿肚子里练出来的，但在地位上还是任人摆布的弱势者，在经济上还是廉价劳力，这些还仅仅是工作上和生活上的事，同时我们小小年纪还在承担着政治上的风险。

九、成长的岁月

　　我从 1966 年 7 月去印刷厂做学徒到 1971 年 5 月满师，前后五年时间，这五年正处国家动乱时期，社会上人们的思想十分混乱，人与人之间的关系非常诡异。一个十几岁的少年一脚踏进社会，不知道天高地厚，不知道人心险恶，多么需要有一个良师益友，谆谆善诱。师傅或严厉、或和善都是徒弟心中的依靠，有道是一日为师，终身为父，但我们的学徒生涯一开始就被扭曲了，一进厂就被歧视性地定为临时工、外包工，所以我们根本没有资格拜师傅，这些人对别人的孩子一点都没有怜爱之心，把我们这些可怜的孩子当作廉价劳动力，我们要学些技术，必须要自己去偷着学，还必须时刻提防被侮弄的陷阱。生活上无人照顾，工作上不管死活不去说它，还必须防止政治上被人陷害而被置于死地。

　　1966 年七八月间，我一进工厂险些被冷饮费事件牵连而丢了工作。1966 年 8 月，造反派胡不二带人去我家横扫（抄家），幸好我家一贫如洗，没有抄出什么值钱的、迷信的，或被认为是"反动"的东西，否则我的工作也丢了。为了二元钱的工资高低，我被大字报指名道姓地批判，还被扣上了"黑五类"① 子女的帽子，在那个年代"黑五类"子女就好比纳粹时期的犹太人，是要杀要剐任人宰割了，使人抬不起头来，幸好后来被抄家和批斗的人多了，所以大家也无所谓了。

1967 年厂里造反派办了一张报纸，叫《卫东战报》，造反派想拉我下水，要我参与他们报纸的编排，后来这张报纸被查有问题，幸好我头脑清醒，没有参与到他们的行列中去，否则就会被当作替罪羊。厂里办大批判专栏，他们要我写文章批谁批谁，我又不能明目张胆抵制，我知道他们毛笔字不行，就答应帮他们抄写，这样就不用写批判文章了，就用曲线逃避的办法来避免卷进他们的漩涡里。

厂里印制毛主席语录，每次有最新指示都要连夜排版赶印，造反派每次都要我在电台播出时用记录速度记录下来，我不能推辞，只能小心翼翼记录下来，我知道造反派的头头胡不二会说，让他去记录，如果记错了他就死定了。最新指示一般字数不多，我倒不怕会记错，但记录九大新闻公报我是真捏了把汗，幸好老天佑我，没有出一次差错。

当时的社会很恐怖，我们厂里遇到两次"反革命事件"，一次是我们工厂隔壁的公共厕所里发现了反动标语，公共厕所东面是人民公园，北边隔汽车路是汽车站，这是个人来人往的地方，但我们厂里没有厕所，职工大小便要到这个厕所去，但我从来不去这个厕

---

① 黑五类：地、富、反、坏、右。

所，因为我家就住工厂对面，我每次大小便都回家里的茅厕里，厂里凡是去过厕所的都被叫去对笔迹。后来查清了，原来那是两个人写的，一个人写了打倒刘少奇，他打倒两个字写在上面，刘少奇三个字写在下面。后来化工厂里有个神经不大正常的人在刘少奇三个字上面写了毛主席万岁，他万岁两个字也歪下去了，看起来意思正好相反。还有一次是厂里办公室的日历底板上印的是毛主席的像，一天早上发现被划了许多道痕迹，说这是一个反革命事件。那时候不管工人农民，天天要开会，原来是前一天晚上职工在办公室学习报纸，一个女职工带了孩子来，那小孩爬在桌子上用圆珠笔画的，这日历正好挂在两张写字台的中间，她妈妈坐在写字台边上把小女孩放在写字台上，小女孩拿了圆珠笔画了几下。当时遇到这种事我们都很怕，那天晚上正好我们上夜班，如果来问我，我一定会心跳加快的，"文革"期间我们真的很怕周边有这种事发生。

那时候做印刷这一行也是脑袋别在裤腰上的，我们印制书刊都是提心吊胆的，因为是活字印刷，凡是涉及领袖的，有关政治的，万一掉字了，或者铅字打横了，位置弄错了，都有可能被打成反革命，会遭受杀头坐牢的后果。我在做印刷每天开头第一张都要看一遍有没有错，再看中间有无跳字，下班要仔细看一遍有没有错误、缺字、糊版。

1969 年搞三忠于，跳忠字舞，早请示、晚汇报，好像宗教仪式，有些滑稽可笑，我们虽说都还是十六七岁的小青年，但绝对不敢笑笑闹闹，都像个老年人一本正经的，真是应了《红楼梦》里的一句话："不敢多走一步路，也不敢多说一句话。"

我做了五年学徒靠的就是听话、多做、少说，不怕脏、不怕累才得以自保的。厂里遇到去农村"双抢劳动"、挖防空洞、挑水扫地，擦玻璃窗都要积极去做，值班尽义务从不推辞。那些年造反派停产闹革命，清理阶级队伍去外调游山玩水，就是我们这些小学徒在兢兢业业搞生产，完成产品的生产、交货。遇到技术上的难关还要自己克服解决，而经济上没有奖金，每月只有区区十几元钱的微薄收入。工作做死做活也听不到一句表扬，我做了五年学徒不求有功，但求无过，只要造反派不来找我们差池就万福了。

那个年代你是做也不好，不做也不好，懂也不好，不懂也不好；有文化不好，没有文化也不好，这话看起来好像在绕口令，但现实就是这样。什么叫做也不好，不做也不好？比喻说造反派要去游行、开批斗会，你手里的活不管放得下、放不下，一定要马上放下，否则造反派轻则说你对这次运动很不理解，重则说你对抗运动。如果不做，产品交不出货，造反派又会说，为人民服务没有做好，是政治上没有高度的责任心，抓革命没有抓好，但也不能以促生产来压制革命。反正造反派说的都有理。

什么叫懂也好，不懂也不好？那个年代你不要什么都懂，有些事要懂装不懂，比喻说挖防空洞，我们江南水乡地下水位很高，你防空洞挖下去，越深越没用，今天挖多少，明天水就满了，有人说这是劳民伤财，就被当成反革命。其实那人说的是对的，我们花了很大人力物力挖的防空洞，其实都是废的，那时候也没有防水技术，水泥也很紧张，把有限的水泥和砖用进去都是打水漂，只能上面这么说我们就这么做，根本不管它有用没用。有时候不懂也不好，比喻说学习领袖的哲学思想，有些理论上的事我们根本不懂，但上面说要活学活用，问我们懂不懂，我们就说懂了。

什么叫有文化也不好，没有文化也不好？那时候你不能太有文化，如果你说书上怎样，过去怎样，外国怎样，那你说不定哪一天就会被打成反革命了。那为什么没有文化也不好？那时候单位里天天学习，要读报纸，你不能说我不会读，要背老三篇，你不能说我背不出，要写学习心得，写思想汇报，你不能不写。所以你不能太有文化，也不能太没文化，反正你要把握到恰到好处，才能明哲保身。

我做童工、做学徒五年，正好赶上十年动乱时期的前五年，那个时候的人真的很坏，父子会反目，兄弟能成仇，做人要非常小心。一个少年郎，在这样的环境中要生存必须非常小心，一要少说话；二要多做事；三要肯吃苦；四要能听话；五要交好人；六要吃得起亏；七要装得了傻；八要做得了事，九要偶尔露峥嵘；十要不怕死。这样才能从夹缝里成长起来。

我从1966年7月进厂做童工到1971年5月学徒转正，整整五年时间，从一个14岁的少年到一个19岁的青年，学徒时期虽苦虽累，但我培养了自己勤劳、刻苦的精神，我学会了电工、机修、铸字、排版、印刷、装订的全套工艺，为日后的生活、生存打下了基础。印刷厂还是一个学习文化的地方，五年学徒，我认完了一本《新华字典》的六千多个汉字，还学会了许多繁体字、异体字，这就是我的学徒生涯。

在这里我还必须说一句，我的学徒生涯虽然受到排挤，吃了不少苦头，但我是强势的，至少我没有受辱，和我同厂还有一个叫童宝宝的比我大一岁的临时工，他在厂里真的吃了不少苦，受了不少辱，童宝宝比我大一岁，但他个子比我小，朱师傅这帮人在车间里当众把他的裤子脱下来，要看他有没有发育，下面有没有生毛。他们还在他吃的夜宵里加了尿。朱师傅老是欺侮童宝宝，一次童宝宝忍不住骂了朱师傅，朱师傅要童宝宝从他的胯下爬过去。在印刷厂里受欺侮的也不是童宝宝一个。

那个时代人们缺少文化、缺少思想、缺少爱，所以我想写《学徒记》来反映那个时代年轻人的成长历程。

老式排字车间

卷二　恋爱记

一、旧楼初识

爱也罢，恨也罢，心胸爱恨分阔狭，有缘无缘前生定，爱也该爱，恨也白搭。

儿女私情，人莫讳也。我的初恋是兰芝，我和她相识是在印刷厂楼上的装订车间。当时我还是一个黄毛未褪的大男孩，我不知道社会上人与人之间关系的复杂，也不知道上班工作与学校读书的不同，到印刷厂做学徒时还是一股孩子气。是兰芝的懂事和早熟帮助了我，是她在我到厂工作的最初几年帮我渡过了好多难关。我有好多次因不愉快想放弃印刷厂的工作，也是留恋兰芝而坚持下来。在我和兰芝相处的头几年，我们在工作、学习和生活中互相帮助，两小无猜，结下了纯洁的情义。

14 岁那年我到印刷厂做学徒，第一天去上班，工厂负责人刘主任把我带给了一个拖着两条乌黑的长辫子，比我稍大些的姑娘身边，说她叫刘兰芝，叫我跟她一起做活，要听她的安排。

刘兰芝帮我在她座位对面收拾了一块台面出来，叫我先坐在那里看看。这是印刷厂的装订车间，在两间打通了的老屋的楼上，装订的工作台是用两块硕大的门板拼搭起来的，上面堆满了待装订的页子和已装订好的半成品，工作台能供六个人同时工作，楼上这样的工作台有两处，但两个台子各坐了两个人，我坐在刘兰芝对面，我们这块台板上有了三个人。

七月的江南天气已经很热，老式楼屋的楼上更热，我穿了衬衫，里面还穿了汗衫，衬衫已经被汗水浸得很湿，我看对面的刘兰芝，她穿着一件袖口齐肩的运动衫[1]，露着两条宝姐姐般的手臂，做起活来胸部挺出来已经很明显。我看她一眼，脸就一下子红到脖子里，幸好无人发现我的脸色在变化，我感觉到她也在掩饰，她站起来时老是前倾着身子，我们这个年龄的人，男女同学没有往来，如此近距离面对一个姑娘，我还是头一次，我感到很别扭。

刘兰芝，我似乎很熟悉，在哪里见过？不可能的，我陷入沉思中。

刘兰芝见我呆呆地坐着，就帮我拿来了要配页的页子，这是个三联单，要把三个不同联次的页子配起来。

哦，我想起来了——焦仲卿妻！

孔雀东南飞，五里一徘徊。"十三能织素，十四学裁衣，十五弹箜篌，十六能诗书。十七为君妇，心中常苦悲。君既为府吏，守节情不移。鸡鸣入机织，夜夜不得息。三日断五匹，大人故嫌迟。非为织作迟，君家妇难为。妾不堪驱使，徒留无所施。便可白公姥，及时相遣归"。

---

①运动衫：一种用布自制的夏季服装，平肩无袖，圆领，简洁凉爽的衣服。

......

刘兰芝见我还愣在那里，在她告诉我第一联存根在上面，第二联付款凭证在中间，第三联记账在下面，号码要对牢。这种票据以前我见过，我就按照她的意思开始配页。这工作我很快明白了，就是速度稍为慢一些。

每天上班我都在做配页工作，刘兰芝差遣我楼上楼下搬页子，搬装订好的半成品到楼下去裁切。

装订工作最难的是笃纸，我们配好的页子都由刘兰芝拿去笃齐了，她们说刘兰芝笃纸技术最好，我从妈妈那里弄了些白纸，每天晚饭后都在家里练习笃纸。一天我早去，想去试试把昨天自己配的页子笃笃齐，我看见刘兰芝已经先到了，她在窗口看一本《风雪春晓》的小说。我是最爱看书的，之前我也看过几本小说，如《三家巷》《家》《儿女风尘记》等。我就问她在看什么书，她说是《风雪春晓》。

她还问我说："你也喜欢看书吗？"

我点点头说："是。"

她说："你想看可以先拿去，但三天要还。"

我说："好的。"

她借书给我看我当然很高兴。

1966 年 7 月，学校早就在写大字报，批判"三家村"黑帮，但这火还没有烧到社会上，所以在工厂里借书看也平常。一本《风雪春晓》我很快看完了，我有些把自己就当成主人公梁云了，也好像刘兰芝是菊芬。这本书拉近了我与刘兰芝之间的距离。

印刷厂的工作开始似乎很顺心，我每天都早早到工厂去上班，工作我也很积极，装订间搬上搬下的活我都抢着做，学习笃纸进展也很快，刘兰芝说我做活已经超过她旁边的德庆嫂了。

刘兰芝她的小姨很爱听戏，家里收藏很多越剧剧本的单行本，刘兰芝会把这些剧本的单行本拿到厂里来，我看到的有《珍珠凤》《双玉蝉》《碧玉簪》《盘夫索夫》《情探》《梁祝》《方卿见姑娘》《泪洒相思地》等，刘兰芝偶尔也会唱，我最爱听的是她唱的《盘夫》，此时我又会把她当做是严兰珍。

没多久，装订间又增加了人手，来的人里面有个叫项杏玲，她原是我妈妈厂里的织布工，她有些文化，也很会讲故事，我觉得上班也开心，但刘主任却把我调去踏后车，做杂工，我离开装订间也有些依依不舍的样子，我和刘兰芝刚熟悉就分开了。

刘兰芝是一个 15 岁的姑娘，比我大 1 岁，13 岁就到印刷厂做装订工了，因为她做装订手快技术好，所以一直在做装订，有比她先来或迟来的几个姑娘都调到印刷车间做机器去了，就她还留在装订间。她的小姨就是她的养母，她是被她的小姨家收养的，她叫小姨妈、小姨夫为小姨、小爸。一开始我还以为刘兰芝是刘主任的女儿，后来才知道她口里的小姨就是妈妈。

我和兰芝虽然相处时间很短，但各自都给对方留下了一个好的印象，兰芝说，她本来以为像我这个年龄的男孩会很调皮，但她发觉我做事情像大人一样成熟，讲话也很有分寸。七八月份厂里发冷饮费（高温费），刘主任说我们几个人没有，因为我们是"外包工"，兰芝很不高兴，她就来找我说要和刘主任去评理，我刚来不知道厂里的情况，原来去年和兰芝一起做装订的几个姑娘今年调到机器间去就有冷饮费了，兰芝因为装订技术好而留在装订间，反而说她是外包工而没有冷饮费。冷饮费虽说两个月只有区区三元钱，但在当时也是能做一件衣服的钱，谁有谁没有全凭刘主任一句话，俗话说："公门之中好修行。"刘主任也是心胸小，兰芝在这里也三年了，你还扣她冷饮费。

因为冷饮费的事我和兰芝站在同一条战线上，虽然和刘主任评理无功而返，反而给刘主任耍了淫威，但这件事加深了我们之间的友情。

1966年底，国家调整粮食收购价格，也同时调整粮食销售价格，在粮食销售价格调高后给予每个在职职工每月二元的粮价补贴，厂里又说我们没有。兰芝平时在厂里也是嘻嘻哈哈的，但我们在一起她竟然掉下眼泪来，一时间我男子汉的豪情被激发出来了，我也没找刘主任，就直接跑到总厂去说理，总厂一个老会计来说我，我毫不客气地把他顶回去了，他话说得难听，我也说得不好听，那老会计新中国成立前是个钱庄的钿店管①，是刻薄成家的那种人。这时候厂长书记都是靠边的，执行政策完全在于财会人员，我和财会人员吵翻了，在厂里已经无法解决。当时我妈妈是总厂出纳，因为涉及自己儿子也不好讲话，我就直接跑到镇里。第一次粮食调价中央怕落实政策出偏差，强调地方政府要有专门的部门管理粮食调价后政策的落实，所以镇里专门有调整粮食价格落实政策的领导小组，那领导听了我反映的情况后，直接打电话给厂里，明确要厂里落实政策，一视同仁发给我们粮价补贴，而且明确我们这些人外包工的地位不成立，这次我们是大获全胜。总厂的老会计，我们厂里的刘主任都目瞪口呆，那老会计还因这件事而叫他退休。我和兰芝之间的感情就又深了一层。

---

①钿店管：江南地方把钱庄管事的叫钿店管，把钱庄叫钿店，铜钿的意思就是钱。

二、两小无猜

转眼已是 1967 年春天，我们工厂搬到了新厂房，新厂房设计装订车间和机印车间在同一个平面里，为了产品搬运方便，机器间的隔壁就是装订，两个车间之间有双扇门连通，我在机器间能和兰芝经常见面。

我刚开始做印刷时，碰到薄纸也不是印得很准，兰芝知道是我印的活她会主动帮我粘贴订正，有时候号码印错了，兰芝会帮着敲号码。那时候是活字排版，有时不小心会漏掉一个字，如果没有看出来数量会很大，都是兰芝帮助补上去的，补字的工作上班不能做，要下班后来补敲上去，兰芝会在晚饭后来帮我补字。做印刷工作袖筒会很脏，但我们一般不会拿到家里去洗，兰芝经常帮我洗干净了放在机台上。机器上要用线，仓库外购的成品线不好用，兰芝会搓很多线给我备用。我和兰芝相处的一年多时间里，在点点滴滴中无不透露出她对我的眷顾之情。

转眼间春去夏尽，到了农村要抢收早稻、抢种晚稻的双抢时节，上面要我们工厂派人去支援农村"双抢"①，这活非常苦，又是高温又是累，厂里有办法的人借种种理由不肯去，就派我们这些"小青年"去。我和兰芝、向桂英被分到一个组，帮助农民去割稻。向桂英是比我早一年进厂的，她原来也在装订间工作，和兰芝是好朋友，她是我来上班时调到机器车间去的。这一年我15岁、兰芝16岁、向桂英17岁。

割稻的活的确很累，但有两个女孩在我再累也不甘落后，一上午下来腰也伸不直了。快到吃中午饭的时候，兰芝的手指不小心被镰刀割破了，血流了很多，幸好我带了橡皮膏、纱布、药棉、消炎粉，就赶紧帮她包扎起来。

兰芝在家里什么活都做，洗衣、烧饭、倒马桶②，在厂里笃纸、配页、包面、糊信封，可她的手却生得很嫩，十指尖尖，形如玉笋，一点都不像是经常做劳动的手，我今天还是第一次这么近距离看她的手。

中午农民给我们送饭，我们只要给他们粮票，不用付钱。吃饭时，兰芝问我如何会想到带这些东西，我告诉她我家有个小药箱，里面有红药水、紫药水、碘酊（碘酒）、双氧水、消炎粉、药棉、纱布、橡皮膏样样有。因为我家兄弟姊妹多，难免有个受伤出血的，这些都是备好的，邻居们有个受伤出血的也到我家拿，读书时学校去野炊，去劳动我都带着它。

---

①双抢：抢收抢种的简称，抢收早稻，抢种晚稻，时间很短，若晚稻种迟了没有收获，所以叫双抢。

②马桶：江南人家家里用的便桶。

我还带了搪瓷杯和毛巾，兰芝和向桂英就用我的搪瓷杯喝茶，用我的毛巾洗脸。劳动的地方农民备有一个大桶，大家共用两把竹勺子①喝茶，兰芝嫌用的人多不干净，一个上午都不喝水，幸好我带了杯子。他们自己带个小手绢早已湿透了，就用我的毛巾擦身子，真是毫无嫌隙。

　　我们去双抢劳动的地方离镇上至少有四里远，那里是水乡，河多桥少，从桥上过回家要绕好多路，但从河里游过到对岸回家要近不少，能少走好多路。我要从河里游过去，她们先是问我能游到对岸吗，我说能，打几个来回都没问题，我叫兰芝她们先走，兰芝她们走了一段路，我才脱衣服下水，我一手托着衣物，一手划水游过河来。当我擦干身子穿上衣裤回过身只见兰芝她们还在河对岸看着我，而且看到我光屁股擦身子，原来她们在我下水后又回来了，一直看我游到对岸穿好衣服，直到我走了。

　　第二天又去劳动，在路上我说她们不怕难为情，她们笑着说，你这种小屁男孩在河里游泳玩水多的是，这句话倒是真话，兰芝家门口有座桥，每天成群的男孩光屁股在桥下玩水，兰芝每天下班从桥上过，要想不看都难。后来我和兰芝两人单独在一起时她说，我们是怕你出什么事才看你过河的，话中流露出一种情意。

　　双抢回来后不久，造反派在厂里夺了权，造反派把一些观点不同的清理出去，我在厂里也是有影响的人，造反派岂能放过我，此时我父亲在挑砻糠、挑煤参加劳动改造，我也是"朝廷钦犯"了。造反派把我调到废棉车间弹棉花，如果依照我的个性，我是不想做了。但兰芝来劝我，她说你一定要忍住，你有技术，下半年厂里活

---

　　①竹勺子：一种用竹子做的掏水喝水两用的勺子，直接从茶桶舀水喝。

忙了他们一定会叫你回来的。

我听了兰芝的话就到废棉车间去弹花了，没做三天就发了一场寒热，兰芝送来了两斤红糖和一大包口罩，也不知道她从哪里搞来的。没过几天她给我拿来了一本《钢铁是怎样炼成的》，这本书我在学校就已经看过了，但此时读起来的感觉不一样。我在废棉车间坚持下来了，后来又调到了浆纱组，兰芝她们经常想来看我，但她们不敢来我家。印刷厂对面是汽车站，汽车站晚上停放了好多车，我们就在汽车后面见面，她会经常给我拿书来看。虽说这段时间不长，但我还是有些孤雁失群的凄苦。

下半年印刷厂真的很忙了，也不知她们在厂里说了什么，厂里真的叫我回去了。虽说我和兰芝她们分开只有短短的两个月，却有一种久别重逢的感觉。

虽说离开时间不长，但厂里已经弄得乱七八糟。造反派根本无心搭理厂里的生产，职工也无心工作。社会上到处停产闹革命，造反派还因为成立革命委员会排位置摆不平而内讧。一天车间地道里起火了，正好我在厂里，就赶紧切断电源救火，幸好救火及时，没有造成多少损失。我重新清理了地道，里面都是废纸堆满了，清理了地道后我又清理机台下面，都是油和废纸，好多机器油眼也堵塞了，原先机器脚踏的时候大家对油眼通不通很重视，现在电动机了，也不管油是不是加到里面去了，所以我也明白了厂里为什么会这么快就调我回来的原因。

我在厂里埋头苦干，一些年长和沉稳的职工都看在眼里，厂里男同志少女同志多，我在女同志中威信很高，所以兰芝她们特别服我，有时我会把厂里的事和母亲说，母亲很支持我的工作，她说年轻人应该多做点，力气做做会来的，不做也浪费了，不要学别人去参加一些乱七八糟的事，所以厂里苦的累的活都是我去干，领导上也认为这是正常的事了。

很快就到了年底，当时社会上治安也不大好，镇里要各企业轮流巡夜，我们厂里也每月要轮到一次，厂里也就是安排我们这几个人。我和兰芝一起去巡夜，他们走前面，我和兰芝走后面，我们听到猫不断的叫，而且叫声很可怕，像小孩子的哭声，我问兰芝说猫为什么老是叫，兰芝说她想你了，我说猫叫和我有什么关系，兰芝说她想你了就想你了，以后你会明白的。那个时候我真的很小，若干年后我才知道兰芝的意思是异性在想配偶了。

转眼间到了1969年春节，厂里安排值班，我和兰芝都排在值班名单中，整个春节期间我们哪里都不去，兰芝值班我来陪她，我值班兰芝来陪我，我们在懵懵懂懂中已经互相被对方吸引了。

三、少年悟情

　　诗经三百篇，开卷第一篇是《关雎》，关关雎鸠，在河之洲。窈窕淑女，君子好逑。我和兰芝相识的头几年，是两小无猜，但从我识人事，辨雌雄开始，两个人的关系就发生了微妙的变化。

　　我和兰芝工作的印刷厂是一个几十个人的小厂，厂里职工抬头不见低头见，我们几个人转转团团在一起，有意无意的分不开，别人也明白我们在谈恋爱了，但大家都没有明说。有时候礼拜天会到厂里来敲号码、搓线①，好像心有灵犀，经常就我们俩在一起。我号码印错了，她也帮着敲号码订正。当时我们厂里还没有自来水，但一天洗手、洗胶棍要用六七担水，取水要到几百米外的过滤池去挑回来，大家逊②着去担水，只有一个老师傅经常去挑水，但他一只脚曾骨折受伤，我看不过去就经常去挑水，兰芝看我经常去挑

---

　　①搓线：用手打线，就是把四股或八股线打成一股，以增加牢度。
　　②逊：本意是让出，谦让，就是很客气地让别人去。

水，她一个女的也帮着来挑水。

1969年中苏珍宝岛事件后，在杭州昭庆寺少年宫举办自卫反击战展览，厂里组织去参观，我和兰芝都很兴奋。在参观展览以后，我们沿着白堤一路向西，到了断桥，兰芝打了个火跳①，她的身段极其柔软，我从来不知道她有这功夫，我就说她是白娘子，向桂英和我们在一起，她说你们一个白娘子，一个许仙，我可不是青儿。我说我不是许仙，我背诵了陆游的《卜算子·咏梅》：

驿外断桥边，寂寞开无主。已是黄昏独自愁，更著风和雨。无意苦争春，一任群芳妒。零落成泥碾作尘，只有香如故。

我自比是陆游。

我从小喜爱诗词，《千家诗》《神童诗》《唐诗三百首》这些唐宋诗词原都是家里早教的基础课。那时候流行《毛主席诗词》《鲁迅诗词》，这首陆游的《卜算子·咏梅》就附在《毛主席诗词》后面，所以我就大胆朗诵出来。虽然我当时并没有把兰芝比作唐婉，不料竟也成了谶语，我和兰芝最终劳燕分飞。

断桥下来，我们从平湖秋月走到楼外楼，在楼外楼里吃中饭。那时候人们钱少，外出吃饭非常节约，但我母亲从来是提倡一条穷家富路的方针。我自己有五元钱，平时一直不用，出门时妈妈又给了我十元钱。我们就在楼外楼点菜吃饭，兰芝说吃个面条或年糕算了，我坚持点菜。向桂英说要吃糖醋排骨，我们就要了糖醋排骨、西湖醋鱼、青菜炒肉丝和一小盘香肠，算下来也不过二元多钱，是先付钱后上菜。我说便宜，兰芝说二元多钱还说便宜。

吃饭时我叫兰芝多吃点，向桂英说今天她在吃醋了，糖醋排

---

①火跳：舞台上类似空翻的动作，是两手着地连续翻。

骨、西湖醋鱼，都是醋做的。

从楼外楼出来，我想去西泠印社，我从小喜爱书画、金石，但西泠印社门关着。一路行来，苏小小墓毁了，过西泠桥到岳庙，岳庙关着。诗词里面，我最喜欢是岳飞的《满江红》词，其中的：

莫等闲，白了少年头，空悲切。

这句词是母亲从小教我们到大的。

行行停停，我们来到了九里松。

平时没有书看，翻来翻去几本唐诗宋词，我前些天刚看过康与之的《长相思》，我一有些卖弄，二有些调谑地背了这词：

南高峰，北高峰，一片湖光烟霭中。春来愁杀侬！郎意浓，妾意浓。油壁车轻郎马骢，相逢九里松。

向桂英听后指着我和兰芝说："郎意浓，妾意浓。"

兰芝马上脸露怒容，说她要径自走了。

向桂英也马上说："不说了，不说了。"

向桂英笑着不敢再说了。

其实以前我和兰芝在一起，从来没有说过有什么谈恋爱的意思，根本也想不到谈恋爱这一层的。但给向桂英这么一点，反倒使我们有些不好意思了。

我和兰芝、向桂英在一起是因为我们是同一批学徒，就我们三个人，是师姊妹之间的关系。

大家这么一闹，玩兴顿减，我们就从九里松乘七路车到灵隐，灵隐大门关着，我们也只能从栅栏朝里面望了望，看到了几株老柏树，飞来峰只能远望，五百罗汉佛像都被拦着。看不到什么，只能悻悻而回了。

下山来我们没有乘车，兰芝说喜欢走着玩，我们到植物园玩了一会。玉泉还是开放的，我们到玉泉看大鱼。晚上的旅馆是厂里已经订好的，我们就在玉泉吃了晚饭。

向桂英从来很大气，有钱大家花，花她花你她不在乎，就叫我在玉泉天外天饭店点菜吃饭，吃了什么菜我记不得了，也就花了三块多钱。

兰芝有些拘谨，她好像从展览馆出来后一直很严肃。其实她在厂里和别人在一起也是没心没肺的，笑起来也很疯，但她和我在一起却从来不苟言笑。

兰芝在我面前好像一个大姐姐，是师傅。我们三个人，这一年我17、兰芝18、向桂英19。其实她们都很早熟，向桂英早就谈恋爱了，她的男朋友原来是我们厂里的，由于家里成分不好，前些年造反派掌权时被清退回农村老家了，但他们一直没有中断恋爱关系，所以我们也很钦佩她的，觉得她为人很义气。

兰芝也很早熟，我第一天来上班时和她对面坐着，那时候她的胸部就已经挺出来了，我都羞得不敢正面看她，至今三四年过去了，她完全是一个成熟的大姑娘了。对男女之间的事她懂得很多，这点我从她平时的谈话之中能听出来，我们看的很多才子佳人的书籍都是她拿来的。她看过很多这方面的书，家里还有很多越剧剧本。她给我讲过《泪洒相思地》的剧情故事，她说那负心郎把小姐的肚子弄大了，然后又把小姐遗弃了，我就直问，那负心郎是怎么把小姐肚子弄大，兰芝的脸一下子红到脖子里，那时候我还真的不知道男人如何能把小姐肚子弄大。

兰芝的越剧也唱得很好，她唱《泪洒相思地》里小姐唱的一段

74

"我为他……"能把人的眼泪唱得掉下来，她唱严兰珍"盘夫"一段，委婉柔情，使人油然生出一股怜爱之心。

我们在玉泉吃了晚饭后乘七路车到湖滨下车，以前我们也来过杭州多次，但在杭州过夜还是第一次。我们到解放路百货商店去转了一圈，兰芝要买双尼龙袜，但店里说要有购货证①才能买，所以没有买到，我们就回旅馆分头去睡了。

第二天我们一早从旅馆出发，在附近饮食店吃了早餐，陪兰芝去浙一医院眼科检查眼睛，兰芝晚上做花边②眼睛看不清楚，医生说有近视散光，要配眼镜校正，兰芝验了光但没配镜，我们就从医院出来了。走到庆春路上，碰到了厂里同来的许师母，杭州的亲戚带着她在逛商店，她问我们想买什么？我说兰芝想买尼龙袜，但要购货证，许师母的亲戚说她带着购货证，我们就从许师母亲戚那里借了购货证，重新回到庆春路百货商店陪兰芝买尼龙袜。兰芝和向桂英都买了尼龙袜，但我不想买，兰芝以为我昨天吃饭花了钱，今天买袜子的钱没有了，我说我有钱，还有十元没用呢，我是不想买，但兰芝坚持一定要给我买一双尼龙袜，是她花钱买的，我给她钱她也不要。

回去的车子是厂里包好的，下午三时在湖滨上车。我们从庆春路百货商店出来时间还早，就到龙翔桥乘四路车到净寺，净寺门也关着，我们又走到苏堤，从苏堤走到花港公园玩。

今天兰芝好像很高兴，花港公园玩的人不多，我要兰芝在草地

①购货证：当年购买工业品的一种证件，凭户籍发放。
②花边：江浙一带妇女用线一针一针挑出来的花纹图案，用作台布等装饰品，又叫万缕丝，用以出口欧美。

上"打火跳"，做空翻，她接连打了好几个"火跳"，空翻时身段美极了，身体非常柔软，原来她小时候跟越剧团的老师学过的，那老师本来要招她去剧团当演员，因为体制上的原因自己说了不算，所以她没有去成，我忽然觉得我已经喜欢她了。

花港公园有一条长廊，我和兰芝并肩在里面走着，向桂英说喜欢看鱼，径自看鱼去了，留下我们两个，这时候我们倒确实有些像一对恋人了。

我摘了一片很大的树叶，兰芝说也喜欢，我就给了她，这片树叶她收藏了很多年，后来我们分开了，她把这片树叶托人带还给我，这时候我才知道，那时候她已经很爱我了。

四、男女相恋

　　我和兰芝初次相识是上班第一天，至今记忆犹新，车间主任叫我跟着她一起做活，见她是一个十四五岁的少女，拖着两条乌黑的长辫子，虽衣着朴素而风致娟然。我和她对面坐着工作，我不敢抬头正面看她，可我但凡眼光所至，就是离不开她兰芝，那时候正是夏季七月，工作场所天气炎热，大家都单衣薄裳，虽然她时时有意识前倾身子进行了掩饰，但掩盖不了青春少女的绰约丰姿。我一见就羞得脸都红了，也不知道我为什么要羞，幸好天气炎热，没人察觉到我脸上的变化。

　　兰芝的养父母是她姨父姨妈，开始养父母对她很是溺爱，可七岁上她养母自己生了个女儿，她有了个妹妹，她就失宠了。她很小就会做家务，13 岁就到印刷厂做学徒了。兰芝生就一双巧手，白天厂里上班，配页、笃纸都是厂里第一。晚上下班回家，淘米、做饭、洗衣服，晚饭后还要做三四个小时的花边。所以厂里人人夸她，我也觉得她是个好姑娘。

我们杭州回来后，两人走得更近了。先是两个人在一个班，我经常帮她修机器，打版①，她也经常帮我搓搓线，这时候我在厂里技术上已是一把好手，她有什么事情总找我。后来我们分班了，晚上她在上班，我总是到她机台上去陪她讲话。星期天我们到山上去玩，有时我们两个人上山，有时和向桂英一起，有时我们带着她妹妹，她妹妹比她小许多，到山上我都要拉着她走。

我们生活在一个小地方，没有什么可玩的地方，也没有可供男女谈情说爱的地方，所以我们只有往山上去玩。离镇子三里远的地方有座山，山上有个千年古寺，叫白龙禅寺，是观音菩萨的行云歇脚之处，这里的签非常灵验。以前这个寺庙香火很盛，现在佛像全部毁了，所以香客绝迹。除了山林队的人，很少有人上山了。所以这是个谈情说爱的极佳去处。

我们每次上山走走停停，有时坐在石阶上远眺街镇的全景，街镇到山上隔了三四里地的农村，有时候农田里油菜花开，青一块的麦子，黄一块的油菜，美丽极了，这时候我们忘了自己身在凡境，以为自己是自由的仙人。

上山的台阶有七百多级，半山腰建有半山亭，我们在半山亭休息，此时的世界就只有我们俩，但我们无卿卿我我的悄悄私语，也无搂搂抱抱的暧昧亲昵，此时无声胜有声，两情相通尽在不言中。

从半山亭出来到山顶有一段路台阶很陡，这时候我拉着兰芝的手她很顺从，平时我俩经常在一起，从来没有什么亲昵的举动，真的连手都不摸一摸的。我非常喜欢兰芝的这双手，虽说她成天在劳动，家里淘米、洗菜、烧饭、倒马桶，都是粗活，厂里现在在做机

---

①打版：在印刷机器上装排好的活字版。

器，免不了与煤油、机油打交道，可她这双手还是十指尖尖，形如玉笋，手背关节处微陷，好似大家闺秀，千金小姐的一双手。

我很喜欢兰芝的手，不光光是她的手好看，更主要的是她的手巧。她不但活做得干净利索，她还有很多技能，她能绣花，做花边，还会做衣服、打毛线，而且写得一手娟秀的好字。我们这几个人书都读得不多，但都肯学习，闲书也看得很多，厂里后来迟进来的师弟、师妹初中毕业、高中毕业，但文化上都比我们差了一大截。

那个时代谈恋爱，双方都以品行、才能取悦对方。男方为人要正派，谈吐要优雅，衣着要整洁；不吸烟、不喝酒，没有不良嗜好；要努力学习文化、技术；要有一技之长，还要勤劳，会做家务活。女方也一样，要聪明，能干，关键是人要正派，长得漂亮当然最好。顺便说一声，那时候高仓健还没有传到中国，中国的女孩子还是喜欢长得清秀的男孩子。

那时候青年男女的思想要比现在的青年男女成熟，穷人的孩子早当家，当时青年男女的思想年龄要比现在的青年男女大5岁，15岁的男孩相等于现在20岁的男孩子，20岁的男青年相等于现在25岁的男青年。但那时候青年男女的性成熟要比现在的青年男女迟5岁。那时候20岁的青年性成熟相等于现在15岁的青年男女，25岁的男青年相等于现在20岁的男青年，当然我是从普遍意义上说的，少数人例外。

春去秋来，寒来暑往，我和兰芝沉浸在热恋中。此时的世界仿佛只有我们俩人，我们不管春夏秋冬，也不管东西南北，我们不管刮的是什么风，下的是什么雨。在单位里我们积极工作，做出好的产品，每天的班产不断增加，自己在和自己竞赛，好像我们就是代表整个世界。我们也不吝帮助别人，兰芝帮着别人做衣裳，遇到求助的会把好多钱给人家。就是说压根儿没有想过以后怎么过日子，这就是恋爱的浪漫。

为了与兰芝相处方便，我设法与她调到一个班上，而且我杂事较多，抽出做长日班的居多，这就又有了下班后能在一起的机会。"文革"中期后，电影逐渐多了起来，老三篇当然是《地道战》《地雷战》《平原游击队》，但我们百看不厌，附近农村放电影我们赶到农村去看，放广场电影在广场看。电影院买票的我去挤队买票（没有排队，只有挤队，每次电影院买票都是很多人挤队，挤到电影票卖完为止）。后来我结识了电影院一个卖票的朋友，每次电影院放电影他自己能买十张票，他的票多数给我，我把票给兰芝，兰芝邀她的小姐妹一起看，虽说那时候电影票才六分钱一张，但我每月花在电影票上的钱也有好几元。开支一下增大了。

这段时间我们好像生活在真空里，单位里也没有什么事，造反派当家，他们也不管我们。他们只管自己政治上的事，厂里的活由我们在给他们完成，我们在谈情说爱，嬉戏闹闹，他们全不管，因为我们不会影响他们夺权、掌权的。兰芝家里的养父母也不太管兰芝，大概兰芝是正式工人给家里增加了工资收入的缘故吧。

这段时间兰芝好像很主动要和我亲近。厂里有几个姑娘也对我很好，一个是和我一起进厂的茹冬梅，一个叫陈静，是刚从学校分配来的。她们两个家里条件都很好。茹冬梅家里有哥哥姐姐，她哥哥早年就参加工作了，姐姐支农去了，她被安排到工厂来工作。文化大革命她奶奶被造反派作为漏划地主揪出来游斗，家里的面子受到了损害，但她父母亲都是正派的劳动者，在商店里工作。陈静家里条件也很好，她父亲在上海工作，那时候工人阶级地位高，尤其是上海产业工人，不但地位高，还有工资高。陈静爸爸一个月工资一百多元，我父母亲两人的工资加起来还没有一百元。

茹冬梅工作努力肯干，人也老实本分，从来不多言语，就是从小失学，文化差些。她工作上很多事要叫我去帮，遇到重活她就叫我，她比我还小一岁，她有些把我当哥哥一样依赖。但她也很关心我，时不时买些东西送给我，什么汗衫短裤、拖鞋袜子之类的，还会经常弄些吃的东西来给我。一次我偶然说起，昨夜回家进台门①天黑，在有高低的石阶上绊了一下，险些摔倒了，没几天她就给我送来了一个精致的小手电筒。

上次去杭州后厂里又组织了几次去杭州参观，一次不知怎的，兰芝没有和我在一起，茹冬梅一个人跟着我玩。我们去了三潭印月，我还给她拍了好多照片，这些照片拍得很出彩，回厂来后同事们互相传看了，兰芝知道了就来找我兴师问罪。她说我负心，说自从我进厂后她一直帮着我。有时候我活没做好，领导来批评，都是她帮我顶着。还说我嫌她家里穷，和茹冬梅好是门当户对。

这真是没来由的事，我从来没有想过要和茹冬梅处对象，我是一直把她当成小妹妹看，更使我生气的是门当户对这句话。

文化大革命我们家也吃了不少苦头，我爸爸反右运动下放到工厂当会计，文化大革命中又牵出了族中当年有祭祀用的 25 亩轮种地，一个族中当干部的二叔被审查了，说他隐瞒了这 25 亩土地的事，那个二叔为了开脱自己，就反咬说当年应轮到我家，造反派就

---

①台门：石库门。

借故说我家也是漏划地主，我爸爸被下放去劳动、挑水、挑煤、烧锅炉，吃尽了苦头。现在兰芝说出话来的意思就是我们都是漏划地主，所以门当户对，这话深深地伤害了我。从此有很长时间我不去理她，也疏远了茹冬梅。

这是我和兰芝之间所发生的第一次风波。

五、醋海风波

陈静刚进厂来不久，一直黏着我和兰芝。我们去玩她也跟着走，我们去看电影她也要跟着去。她第一年来上班过年就叫我们去她家吃饭，以前我们小朋友之间最要好也不到对方家里去吃饭的。春节兰芝值班陈静陪着，我值班陈静也来陪着，她是家里独生女儿，在家里从来不做活。

陈静厂里的活也做得不好，都要兰芝帮着做。我们做学徒时是旧体制，每个学徒都应该有师傅，主要是我们先做临时工、童工，做乱了，所以也不知道谁是师傅，但应该有师傅，她们这帮学生来厂后，厂里革新实行新体制，不派师傅了，说起来兰芝也是陈静的师傅了。很长时间我和兰芝闹矛盾不说话，有事都是陈静传的消息。这段时间我去看电影陈静也跟着我去。有时我叫陈静带电影票给兰芝，兰芝都推说有事不来，陈静就自己来了。

我和兰芝之间互相怄气，越闹越僵，我也有意与别的女孩子在一起玩，大家都僵持着。一天兰芝说要找我谈谈，我们就约好了晚上在装订间。

装订间和机器间隔了几间屋，但机器间做夜班的声音还是很响，我们在装订间晚上很静，所以只听到机器的声音，就关了门在里面坐着。两人相对无言，其实我心里还是喜欢兰芝的，根本没有别的三心两意。兰芝一言不发，我看着她又气又好笑，很想逗她怎么讲话，吐露真情。

前些时间我们还刚看过电影《列宁在十月》，里面有瓦西里和妻子拥抱接吻的镜头。我见兰芝长时间没有说话，就想走过去抱她一下，我走到她身边，刚伸手碰到她的后背，她就尖叫起来，我给她弄得很是尴尬和恶心。从此我在心里留下了阴影。

我也不是一个好说话的人，我想既然这样，也只能算了，我感到自己很没面子的，也就悻悻地走了。

从此我和兰芝、茹冬梅、陈静，不管哪个女孩都不来往了。

我和兰芝之间的事让向桂英看出来了，别人一直说她是我和兰芝之间的红娘。她问兰芝究竟为了什么，兰芝说我这个人不好。向桂英问为什么，兰芝说陈静告诉她，说我对陈静有意思，在看电影时对陈静动手动脚，搂搂摸摸的，现在我到她身上也去动手动脚了。天哪，我是这样的人吗。

我对陈静一点意思也没有，更谈不上对她动手动脚了，何况陈静也知道我和兰芝的关系。后来向桂英问陈静，陈静说她看到我和兰芝不好了，是她喜欢我，她想让兰芝断了对我的念想，才这么说的。

陈静这件事以后，我和兰芝重归于好，她想把我们谈恋爱的事

84

摆明了，就要让家里人认识我，她叫我到她家里去帮着改装电灯。那时候居民家里都是用白炽灯，为了省电，灯炮瓦数很小，灯光红红的很暗淡。兰芝在家里晚上还要做花边，我就帮着改装八瓦的日光灯。

我已经为很多家做了日光灯，我自己动手做木壳，做油漆，到杭州中山中路的电器商店买电容器替代镇流器，继电器我都是贴了钱的，但那时候拿个公家的继电器一般人们是能接受的，但我从来不拿，都自己掏钱去买。

自制的八瓦小日光灯节电又明亮，很受兰芝她家里人欢迎，兰芝是要让她养父母知道我这个人聪明能干。兰芝的养父晚上喜欢打扑克，那时候扑克牌刚恢复生产，市面上还不多，我就帮着到生产扑克的印刷厂低价买来。她养母开夜工做花边，夏季点的传统蚊香烟很呛，我就出差时帮着买来猎狗牌盘香。烟雾轻多了，她养母很喜欢。

兰芝的哥哥嫂嫂来做客，她让我买电影票陪着去看电影，目的是让她们看看我怎样。她还让我到她亲生父母家去，她妈妈姐姐都喜欢我，对我很好，我在她家过了一夜，还给虫子咬得满身是包，兰芝很是过意不去。

我和兰芝的事似乎发展得很快，已经要和他养父母正式去央媒说亲了。

这时候又搞运动，厂里来了工作队。

我们厂里有个门市部，开在街上，有两间店面，楼上是临时仓库。门市部有个营业员叫冯素珍，她很有文化修养，看过很多古典小说。我每次去门市部都和她谈古典小说，《红楼梦》《聊斋》《镜花缘》她都读得很熟，我们谈起来很投缘。冯素珍原来在小吃店卖票，后在医院挂过号，到处做临时工。她因和革委会头头熟悉才调到我们厂门市部来，她非本地人，就住在门市部楼上，现在搞运动，那革委会头头犯事了，也把她牵连进去，说她与那革委会头头有男女关系。

工作组把冯素珍隔离审查，因她是个女的，就叫兰芝去监管她。冯素珍在里面写的检查材料都叫兰芝带出来。

那时候干工作组的人都是些蝇营狗苟的小人，都是些流氓。她们犯事，即使有罪，只要承认通奸也就是了，而工作组这些人什么细节都要问，一次一次逼供，越细越好，通奸了几次，如何弄的都要说清楚。

兰芝一个大姑娘，看了这些都要脸红的材料，兰芝就把这些细节告诉了我们。

冯素珍结过婚，现在和他前夫离婚了，所以她独自出来谋生，先前在小吃店等处做临时工。后来结识了该革委会头头，那人答应帮助解决工作，结果帮她调到这里来了，那个人老家在外省，也是一个人，所以她们好上了。

工作组的人不依不饶，要冯素珍交待细节，她也就破罐子破摔，把什么话都说了。她说，她前面的丈夫对她很不好，又根本不把她当人看，在家还虐待她。后来她还得了肺病，由于她没有生育，那男的和她离婚了。

工作组要她交待和现在这个男的怎样，晚上是怎么到她那里去的，有多少次，是谁主动，而且还要交待怎么弄的。她说那男的一般周末才来，等晚上人少时从后门走进（前门是排门，晚上上了排门就不开了），一般那男的上楼就关灯，每次搞关系都是她帮男的把那东西放进去的。我问兰芝，他们为什么要问这些事，兰芝说，因为她没生过小孩。

那是个海淫海盗的年代，我们这些涉世未深的年轻人都知道了这些污秽的东西，我还取笑兰芝成了女牢头禁子。后来我在单位管人事，也看到一些男女关系的交待材料，都是这样刨根问底地追问细节，其实这些所谓工作组的人员都是一些流氓，粉碎"四人帮"后这些人也被审查，他们做的玩女人的事还要坏几倍，这真是个流氓横行，全民受辱的年代。

六、热恋忘情

　　我和兰芝正在热恋中，我们都忘却了当时的社会和外面的世界，也忽视了双方各自的家庭。

　　1972年冬季的一个星期天，上午我到厂里去，兰芝也来了，她说今天她养父也休息，家里有人做饭，饭不用她做了。她还说花边刚汇①了，新的没有发，今天她闲着没事，所以来厂里玩了。我说我今天也没事，下午到哪里去玩玩，兰芝说她喜欢爬山，我们就约好下午在镇中学附近等，那里是去山上的必经之路。说好后我们各自回家吃中饭。

　　下午我们如约来到等待的地方，慢腾腾地往山上走。我们沿着上山的石阶拾级而上，兰芝还居然数了起来，她数数忘忘，似乎心不在焉。

　　我们走走停停，古老的石阶缝里、路边上已经杂草丛生，时值

---

　　①汇：完工后交还给花边厂，花边厂不在当地，邮寄出的意思。

88

冬季，长长的杂草已成干草，兰芝说要休息，我们就压倒了一些干草铺在石级上坐下来休息。

以前我跟兰芝在一起她总是一本正经，好像一个道学先生，也不苟言笑，今天居然变得十分妩媚。两人并排坐着，她把身子和我靠得很近，居然还把头偎到我的怀里来，我们就这样坐着，我看她也没有马上要走的意思。

我们就这样依偎着坐着，看着远处的街镇，看着镇上通往山上的道路上的行人，他们像一个个小人国里的小人，但走到山边都不见了。山脚下有一条路通向附近的村庄，人们看着似乎往山上走来，其实走到山脚下就转弯了。

我闻出兰芝头发上散发出来的幽香，两只手始终没有去碰兰芝的身子，前些天在装订间我想去抱她时她发出来的尖叫，兰芝给我们看的和说的冯素珍交待材料中关于男女之间的那些秽事，像魔鬼一样吞噬着我的心。

兰芝的头在我的大腿和小腹上不断地蹭，还用手摸我的腰和后背，青春期生理反应的涌动不时被激发出来。但我一想到男女之间这种事情的丑恶和污秽，这种反应一下子便荡然无存，后来这种矛盾的心态一直影响了我的前半生。

我们坐在石级上已经好长时间，我催促兰芝上山，走过半山亭后没有上几级台阶兰芝就不想走了，兰芝说在这里看山下很好，我们好像人在半空中。

半山亭后的台阶很陡，人坐在那里不是很舒服，朝近处看有害怕掉下去的感觉，朝远处看真的似乎自己就是在空中，我不想在这里久留，可兰芝要的就是这种感觉。

我们就坐在半山亭后的石级上，此时我们谁也没有说什么，时光似乎凝固了，也没有外面的世界，坐了很久很久。兰芝还说了一些没头没脑的话，大概意思是说要是我们不是人，是鬼或狐或什么动物就好了，做事可以随心所欲，想做什么就做什么。但我们偏偏是人，要受这许多的拘束。

每次我和兰芝上山她总是要爬到山顶的，这次我们只爬到半山亭，这也为日后的分离打下隐语，就是半途而废。冬季的白天很短，天色渐渐暗淡下来，我就催促兰芝赶快下山，兰芝似乎还不想下山，但最后在我催促下无奈地走下山来。

我们走到山脚下时，天已经微黑了，也合当有事，我们竟碰到了猪八戒，他是厂里一个喜欢多嘴的人，当时我们心里就有一种不祥的预感，俩人默默地走着回家，到镇中西边我和兰芝就分道而走了，我想再送她一程，她怕被别人瞧见，就再也不要我送了。

我回到家里时天已经黑透了，家里人晚饭也已经吃过了，我就匆匆吃了一碗饭，去自己房间了。母亲见我灯也不开，就过来问我有什么不愉快的事，我说没有，只是累了。母亲说累了就洗洗早点休息。其实我心里非常不安，还在想和兰芝的事，还在想明天猪八戒会去厂里说些什么。

这一夜我早早地睡下，一整夜睡得很不安稳，一直乱梦颠倒，到五更天我做了一个梦，梦里我和兰芝结婚了，婚礼举办得很简单，母亲说非常时期也只好将就了，幸好兰芝也不要什么条件。婚房就在我的房间里，到了晚上我和兰芝就要同床睡了。床好像还是我的小床，我对兰芝说一张小床睡两个人太小了，兰芝说男女睡一个小床就不嫌小，我说为什么？她说你猜，我突然恍然大悟，原来她们平时在厂里开玩笑时也说过同样的话，意思是可以叠起来睡。

我要兰芝先睡到床上，就叫她自己把衣服脱了，我和她开玩笑说，我可不想让你说是我强迫你的。她叫我把电灯灭了，我就睡到兰芝身上，可就这么也不能进去，我就对兰芝说我找不到地方，兰芝说我又没生过孩子。我明白了冯素珍交待材料说没生过孩子，所以她帮男的放进去的。我就要兰芝帮着。兰芝笑着刚拿着，就说不好，猪八戒还在门外。我也听到敲门声了，原来妈妈有事要早走，叫我早点起来去买菜，买好菜再去上班。就这样一声叫，一场好梦被惊醒了。

早上我买好菜去上班，人很累，一天都闷闷的，心里总感觉有什么事要发生，我一天也没和兰芝说话，等到下班也没有什么事，就独自悻悻回家。

这年年底厂里出了许多事，原厂里革命领导小组的组长因生活问题被隔离审查，说他在读中专时就和一个女同学关系暧昧，致使那女同学要寻死；后来又和对门一个丈夫长年在外的妇女通奸，那女的怀孕了，他给了那女的五元钱，让女的去流产。现在他和厂里装订车间一个因土地征用招工进来的姑娘在谈恋爱。那姑娘每晚去他那里，他们多次发生性关系，还抄出了许多避孕套，都是在下水道里挖出来的。还有厂里一个学徒刚出师就未婚先孕了，厂里多次开会批判她，还要问她是男的先提出来的，还是她先提出来的，一时间把男女之间的事搞得污秽不堪。我和兰芝也较少见面了，大家避着，唯恐被人议论。

厂里革命领导小组的组长出事了，工作组在领导厂里的一切事务，原来厂里的革命领导小组不太管生产上的事，生产业务上的事一直都由我在负责当家。当时虽然社会上很乱，但我们印刷厂基本上没有停过产，客户来定印的产品都能按时交到他们手里。我和客户之间都有良好的关系。

工作组来厂后，他们觉得我和原来领导小组的人都是一路的，所以有排挤我的意思，但一时也找不到合适的理由。工作组替代了原革命领导小组，领导厂里的一切。他们对工作说三道四，原来厂里业务开单、安排生产都是我经手的，我还兼着机修、电工，厂里活来不及还要上机直接做，一个人干几个人的工作，既然工作组要管，我就主动提出上机顶岗，我也是年少气盛，有撂担子的意思。我主动提出，正中工作组的下怀，其实工作组早有准备，我一个人的工作安排了三个人做，这是我第一次对社会上的事有深刻教训，原来这世界上的事可以这样。

真理正派，积极肯干，这些都是热恋中的青年男女幼稚的幻想，现实不是这样。

七、忘情罹祸

转眼间已是 1973 年春节。

年底还算平静，虽说当时倡导过一个革命化的春节，但旧的习俗依然难以清除，少不了大家都要买些配给的食品。单位里的职工有一斤鱼票、二斤肉票、一斤花生票和一斤山核桃票，这是一年之中特有的一次，增加二两食油和一些豆制品票已经在季度票证发放时加进去了的，我们是印刷厂，这些票证都是我们印刷的，所以我们一清二楚。

我发的票证都交给母亲了，我也不管家里的事。这时候下农村的姐姐也回来了，家里的一切都交给姐姐去打理，我反而比平时轻松了。而兰芝年底较忙，因为他养父是服务行业，年底很忙，而她养母是不做家务的，所以家里所有事情都要兰芝操劳，我们在年底就较少在一起。

这年底厂里虽然事多，但我们家里还算开心，在母亲的努力下，上年综合厂归还了我们几间房子，家里房子明显比以前宽敞了，我们也有单独的房间。年底在农场的二弟还托人拉来了一大拖拉机的棉花杆，农场里还分给了很多鸡和肉。家里房子大了，燃料多了，我们还新砌了双眼大灶，家里还养了一只十分听话的猫，大家都很开心，弟妹们还开玩笑说兰芝什么时候能嫁过来。

放假前兰芝给了我一袋山核桃，她说你喜欢吃山核桃就放在厂里吃，拿到家里弟妹多也轮不到你吃了。我问她为什么不拿到家里去，兰芝说她养父母牙齿都不好，是不吃这东西的。上半年我去过她亲生父母家里，他们对我很好，我见他们经济并不宽裕，我去又花了不少钱，年底就汇去了十五元钱，兰芝知道了非要来还我。我一气之下就当着她面把钱丢到煤炉里了。年前我们也没见面，春节放假听说她到亲生父母那里去了，我也没去厂里，不像上年春节，我们都在厂里值班，她值班我陪她，我值班她陪我，转眼间几天假期过去了。

上班第一天兰芝就说下班有事找我，下班了我们在工厂后门口作了短暂停留，她告诉我说，我们的事情她养父母都知道了，是猪八戒告诉了她养父，说我们这样下去迟早要出事，所以她现在没以前自由了，她养父母管她管得很紧，然后她就匆匆回去了，说要赶紧回去做晚饭。

那次从山上回来我就不太高兴，预感着会有什么事，心里总好像我们真的做了什么见不得人的事让人撞见了，后来一直不见动静，现在猪八戒终于把事情说了出去。那个年代男女是不能自由恋爱的。因为谈情说爱是资产阶级生活方式。一般男女婚姻都是由媒人（介绍人）先和双方父母介绍情况，然后双方父母见面，工作条件、家庭状况要基本接近，一般男方的条件要好于女方，才有可能说合。

那时代城里的女人奇货可居，严厉的户籍制度使城乡不允许通婚，整个社会十分贫穷，不但饭吃不饱，甚至穷得连女人也没有。那时候男方要娶妻，付不起一笔很大的彩礼肯定不行。按当时的标准是不能少于一千元人民币的，很多家里有男孩的家庭都为此犯愁，饭都吃不饱，何来这许多钱娶妻，所以那年代光棍特多。老百姓对姑娘有个蔑称，叫做"千比"①。"五四"以来新文化提倡自由恋爱的思想已被完全复辟，封建社会的沉渣在整个社会上泛起。

当天我回家以后随便吃了些饭，就又闷在自己房间里。母亲见我有心事就过来盘问，问我有什么不高兴，开始我也不好意思说，其实母亲也能猜到些什么。就说你年纪不大，不要为找对象的事不高兴，不要做没出息的事。但后来她听我说了和兰芝的事，母亲也认为兰芝是个好姑娘，就同意托人到兰芝家去说亲。

母亲托人到兰芝养父母家去说亲，兰芝的养母在说亲的人面前说我们兄弟姐妹多，家庭负担重，以后是我们去养他们，还是他们来养我们。一句话，就是嫌我们不好。其实这些都是托词，最关键是嫌我们家政治上有问题，其次兰芝的养父母也接受不了兰芝出嫁，因为她们不能少了兰芝这个能挣工资的丫鬟和老妈子。

其实我们家在当地也是望族，兰芝的养母应该清楚我们的家庭背景，正因为我们上代人一直是忠厚传家，也为当地做了不少好事、善事，所以不管别有用心的人怎么挑唆，当地人也不会把我们弄得很惨，我父母亲在当地还是受到很多人尊重的，所以我母亲会

---

①千比：这是一个蔑称，比是指女性生殖器，意思是要一千元人民币买一个或卖一个。

托人去说亲，也算是高抬他们了。

兰芝的养父母是凑合的家庭，养父是个理发师傅，当时叫剃头师傅，是那些技术不高的剃头师傅。幸好那时候剃头师傅都是归在合作商业里面，所以每月有三十几元固定收入，即使在天花乱坠的当时，也属于较底层的工作岗位。兰芝的养母也没工作，在家里挑些花边补贴家用，所以兰芝的家庭基本上属于下层社会。母亲打心底是看不起他们的，但看在兰芝的面上，也是宠爱自己的儿子，才肯放下身段去求亲的，一旦求亲遭拒，母亲就坚决反对我的要求了。

我和兰芝从初次见面至今已经八年了，这八年来一起工作，一起学习，朝朝暮暮，称不上青梅竹马，也能说两小无猜了。热恋中的青年男女是没有定力马上刹车的，兰芝和她的养父母较劲第一个回合，就败下阵来了。败就败在一个"养"字上，她养父母压制她，叫她尽可以马上离开她家跟我走，就当这些年白养她，否则和我一刀两断。其实兰芝从13岁到印刷厂做童工，家里一脚头①家务，也抵得上一个丫头或老嬷嬷了。可兰芝哪里受得了这忘恩负义的坏名声，所以她答应了她养父母从此和我断绝关系的要求。

兰芝自从和养父母摊牌不成后就有意避着我，以免再次传到她养父母耳朵中去，我见她态度暧昧，多次要问她究竟，但兰芝一直不肯明说，我脾气也有些上来了，青春期的无知和轻狂使我非常烦躁，我就径直去找了她的养父母，我和她养父吵了一架，这下祸闯大了，她养父母起了狠心，发誓不让我们在一起，非把我们拆开不可了。

我和兰芝相爱，本来厂里有些人也有些妒忌，这样一来事情完全

---

①一脚头：当地土话，指所有或全部。

公开化了，有些人幸灾乐祸，一些本来和我不好的人在兰芝面前做反面工作。那是个群魔乱舞，小人得志的年代。马上有人给兰芝做介绍，介绍全民单位的、介绍部队转业的，反正一个字，都要比我好。至于好什么，就是我家成分高，政治上有问题。所以他们只要找出任何一个出身好的男青年都比我要好。至于人品、才能、长相都是其次的，那是个空头政治第一的年代。

为了我和兰芝的事，厂里居然明显分成两派。一部分人帮着我们，要兰芝坚持自己的主意，上班时我们两人在一起，他们会帮着望风，一旦有对我们不利的事会立即通知我们。我和兰芝有不方便见面时他们会帮着传递消息。而另一些人想方设法会把我和兰芝在一起的信息去告诉兰芝的养父母，力图拆散我们。我们正常的青年男女的恋爱关系居然变成不正常的事情，两个人要约会就好像搞地下工作。兰芝也从此失去了自由，她每次上夜班她的养父会在附近偷看着监视她，看兰芝是不是在机台上，有没有和我去约会。

青春期的男女思想简单、冲动、逆反，平时若没有什么阻碍，也是能大大方方处事的，一旦遇到不顺心，就没有冷静思考，甚至不会暂时把问题搁到一边冷一冷，更谈不上有什么策略或韬晦之计了，而是一味地把矛盾去激化。我每天都想见到兰芝，要打听她的消息，我这样做反而把兰芝逼到两难的境地。兰芝只能两面应付，她在养父母面前说不再和我来往了，在我面前说对我不会变心的，事情到了这种地步，本来充满快乐的恋情已经变成痛苦的折磨了。

我和兰芝已经有好几天不见面了，一天兰芝做夜班，我叫陈静把她约到人民公园，我们在树下阴影处站着，我问兰芝这事究竟怎样处理，突然兰芝的养父走了过来，原来兰芝的养父一直在暗处盯着兰芝的一举一动，他逼迫兰芝马上回去，兰芝只好跟她养父走了。我也只能无奈地回到家里，但我十分不放心兰芝。这是 20 世纪 70 年代的中国，一个参加工作近十年的现代女性，竟然是如此柔弱和顺从。

兰芝在家里的地位十分低微，去过她家的女同志都知道，兰芝在家里很苦，家中的一切苦活累活都是她做的，虽然那时候人们的住房普遍很小，但兰芝在家里晚上也没一张像样的床铺。一个 22 岁的大姑娘了，她养父居然把她当成一个十二三岁的丫鬟一样呵斥她，驱使她。这越发激起了我的逆反心理，我想和兰芝私奔出走，可那年代往哪里去，还有兰芝是否愿意和我一起走，她是否有胆量和我一起走，所以我下决心让自己离开这里。

八、棒打鸳鸯

　　我和兰芝的感情是纯洁的，青春期对异性的爱慕和追求也是合理的，可是在那个人的灵魂被扭曲的年代，合理的东西反而被当成不合理，正常的事情反而被当成了不正常。

　　我们厂里有个小人，叫胡不二。但人并非小说或戏剧里描写的那样丑陋不堪，人长得高高大大，脸也长得白净端正，就是那种外善内恶的，人称笑面虎。原来厂里的领导也是培养他的，他本来和书记关系很好，书记在"四清"后派他去镇里劳协会，"文革"开始后劳协会解散他回到厂里。我们厂里的职工都很老实本分，但他回来后就挑动他们搞运动，揪这个、揪那个，到这家去横扫，到那家去横扫。那个曾经培养他的书记劝了他几句，他竟然写了那个书记很多大字报，说书记压制运动。他积极组织成立造反派组织，批判厂里坚持生产的老同志、老党员为生产党，生产党员。

　　胡不二积极组织造反派搞斗争，批判厂里原来的领导。1967 年

99

"八·二六"事件后他组织夺权，但突然癫痫病发了，等他病好了厂里领导班子已经成立，他没有被结合进去，给他安排了一个仓库保管员的位置，因此他与厂里造反派的头头也结下了梁子。他利用仓库保管员平时工作空闲，仓库地方隐蔽，经常联络这个、联络那个，搞些蝇营狗苟之事。

胡不二不但管"革命"，也管恋爱，他本来想在厂里找个女的，但厂里的姑娘都知道他有癫痫病，虽然平时也和他有说有笑的，但真要嫁给他却谁也不肯，后来他托人在外单位找了个女的，据说那女的家里经济很困难，见他家条件不错，也是他骗功好，就嫁给了胡不二。厂里有人私下说，他是用钱把那女的骗来的，结婚后那女的才知道他有癫痫病，说胡不二骗了她，两个人感情一直不好，经常吵架，所以胡不二很怕他老婆。

胡不二和兰芝的关系也不错，他想和兰芝处对象，兰芝的话讲得不好，她说有我了，本来她觉得胡不二人也不错，这句话引起了胡不二的误会，以为兰芝也喜欢他，同时也激起了胡不二对我的妒忌。其实兰芝是给胡不二留了面子，胡不二向兰芝求婚的事情兰芝和我说过，有段时间胡不二癫痫病发作活跃期，兰芝下班送过胡不二。胡不二家要走过一百多米沿河的小路，兰芝和胡不二回家是同一方向，怕胡不二犯病掉下河去才送他的。兰芝怕我起疑心才和我说的，我当时就说兰芝这话回得不好。兰芝说她怕伤了胡不二自尊心才这么说的。后来胡不二盯上了厂里另外一些姑娘，那些姑娘不肯嫁他，他才娶了外单位的姑娘。胡不二仓库发料每次都少发，规定损耗都没发足，一些女同志稍不当心就造成产品缺料，最后只好求胡不二帮忙补数。而我识破他的手段，很多次是在未开印前抽查

100

白料把他抓住，所以他只能当面对我客气，实际对我恨之入骨，何况还有兰芝这件事情。

这次我和兰芝在山上被猪八戒撞见，猪八戒在年底理发时和兰芝养父说了此事，但猪八戒并没有恶意，他也没有说我和兰芝处对象有什么不好，只不过是闲嗑而已。但后来这事被胡不二知道了，是胡不二反复去挑拨兰芝养父说我们家成分不好，政治上有问题，兰芝如果嫁给我会影响到他养父母的，而且会世世代代有影响，所以兰芝的养父养母才坚决反对我和兰芝恋爱。

其实兰芝养父母也很可怜，兰芝的养父在理发店工作，工资只有三十多元一月，兰芝的养母没有工作，身体也不好，长期要服药，只能在家里挑些花边补贴家用，经济来源主要靠兰芝和她养父的工资收入，一旦兰芝真要嫁人对其家庭确有影响，但我和兰芝在处对象也是想到这一点的，兰芝也说过，她要嫁给我，要我像儿子一样对待她养父母的。如果我和兰芝真的到了婚娶的那天，我们肯定会挑起她们家庭经济的担子的，实际上这个结果也是完全成立的。

下层社会的老百姓的心理是非常狭隘的，他们非常迷信权力，在强权之下变得非常恐惧和服从。但对比他们更弱小的群体则会变得非常残忍和凶狠，兰芝的养父母就是这种人。在胡不二的恐吓下，他们唯恐我家成分高影响到他们，所以绝不可能妥协，他们十分坚决要分开我和兰芝。那天在公园里碰到我和兰芝在一起，就马上逼迫在上夜班的兰芝回家，夜班也不让她上了。

兰芝的养父逼兰芝回家后，养父养母斗争她到午夜两点多，硬迫兰芝写下保证书，要兰芝永远不能和我来往，除了上班晚上也不能出门。第二天早上，兰芝养父赶到厂里，那时厂里领导小组已经瘫痪，他就找到了工作组，要工作组管管这件事，并说兰芝她不想和我来往，是我去纠缠兰芝，要工作组领导处分我。

第二天工作组真的找我谈话，说兰芝不想和我接触了，叫我不要打扰兰芝。当时我也是年少气盛，哪里受得了这窝囊气。以前厂里大家都夸我聪敏能干，在工作上也是领头的，又有这许多年轻人围着我转，当时虽然社会上乱糟糟的，我们印刷厂还好像世外桃源，似乎有个自己的小天地，印九大的新闻公报，都是我用记录速度记录后连夜排印，第二天早上就敲锣打鼓到大街上去发，每次毛主席发最新指示也是我从电台记录的，这些年来一直都没有差错。生产上有什么疑难，大家都问我，好像我什么都懂，厂里同事还给取了个雅号，叫我"梁博士"，现在这事弄得我身败名裂，我哪里受得了，更何况开始我和兰芝确定恋爱，还是兰芝先说的，她说她和我有感情的。还说我和茹冬梅门当户对是背叛了她，现在她向养父母保证不和我来往了，因为她养父母说是我去纠缠兰芝的，才让工作组的人来说我，这种事我能受得了吗?

我看过兰芝借我的小说《风雪春晓》，小说的主人翁叫梁云，我也适叫梁云，所以我一直把自己当作小说中的主人翁梁云，把兰芝当成菊芬，我也看过《钢铁是怎样炼成的》里保尔·柯察金如何与冬妮亚分道扬镳，现在轮到我和兰芝了。兰芝的养父借势胡不二，这次工作组来厂里胡不二很积极，上窜下跳的，我们这些单纯的年轻人却一心在工作，自视清高，还沉浸在爱恋的欢娱中，毛病是我们太幼稚了。工作组一次次来厂里，原因是里面有鬼，这个鬼就是胡不二，胡不二多次写信到上面去告黑状，说印刷厂的实权掌握在一些资产阶级的少爷公子手里。我是梦中人，其实这次工作组来印刷厂矛头所指就是我，他们背后说，领导小组组长是只死老虎，是个傀儡，梁云才是活老虎，印刷厂背后真正掌权的是梁云。

我在印刷厂管生产，说话有分量是事实，我手下有一帮人也是事实，但我从来没有野心，我不想掌权，我平时在厂里多做、多管事，如果一定要说有什么私心，也只有一点点，就是在姑娘们面前多些面子和骄傲罢了。但胡不二一伙人却视我为他们夺权的眼中钉。

九、世俗难违

　　我是个十分骄傲的人，从小就好胜心极强，做什么事都不甘身居人后的。在印刷厂这些年，工作上都是积极肯干，刻苦学习专业技术和文化知识，在厂里确有正面带头作用，除了造反派最乱时我到废棉厂走出了两个多月，厂里一直是把我当骨干的。革委会成立后，印刷厂从综合厂独立了出来，新成立的领导小组除了抓运动和上面联络，基本上不管生产业务上的事，正好有我这样的人肯管，又有能力管，所以生产业务方面就基本上由我在操控了。但我们是梦中人，胡不二这种人一直处心积虑，最后也只谋了个仓库保管员，其实他是很难过的。所以他一次次写信告黑状，这次工作组来就是要夺权，现在我把生产指挥权交了，但威信还在，所以他们还在准备荣誉上把我搞臭。

　　胡不二这帮人把印刷厂的权力看得很重，其实我的志向完全不在这里，都是因为那个扭曲的时代，本来就是英雄无用武之地，要说我的能力、学识、才华确实远在周边这些人之上的，有机会我是不会被困在这个地方的。现在既然因兰芝的事弄得没面子了，我想离开这个地方。

年轻人在婚姻恋爱上受挫折，最好的办法是离乡远游，或外出去学生意，或外出去读书求学问，或从军讨个军功出身，最不济出家做尼姑、做和尚暂避红尘。这事在中国已有几千年的历史传承，在今天如果青年男女在婚恋上不如意，可能会南下广东，北上京畿，或随便选个地方冷静一下也行。但在那个疯狂的年代，你如果有想换个地方的念头，那你一定就是疯了。你如果有了换个地方清醒一下的想法，你就知道自己是身处囹圄之中没有自由的人，其实那时候全中国人民都是牢狱中的囚犯，包括那些管人的人，谁都没有人身自由。

我想离开这里，我爸有个老领导是个高干，怕牵连他一直没敢联系，这次儿子的事情托了他，他答应帮助解决让我离开这里，我把这事和兰芝说了。我要离开这里，兰芝知道此事是真的，就一反常态，这几天疯狂的要和我在一起。其实兰芝和我是有感情的，我们俩七八年的耳鬓厮磨，哪里是说分开就分得开的，前几天若即若离，兰芝是想暂时避避养父母的风头。

我要离开这里，兰芝怕我一去不返，她怕我有个三长两短，如果在外面不好都是她的缘故，她也怕我以后在外面又找了别人，这几年相爱就这样分开，她心有所不甘。我告诉兰芝，我说我已心灰意冷，我此生不想再找女朋友了，我要离开这里是自己觉得很没面子。我说兰芝你是红人，我是罪人，我家成分不好，政治不清白，你去找个好的。兰芝她发誓此生除了我一定不嫁，她不顾一切来找我，一天晚上九点多了，她来我家敲门，以前兰芝从不一个人到我家来。此时我爸妈已经睡下了，我的房间在外面，和爸妈的房间隔了客厅和灶间，兰芝此时来无人知晓，她进了我的房间。

她说：我知道你爸妈睡了，今天我小爸也不会来找我了，厂里我也不去了，今天我就在你这里了。

我知道她上中班，要十二点下班，我也不问为什么她小爹不会来找她了，就问她在我这里做什么？

她说：今天我就睡在你这里。

我说：睡在我这里干什么？

她说：睡在你这里干什么，我们今天就做了夫妻。

我说：今天做了夫妻以后怎么办？

她说：以后怎么办，一起去死啰。

我说：要去死了这样的夫妻我不想做。

我知道兰芝这人说得出也做得到，我怕她真的去死了，以前兰芝唱越剧，我最不忍听的是《楼台会》一段，难道我们20世纪70年代的年轻人还要学"梁祝"吗？难道我们真要走焦仲卿、刘兰芝的路？

我说：我不想死，就希望离开这里。

她说：你走了还会回来吗？

我说：我不知道。

她说：那你带我走吗。

我说：我自己走都很困难，怎有办法带你走。

这时兰芝突然把我抱住了，越抱越紧。

我和兰芝相识这么多年，只有到山上去有难走的路我才拉住她的手，那次在装订间我碰到她的后背她就尖叫起来，我从来没有碰过她的身子。最后一次上山去玩坐在石级上是她把头枕到我的大腿上，我也没有去碰她，今天是我们第一次抱在一起。

我们俩拥抱在一起，久久没有分开。

兰芝外表上看似坚强，其实内心也有柔弱的一面，她虽然没有哭出声来，但眼泪已经流下来了。

时间一分一秒过去，我们就这么抱着，我看12点多了，就叫她回去，我们说好一定不分开了，为了表明各自的心迹，我们约好星期天到兰芝的生身父母家里，她说她哥哥在外地工作，嫂嫂住娘家，她哥哥嫂嫂的房间就做在她生身父母的楼上，平时没有人，我们就去那里做夫妻，以后不管到天涯海角，谁都不能背叛。她还说她和小爸小姨已经说好，她不再同我来往，但小爸小姨也不能限制她的自由，所以这次如果去看亲生父母估计小爸小姨也不能阻止。

我亲吻了兰芝的脸，我叫她回去，此时已是午夜一点多，我送她到台门外的大路上，为了怕人撞见，她坚持不让我送了，我们就分开各自回家。

礼拜天我和兰芝去了她亲生父母家，我们坐早班轮船，轮船开两个半小时，我们在船上很少说话，也不知是欢喜还是悲哀，上午10点我们来到了县城里。兰芝生身父母住在城中心，我已经来过了两次，一次是我一个人来的，一次是和兰芝一起来的，那是她母亲手摔骨折了住在医院里，当时我们两人都很单纯，以为我们自己相爱就能成夫妻了，她的父母也当我是乘龙快婿了。谁料到兰芝养父母会来这么一出，所以我对兰芝的生身父母并不陌生。她们也对我很好，以为兰芝从此有了归宿。

我们到了兰芝亲生父母的家里，她哥嫂确实不在家里，我们去了她哥嫂的房间，楼上很宽大，房间的陈设也不错，我们待了一会儿，她妈妈叫吃饭，我们吃了中饭后到外面去玩。

下午我们去了沈园，当时改叫人民公园，但我知道这是沈园，宫墙和闲云亭还在，六朝井亭、闲池旧迹都还在，就是没有了《钗头凤》词的痕迹。想起了陆游和唐婉，想起了陆游的《钗头凤》，不免感到有些凄凉。

红酥手、黄滕酒，满城春色宫墙柳。东风恶，欢情薄，一怀愁绪，几年离索。错！错！错！

春如旧，人空瘦，泪痕红浥鲛绡透。桃花落，闲池阁，山盟虽在，锦书难托。莫！莫！莫！

世情薄，人情恶，雨送黄昏花易落。晓风干，泪痕残，欲笺心事，独语斜阑。难！难！难！

人成各，今非昨，病魂常似秋千索。角声寒，夜阑珊，怕人寻问，咽泪装欢。瞒！瞒！瞒！

陆游、唐婉的词难道是为我们写的，时间逝去近千年，到了 20 世纪 70 年代，青年男女的爱情命运还是不能掌握在自己手里。留给我们的只能是感慨。我和兰芝都喜欢听越剧，我妈妈原来在剧院卖票，我是从小就看戏看大的，兰芝的小姨喜欢看戏，兰芝也从小耳濡目染，今日我们倒真成了戏剧中悲剧的角色。

沈园中游人非常少，那时代的人们只要肚子能饱就行，没有心思来游园娱乐。我和兰芝坐在断石条上，我要兰芝唱段《盘夫》，兰芝没唱上两句眼泪就流下来了。兰芝和我说过，她就喜欢戏剧里的小姐，她小时候老是用两根绸子扮小姐，后来到印刷厂做活了就没心思玩了。

我们厂里有个京剧票友，拉的一手好京胡，他要兰芝学唱李铁梅的京剧，他说兰芝是个唱戏的好苗子，兰芝说她是个悲伤的人，演不来英雄人物。

我和兰芝就这样默默无言地坐着，也没有什么话好说，昔日的欢乐已荡然无存，直到日色昏黄，我们回到了兰芝亲生父母亲的家里，吃了晚饭，兰芝让我上楼睡觉，她说那东西来了，我问她什么东西，她说月经来了，提早了两天，她还说她月经以前很准的，不知道这次为什么提早了两天。兰芝觉得我有些疑惑，就说她月经来很快的，三天后就干净了，她会来我家的。她叫我一个人在她哥哥嫂嫂的房间睡觉，她自己睡到她妈妈那里去了。

第二天上午我们也没去玩，吃了早饭就坐 10 点的中班轮船回来了。

五天后的夜晚，那是 1973 年的 3 月 15 日，兰芝上中班，她做了半班就请假了，她来到了我家，这次我妈妈知道兰芝来了，妈妈叫了我出去，说儿子："非礼莫为，非礼莫行。"妈妈就把自己关了房门去睡了。

我和兰芝在我的房间里，我关了房门，今天兰芝好像高兴，我们一起坐在床沿上，兰芝说今天我要弄你了，她抱着我把两只手伸到我后背衣裳内，她哈我痒痒。她叫我把电灯打灭，她脱了衣服睡在床上，她叫我别看，就把被子盖上了。

我脸朝外背着她坐在床沿上，她把我的右手拉过去放到胸前，我一直没有动坐在床沿上，她见我久久不动，她哭了，但她没敢哭出声，但眼泪不断流下来。我就转过身去，隔着被子抱着她，我亲了她的脸，我说兰芝我们别这样，我们等到洞房花烛夜吧！

我转过身子，让兰芝穿好衣服，我们站在窗口的写字台旁，俩人久久地抱在一起，到 12 点以后，我送兰芝回家去了。

十、劳燕分飞

　　打这以后，我和兰芝没有再见面，我紧锣密鼓地准备离开这里，一天上午工作组的人来找我，他们把我叫到厂里的一间宿舍里，宣布对我隔离审查。三四个人对着我，问我和兰芝做了什么事，我因为没有做什么事心里也坦荡，就不去理他们，他们说我态度不好，我心想又没犯什么事，我凭什么对他们态度好。工作组里有个麻子，我平时最看不起他，他说我们已经掌握了你的情况，你要老实交待，我就站起来拍桌子说，我有什么好交待。他们当中有一个人说，你在部队里有什么关系，我心里惊了一下，我想这事只有兰芝知道，她怎么会把这事告诉工作组。

　　当时搞运动在批判林彪，社会上也弄来弄去，遇到部队的事也很复杂，他们以为有什么大案了，工作组的人很兴奋，三四个人围攻了我一天，但我心中清楚，我又没做什么事，我庆幸那天我听了母亲"非礼莫为、非礼莫行"的教训，好在我和兰芝没有发生正式

110

关系，不管她说了什么我都不怕。如果真和她发生了关系，今天倒真是说不响了，因为没有结婚发生性关系毕竟是社会所不允许的。或者他们说我是强迫她，我就跳进黄河也说不清了，我想这也不是没有可能，因为兰芝和她养父母已经保证不和我来往了。

工作组的人也搞不清我在部队里有什么关系，他们看我的态度，也知道我和兰芝是没有两性关系，所以也不敢对我怎样，只有绕着圈子套我话，但我后来不理他们了。到了下班时间，他们不让我回去，叫我睡在宿舍里，要我好好考虑考虑。

晚上妈妈来送饭，她问我和兰芝究竟有没有关系，我说没有，妈妈说那就好，你今天在这里睡一晚，明天我会去解决的。第二天早上我妈妈到镇里，和镇里的领导吵了，我妈妈说青年男女谈恋爱很正常，父母肯不肯是另外一回事，他们不肯，我们还不一定要。他们问我妈妈，要到部队里去是怎么一回事，我妈妈说，她是有个侄女在部队，青年人想去是一回事，能不能去是另一回事。

我妈妈去镇里吵了，镇里领导把工作组骂了一顿，说没事了就撤回去。当天上班时间过了不久，他们就叫我上班去了。

"文革"期间，说我们印刷厂涉及意识形态领域，所以老是有工作组来厂搞运动。工作组一来，指手画脚，说三道四，把厂里正常的生产秩序打乱，厂里一些老同志和有头脑的人早就看不惯了。这些人原本想留在厂里当个领导，但给我一闹，他们灰溜溜地走了。其实厂里无论领导、群众都很高兴。从此厂里的情况完全一边倒，大家都很听我的话了，我在厂里的威信很高。但我却像变了个人，讲话很少，好像一下子成熟了。

以前我在厂里工作很积极，苦的累的我都抢着做，把工厂当成自己的家，此后我也冷淡了，只要自己的三分三管牢，我也不大肯多做了。关于兰芝如何会把我要去部队的事说出去，事后我才知道，是兰芝把我的事和厂里的胡不二说了，她想叫胡不二去说服她的养父母，能让我们在一起，但胡不二不但没去说服她的养父母，反而给工作组打了小报告，以为我在上面有什么黑帮后台，让工作组来查我。我也知道胡不二曾经想追求兰芝，但因被兰芝拒绝才讨了外面的姑娘做老婆，所以我和兰芝在一起胡不二一直心怀鬼胎，这次算是找到拆散我们的机会了。

我一直在等离开这里，但久久不见那边的回音，原来工作组这帮人太卑鄙，他们给部队写了信，说我在当地有问题才想去部队躲避风头，当时也正是多事之秋，很多人都自顾不暇，因为这件事本来就有开后门的味道，所以那边也把事情搁下了。由于兰芝的幼稚就这样改变了我的命运，我心里也有些怪她，再加上她养父母的无理，我和兰芝也渐行渐远，最终没能成为夫妻。也就应了《钗头凤》中的：

山盟虽在，锦书难托。

我和兰芝分开了，最后我也离开了印刷厂那个伤心之地。听说有人很多次给兰芝介绍男朋友，但兰芝为了报复她养父母，一直不愿意结婚。后来她妹妹也到了结婚的年龄，为此她养母说她嫁不出去，兰芝听了很伤心，就和她养父母彻底翻了脸，兰芝说她当初和我谈了十年恋爱，最后被你们硬拆散，现在又说她嫁不出去，兰芝就从家里搬出来单住了。

十一、造化弄人

历史总爱和人们开玩笑，1976 年 10 月"四人帮"粉碎后，我爸爸平反恢复了工作，还补发了一大笔钱。综合厂占用我家的住房也全部归还了我们，弟妹们都高考上榜读大学去了。我们家的社会地位和经济地位一下子逆转，一时间央媒说亲的人很多，现在轮到我妈妈做唐婉的婆婆了。

兰芝的养父是个技术不大高的理发师，粉碎"四人帮"后理发店搞按劳计酬，她养父的工资不升反降，家里的收入明显减少，她养母还经常生病住院，家里的境况开始变坏。我和兰芝虽然已不往来，但背地里还是在互相关注着对方。一次兰芝和厂里的同事说，她要来找我，可是那同事没有鼓励她，反而阻止了她，那同事反问兰芝说："你们有过订婚或什么婚约吗？"兰芝说："没有。"那同事又说："你们之间有过什么超越普通恋爱的关系吗？"兰芝说："我们之间是清白的，没有做过任何越轨的事。"那同事说："那你有什么理由去找他，上次你小爸找工作组，把他弄得那么难堪，你又表示从此和他不来往了，很久你们互不联系，现在你凭什么去找他。"兰芝经同事那么一说了就没来找我，其实那时候如果是兰芝来找我，我会和她重归于好的，但这事我是很久后才知道的。

向桂英早就结婚了，现在已经有了孩子，原来我们三人是最好的，我和兰芝的事向桂英一直站在我一边，向桂英看不得兰芝的个性，她认为我和兰芝分手，责任不完全在兰芝的养父母，兰芝自己也有责任，如果真爱一个人，兰芝应该冲破一切阻力，大胆去做，如果生米做成熟饭，也不怕他们养父母怎样。和向桂英的观点比起来还是我能理解兰芝的。所以向桂英和兰芝也疏远了，向桂英不理兰芝，还有一个原因是她觉得兰芝和胡不二走得近，向桂英的丈夫从厂里走出到农村去是胡不二当造反派搞的阴谋。如果向桂英和兰芝不生分，我和兰芝的事还要多一份希望。

我和兰芝分手后，陈静一直跟着我，我从来没有爱过陈静，其实我只把陈静当作一个小丫头。

后来我妈妈"贵"了，人贵了就霸道，我妈妈成了一个说一不二的老太君。陈静的二婶来做媒，我妈妈答应了他们的亲事，妈妈说："陈静家里是正派人家，陈静的祖父陈店王是在镇上知根知底的，陈静的父亲是正派人家出身的，又在上海工作，陈静父亲工资高，家里没有负担，陈静爸妈是一夫一妻是好人家。兰芝的养父养母是半路夫妻，兰芝的养父是个剃头师傅，兰芝的养母没有工作，以后经济压力也大，更何况他们以前伤了我们，驳了我们的面子，所以无论如何不能娶兰芝。"我妈妈的话与兰芝小姨的话如出一辙。

妈妈做主，我和陈静结婚了。

在这一点上我和兰芝也一样，我也是软弱的，我想反悔，想反抗，但我想想妈妈在反右以后到文化大革命十年浩劫，她吃了多少苦，受了别人多少白眼，现在总算扬眉吐气了，我不能违拗妈妈，再使她伤心，更何况我和兰芝早已断了关系，我有什么理由让妈妈不高兴呢？

想当初，兰芝为了不让人说她是个养女，会为了自己的恋人而与养父母反目，因此她才忍心与我断了关系，今天我的行为也与她没有两样，我们都是弱者，都是时代的牺牲品。

后来兰芝的养母住院，我去看过她一次，五十多岁的人已是满头白发，不成人形，以前我恨过她，现在倒觉得她可怜，不久兰芝她养母死了。

兰芝的养父倒与我爸很好，全无恩怨的记忆，一直跟着我爸玩麻将。

我和陈静结婚后也没有感情，一直同床异梦，一张床上睡着三个人，我心里一直想着兰芝，其实陈静也是我们爱情的牺牲品。后来我工作调到外地，夫妻就分居了。

兰芝到 40 岁上才嫁人，男人是个二婚的，结婚后感情也不好，很快分居了，好在生了个女儿，聊慰寂寞。她对我说："我为你守了 40 年，最后也没守住。"我对她说："这不怪你，亏得你结婚生了个女儿，否则我一辈子于心不安。"

兰芝和唐婉，相隔千年，但命运是一样的。

这就是 20 世纪六七十年代上演的现代悲剧。

顺便说一句上演这场悲剧的舞台——印刷厂，打我走后也人去楼空，逐年萧条，胡不二来找过我多次，称兄道弟地叙旧，不外乎叫我帮忙，工作组这帮人下场也很惨，也要归咎于自身品行不好。这家印刷厂的历史，也就是我在厂里的那几年是最辉煌发展的，我离开后一直走下坡路。印刷厂的这些女孩子当时在镇上也是风光一时，做媒相亲的几乎要踏断门槛，但最后的命运似乎都不好。余师傅找了一个在杭州工作的上海青年，一起到桂林支援二线工业，没几年那男的生尿毒症客死他乡，后来余师傅和一个带着一个男孩的中年男人结婚，婚后也不大好；陈秋菊嫁了一个县上某国营大厂的男青年，是个烟、酒、茶海量的三好学生，不到中年就生癌症死了，但据说两个孩子读书不错；沈芙蓉嫁了个上海知青，一段时间带着另外一个女的离家出走了，前些年听说她们至今连个住房都没有，还租住在一间很小的公房里；茹冬梅嫁个丈夫倒还老实，但50岁不到也生癌症死了，生了个女儿，并且结了两次婚；刘兰芝当初贤名在外，但婚姻不圆满，几乎一个人过了一世，后来虽有个女儿，也是一人带大的，也枉了她是个情种；就数向桂英最好，当初嫁个农村户口，成分又高的人，但后来她老公率先搞个体，经济上早发财了，现在她有一男一女，都成家立业，儿子对她很孝顺，丈夫一直都是听她的，一夫一妻安度晚年，真是造化弄人，一切都是已经安排好了的。

沈　园

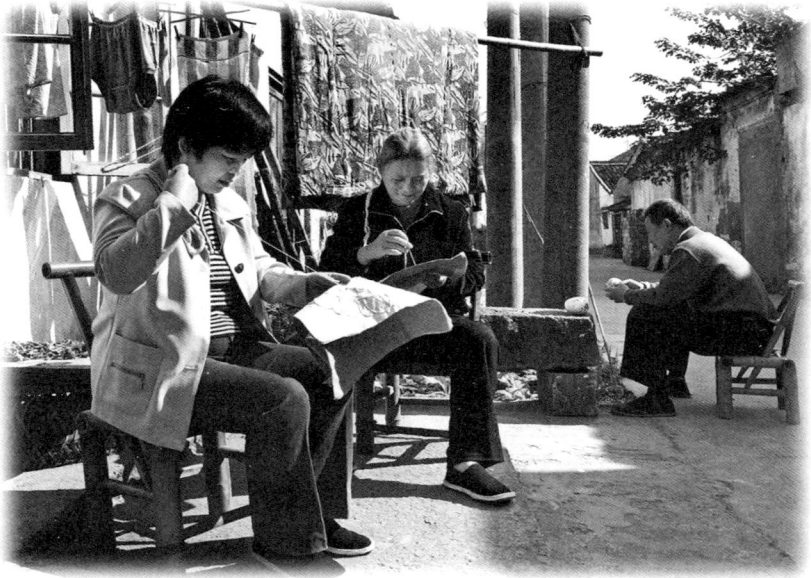

挑花边

卷三　求学记

一、幼儿园

  北京的北大 19 世纪末就有了，上海的圣约翰①、南京的金陵也是有所耳闻，浙江大学非常近，台门②里万家老三、老四就在浙大读书。至于小学和中学更是我非常熟悉的地方，还据说与吾辈上代人渊源非常深厚，就是我爷爷等将庙宇的泥塑佛像推倒后办学校的。我太奶奶说，大爷爷就是因为推倒了佛像办教育而寿不长的。本镇的小学校就是我爷爷出资办在太外婆家的祠堂里。

  侄子也已经到上学的年龄了，人很聪明，玩电动玩具和拼图非常有钻研，他就是不想读书，但现在是实行义务教学，学龄儿童不上学违法，可吾辈在这个年龄段不是谁想读书就能上学的。

  我是家里男孩中的老大，上面有个姐姐，记不得姐姐有没有上过幼儿园，大概没有，但母亲让我进了幼儿园。四岁时，我进了镇

---

①圣约翰：中国第一所现代高等教会学府，诞生于 1879 年。
②台门：石库门。

上的幼儿园，幼儿园设在我们堂房本家梁志相家的台门里，幼儿园有大、中、小班。那时候幼儿园不是像现在先上小班，再上中班，最后大班，而是直接按年龄分、根据年龄大小，直接分进大班、中班、小班，我被分在小班。老师我认识，就是我家西面鱼花池边上梁五九家的女儿。但听父亲说，梁老师原来不姓梁，他们为了在梁家溇①立足做生意才改姓梁的。

幼儿园离我家不远，每天早上我自己去，放学时由老师帮我们排好队送出来，到谁家门口了谁就说再见先走，到后来越走越少送完为止。有时遇到母亲在门口鱼花池洗菜淘米，梁老师就很客气和我母亲打招呼，我很喜欢做值日生，轮到做值日我就戴着五角星回家给母亲看，心里也特别骄傲。那时候弟妹们还少，好像家境还可以，母亲的心情也不坏，每天给我弄得干干净净，还在我额头上点上一个红胭脂，让我去幼儿园。

梁老师对我特别好，她老是要抱着我亲（吻）我，那时候梁老师还是个大姑娘，她和我妈也特别亲，二嫂、二嫂的叫不停，所以我特别喜欢去幼儿园，幼儿园上、下午中间还有饼干等点心吃，好像大家都很开心，天气也特别好，每天都被和煦的阳光照耀着，可是好景不长，后来好像变了。

有一天，妈妈带着被子和席子，把我送到幼儿园。原先的幼儿园只用了台门的西院，这次东院打通了，幼儿园扩大了许多，孩子也突然多了许多，几个开着的大门也都关上了。母亲告诉我，今天晚上不能回家了，要睡在幼儿园里，请认准自己的被子，母亲带来

---

①溇：江南人逐水而居，只有一个出口的码头。

的被子幼儿园已经用红漆写上了我的名字，好多孩子都在哭和闹，我却一声不吭，呆呆地站在那里，看着母亲离去。

晚上第一次在幼儿园吃晚饭，记不得吃什么啦，心里老想着不能回家，不能见到妈妈了。

晚饭后不久我们就去睡，睡的地方在南面一排屋的楼上，被子铺在地板上打地铺，大家一个挨着一个，老师虽然多了不少，但都是不认识的，好像都很凶。黄昏后不久我睡着了，半夜里被吵醒，有哭妈妈的，有尿床了的，乱得很，过了很久我又昏昏地睡着了。

第二天早上起来，发觉自己被关在四面高楼，只能见到四角方方天空的园子里，东、西、南的大门都被关死了，这园子没有北门，见不到阳光、天空一直阴沉沉的。第一次早餐还可以，有羊肉、油条和米粥，但以后似乎就没有这么好了。

幼儿园还在老地方，只不过地方比原来大了，人比原来多了，老师（其实很多是阿姨）都不认识。我想回家，就一直在注意大门，东西院各有一个南门，两个南门一个被砖砌死了，一个关着也上了锁，西面的大门也关死了，原先还有少量住户也全搬走了，幼儿园似乎无人能进出。我是一个小"大"人，在家早就认识很多中国字，哭，在我的字典里找不到，我就每天呆呆地看着他们。幼儿园根本不上课，也不做游戏，无非是把这些孩子关起来，按时给点吃的，晚上组织睡觉，后来我二弟也进园来了，我天天想妈妈。

也不知道过了多久，我慢慢观察，发现东门有时开着，但东门不通外面，隔着一条小弄通大厨房，外面是个食堂的厨房，但厨房却有一扇小门通外面，走出去就是小菜场，早上农民送菜时小门开着，我有好几次都能走出去，但我惦记着二弟，我就没有逃出来。

后来我就天天去看二弟，一次给我找准了机会，我找到了二弟，叫他跟着我，我就趁他们买菜开着小门逃了出来。本来外面的路我认识，因为我跟母亲买菜时来过，我在未逃出来前一直在记忆如何走才能回家，但一到外面我们却向相反的方向走了，路越走越远，我的心里开始有些慌了，也不知走了多久，我们走到汽车路上，这时候我才认识汽车路在我家门口过，我们就沿着汽车路往回走。

终于我带着弟弟逃回了家，母亲很生气，关起门来把我打了一顿，二弟不用打也吓死了，母亲边问、边哭、边打，说还逃不逃回来，我连连讨饶说不逃了，母亲又把我们送回了幼儿园。后来我知道，因为大办钢铁，父母日夜要上小高炉去炼铁，政府让把小孩集中起来看管，粮食都划到幼儿园了，就是回家也没饭吃。

后来我好像还逃出来过，但都被母亲送回去，母亲也没少遭幼儿园老师的白眼。一次，好多孩子在办公室玩汽车等玩具，我虽然也看到他们在玩，但我并没有进去玩，因为我们从小有良好家教，未经别人许可是不会去碰别人的东西的。可是没过多久，幼儿园的领导高老师（女）把我叫到她办公室，问我有没有看见小朋友在办公室玩玩具，我说看到了，她就问我有没有拿，我感到很委屈，就没去理她。过不了多久，她写了一个条子，叫我拿回家去，其实我能看懂大意，就是说我不听话，要逃出来，毁损园里玩具，园里管不住，叫我回家算了。其实我这个人很怪，明明自己也不想在这牢笼里，但老师不要我，又冤屈我，我很生气，这是我生平第一次遭辱，当时我很恨高老师，我觉得她是个坏人。我知道我能回家了，但我惦记着二弟还在园里。

从此，这四面高楼只能见到四角方方天空的禁闭生活结束了，但在这幼儿园期间还有两件事记忆犹新，终身不能忘了。一件是某晚一个小朋友尿床了，老师（阿姨）让他睡到我的被子里来，他就一直和我睡一起，两人合盖一条被子，一天他又尿床了，我很生气，很长时间我没盖被子，我的被子让他一个人盖了，我晚上都和衣而睡，没被子盖，老师（阿姨）也不管我，这事我妈妈是不会知道的。另一件事是我爬到楼上窗外的旱道①上去了，但旱道太陡了，虽然我的背紧贴着房子，但身子已经向外倾斜，我进不能进，退不能退，楼屋又很高，我真的很害怕，但幼儿园一个人都没来管我，我想今天我要死了。我闭上了眼睛等掉下去，但我两只脚却在慢慢挨（移动），大概过了一个多小时，我终于挨到了另一窗口，才回了进来，是我自己的意志和智慧救了我自己的小命。

　　讲了这么多故事，你们知道我这个小"大"人当时几岁，告诉你们吧，五六岁，是虚岁。幼儿园已经把他当坏人"开除"了。这就是我的学前教育。

---

　　①旱道：江南老式的楼屋一层有围廊，围廊的屋顶正好在楼上的窗户下面，二楼的屋顶檐口外伸，有大约三十厘米雨水淋不到，就叫旱道，但一般朝南的旱道宽而平，朝北旱道却窄而陡。

二、上小学

　　镇上的小学设在我外太婆家的祠堂里，姐姐去上学时曾带我去过，我很喜欢去这学校。学校操场上有滑梯、单、双杠，我曾爬上滑梯去溜过一次，学校的园子里还有许多花草，秋天里甬道两边开满了白色的韭菜花，几株月季已经硕大无比，春天里整丛都开满了花，还有许多高大的乔木，很是美丽。我在被幼儿园赶出来的第二年，妈妈带我去小学报名，学校有入学测试，叫报名儿童从一数到百，有的学生还数不清楚，我一口气就数完了，就是用大写中文书写，我也一口气能写完，更不要说用阿拉伯数字数数了。《王昭君大骂毛延寿》的书我不知道看了多少遍，《唐诗三百首》少说能背七八十首，《隋唐英雄传》的秦琼、程咬金、王伯当、单雄信、罗成我都可信手拈来，测试当然没问题。那天接待我们的是一个姓方的女老师，方老师叫我们去缴学费，当时妈妈手头的钱只能够缴书费，学校也有规定允许困难学生缓缴或减免学费，姐姐的学费也是

126

缓缴的。但方老师坚决不同意缓缴，我妈妈问她为什么别人可以缓缴我们不可以。其实方老师是知道我们家的情况，也知道这学校过去和我们家的渊源，她为了证明其立场坚定而故意刁难。妈妈因为真拿不出钱而只能带我悻悻离开，当时我对方老师恨绝了，后来我才知道方老师也是个极可怜的人，她丈夫原来也是学校的老师，因为划了右派而被遣返原籍了，所以这可怜的人只能越发表现出极**左**，真是可怜之人也有可恨之处。

这一年我没能上学进学校读书。

邻里和我同年的孩子都上学了，当他们上学的那一天，我一声不响地闷在家里。上不成学也无可奈何，幸好那时候家里还有许多书，我就在家里看书，姐姐读三年级了，她刚读过的课本我都读了。

一个到了入学年龄又想读书的儿童被拒之学校大门外，祖辈们为了教育救国不惜自己出资，毁弃祖宗祠堂办学，孙辈们却被拒之校门外，这难道不是讽刺吗？

第二年我总算上学了，这次母亲是凑足了钱去的，报名的老师姓于，我们是老相识了，于老师是姐姐的班主任，经常来我家，于老师什么都没说，就让我报名了。开学时是于老师来教我们，班上的同学年龄参差不齐，最大的和我姐姐同岁，最小的只有六七岁，同学之间的年龄相差五六岁，可见读不起书的同学也不是我一个人。

于老师为人很好，同学也很好，我们在一起很开心，转眼间两年过去，于老师突然生病休假，来了一个新老师就是幼儿园的梁老师，这时候她已经不是大姑娘，嫁了我们学校姓吴的算术老师，她也不像过去那么友好，她老挑我的刺，说什么我家里过去很有钱，我小的时候家里还雇用姆姆（保姆）抱我。一天学校叫同学自己申报减免学费，好多家境很好的同学都甲免①（全部学费免缴），我觉得家里很困难，就提出申报乙免（部分学费减免），梁老师就当着全班同学的面说："你家成分不好，你还想要求减免学费。"当时说成分不好，在学校就抬不起头，我感到很受辱，你不免也就算了，也不用当着这么多同学的面说。其实我们国家的腐败是在根子里的，当时甲免的同学都是有钱有势的干部子女。

姐姐读了三年半小学就辍学了。由于不能按时缴学费经常遭老师白眼，我到山塘的采石场去砸石子挣学费。砸满一立方的石子才六毛钱，要好几个星期才能挣够二元五毛钱的学费和一元五毛钱的书费。假期里都是酷暑高温或寒冬腊月，有时星期天也得去，二弟稍大一些也跟我一起去。后来采石场出了事故，炸石放炮时石子炸开来，有去砸石子的小孩被炸死了。我们家前面有个孩子被炸到了头，治好后变得有些呆了，头也畸形，终生都呆头呆脑，发育也畸形了，头大身子小，自从采石场出了事故，母亲就再没让我们去了。

低年级时，我遇到不开心的事偶尔我也会逃学，有时不想去学校了，但我并不是不想读书，到了高年级，我是越来越想读书了，我在班上成绩最好，周边同学的作业都抄我的。有一次，学校布置写篇批判苏修的文章，我的文章里面用了弄巧成拙、欲盖弥彰的成

①甲免：当时学费减免分甲级、乙级、丙级，甲级为全免，乙、丙为部分减免。

语，我是在工人文化宫从《红旗》杂志上看的，就写到文章里去了，周边同学不知就里，就抄了我文章，被班主任郝老师发觉了，郝老师把我们都叫了去，问这成语什么意思，抄作业的五个同学一个都说不出来，我说大意是自以为用了巧妙的办法掩盖真相，却笨拙地露出了尾巴，越是想遮盖事情的本质，却暴露得更加明显。郝老师就问我都看了些什么书，我说有《家》《三家巷》《子夜》等，我还不敢说看过《水浒》《三国演义》和《聊斋》等，郝老师就说，以前我以为你很调皮，想不到我班上还有如此的学生，你好好学习，将来是可以做学问的，郝老师也不追问抄作业的事了，挥挥手叫我们回教室。

三、六年苦读

  凿壁偷光，说的是西汉匡衡凿穿墙壁引邻舍之烛光读书。《西京杂记》卷二："匡衡勤学而无烛，邻舍有烛而不逮，衡乃穿壁引其光，以书映光而读之。"囊萤照读，《晋书·车胤传》："胤博学多通，家贫不常得油，夏月则练囊盛数十萤火以照书，以夜继日焉。"这些说的都是古人勤苦读书的典故。现在的人一点小事就哭鼻子抹眼泪，似乎在他们"丰功伟绩"的背后都藏有特别辛酸的往事，其实都是一些无病呻吟，说明现在的人的基本素质都在下降，全民族的韧性都在下降。时间不用追溯很久，我们当年的求学求生都非常艰苦。

  我是 1960 年上的小学，当时正是三年困难时期，又是吃大食堂，粮食十分紧张，当地有句土话叫做："儿子上腰，吃饭讨饶。"意思是大男孩要吃，父母受不了要讨饶。我们一些长短刚上腰的大男孩，饭根本吃不饱，都是面黄肌瘦的，每天半饥半饱的去上学，放学了我们还要去挖野菜，挖野菜的人多了，近处根本找不到野菜，我们会越走越远，晚上回到家里天都黑透了。姐姐会从居民食堂买回光饭，由于定粮少，再加上食堂克扣，这点饭根本不够吃，又没菜蔬佐餐，我们就把野菜和到米饭里再煮成稀粥喝，以此填饱肚子。吃了晚饭我们姐弟围着煤油灯做作业，为了节约煤油，我们做作业都很抓紧。做完作业后随便漱洗后就睡觉。等父母亲回家来我们都已经睡着了，那时候父母亲吃饭都在单位食堂，口粮划在那里，只能到那里吃饭，所以爸爸妈妈早上出去我们还睡着，晚上回来我们又睡着了，很多时间父母子女见不着面。

同样年龄段的孩子，现在上学有人接送，晚上做作业父母陪着，虽然客观条件有所不同，但我们那时候读书确实艰苦，双职工家庭的子女下雨下雪无人接送也无人送伞，只能冒雨冒雪回家。那时候的小学生平时衣着都很朴素，春、夏、秋三季孩子都打赤脚上学，记得有一年三月初，早上去学校上学还是晴天，中午前突然下雪，一会儿地上都白了，我穿了一双布鞋，那是要穿一年的唯一一双鞋子，我就赤脚从学校回到家里，到家里有二华里路，脚都走破了，但我下午还是坚持去上学。

由于煤油紧张，天气稍有暖和，我们就在昏黄的路灯下做作业、看书。夏秋季节路灯下蚊虫很多，有时候做完作业两只脚上、腿上都是蚊虫叮咬的红包，第二天同学们会笑话你花脚胖。

稍大一些，有时候父母会给我们一二分钱买糖果，有时会给我们三分钱买支冰棍，我会把这些钱省下来，到书摊上去租书看，一分钱看一本书，由于看书多，就极大地丰富了我们的文化知识。铅笔橡皮我们也特别节约，一支铅笔要用到拿不住为止，橡皮也一样，一定要用到不能用了为止，省下来的钱也是为了租书看。有时候我们不在家里吃饭，父母会给我们五分钱，一两粮票，我们会吃三分钱的馒头或四分钱的甜包子，省下一二分钱来租书看，由于书看得多，我们从小就知道岳飞精忠保国的故事，少年时就留下了坚定的爱国主义的情怀。

读书艰苦，也是我们求学心切的缘故，那时候读书读与不读有几种情况：一种是自己不想读，当时有许多人自己不想读书，特别是一些当时走红的人家，父母有权有势，不管何时何地，有权的人一定有钱，这些人家的子女衣食无忧，他们之中有很多人读不好书或不想读书；另一种是多子女、家庭经济困难的人家，这些人家的子女有的因为家里要带弟妹或经济困难就从小辍学，不读书的人很多；还有一种是受极左思想影响，当地政府或学校歧视性剥夺上学权利的有政治受牵连的家庭的子女。其实新中国成立以后虽然有扫盲等形式补习人们的文化知识，但"文革"前的十七年、"文革"十年又制造了无数的文盲半文盲。前些年，我们单位有个女党员，她老是以大老粗自居，对单位里补习文化，文化考试说三道四，一次我实在忍不住，在会议上当众问她，我说你多大，她说是新中国成立后出生的，我又问她，你们家里有什么特殊情况，她说没有，那我就说了，你老是大老粗没文化自居，你是不是搞错年代了，你是在拆共产党、毛主席的牌子，你生在新中国、长在红旗下，为什么还是文盲大老粗，我劝你以后自己去补习一下文化，再不要说这些混账话了。可见那时有很多人没有读书。

小学六年，虽然苦一些，中间也有几次险些失学的风波，但总算读过来了，当然不读也不要紧，主要是我们有求学的要求，可是想上中学就没那么容易了。我们是 1966 年小学毕业的，这一年小学毕业的人特别多，但能上初中的名额又特别少，大概两个班的学生只能有一个班能上初中，是两比一的比例，在毕业的同学中有的年纪大了不想再升学；有的家里经济困难也不想再读了；还有的实在是成绩不好读不进书了就不读了。如果按成绩我是班里最好的学生，郝老师也推荐我上中学，他认为像我这样的学生不读书可惜了。这时候我也懂事了，已经有强烈的欲望想读下去，但因为"成分"不好，被学校在推荐上初中的名额里抹掉了。

我上初中的事，父母也是跌跤坐坐，他们也不想让我再读书了。我父母都是知识分子，这些年就是因为"知识"两字吃了不少苦头，所以他们认为"知识"无用，"知识"害人，因此不想子女再去接受知识。我母亲经常说父亲："一笔通天，饿死在灶前。"其实我母亲的想法是错的，综观我父母的一生，知识还是给他们带来很多好处的，否则他们真的还要多吃很多苦，但当时他们可不是这样想的。

为了想上初中，我背地里没少伤心，因为那时候我已经知道，如果不读初中，我与学校的缘分就尽了，一辈子不可能再有机会上大学，什么工程师、科学家今生都将是梦了。

1966年上半年，学校已经在组织批判《三家村》黑帮了，到五六月份，学校里乱七八糟地贴满了大字报，校方就匆匆忙忙地给我们发了毕业证书，我的学生时代草草地结束了。7月份我母亲也迫不及待地让我到印刷厂去做学徒，但我上初中的心还不死，我还幻想着能再进学校读书，所以我千方百计地寻找能上学的机会，我一刻也没有停下学习的脚步，当时我唯恐功课落下啦，跟不上同班同学的知识水平。

四、失学

上初中的事我心还没死，人就是个怪物，越是容易得到的东西越是不看重，越是得不到的东西越要想尽办法去追求。

姐姐曾经在职工业余夜校上过初中的课程，她的书我都看了，我特别喜欢初中语文课本中的文章，鲁迅的《从三味书屋到百草园》、茅盾的《二月》、周敦颐的《爱莲说》、唐诗《春蚕》，至今我都记忆犹新，代数的二元一次方程姐姐读夜校时都是我帮着解的，所以初一年级的课程我不读也跟得上，我就借别人读过的旧课本来看，不懂的就去请教一些上过中学课程的邻居朋友。

1966 年下半年，我周边有上初中的同学、邻居到学校报到后学校并没有开课，这又给了我一丝希望，后来他们有的跟人去北京了，有的到外地串联，我当时以为这是短暂的动乱，学校以后还会重新正常上课的，我上初中的机会还在，我就抓紧补习课程。我还窃喜如果以后有机会再进学校我成绩会比他们好。

我千方百计想读书，那时候广播学校还没有解散，比我上几届的学生上不了初中又没工作的都在广播学校读书，广播学校的学生都是松散的，我就跟着熟悉的人到广播学校去听课，广播学校的辅导老师也没有拒绝我，但没过多久，广播学校也停了。我在广播学校认识了一个比我大三岁的姑娘，她叫张志和，和唐朝诗（词）人张志和同名，正好课本上有张志和的《渔歌子》词："西塞山前白鹭飞，桃花流水鳜鱼肥。青箬笠，绿蓑衣，斜风细雨不须归。"我就戏称她白鹭飞或张白鹭，她叫我不须归，意思是不学会不须归。她对我很好，我就跟着她学习初中的课本。广播学校解散后，上面把这些人安排到工厂半工半读，我们工厂也分配了好几个人，张志和因为我要她教课文就要求到我们厂里来了，我和她有半年形影不离，别人以为我们在干什么？其实是她在教我初中课程，后来她想留在我们厂里，但最终留不住了，张志和支农去了，白鹭飞走了，我少了一个老师。

　　初中的语文、历史、地理我都自学得很好，没有老师，没有课堂我都不怕，但数学和英语我无法全靠自学，越到后面越难，不请教别人几乎无法再学下去。张志和到农村后我还去找过她几次，当我数学题做不出了我就想到她。我到她支农的农村，别人以为我是她男朋友，我在和她处对象，我一到她那里，和她一起的女青年都走开了，让我们两人在一起，我怕坏了她的名声，就不去找她了。

　　1966年至1967年乱了两年，镇上的中学一直没有正式招生授课，1968年学校再正式开学，当年初一年级要同时招收1966、1967、1968的小学毕业生入初中，好在已经没有初二、初三年级的学生了，学校一口气招了十个班的初一年级的学生，但还是人满为患。我是1966年的小学毕业生，招生的资格还在，但当时由于受到政治上的歧视，我被排挤在外，这样我就彻底断了再进中学的念想。但我确实不死心，就托人到离家六华里外的农村中学去做旁听生，那里有个老师姓王，是我爸爸妈妈的朋友，他帮我弄了一套当年的初中课本，我和他说好，只要听数学课就行。他帮我在他任教的班级里放了一张桌子。那时候的学校少、规模小，虽说是农村的初级中学，也是人满为患。教室里已经有56个同学，每排的课桌有七张，再加上一张桌子有八张课桌，边上一排前面的同学已经离墙壁不远了，他们要看到老师的板书有困难，我上了十几堂课同学们有意见，下课后他们就当着我的面叫起来："王老师有面子！王老师有面子！"我怕影响到王老师，以后我就不去了。

上中学的梦我该醒了，我就把读书的希望寄托在弟妹们身上，后来我爸爸的问题缓和了一些，我二弟读到初中毕业，妹妹也读到初中毕业，三弟是体育特长生，总算读到高中毕业，我在小弟弟七岁时就帮他报了一年级，读初中时他是班里成绩最好的，他升高中时又遇到"批林批孔"运动，父亲是知识分子，孔子门生，又是被批对象，在极左路线的把控下，我小弟又是名落孙山，没有被推荐上高中。这次我是红了眼，一定要让弟弟上高中，就想方设法，四处托人，最后在第一学期快结束前才在县城边上的农村中学里弄到一个名额，小弟弟才勉强上了高中，弟弟到这个中学上学没几天就放假了。第二年我们又换了个学校，那时候初中、高中各是二年制的，我小弟弟前后读了一年半高中。皇天不负有心人，我弟弟在1978年恢复高考时以高分考入了重点大学。

为什么要说弟弟上学的事，《聊斋》里有个故事《司文郎》，说平阳有个叫王平子的考生，到京城参加考试，租居在报国寺里。一天，王平子见到一个少年在寺中游玩，白衣服白帽子，看上去很颓丧，走过去和他交谈，言语风雅高深，心里很是敬佩他。就请教他是哪里人氏，他回答说是登州姓宋的。于是就叫老仆人设座，相对风趣大笑而谈。宋生与一个余杭来京的考生谈文章，非常有水平和见解，发生争执时还很有立场和骨气，王平子就越是敬重他，还邀请宋生到自己住的地方，把自己写的文章给宋生看，请他提出意见和建议，宋生阅过后一一作了解释。王平子非常高兴，从此把宋生当作老师。

宋生说自己愚笨，不想参加考试，自己愿意帮助王平子参加考试，但王平子参加考试没有考取落榜了，又听说明年还要考试。就继续留在报国寺，接受宋的辅导。几个月过去了，王和宋复习得更刻苦，宋说："如果这次考不中，那就真是命了。"可是到了考试时因为犯规而被取消了资格，王还忍得住，但宋却受不了而大哭起来，王去劝宋，宋说："我被天地所妒忌，一生都没有成功，现在又累及好朋友，真是命运不好了。"王平子说："万事都有原因，您是自己不想参考，不是命不好。"宋生擦擦眼泪说："我早就想和你说了，恐你受到惊吓，我并不是活着的人，是一个漂泊的灵魂，年纪轻的时候自己也很自负有才，但是考试却没有考好，自己假装成很疯狂的来到京城，想把我的文章传诸于世人。甲申年，遭受了灾难的祸及，死后年年漂蓬。后来遇到你的友爱，我想借你的手来达到我考试成功的愿望，哪里知道竟还如此倒霉，这种事情谁受得了呢？"

这个故事说的是司文郎宋生自己遭到不幸，没有达到考试成功的理想，死后还想借他人之手来实现自己的理想，圆考试成功的梦。我也是自己遇到"文革"十年浩劫之祸，无缘升学读书，想借弟妹之手来圆自己求学之梦。现在有很多家长，让子女走高考这座独木桥，解剖他们的心理，也有很大的因素是圆自己未读大学之梦。

五、求学

　　求学，不光光是指读书，求学是学习文化，学习技艺，学习做人做事，尽可能多的追求人类文明的学问，就是求学。能进高等学府，有名师指点，能博览群书当然好，但受条件限制，生机所迫，就只能因地制宜，通过艰苦努力，点滴累积，充实自己，做一个腹藏锦绣的人。人如果不肯学习，就与动物无异，现在社会多有违背伦常之事，就是不学习，缺文化，少思想的恶果。所以，我觉得万物之灵的人类，必须要学习，做到老，学到老，这就是做人的境界。

　　我自幼家贫辍学，就到印刷厂去做学徒工。印刷厂对于喜爱学习的人，也是一个求学的地方，记得我去的时候是夏天，印刷厂正好在赶制秋季开学要用的手工劳作印刷品，最记得有《黄浦公园今昔》《新旧三毛的对比》《春、夏、秋、冬》等作品，还有飞机模型等等。虽说天气很热，师傅们都是汗流浃背，但我做得很起劲，因为我喜欢这些东西，能学到知识。

印刷厂确实有很多值得学习的地方，当时印刷厂使用的是活字排版和木刻雕版技术，活字排版是一个学习汉字的绝佳机会，每副字架的当用汉字有七千多，如果加上异体、繁体字有一万多，比一本《新华字典》的字还多，因为印刷厂要排出《新华字典》《现代汉语词典》《古汉语字典》《词源》《辞海》等等。你如果愿意学，部首排列、繁简对照等等都很有意思，字体也很多，有老宋体、新宋体、仿宋体、楷体、隶书、魏碑体等。在实际排版中，也是一本《新华字典》不离手。我虽不是排版工，但对排版、拣字（又叫撮cuō字）、查字典、辨认错别字很在行，因为我家有一本《康熙字典》和一本《中华大字典》，厂里排版师傅有什么疑难都爱请教于我，还给我起了个雅号叫梁博士，当然这是戏谑的称谓。但我在文字上还是乐意为他们服务，这对提高自己的文字功底都有帮助，也是一个学习、研究文字的好机会。说到木刻版，虽然当时世界上早已发明了铜版和珂罗版，但20世纪60年代在我们中国还很少有，尤其是我们小地方，图版都要靠木刻，木刻也不是谁人都能刻的，好在中国木刻印刷历史悠久，学习木刻印版也能学到很多文化，能刻木刻印版的放在今天都是工艺美术大师了。我们印刷厂的木刻版都是拿到绍兴县的安昌古镇去，那里有一个刻字师傅擅长木刻。安昌古镇离我们印刷厂有十余华里，厂里有木刻印刷的活都是叫我拿着去刻印版。绍兴是个水乡，整个齐贤区都不通汽车，古道都是石板铺就，不能骑行自行车，我就走着去或乘轮船。我每次到了那里就等着师傅刻版，有时候要从早上等到傍晚。我先是在边上看，继尔帮着做下手，看师傅如何画稿、分色、选择材料，然后将稿样粘到木板上，再上油，露出稿样，然后刻版、磨平，久而久之，我学会了这套工艺，同时也学到了不少文化。先是厂里有些木刻印版只要稍作改动就能使用，我就自己动手，做些长袍改短袄的事，继而能刻些简单的印版，刀具不够就去购买或自制，版材不够用些废弃的木刻版磨平了再刻或反过来用反面刻版，时间长了我不但学会了刻木刻版，还学会了画稿。后来有了铜锌版工艺，照相制版工艺，稿子都是我自己画的，这些都是提高自己文化修养的机会。

20世纪60年代，那是个疯狂的年代，经常要上街游行，游行时要举着大幅标语和伟人画像，这些东西都要画出来，我就帮着人打下手，画格子，准备画布、颜料。那时候民间有一些被政治上排挤出来的学者、专家，小地方也藏龙卧虎，我就跟着一个南京大学被打成右派的美术教授学写美术字，画油画。那个人的油画功底很好，能在油画布上画马、恩、列、斯的巨幅画像，还在广场上画了十多米高的毛主席去安源，画当然是临摹，但能临摹得像也不错了。我在他的指点下画画进步很快，但好景不长，他又被抓走了。我却学了许多绘画的基本功，他教了我素描的重要性，很多课堂上的东西没有老师的指点是学不到的，通过他的指教，我学会了绘画，当然我也没能成为名家，但自画自娱也足了。

20世纪六七十年代，大多数中国人看不起病，尤其是农民，小病小痛，出血受伤一般不会上医院，我家却备有红药水、碘酒、双氧水、消炎粉、橡皮膏、纱布，邻里们出血受伤了我都帮着包扎。后来范围似乎在不断扩大，我就搞了个小药房，不但有神丹、万金油，还有扑热息痛、阿司匹林、霍香正气丸、小苏打、地霉素等等，我买来了《赤脚医生手册》等医疗书，为了充实自己，先是到我堂伯父那里学中医。我堂伯父是一个祖传的名中医，我父亲几次三番求他收我做徒弟，但堂伯父始终不肯答应，勉为其难的让我借些书看，他忙了的时候帮他抄抄方子，我就读了《汤头歌诀》《药性歌》《濒湖脉学》等中医书籍。后来母亲的好朋友也是个著名医师，他借了我许多书，有《黄帝内经》《灵枢经》《本草纲目》等等。我自己也开始收集医药书籍，买了《实用内科学》《临床外科手册》《药物大字典》等，还自费订阅了许多医学杂志，俨然成了一个没有临床经验，没有执业许可的半土半洋的医学专家。在实践上我也不甘心落后，多方请教土郎中、土专家。我父亲有个挚友也是名医，"文革"中多次被批斗，后来他儿子进了合作医疗，我们是好朋友，我经常去帮他打针、包扎伤口，做消毒清洁工作。说实在他打针技术没有我好，有时候他给小孩子挂盐水静注好几次打不准，我一针见血，弄得有病人要打针我去了就马上说，叫我给他们打，使我朋友面上都挂不住。几年下来，确实我对医疗有一定造诣，那时候农村痢疾很多，而且很难治愈，严重影响正常生活生产，传染性又很强，我的方子很管用，百分之百能见效。痢疾并不是难治的病，医生和患者往往忽略要把细菌灭杀断根，有的患者看看好了，过几天又复发，其实就是细菌没有清除完全，又繁殖起来了，就会一拖几个月。小儿泄泻久治不愈我能一剂见效，但由于制度上的原因我不能从事医疗职业，可是我有许多医疗上的学问，有时候亲朋好友说到医疗疾病，我都不敢多开口，别人会说，你难道什么都懂。一年春节外甥发高热，全家惊恐万状，大年三十一早要去打针挂盐水，我说已经好了没事，坚决不让去，结果到傍晚热度退去，小孩又有说有笑。人多学习总不会有错，这是另一种求学。

"文革"十年，人们都在发疯，我可没闲着，我学会了绘制图纸，我和别人合作绘制的全套C6130车床的图纸到机械厂生产了20余台车床。我还学会了泥工、木工的活，家里厨房屋都是自建的，砌砖和抹墙的技术都很精到，我能独立完成打造大灶，这是江南地方难度较高的泥工活，一般泥工是吃不下打大灶的，打大灶要用骨牌砖砌起来，砖要砌得很平，用石灰很少，砖缝要砌得很细，烟囱也很难砌。木工又分大木和细木，细木最难做的是方桌，又叫八仙桌或四仙桌，四仙桌工艺要求绝高，一般四仙桌都配有四把靠背椅，四仙桌和靠背椅都有拼花，雕画，要用木材拼雕出回字纹、云纹、饕餮纹或缠枝、宝塔、方、圆等形状，雕画要会雕八仙或其他人物故事，前面说过我学过雕印版，所以做细木雕工轻车熟路，我花了几年时间学做四仙桌和靠背椅，学习雕刻图纹。我还喜欢学做农活，在家种瓜、种豆、种菜，特别喜欢种植花卉，那时节社会上花卉很少，我把目光瞄准医院，我从各大医院剪来枝芽，在家繁殖秧苗，在民间收集残留的菊花，月季、蔷薇、玫瑰、茉莉、梅、桃、芍药、百合等，足足比花农种花早了15至20年，从中学到了许多丰富的知识。在看书学习上也没有落后，看了无数书籍，自订了《地理知识》《世界知识》等多本杂志。那时节可没人自己花钱订阅杂志呵。

求学也是一种爱好，一个人肯学习一定是好事，虽然什么都想学一定不会很专业，但博学一定多才，多懂一些就能世事洞明，人情练达，人的境界也会提高，不会陷入到某一偏道上。现在社会上有人走偏道，比喻说贪财、恋权，皆是没有好好学习，说通俗一点，就是没有学会做人，人追求学问不一定成才，但一个不追求学问的人一定不能成才，这就是我的求学思想。

六、读书

    我辈年少时，正好赶上十年动乱，要读书被拒之学校的大门外，剥夺了受教育的权利。要看书所有的书都是大毒草，我们既不能读书也无书可看，但物极必反，越是不给人读书越有人想看书。得到一本遗漏之书就大家传阅之。我们的阅读之路是遍寻社会上漏网之书，柴门草户、废旧书报回收公司，凡有遗漏书籍的地方都去搜寻，隔三差五的到废品回收公司，看看废纸之中是否有夹带之书，如有可读之书，就用旧报纸或废纸去交换，换书也绝非易事，要趁废品公司领导不在，用数倍于书的重量的旧报纸，还要外加香烟买通拣废纸的工人，偷偷地拿去交换。那时候废报纸也只有公家单位才有，你要先到有熟人的单位，告诉他们家里要糊房子，要买些旧报纸，然后积储在家里，一旦废品回收公司有旧书信息，即可拿旧报纸去换回。香烟也是紧俏商品，幸好我辈不抽香烟，单位有分配香烟即留着备用。如偶尔得到一书必整夜读之，非一口气读几遍不解渴，尔后又反复读之。半部《水浒传》读了不下十遍，一本《隋唐演义》则读烂了还不肯罢手，《红楼梦》要到很多年后才看到完整的版本，《聊斋》都是一些残篇，被打成毒草的革命书籍倒读了不少，如《铁道游击队》《平原游击队》《青春之歌》《家》《野火春风斗古城》等。由于禁书的恶果，发展到后来手抄本流行，但我辈此时已不屑这些低俗的东西了，追求的是外国名著，如《红与黑》《巴黎圣母院》《悲惨世界》《简·爱》《战争与和平》等。以上这些书有很多是借来传阅的，可见当时读书之人也不在少数。我们当时看书绝不是为了猎奇或消闲，我们看书是为了求学，积累更多的知识。

若干年后，读到宋濂的《送东阳马生序》则潸然泪下，对于借书和求教之难则同感之深，每求人借到一书必连夜读之，有时鸡叫三遍，还在读书，说好天明要还的书必不违约，宋濂借人之书读书，不敢稍逾约，他只不过践诺自己的"信"，而我辈借人之书读书不敢逾约还有个要害人的问题，有些书是暗中借阅，为了安全必须按时归还，那时候是禁止老百姓看其他的书的，如被好事者发现，轻则遭受批斗，重则坐牢杀头，还要株连所有相关的人员，在这人人自危的年代里，借书是背负着重大政治风险的，所以必须隐秘小心，遵守约定，断不可逾约，否则就害人害己。但越是这种恶劣的环境，反而看书之心越迫切，看书之数量越广泛，来者不拒，什么书只要有就必读之，连时宪书①也不放过。

由于是自觉读书，对书本的理解也颇为深刻，我辈由于阅读了

①时宪书：日历本。

《子夜》自认对股票的理解非常深刻，以致后来一直不敢碰股票。一本《红楼梦》使人有醍醐灌顶的感觉。"文革"十年是中华民族灾难深重的十年，由于这十年动乱使许多人成了文盲加流氓的一代，我辈由于潜心读书，养成了澹泊寡欲的心性，洞明了世间丑恶的百态，这动乱的十年庸人自扰，但清者自清，皆得益于读书也。

由于读书之众，后进入社会，许多学问皆无师自通，实非无师自通者，皆因读书之广，书本，我终身之师也。

然则，后社会开明，十年期间所禁之书悉数重印，我亦事业小成，每有新书旧刻必购之，悲夫，尽束之高阁，再无当初读书之心，顿悟世人皆可成圣贤，故无恒心耳，我辈亦不能免矣。

此时再无当初求学之心矣。

七、迟到的大学

　　转眼间，"文革"结束，恢复高考，我就开始自学广播电视英语，还自学了日语、德语。至此，我的求学之路也已经超脱了，不再停留在当初想上中学、考大学、成专家的梦境里。由于杂学百家，懂了许多，但不专一，所以已经不可能成"家"了。而且我还喜欢泥工、木工等百工生活①，注定了是个小人物，不能成为什么大家。但是我自己喜欢，我觉得自己已经是个化外之人了。此后我能看透世间百态，我对财物、荣誉、仕途已无所追求，我的财富全在两只手上，我已经变成了一个饿不死的人了。话虽这么说，但也不尽然，有一句话叫做："英雄只怕病来磨"，如果生病，有天大的本事也要饿死，但我学过医，知道如何保养自己，所以我从来不暴饮暴食，酒从不过量，注意卫生，不但自己受益，家人也多多受益，此皆拜勤学所赐之福。所以人一定要肯学习，知识是真正的财

---

　　①生活：即工作。

富，有的高官落马，身陷囹圄；有的做生意破产，穷困潦倒；有的英年早逝，抛子别母，其实，说到底都是文化欠缺的缘故。一个人能努力学习，追求学问，就能懂得如何做人做事，我们的国家就会少一个贪官，少一个盗贼，多一个人才，多一份建设。

20 世纪 80 年代以后，中华大地上掀起了一股考试热、文凭热。于是就有了各类成人教育，解决这一代人在"文革"期间没有接受正规教育的缺憾。矫枉过正，这本来是一桩好事。但中国的事情一旦被权力者一掺和，事物就逐步走向反面，变成了玩新八股的游戏，镀金讨晋升的台阶。社会上各阶层人士根据自身的社会地位，选择业余教育、在职教育、公费培训、带职入学等。有权有钱的人能到各级党校和名校参加带薪脱产学习，做到名利双收。次一等的参加带职学习，三天捕鱼，五日晒网，能拿到文凭就好。权力部门和官办企业自办教育机构，轮番给自己人镀金授予文凭。没有办法，又不甘失去这读书尾巴的人就参加各类电视大学和业余学校学习。一张文凭能提级升职，进阶官场。做官要文凭，评职称也要文凭，有的权势者根本没有文化基础，硬是想方设法，通过关系，在什么补习班、专修班搞个文凭，评了中高级职称。后来，有的学校干脆就卖文凭，一个 MBA 卖几十万元，一个博士卖七八十万，继续教育完全变了味，大多数人参加成人学习是为了解决评职称和升官需要，又有多少人学有所用了，更何况这些成人教育的狗屁文章根本没能教育人正直、廉洁或有各种学问，所以，我说，这成人教育是恶学。鄙人也不能免俗，也谈谈这读书过程。

1978 年恢复高考，正乃女儿呱呱落地，迫于生机，虽久有此心而力不从矣。1982 年，我在工厂担任厂长，就参加了广播电视大学的招生考试，那也是利用职务之便，因为那时候要去考试需单位同意，好在我大权在握，公章在自己手里，正好单位有四人要去报考，我一发做了顺水人情，同意大家去考试。幸好四人之中有两人考不上，另一女的虽然也考上了，但我们白天没有时间，要晚上去听录音，她有了男朋友，分不开时间，所以她也没坚持多久。我一个被幼儿园开除、被小学所拒、上中学没门，读大学做梦的人，忽然被广播电视大学录取，不啻是翻身农奴得解放。

三年电大，寒来暑往，说句心里话，早期的电大是有质量的，要花工夫，也是能学点东西的地方。电大的授课老师都是些有资历、有名望的老师，因为他们将面向全国的学生授课，而且全世界也摸得着，看得到。再来说说电大的考试，电大入学考试，期中考试、期末考试，电大要毕业，须要接受共 13 次高考那样苛刻的考试，因为监考老师就是高考监考的同一批老师，学校和工作站大家都不知道考试内容，所以说，电大的考试很难。后来我也读过其他学校，甚至是名校，考试都要简单得多了。电大的学生也很刻苦，这些人多半是以前没机会上大学的，一旦有了这机会，大家都很认真。当时电视授课都在白天，社会上电视机又很少，我们白天还要工作，所以只好晚上听录音，靠自己多看书，凭自己的理解，虽然工作站和分校也有老师，但多数时候靠自学。电大的条件也非常艰苦，它没有高等学府古典恬静的环境，巍峨庄严的课堂，但它毕竟圆了一代人的大学梦，也培养了许多实用人才。电大是一个民间的大学，但社会并不待见电大，也看不起电大生。虽然国家也有政策承认电大文凭，但电大毕业生被重用或通用的不多。这里我指的是20 世纪 80 年代的电大，今天的电大可不同了，在各级政府的投入下，校园都旧貌换新颜了，学生却是各高校挑剩的，虽然学校硬件变好了，但是教育质量却是下降的。

1985年，我三年电大毕业了，由于世俗的偏见，大家不大看得起电大生，鄙人也不能免俗，就又报考了一所艺术类名校（后文恕我概不说出校名，因为我要说学校坏话，如有老师或同学知晓，大家就心照不宣吧）读本科。为什么要报考艺术院校，因为艺术院校文化考试要求不高。现在成千上万人在报考艺术类院校，里面没几个尖子，有艺术才能，说白了就是冲着文化考试要求低，而且专业考试评分有弹性，所以被一些有钱人青睐。

1986年至1990年，我在该艺术院校读书，好在专业特殊，使得我在时间上得以兼顾。我仍然当着厂长，当然这是国企的厂长，不愁业务、不愁资金，在工厂与学校之间往返还有车子接送。当时也有老师劝我放弃做厂长，叫我专心致志做学问，但由于我俗不可耐，没有在专业上钻研，考试只求及格，混了四年，终于得以修成正果，1990年顺利毕业，不料还居然得了个全国三等奖，还顺利进入了某名校读研究生，此刻心情，适与《聊斋》故事中贾奉雉一同："榜发，竟中经魁。又阅旧稿，一读一汗；读竟，重衣尽湿。自言曰：'此文一出，何以见天下士乎！'我也一直觉得自己学问虚、文凭虚，一直不敢以最高学历示人，尤其是同人。

由于长期从事经济管理工作，我从某校取得了经济管理专业文凭，在该校进修期间，我认识了不少市里的领导，我们一个班同学有副市长、经委主任，还有好多部委办局的领导，由此得知，在职教育不光光是为了要取得文凭，还能结识许多朋友，增进人脉关系，果不其然，后来我企业改制，要申批土地，建设厂房，这一大批同学都帮上了忙。此后，竟一发不可收拾，我又读了EMBA，说是读书，其实更多的是结交人脉。

好好的读书，学习更多的知识，本来无可厚非，但由于社会的恶俗，一切向钱看，文凭更多的是为了个人利益，能做官发财，在商业领域也大行其道，评企业等级，上市扩股，董事长或CEO的学历都成一种资本。变味的学历教育，在职学习成了一种商业行为，对公家的人成了一种福利，人们在其中根本不是去追求学问，学习知识文化，学会如何做好人、做好事，说白了，这种教育也根本不可能有好的思想传授于人，反倒形成了一个个追求名利的染缸，所谓的高学历文凭、学位又有多少是名副其实，这种学历文凭和社会上买来的假文凭没有什么两样。成人教育的学校（自考不在此例）内部抄袭成风，卖题买题，使人想起了钱钟书笔下《围城》里的方鸿渐，他暴出了文凭造假，其实有许多人手里都攥的是假文凭，今天又何尝不是这样。我暴出了成人教育，在职学习虚假的内幕，也许有人会骂我，但我不说也总会有人说的。读书求学也一样，开始是真的想读书求学问，到真有书读的时候却不是为了读书求学问，却是为了一纸文凭。

从我亲身经历的成人教育，在职学习的过程，我了解了内部各种关系，所谓的读书进修，其实完全是一种利益的博弈，又有多少人是想真心去学习，就我本人也多次把书本扔了，发誓以后再也不做玩八股的游戏了，确实，进修理工科的很少，什么财政、税务、工商管理、经济管理，财会管理，行政管理等很多课目都是些无用的新八股，学习又有何意义。

聊以自慰的是我自己的职称都是通过参加全国统一考试获取的。

八、求学之路

学而优则仕，这是中国几千年历史传承下来的。仕是什么？简单的理解则是仕途，即做官的路。

考大学做什么？考大学为了进入高等学府学习专业知识。其实这两者是不同的，但今天的目的却相同，都是为了讨个出身，有个做官（公务员）的路。求学和考大学不是同一个事，求学可以考大学，但不考大学一样可以求学。

学而优则仕，是说你学习得好，有比别人高明的知识，你就能做官。这个学可以是自学、先生教，师傅传授；时间上也可以长，可以短，学好为止；年龄上也不受限制，可以老，也可以少。至于你是否优则要社会有人承认你，它包含两重意思，即学习好和被承认。

考大学就不同了，其实，今天的考大学就是个怪胎。学而优则仕是你学好了，又被社会所承认，你就做官。而考大学是先承认你能做官，然后才让你去学习。当然，这是曾经的制度，前几十年，不管你是采矿的、做兽医的，只要是大学出来的，你就是干部，你就能做官。所谓怪胎，就是现实在变，你考上大学不一定做官，但我们全民的心态没变，可以武断地说，大多数中国人考大学的目的就是冲着做官去的。

如果不幸被我言中，那么这个扭曲的时代是非常可怕的。

学而优则仕，这短短五个字其实信息量非常丰富，一、要学习得好才能做官；二、你能否学习得好（优）；三、是否被社会承认（参加科举考试或被名流推荐）。这就需要坚持，需要经济条件作支撑，也有可能学得不优或学得虽优但不被社会承认。所以学与不学当事人都有考量的，也就是说历史上每朝每代不是每个人都会选择去读书，读书人只是仕、农、工、商中的一部分，在这里特别需要声明的是我们现在讨论的是求学、考大学和做官，我们不反对全民普及九年制义务教育，有条件到高中段最好。我们的理想状态是国家给予公民的高中程度的义务教育，不管贫富，有教无类，高中毕业，仕、农、工、商，服兵役，读大学大家各奔东西。你可以先读书（求学）后工作，也可以先工作后读书（求学）。国家公务员考试不能要求什么大学、研究生学历，凡是已经接受完毕国家义务教育的公民，他们都有权参加国家公务员考试，否则即为违法和歧视。国家公务员考试，我们只要符合你的德（政治）、才（知识）要求，凭什么设置是什么学历条框呢？如果不是这种制度，很多人会选择边工作边求学（读书）。

我们从电视中看到一个真人真事的节目，一个农村家庭，生了一儿两女，儿子很优秀，从中考就显示出学习的才能，老师和家庭都希望他走读书这条路。姐姐很小就外出打工了，全家人节衣缩食，供儿子读完了高中，儿子果然考上了大学。这是全家、全村、学校的光荣，但家庭也就从此背负了儿子上学的沉重经济负担，儿子几年大学读下来，家里已经向亲友借贷了很多债务。不负众望，儿子大学毕业了，又考上了研究生。研究生毕业，儿子已经二十七八岁，家庭也背负了不堪承受的债务，姐姐也早已过了婚嫁的年龄，却还未出嫁，在打工帮衬着家里。研究生毕业的儿子真的考取了公务员，真的应了学而优则仕。但儿子为了替家里还债，自己也要婚娶，就辞了公务员到某 IT 企业，为了经济收入，儿子工作很辛苦，经常加班加点。两年后，儿子得了心肌炎，30 岁的儿子因突发心脏病而猝死。父母抱着儿子的尸体两天两夜不肯分开，后来在亲友努力下，强行将父母和儿子的尸体分开。父母坚持将儿子葬在自家大门口，为的是每天开门就能见到儿子的坟墓，而且父母屡屡示意女儿，不想活了，让女儿在他们死后把他们葬在儿子墓地左右两边，让他们陪着儿子。

这个悲剧的发生，父母也怪过自己，说不该让儿子去读大学，但更多的是怪老师，说当初老师不该蛊惑他们让儿子去考大学。我们认为不该怪老师，也不该怪父母，要怪就怪这个扭曲的时代，大家千军万马想过独木桥，就想学而优则仕，做官当公务员。我觉得这个家庭是可怜可悲的，他们并没有想追求学问才去读书，这种书不读也罢，真想求学，边读书边工作没有什么不可以的，这也是个人心的问题。如果他了解上辈人的求学经历，他也不一定这样做了。

现代大学是什么？现代大学是传授和接受专业知识的学校，是一种学习环境。学校凭自己所掌握专业的老师和实验室的力量来教育学生。学校不用管学生的去向，只要管好学生是否学到了应有的知识，是否有能力做人做事。全中国人民对高等教育要有新的定位，读大学是个过程，不是手段和目的。如果为了求学而去读学，真正读大学是一个很苦的事，要学知识，学技术，要做实验，许多人读同一专业，能出成果的人很少。有人搞学问可能一辈子出不了成果，只是为别人出成果作了铺垫，但却付出了心血和金钱，真正做学问是很苦的事。现在我们想考进大学的家长和子女，有几个是想让学生去搞科研、求学问的，大多数人是为了去镀一层金作为敲门砖去做官当公务员，或找一个稳定、轻松的好工作，这就是扭曲的时代所产生的历史怪胎。

我们说了这么多年劳工神圣，尊重工农，但我们骨子里却是轻视工农的。一个社会要稳定，仕农工商一定要有合理的比例，其实现代工业和农业到真正需要一大批接受高等专业知识教育过的人才，而一些公务员岗位有高中学历也可以了。一个社会如果一味想着一个凌驾于百姓头上的官吏群体的利益时，这个社会也就很少有人耐得了清贫，刻苦求学、潜心求学了。反之这个社会就会恶俗泛滥，使历史倒退，重新回到积贫积弱的年代，短暂的繁荣尤如过眼烟云，若要使社会长治久安，我们必须要尊重文化，尊重人才，使全社会树立一股求学之风。

求学，不一定要在高等学府的殿堂里，能进高等学府受教育当然最好，受制于客观条件，边谋生、边求学也不失为一种补救方法，社会就是一个大学堂。诸子百家，百工杂学，无不都能提高个人的基本素质。读书学习，首先是要学会做人，求学是追求做人的学问，学贵以专，但专家是少数，专家不是享受，专家是磨炼和受苦才熬成的。

求学，是一条艰苦的路。

阅　读

学技术

卷四　邻里记

一、儿童少年

我家住在一个台门里，南方的台门就像北方的四合院，上海叫做石库门，去过浙江绍兴鲁迅故居的人都参观过鲁迅先生祖居新台门，我家就住梁家新台门。

新台门叫恩茂里，因台门上有恩茂两字，又叫恩茂台门，分东西两院，是我曾祖父的父亲所建，我曾祖父在时，兄弟数人不曾分家，我曾祖父死后连同老台门一起分家，我祖父仅得新台门的十八分之一。新中国成立以后恩茂台门住有"七十二家"房客，有同姓的，也有异姓的。房客之间同姓的不一定亲，异姓的也不一定疏。亲疏之间，恩恩怨怨，演绎出许多故事来。

"七十二家"房客也是形容，但三十六家只多不少，不信，请数马桶①，每天早上环卫工人来倒马桶，东院有二十多只，西院有

①马桶：南方人家的便桶，好的做得很精致，女孩嫁人时的便桶叫子孙桶。

二十多只，一户人家有两只马桶的不多，便知住有多少人家了。

那是个多子女的时代，每家每户像梯子档似的孩子多的有六七个，少的也有四五个，好在大些的有参加工作了，院子里从早到晚都是孩子们的吵闹声，有时候还大哭小喊的，从来没有安静的时候。当然我们家是个例外，对门万家婆婆常对我母亲说："你们家几个小孩真乖，一点花猫声都没有。"

东西两院各为两个组，西院是八组，我们住西院，有十六七户人家，还有两户是农民，东院有二十来户，后东院中的大道地①改建剧院搬走了一部分住户。西院的住户属八组，东院的住户是七组，东院西院同属一个村，村长住在东院。

东院的大道地没了，东院的孩子也到西院来玩，西院的人更多了。

我们西院的大道地很大，每年开城乡物资交流大会都到我们道地里演戏、放电影。平时我们孩子们在道地里玩老鹰抓小鸡的游戏，还有抢柱子，就是你抢到柱子就是你的地方，别人不能来抓你，如果没有柱子你就被别人抓作俘虏，你就输了。游戏还很多，男孩子有飞洋片②、飞剑子和打弹子；女孩子有跳房和跳橡皮筋。孩子们玩游戏基本上是相同年龄段的凑在一起，上学也一样，同年龄的结伴而行，男女分开。但我从来不玩飞洋片、打弹子这种游戏。东院中的传根原来是我同班的同学，他是村主任的儿子，他爸

---

①道地：房屋中间的空间，可以晾晒衣物和粮食。和天井相同，又不相同，小道地像天井。

②洋片：一种厚纸印刷的小型图片，有人物、花卉，背后印有谜语或说明文字，像现在的儿童识字卡片，最先由外国传入，所以叫洋片。

爸在上海，经常有上海带来的新洋片和水晶玻璃的弹子，他老是想和我们一起来玩，但我就是不想和他玩，他技术极差，赌输了又要耍赖。我们不和他玩，他只能跟小一些的孩子玩，所以在小孩子堆里总能见到一个大孩子。

我是家里男孩中的老大，算是孩子中较大一些的，我们有自己的圈子。盛家水荣，赵家建军跟着我，我们三个人经常在一起，盛水荣是家里男孩中的老二，上面有一个哥哥和一个姐姐，下面有一个妹妹和两个弟弟，兄弟姐妹在数量上完全和我家重合，也是六姊妹，但年龄都要比我家大一档，盛水荣比我大一岁，是因为留级才到我们同级的。赵建军和我是同岁，月份还比我小一些，他在家里也是男孩子中的老二，他上面有个哥哥叫建国，原来也有个姐姐叫凤仙，那年和我姐姐一起出麻疹，后来我姐姐好了，凤仙在西台门背进背出看郎中，最后医不好死了。建军下面也是一个妹妹、两个弟弟。后来我们出麻疹，全台门里都传开了，我们兄弟姐妹六人，只有姐姐已经出过麻疹，有免疫力不出，其余五人全出，建军家也全出，一个弟弟又医不好死了，所以现在建军家只有兄妹四人。

水荣家有六姊妹，爸爸在糕团店工作，叫年糕秋生，每天早上四点就上班去了，下午不上班在家睡觉，他妈妈是家庭妇女，基本上都不管他们，家里经济条件也算差的，水荣读书不好，还留了级，水荣的哥哥国荣更差，已经留了三级了。建军的爸爸在杭州，是铁路修理厂的工人，建军的妈妈也没工作，建军家还有个爷爷，虽然建军爸爸工资高一些，但经济还是很困难，建军哥哥建国读书成绩也不好，已经留三级了，所以建军家里也没有人管他。

在台门里，我们三家由于子女多，经济都比较困难，相比之下还是我家好一些，所以我们三家的小孩走得近。我从小喜欢钓鱼钓虾，我们台门前门有鱼花池，一筷子长的鲫鱼都能钓起来。春天里麦子抽穗的时候，我们去三里路外的鱼池头村钓虾，这时候的虾叫麦头虾，又肥又大，有的还带着虾子，出去钓鱼、钓虾都是水荣、建军跟着我一起去，东院的传根也想跟我们去，但我就是不想让他跟着。

每次去钓鱼、钓虾他们都没有我钓得多，我技术比他们好，工具也做得比他们好，我钓虾的鱼钩是用九号缝衣针在油灯上退火后自己弯的，他们用的是店里买来的，有时候他们会要我给他们做鱼钩，但不管怎样，我一定比他们钓得多。有时候我钓得多，他们钓得少，我们三个人会平分，所以他们很听我的话。钓虾首先要去挖蚯蚓，我就不用去挖了，水荣、建军会去挖的。

我们台门后面有条河，河的一头通大湾①，另一头通新开河，河的尽头东边是船厂溇，西边是梁家溇，由于港汊纵横，鱼虾也很多，平时我们在河里钓鱼，夏季里我们会直接下河去摸鱼、摸虾、摸螃蟹；最简单的是摸螺蛳、摸河蚌，这时候建军的哥哥建国会一起去，我弟弟也会跟着我，台门里男孩一大群，我们扛着大脚盆，一直游到大湾里，反正摸到什么是什么，几个小时下来，鱼呀、虾呀、螺蛳、河蚌能摸起来很多，还有螃蟹，我们都吃不了这么多，第二天上午就叫建国拿到菜场里去卖，我可不干去卖东西的事，觉得那样很丢人。

---

①大湾：较大的人工河。

我们还经常到山上去玩，水荣家有亲戚在山下王村，那里他很熟悉，山脚下有很多坟，我有些怕，但水荣不怕，走过坟头，到山上面些就干净了，我们摘映山红、拔毛针①，毛针、映山红的花都能吃，拿回家来台门里的女孩子可高兴了，好像我们是什么英雄。

上学去我们也是三个人等齐了一起走，我们是同一个年级，他们两人在甲班，我在乙班。我们到学校有两条路可走，一条是走闸口，闸口有卖熟蕃薯、熟老菱和猜茴香豆的，有时候我们从父母处讨得零钱会去闸口猜茴香头，得到的茴香头我们三个人分着吃。还有一条路是从街上走，我们会从西街走到东街，沿着街上走会看到许多吃的东西，但多数时间我们只是看。有时候买个棒冰，一个人咬一口吃。水荣有时候要逃学，但建军始终跟着我。

每次上学都是建军来等我的，一天建军有事，我去等水荣，水荣的哥哥国荣说我们一起走，走到台门外面国荣说带我们去一个好玩的地方，我们就跟着国荣到小湾②路里，他说今天不去上学了，就在这里玩，他要我们把书包藏在茅草蓬里，我们就到黄麻地里去捉蛐蛐（蟋蟀），玩到中午我们肚子饿了，国荣去大埂③上偷蕃薯，中午我们就吃生蕃薯当饭，玩到下午夕阳西斜后，我们才敢回家，这是我第一次逃学，我心里怕得很。

由于第一天不去上学，第二天我也不敢去学校了，班主任于老师找上家来，我一见于老师就赶紧往后门逃，我从大会堂后面的乱

---

①毛针：毛草开花前的花芽，可以吃。
②小湾：和大湾一样，是较小的人工河。
③大埂：挖人工河从河里挖出来的土堆起来的大土埂。

石上逃过，于老师追上来跌了一跤，皮也擦破了。这事让母亲知道了，把我死命地打了一顿，我保证说以后再不逃学了母亲才罢手。

水荣的哥哥国荣不光逃学，其他的点子也很多。我们在河里游泳，装菜黄瓜的船驶过来，他去抢菜黄瓜给大家吃。国荣还在大会堂的竹篱笆做的围墙下面挖了一个洞，篱笆里面正好有树枝挡住视线，每次大会堂放电影就从篱笆洞爬进去看电影，一次水荣来叫我爬进去看电影，这件事又让妈妈知道了，又把我打了一顿，因为这些事都不光彩，后来我和水荣他们就疏远了，没几年他们也搬走了，住在菜场旁边，国荣还是干些偷黄瓜、偷豆饼等事，他说豆饼很香，可以吃，我可不敢吃。

建军是和我同年所生，我们从小一起，我们俩人还是形影不离，他爸爸不在本地，有时候他家里米没有了就到我家来借，我家有农村亲戚送的瓜果，都少不了他一份。台门里经济好的人家也有，但大家没有往来，这也是穷对穷，富对富的一种说法。这倒并不是说他们势利，问题是我们要争气。所以万一临时缺个油盐酱醋，我们就在两家之间拿。建国还开玩笑说他妹妹给我二弟做老婆。

二、睦邻欢娱

我们对门的万家是户好人家。他们信奉耶稣教，万公公在教内虽不是牧师，但也是有较高教职的，有时他们在家里也有聚会，教友们会到他家里来。原来他们家房子很宽畅，有三间二层，后来余婆婆家搬进来了，他们的房子就小了一些。万家老大、老二都在上海，老二的家属留在家里，老二的老婆我们叫二妈，二妈的大女儿倩倩是我同班同学。老三、老四浙大毕业分往成都、上海去了。还有个小儿子高中毕业后当兵去了。我们还听说万家还有女儿抗美援朝时就去部队当兵了，现在嫁的丈夫是部队的高级军官，好像在东北的部队里。我们虽然和万家对门，但经济上几乎没有什么往来。万家婆婆只要我妈妈一生病，就来劝我妈妈入教，这就是劝耶稣。一次我丢石块，从屋上面丢过去，正好打在万婆婆的头上了，血也流了出来，但万家也没有多说什么，只是说我太淘气了。他们对别人也很和气，后来台门里有好几家都相信耶稣教了。虽然我们家和万家上上下下关系都很好，万公公还送了我一本《新旧约全书》，我只当作文学书看，我们家到最后也没有信奉耶稣教。

台门里好邻居很多，三娘和我家关系也很好，她是台门里面圆洞门里胡隆记的女儿，胡隆记原是开肉店的，三娘老大不小了嫁了个上海"老板"做填房。三娘的丈夫在上海，前面有个女儿叫水仙，她和我们一起做小伙伴，后来三娘自己也生了个儿子。三娘和水仙经常发生冲突，以前我们后妈虐待前面儿女的故事看多了，也觉得三娘在虐待水仙，但三娘和我们别的孩子关系很好。三娘不工作，是个家庭妇女，就做我们的孩子王，和我们一起打扑克，讲故事，她也有许多故事。三娘对我特别好，我妈妈说我断奶的时候家里什么都没有，还是三娘泡了一壶糖茶来给我吃。有时候我妈妈打我，不给我饭吃，都是三娘来讨的保，三娘总说我是个好孩子，将来会有出息的。三娘和我妈妈的关系也很好，我妈妈在经济上碰头时会在三娘那里借个三元、五元的应急。1963年底我妈妈要去做绝育手术，到年底了我的鞋子还没有做好，我们这里的风俗新年要穿新鞋，是三娘帮我把鞋做好的，我新年也穿上了新鞋。

台门里好邻居很多，偶而有争吵也是为了小孩子的事。但我家从未有和邻居发生争执的事。我爸爸为人老实，平时言语也不多，有时小孩子之间有争吵，我爸爸妈妈从来不袒护自己的孩子，所以和邻里关系都很好。

水荣家从台门里搬走了，搬进来一个谢先生，谢先生是个算命先生，他白天在外面算命，晚上会在台门里讲故事。南方夏季人们喜欢在室外吃晚饭，就如鲁迅先生在《风波》里说的："女人孩子们都在自己门口的土场上泼些水，放下小桌子和矮凳；人知道，这已经是晚饭时候了。"我们也是这样，台门里挨家挨户在自家门口的石板道地上泼些水，放下小桌子和矮凳，然后把饭菜拿出来，摇着大芭蕉扇，边赶蚊蝇边吃饭。

晚饭后，每家有大点的孩子都会把碗筷收拾到竹篮子里，拿到河里去洗，大人们就闲谈些外面的事。屋子里热，大家就在道地里乘凉，小孩子在旁边跑来跑去的，刚洗完澡换了干净的衣服又被汗湿了，这时候要小孩子安静下来，最好的办法是讲故事。

台门里住着一个姓谢的算命先生，谢先生虽然是个盲人，但他有很多学问，他人也生得和气，就会给我们讲许多故事，他讲的最多的是绍兴徐渭徐文长的故事，我们也最爱听徐文长的故事。

关于徐文长的故事，有的情节比较低俗，好多故事也都有些牵强附会，但多数是比较好的。比如五市门的故事：

"绍兴县城新建了一个城门，叫五市门，县官要徐文长题写五市门上城门匾额的匾文，徐文长坚决拒绝，县官没有办法，就叫人乔装做生意的在徐文长住地附近开了一个汤圆店，徐文长每天去吃汤圆，汤圆店的老板总是对他很客气，给他的汤圆也特别多。徐文长有些不好意思了，就问老板有什么要帮忙的，老板也表现出有些不好意思，就说你真要帮我就给我这个汤圆店写个牌子。徐文长一听，说这个有什么不可以，你说怎么写我马上就给你写，老板拿出笔墨纸砚来（好像事先有准备的），徐文长也没多想，拿起笔来就问怎么写，老板说你就写王老五汤圆门市部。徐文长一挥而就。老板高高兴兴地拿进去了，徐文长也高高兴兴地走了。第二天早上，徐文长再去吃汤圆，汤圆店已关门大吉了，徐文长一想不好，上当了，当他赶到五市门，五市门的匾额已经挂出来了，是他亲手所写的匾文"五市门"。所以绍兴五市门的匾额上的匾文是徐渭手迹。"

谢先生讲的徐文长的故事还很多，有《赚妻》《骂鸭》《吃屎》等，内容有些俗，足供大家作笑料。玩到尽兴，也不讲什么规矩了，有人讲了个徐文长的故事取笑谢先生。故事说：

一天徐文长碰到一个算命先生，算命先生在吹牛说，别人说徐文长如何有才，又老是捉弄人，我偏不信，如果碰到我，我一定给他苦头吃。徐文长听了心里暗暗发笑，心想，他要给我苦头吃，我倒要捉弄他一下。徐文长一直在旁边看着，看看算命的人不多，就走过去对算命先生说，先生我家想造房子，要卜个家宅课，先生愿不愿意去，算命先生一听，卜课给的钱是算命的十几倍，就连说愿意、愿意。说完就叫徐文长带路，徐文长带着先生一直往城外走。那时候正好是夏天，天气炎热，大家走得汗流浃背，走到一个村庄旁边，徐文长说先生就到了，天气这么热，我们先在这里洗个澡，进村好吃饭，先生说正好，我也想洗个澡，进去好吃饭。算命先生说，我还没问过你尊姓大名，不知如何称呼您，徐文长就说我姓都，叫来看，你就叫我老都。说完算命先生就脱了衣裤在河边洗澡，徐文长就偷偷地把算命先生的衣裤拿着跑到远处躲起来了。算命先生洗完澡，起来找不到衣服，拼命喊老都、老都，喊了很久不见老都来，就叫都来看，都来看，这时候村里人听到了算命先生喊都来看，就跑出来看到底怎么回事，一看一个算命先生，光着身子，还喊别人都来看，大家就骂他说，你这个瞎子，这么坏，光着身子还喊别人都来看，说完把烂瓜菜叶往算命先生身上丢，然后大家一轰散去。这时候躲着的徐文长出来了，把衣服还给算命先生，算命先生还说：老都你到哪里去了，害我吃了不少苦头。徐文长说："实话告诉你吧，我就是徐文长。"

这个故事取笑了谢先生，但谢先生也没有生气，还笑得很开心，以后我们开玩笑会叫谢先生老都、都先生。

那个夏天台门里特别开心，每晚乘凉不但有故事听，还有猜谜语，说典故的，有几个故事记忆特别深，如过清和桥的故事：

有一天三只船同时要过清和桥，但桥洞狭小，只能一只一只过，但大家都不肯落后。一只是中状元回的官船，一只是西天取经回的僧船，一只是去成亲送新娘的喜船，大家都觉得自己要先走，一时争持不下，这时官船里的状元就说："我们不妨以清和桥为题，说出自己要先过的理由，谁说得好谁就先走。"这个提议得到了三船的认同，大家说让和尚先说。

和尚说：以清字为题：

"有水也是清，无水也是青，去掉清边水，加争便是静，清清静静人人爱，身边带了乾坤袋，西天取得真经回，你道可爱不可爱。"和尚说让我先过吧！岸上的人也喝彩，说和尚说得好！

状元说：我还未说怎知我说得不比和尚好？大家就说那请状元说，说完再论谁先过。

状元说：以和字为题：

"有口也是和，无口也是禾，去掉和边口，加斗便是科，科科甲甲人人爱，身边带了笔墨袋，进京考得状元回，你道可爱不可爱。"

状元说让我先过吧！岸上的人都喝彩，说状元说得好！

这时喜船舱里走出新娘子，娇娇嫡嫡，美若天仙，新娘说我还未说，怎知说得比他们差？大家说好，请新娘子说。

新娘说：以桥字为题：

"有木也是桥，无木也是乔，去掉桥边木，加女便是娇，娇娇滴滴人人爱，身边带了子孙袋，今宵嫁得丈夫回，生出大儿子西天见得活佛回，生出二儿子进京考得状元回，你道可爱不可爱。"

大家都说新娘子说得最好，应该让新娘的喜船先过桥洞。

从此以后，不管什么船，遇到新娘子船都让道先过。以后喜船先走成了风俗。

类似这种故事还很多，如木匠师傅与教书先生斗才：

一天，东家造好房子，请教书先生和木匠师傅吃酒，教书先生看不起木匠，说大家要说点文的东西，说得好的才能上坐，木匠师傅说好。教书先生以为木匠师傅没文化，有意刁难他，就说以两个偏旁为题，各说三个字，然后各用三个字说两句话，第三句又要用前两句的字联成一句话。木匠说好，请先生先说。

教书先生说：我以一点和绞丝为偏旁，教书先生说：

"一点当头官宦家，绞丝过旁绫罗纱，只有官宦家，好穿绫罗纱。"

木匠师傅说，我以一撇和木旁为偏旁，木匠师傅说：

"一撇当先先生牛，木旁过旁楼栅楼，造得楼栅楼，好关先生牛。"

台门里还住有当过兵的一个安同志，他家是农民，但房子分在我们台门里，新中国成立前他是被抽壮丁，到国民党队伍里去的，后来随部队起义，到解放军部队里，受了伤，是残废军人，所以政府给他安排了房子，他也会讲些部队如何打仗的故事。

三年自然灾害后，这些年国家经济有所恢复，台门里气氛很祥

172

和，晚上大家乘凉，还能吃些瓜果之类的，我家如有什么，基本上分给大家吃，建军、建国他们家不备凉开水，都喝凉水，我们家每当夏天每天都凉着大缸凉开水，大家都到我家喝水，好像都是自家小孩。

三、邻里恩怨

　　起先，台门里邻居之间的关系还是和谐的。

　　安同志是个复员军人，大脑被炸弹震伤后留下后遗症，癫痫病时常要发作，一旦发病，邻居们会马上帮他去请医生，一边还七手八脚帮他清理口里吐出来的白沫，怕他窒息而死，或者大家会齐心协力把他送到医院去。开始安同志有本朱德总司令颁发的残废军人证还管用，到医院只要出示这本证就不用付医药费，后来这本证不管用了，安同志一旦生病大家还要凑钱帮他付医药费，因为安同志家是农民，家里还有一个腿脚残疾的老伴，一般是没有现钱的。

　　三年困难时期，村里办了大食堂，除了村主任家和综合厂梁书记家，台门里大家饭都吃不饱，可邻里们还是大家互相帮助的。谁家有最小的孩子饿得哭，邻里们只要自己有点吃的东西都会拿出来，给饿的孩子吃。台门里有户人家，老公叫尧雄，在内蒙古包头支援大工业，老婆叫菟丝（小名）留在家里，他们生了五个女儿，菟丝没有工作，在家里带孩子。这五个女儿成天大哭小喊的，关键是没有吃饱。菟丝平时很节约，有东西都给孩子们吃，一天，菟丝突发急性胃出血，邻居们赶紧把她送到医院，医生说如果不能及时止住出血，可能有生命危险，叫送去的邻居赶紧通知家属。大家就商量如何通知她老公尧雄，可是那时候人们的通讯手段落后，要么写信，要么发电报，但写信太慢，发电报太贵，但商量结果还是发电报，就是如何字数少一些。这样大家就拟了一份电报：大意是菟丝如果止不住血，就可能有死的危险，叫他老公尧雄快些回来。不知谁说字数还是太多，后来不知哪个"高人"拟了一份电报，就四个字："兔死鸟归"。菟丝的菟字上面还有个草头，尧雄的尧也不是一只鸟的鸟，但电报上就直接写了兔子的兔，一只鸟的鸟，结果这个电报就发出去了。虽然电报闹了笑话，幸好她老公还看得懂，以为他老婆死了，就赶紧请假回来，结果虚惊一场，可这电报却成了以后台门里的永久笑料。

台门里有三家农户，东院一家，西院两家。吃大食堂的时候他们农户真的一点大米也没有，净吃些胡萝卜、蕃薯干、草子头和玉米糊之类的。我们居民户再苦，这定量还是有的，有时候我们会给些饭票让他们去买饭，他们也会送我们一些萝卜、青菜。农户们缺肥料，要用人粪和农家肥做肥料，农户们会在台门里留两只粪桶，他们自己倒马桶，叫我们小孩去拉尿积聚粪便，虽然很臭，但大家都没说什么，表示理解他们。那时候大粪是由国家统购统销的，由于化肥还不多，农民种地主要靠人粪和农家肥。原来挨家挨户都有自己家的粪缸，粪缸都在临河的竹园边或树下，平时把大粪倒在粪缸里，农民会来购买，习惯叫换料①。当地河汊纵横，换料的农民会把料船停在河边，他们会来叫："换料呵！换料呵！"人们会叫他们看自家的粪缸，换料的会根据质量定出价格，有三毛钱、五毛钱的，也有一块钱、两块钱的，人多的一户人家一个月也能卖个几块钱，在经济困难的时期也能补贴家用，这也是非常可观的一笔钱。

后来大粪统一由环卫所收购，早上统一来倒马桶，一般隔天一次。开始时环卫所还给些钱，标准是大马桶给红票，五分钱一张，小马桶给黄票，三分钱一张，后来就钱也不给了，说统一收取大粪是为了环境卫生。但环卫所倒的马桶不干净，人们依旧要拿到河里去洗干净。以前各家有粪缸，洗马桶的水是不肯倒掉的，还要倒在粪缸里，现在就直接倒在河里，对卫生工作毫无好处。附近农村的农民要买大粪，要去找环卫所的领导，生产队要送大阉鸡、送花生、送蹄髈。

这样农民种庄稼的肥料就很缺了，而且从环卫所购买不但贵，而且运输不方便，所以农民要比直接从老百姓处购买多花很多钱。因此，我们邻居们也会把马桶倒给台门里的农户，问题是不要给村主任看到。

我们的村主任是个女的，她叫牛爱红，新中国成立初就很积极，斗坏人当然不用说，她连自己的婆婆也斗，她就是斗自己的婆婆走红的。后来她儿子当兵了，一人当兵，全家光荣，她就做了村主任。她当村主任正好赶上好时光，那时候办大食堂，她带人去挨

---

①换料：料是指大粪，换料最先是用农产品交换大粪作肥料，所以就有了换料这个词。

176

家挨户把粮食都收了，我家上午刚买了 50 斤大米，下午村主任就带着食堂人员来背走了，我母亲要求留个三五斤，孩子饿了好煮个粥，村主任马上翻脸，说你们想和中央的政策相对抗，这是要坐牢的，我母亲被吓得不敢再说了。

吃大食堂，食堂里的粥很稀，群众在背后叫做"了命汤"；饭的分量也不实足，菜又没油水，老百姓都饿得生了浮肿病。有人看见食堂人员隔三差五地给牛主任家送东西，而食堂人员却吃得脑满肠肥的，还用热水瓶偷油，铜火囱偷米，食堂人员这种事给老百姓知道了，但由于那时候牛主任正如日中天，这种事都给村主任压下去了，而且村主任又是报复思想极重的人，老百姓怕犯在村主任手里，也就敢怒而不敢言了。

蓝墨水家住在村主任家隔壁，就是说了食堂人员给村主任送东西的话后被村主任牛爱红盯上了。蓝墨水的真名叫民生，因为当时有个民生牌蓝墨水，所以大家开玩笑叫他民生蓝墨水，后来就省去了民生两字，光叫他蓝墨水了。蓝墨水的父亲新中国成立前在镇公所烧饭，村主任就硬说蓝墨水父亲新中国成立前做过伪职。那时候有个支宁运动，我们村只有一个名额，村主任就强迫蓝墨水的姐姐支宁去了。

支宁运动中去宁夏的青年到了那里，宁夏那边都是当有问题去改造的，所以支宁的青年在那里非常苦。去的人当中有三分之一的人被迫害或冻饿而死，有三分之一的人逃了出来，只有三分之一的人活了下来。逃出来的人也不知是死是活，蓝墨水的姐姐也不知是死是活，蓝墨水的父亲经过这次伤害，就变得精神恍惚，人不大正常了。这些事我们村里的人都知道，谁还敢去碰牛主任呢？

我们村虽然在城郊结合部，住有居民和部分农民，居民算城镇户口，那时候有支农的，也有支工的，村主任权力很大，她能决定你的命运。有的人送她毛线①或其他什么的，有招工机会她就让你去了，如果不送东西，很难安排工作。村主任的立场非常坚决，如果有些脚跷、眼歪、头皮赖的，有小辫子的，村主任是毫不留情的，别人当面不明说，背后下毒手，我们的村主任牛爱红倒是个一面派，她就直接当面开销了。

1964年搞支农运动，实际是清理城市闲散劳动力，村主任牛爱红又盯住蓝墨水家里了，蓝墨水有个妹妹小毛刚到年纪，村主任又逼他们要小毛支农去了。

台门里好多人都吃过村主任牛爱红的苦头，大概那时候上头就需要牛爱红这种人来管老百姓，我们家多次吃过村主任牛爱红的苦头。

牛爱红何许人也，一个一字不识的女人。她平时说话两只眼睛一瞥一瞥的，吃相非常难看，她丈夫家原来和我家关系也很好，说来还有些亲戚关系。她夫家原来开个裁缝店，后来老裁缝死了，她丈夫又什么都不会做，她婆婆就来求我祖父，说她们孤儿寡母，儿媳也还小，儿子什么都不会做，要我祖父帮她儿子找个工作，我祖父就为她儿子作保介绍到上海的染坊里去学生意，据说牛爱红的丈夫还想逃回来，后来总算没有逃回来，新中国成立以后就做了染坊师傅。染坊师傅的工作很苦，牛爱红她老公叫我妈二嫂，他说二嫂，别看我回来呢裤呢衣裳，我们在做染坊工作时像个叫花子。染坊师傅虽然很苦，但工资却很高。牛爱红家虽然苦了她老公，却好

---

①毛线：绒线。

了牛爱红，上海工资高，拿到乡下好用，老公挣来钱，她在家做义务劳动。牛爱红人又狠，又敢于翻脸不认人。她斗她婆婆说："她刚来做媳妇时她婆婆像'地主婆'一样虐待她，要她学做裁缝，做不好还打她，她饭也吃不饱，是个童养媳。"她自己的婆婆也斗，所以当时的干部喜欢用她这种人。我们也知道，乡里乡亲的，如果一团和气，这运动还怎么搞，所以一定要用肯翻脸不认人，敢于斗争的人。牛爱红就是这种人。

牛爱红当村主任，每月只有几块钱补贴，虽然她丈夫工资高，但钱她还是要的。所以别人送她东西来者不拒，她还叫她儿子在汽车站卖熟荸荠①，这种事也只能村主任能干，如果是别人早就被捉了。

卖熟荸荠是把荸荠烧热，用竹签子串起来，放在竹篮子里，用毛巾盖好，露出一部分来，在汽车站门口卖，五分钱一串，在商品经济不发达的年代，卖东西的人少，有人渴了，饿了，也有许多人会买的，一天下来也能挣个两三块钱，其实成本是很低的，生荸荠才几分钱一斤。

汽车站是一个极佳的卖熟荸荠地方，候车的人或渴或饥，都会买一串熟荸荠充饥解渴，那时候的小朋友家里没有吃的零食，也想吃这种东西，所以引得小儿眼馋，我七八岁上母亲叫我去买洋（煤）油，晚上点灯要用，我在买洋油回来的路上，村主任的儿子问我荸荠要不要买，我也就凑上去看了，这时候汽车来了，候车的人都挤上来，我没有防备，洒出了一些洋油，多数是在地上，也有可能有些溅在了熟荸荠里，惶恐中我回了家。晚上掌灯时分，村主

---

①熟荸荠：荸荠又叫马蹄，江南的水生植物，球茎在泥下，生熟都可以吃。

任来我家告状了，她拿来了一篮荸荠，说我将洋（煤）油洒到她们的熟荸荠上了，现在这荸荠卖不出了，要我们赔，说完放下荸荠，扬长而去。但我看下午洒洋油时的熟荸荠没有这么多，现在反倒多了起来。我母亲也没有说什么，把熟荸荠拿出，拿着篮子诚恐诚惶地去了主任家，以五分钱一串的价格赔了钱。

村主任走后，我弟弟想去拿熟荸荠吃，正好母亲从村主任家回来，心里没好气，竟打了弟弟一顿，打完了弟弟，母亲自己的眼泪也流出来了，当时我以为妈妈会打我，但这一次妈妈竟然没打我。第二天买菜，母亲没买什么，只买了些青菜和半篮荸荠，那时候生荸荠很便宜，才几分钱一斤，而昨天妈妈赔了村主任家二元多钱，我们就吃了一个多礼拜的青菜，因为买菜钱赔人家了。母亲叫我们把刚买来的荸荠煮熟了吃。把昨天村主任拿来的熟荸荠埋到后面竹园里，以免别的孩子拿来吃。

四、以邻为壑

　　"四清"运动中，也有人提了村主任意见，最后也不知怎的，村主任的职务并没有受到影响。领导上说，村主任牛爱红根正苗红，对阶级敌人不手软，经济上有些毛病是小事，是人民内部矛盾。说老实话，那时候的村主任也不是一般人能当的，工资很少，只有几元钱的补贴，如果不能好好运用权力，经济上谁吃得消，牛爱红是仗着丈夫是高工资，也就是现在所说的专职太太。二是支农运动也是伤脑筋的，如果不是心狠手辣，下不了狠拳，谁家肯把子女送到农村去。三是招工等安排谁去，谁不去也要手段。

　　我姐姐支农去时就领教过牛主任的手段，她先说我姐姐工作很积极，也是要求进步的，小组长也做得好。我姐姐当时是八组的组长，现在政府号召到农村去，那里是大有作为的。我姐姐说家里生活困难，在镇上做临时工能挣几块钱补贴家用。要求牛主任照顾一些，能否帮忙安排个正式工作。牛主任马上翻脸对我姐姐说："你家'成分'不好，你不要异想天开安排工作，你们这种人家不去谁去，这种思想就要到农村去改造改造。"我姐姐被她说得不响声了，牛主任继续说："青青（我姐姐叫青青）你必须下农村去，否则把你户口直接迁到农村，把你家的粮票也扣起来不发。"我姐姐还是一句话也不说，牛主任继续说："你们想清楚了，不去也要去，如果和政府的政策对抗，把你爸爸的工作停起来，还要游街。"牛主任这些话把我姐姐吓坏了，最后只能无奈答应去支农。这就是牛主任能干之处，别的村村主任软弱一些，支农真的很难动员，牛主任对村里其他支农对象也一样，就是一个狠字，所以我们四村的支农工作比其他村积极，任务也完成得好。难怪上头要用牛主任这种人当村干部。

"四清"运动后，阶级斗争的风越刮越烈，但基层群众其实并不像书上所说的那样立场坚定，乡里乡亲的都有一定感情。所谓的阶级敌人也不是新中国成立初的地主、富农、反革命了，其实都是稍微有些说不清的小问题的人，一些人平时也为人老实。但碰到我们村的村主任就要自认倒霉了。

谢先生是个算命的，平时对人都很和气，但也合当倒霉了，牛主任说他算命宣扬封建迷信，还在台门里讲一些落后的故事。其实那时候"文革"还没有开始，算命没有被完全禁止，谢先生就顶了她几句，说别的地方还可以算命，我们这里怎么就不行了。这样一来，牛主任牛爱红就恼羞成怒了，叫民兵把谢先生押到剧院后台关了起来。谢先生原来做过道士，他是拉胡琴的，有一套道士的行头，被搜了出来，说谢先生要搞复辟，后来真的把谢先生当作坏分子遣送到农村去强迫劳动了。谢先生眼睛瞎，不能参加地上的劳动，他们说谢先生拒绝改造，最后听说谢先生上吊自杀了。

谢先生真是个老实人，他在台门里乘凉，给我们讲故事，他拉二胡，弹三弦，还会唱，他没有伤害过别人，他对人很和气，别人开玩笑骂他瞎子他还呵呵笑。算命是他谋生的手段，他何罪之有。照现在的说法，他也是一个残疾人，而且他很有才气，我老是问妈妈，谢先生讲这么多故事，如三国、隋唐演义，他的书是什么时候看的，我妈妈说，那是听师傅讲记住的，不是看的。这样一个人，那时候的社会容他不下，他究竟得罪谁了。

我们台门后门外有三间柴间屋，原来大户人家的时候是堆放柴草的。后来房子紧张了，反正有屋都住人，住户搬进搬出的，记得住过好多人家。1964年后住着一户吴姓人家，男主人是剃头的，我们叫他吴师傅。他白天在菜场旁摆个剃头摊，我们去剃过好几次头发，所以认识他。吴师傅白天给人剃头，晚上在家秘密做些蜡烛，那时候老百姓祭祖，求神拜佛是被严厉禁止的，但也有些老百姓偷偷的祭祖、请菩萨的；有的人家结婚，都要用蜡烛，所以有需求必然会有交易，邻居不知道吴师傅家里晚上在做蜡烛，当然数量肯定也不多，所以一时没人发觉。

吴师傅原来是油作店的伙记，他懂做蜡烛的技术，剃头是蜡烛店被关后他寻的另一条生活门路。也不知怎的，吴师傅做蜡烛的事被村主任牛爱红嗅到了气味，牛主任以"投机倒把"的罪名把吴师傅抓起来了。

"投机倒把"是贩买东西的一种罪名，当时除了农民自产自销的农产品，其他物资一律不准自由买卖。"抓人"，当时的村主任、治保主任、民兵队长，农村生产队的大队长、大队书记都有抓人的权力。就是说村一级的政权是有抓人的权力的，而且有武装，就是民兵组织，配有枪，有没有子弹不知道。关押"犯人"的地方随便找，大队部、村委会办公室、仓库、剧院或大会堂。所谓"犯人"，一般只要没有言行把矛头指向上头的政治犯，上头都不管，什么"投机倒把""坏分子"都不需要走司法程序，基本上都由村（大队）说了算。

吴师傅被定了"投机倒把"罪，家里当然被抄了，搜出了做蜡烛的铁锅，模子等犯罪证据。吴师傅蜡烛是不能做了，还被排进了管制分子的队伍，"文革"初期村里还给他戴着"蜡烛大王"的高帽子游街。叫他自己敲着锣，敲一声，喊一句，我蜡烛大王吴某某，我"投机倒把"吴某某。我有罪，我罪该万死。一路走、一路敲、一路喊，从东街到西街，在镇子上游斗。

自从蜡烛事件后，"蜡烛大王"吴师傅搬走了，柴间屋里搬过来一个姓黄的打铁师傅，叫黄和生。黄和生生得五大三粗的，原来黄和生自己开一爿打铁铺，为农民打制铁耙等农具，后来打铁铺都被合并起来，成立了镇农机厂，黄和生也被合并到农机厂里了。黄和生食量很大，可能是粮食不够吃，他经常会弄些死猪死猫煮来吃。每当冬天，黄和生会做些陷阱机关捕捉黄鼬、野猫，捕到了肉可以改善伙食，皮还可以卖给收购部，那时候可没有保护野生动物一说，捕野生动物是合法的。一天，别人的一只家猫进了黄和生的机关，那是个死亡陷阱，捕到时那猫已经是死的了，黄和生也不管家猫、野猫，把猫皮剥了，把猫肉煮了吃。也不知怎的，被那家人家找到了，因为猫皮还凉着。那家人家的女儿天天来哭、来吵，要黄和生赔，黄和生可不与她们讲理，说猫是自己进陷阱的，又不是我偷的，要就把猫皮拿去，其他我不管。

那户人家来哭了几天，也拿黄和生没有办法，就把这事告到村主任牛爱红那里，起先牛主任不想管这些事，后来也不知得了什么好处，就为那家出头来了，她找到黄和生，要他赔猫赔礼，黄和生可不买村主任的账，把村主任顶了回去，这一来村主任可怀恨在心了。"文革"初期，村主任说黄和生说现在饭吃不饱，还是以前能吃饱这样的话，那是对现实不满，是反动言行，要把黄和生打成现行反革命。但黄和生是农机厂的工人，他们厂领导说黄和生是贫雇农出身，学了个打铁手艺，自己打铁卖力气，要把他当成现行反革命有点过了，厂里不同意，至多有些小偷小摸。但后来农机厂领导被打倒了，村主任就把黄和生当作坏分子，也划到管制分子队伍里去了。那时候就是没有王法，任何一个老百姓，不管你是穷苦人出身，是工人、是农民，你不能同干部顶，更不能同党员有不同意见。你反对某个干部，你就是对政府不满，是反革命，你反对某个党员或党员干部个人，你就是反对共产党，你就是反党反社会主义，你就是反革命。

那时候以阶级斗争为纲，当时阶级敌人的队伍很复杂，真正的地、富、反、坏、右已经不多了。新中国成立以来，通过镇反、肃反和历次运动，地、富、反、坏、右该杀的都杀了，该关的都关了；有的送到青海，留下的一些在没有生活来源，过头的劳动改造，差不多病死、饿死、老死，能侥幸活下来的几乎找不出，所谓的阶级敌人都是些稍有些边缘牵连，或者新近才制造出来的小鱼小虾，而且队伍也极不稳定，你原来是个干部，内部有什么问题了，你明天就是地、富、反、坏、右中的一员了，有些是贫农、是工人、是小商小贩，一句话不慎就可能是阶级敌人了。只有像村主任牛爱红这种人才是如鱼得水，能横行乡里了。说实话，那时候的基层民兵队伍中有些人素质也很差，土改时就有睡地主小老婆的，抄家时顺便把金银放入自己袋里的。说句官话套话就是混入革命队伍的坏人。

村主任牛爱红弄人的事不胜枚举，我们台门后面有几间柴间屋，先后住过好几户人家，一间一家，浅房浅户的，有段时间我的本家一个叫梁六十的人住在这里，梁六十母子俩人，我母亲说我们要叫梁六十公公，叫他母亲太婆。当我们叫六十公公，六十公公会要我们叫他大爷，我觉得这个叫法也于辈分不符。他们家比较贫寒，我觉得他家除了两张床和一个缸灶头①几乎什么都没有，但他们家有一双钉鞋②我们记忆很深，穿上钉鞋下雨下雪都不怕，走在石板路上会响，走在泥地、雪地会留下很多钉鞋印。

六十公公在糕团店上班，他很早起来就到糕团店的作坊打杂，到早市落了就用一只竹子编的小圆箕③，里面装着糕团店卖不完的油条、麻糍④去沿街叫卖，每月挣个三十几元钱母子度日。六十公公到四十岁上还没有讨老婆，邻里有人会和他开玩笑，就说："六十，你什么时候讨老婆？"六十公公会说："早，我爹爹⑤六十岁了

---

①缸灶头：江南地区穷苦人家做饭用一只破缸糊上泥，上面放一只镬子当灶，可移动。

②钉鞋：布面、木底，底很厚，下面有铁钉防滑，布面桐油油过，在没有橡胶雨靴前的雨靴。

③小圆箕：江南地方用竹子做成的一种扁平器皿，大的叫晒箕，可凉晒谷物。

④麻糍：糯米做饭捣碎后内包芝麻和糖做成的圆食品。

⑤爹爹：浙江人叫爸爸为爹爹，上海人叫爷爷为爹爹。

才生我。"

六十公公开始相亲了，他做了一身新衣，借了一只手表，相了好几个女的，但人家不是嫌他穷就是嫌他老，六十公公赔了饭店的几次吃请，还赔了好多次剧院请人看戏的戏票，结果一个都不成。后来不知是谁帮忙，从绍兴偏僻的农村弄来了一个小姑娘，那小姑娘年龄几乎比六十公公的一半还小，据说她们家吃不饱饭，她父母是给她找一条生路，六十公公好歹是个城镇户口的正式职工，虽说那个女的是农村户口，六十公公总算讨到老婆了。

六十公公娶了老婆，一时成了周围无聊的人的新闻和笑料。六十公公的老婆虽说是农村的人，但却出落得水灵漂亮，有人说六十老牛吃嫩草。有好事者经常去窥探他们的隐私，六十公公他们住的柴房屋的门是一根根木条拼起来的，门缝很大，晚上就有人去偷听偷看。我们台门里的胡仁可是个花心又多事的男人，他说头几天六十的老婆老是哭，说她不让六十去碰她。后来又说六十的老婆嫌六十本事差、无能。六十公公老夫少妻引来了镇上一些光棍恶少的觊觎，六十公公家住的柴间屋走出就是我们后门河沿洗衣的埠头，六十的老婆每天晚上九点后就到河埠光着身子洗澡，就有人在对岸偷看，还有人会丢石块到河里吓她。有人说六十老婆的身子生得白，两只奶子大，一时间倒好像是六十老婆在招蜂引蝶了。

那时候也有好人，有人觉得六十老婆成天待在家里会出事，就把六十老婆介绍到铁砂组里去做临时工了。六十老婆在铁砂组认识了一个人，是个四十多岁的老光棍，一来二去，两个人关系很好，那个人经常帮六十老婆，也不时送这送那，就又有流言了，其实我们台门里的胡仁可也是多次去勾搭六十老婆的，但六十老婆一直拒绝他，所以他对六十家的事也特别关注。

　　后来六十老婆生了两个男孩，男孩长得特漂亮，有人在背后说，这两个男孩不是六十生的。一天白天，六十老婆和铁砂组那个男人刚进了六十家，这天六十家正好没人，大概六十娘带着两个孩子走亲戚去了，六十在上班，他们进门后刚把门关上就被堵住了，就有人去叫村主任牛爱红，有人从门缝里张①进去，看见六十老婆刚把裤子剥下，就把他们抓了个正着。村主任牛爱红就把六十老婆抓起来关在剧院后台，那男的送到另一个地方要他们分别交待。后来那男的交待他只要六十老婆的"下身"让她看一眼（另见《故乡杂记》），确实再没有什么了，因那男的是个老光棍，所以最后也只好将他放了。但六十老婆可就没有这么便宜了，因为六十老婆平时传闻很多，所以村主任牛爱红一定要她再交待还有什么男人和她有过关系，那时候正好"文革"初期，村主任让人给六十老婆挂了两只破鞋，写了一块"我是破鞋的"牌子，把六十老婆拉出去游街示众，后来六十老婆在剧院后台上吊死了。有人说女人弄女人会特别凶。

---

　　①张：土话，用一只眼睛看。

五、乱世作孽

　　文化大革命开始了，水荣的哥哥国荣杀了回来。国荣由于留级多，是镇初中里年纪最大的学生，他当了镇初中红卫兵里最大的头头。红卫兵在大操场开会，国荣都是坐在司令台中间的，据说他还去了北京，见到了毛主席。当时他是镇上最大的红人。

　　我们台门里好人家也是有的，当时我们家、水荣家、建军家由于孩子多，所以较穷，就互相来往密切，所以我们三家走门入户从来不忌，反正家中也无长物。台门里万家算好的，五个儿子都在外面，1966年暑假他们老四还带回来一只崭新的熊猫牌六灯机①，六灯机放在堂前唱，绿灯一闪一闪的，声音又好听，我也非常喜欢。台门里冯先生家也是户好人家，冯先生是镇中学的老师，前几年身体不大好，好像已经退休了，他成天坐在自家门口的藤椅上看书，

---

　　①六灯机：电子管收音机，5只电子管的叫五灯机、6只电子管叫六灯机。当时还没有晶体管收音机（半导机）。

他看的都是些线装书，我很想去问他借一本看，但我不敢造次。

冯先生家有两个女儿，一个儿子，两个女儿都很漂亮，已经参加工作了，一个女儿在绣品厂，一个女儿在机械厂，她们还能上台演戏，客串白娘子和青儿。冯先生家的两个女儿和台门里大人小孩的关系都很好，都是知书达理的那种人，只不过我们好像和他们有一定的距离。冯先生家的陈设也比较讲究，在台门里大家同住这么多年，我是从来没有到冯先生和万先生他们家的楼上去过，也没到好的人家楼上去过。我姐姐当小组长，查卫生到冯先生家楼上去过，说冯先生家有红木书柜和大床。

1966年"文革"开始。万先生家被横扫（抄家）了，抄走了很多值钱的东西，还抄出来圣经和耶稣的画像，这些都是反动的东西，还把他们刚买的六灯机也抄走了，说六灯机有短波，是听敌台用的。

冯先生家也被横扫（抄家）了，抄走了许多书籍，据说有明清刻印善本，还有名家字画，红木家具也被抄走了，还抄到了冯先生儿子玩矿石收音机的电器材料，说当时红卫兵以为抄到电台了。冯先生家还抄出了少量金器，一个也是姓冯的学生把它私藏了，后来被学校里另外红卫兵发现了，把他关在学校食堂里，半夜他起来说要上厕所，在学校的厕所里上吊死了。

当时有很多家庭被横扫，有些是本来就有什么不好的事情被牵连的，如成分不好或历史上有些什么问题，但我们台门里冯先生和万先生两家是新中国成立后基本上没有受到过冲击的人家，冯先生是个老师，一直是德高望重的，他衣裳从来都穿得整整齐齐，一双皮鞋锃亮锃亮的，什么人见了都是问冯老师好。万先生家也一样，几个儿子都是大学毕业，在上海、在成都，一个女儿抗美援朝参军去了，小儿子也当兵到部队里，自己又是个宗教界人士，开始共产党也是有联合宗教界人士的政策的。他们两家在台门里也是受人尊重的，经济条件又优越，这次被横扫（抄家）是受辱了，抄走东西事小，人受辱事大，不久冯先生因横扫（抄家）受了刺激而死了。还是万先生好，他虽然年纪比冯先生大，他还经得起，因为他毕竟知道耶稣是十字架上钉死的。

这次来台门里横扫（抄家）是盛家国荣指使人来的，虽然他自己没有出面，但他下面的人说出来了，说国荣说他们俩家是有花头的，一是他们房子大、有钱，一家是耶稣教的头，有里通外国的嫌疑，又有一只六灯机，有听敌台的嫌疑，所以要横扫。还有一家也是有钱，房子大，而且新中国成立以前也当过老师，可能是什么潜伏下的阶级敌人。而国荣没有叫他手下横扫（抄家）我家，我想他是认为我家没有东西，只有几张竹棚搭起来的床，床上几条破被子而矣。因为以前国荣家住台门里时经常到我家走门入户的，要喝开水就像在自己家里一样随便。

要说国荣和冯先生、万先生家有什么意见或怨仇，其实也没有。就是冯先生确实不喜欢看国荣、水荣和建军、建国这几兄弟，他一般当面是不说的，就是背后在说他们不好好读书，成天爬墙逾隙的，也不懂道理；不像我们兄弟，见人很懂礼貌，在家里都一声不响在看书、写字。而万先生会直截了当说国荣，不好好读书，老是逃学、留级，把弟妹都带坏了。要说有过节，也就这些事。如果不是这些事，就是国荣的革命热情真的高涨了。

台门里后来我家也被红卫兵来横扫（抄家）了，这事倒还真不是国荣干的，是我们厂里的胡不二叫红卫兵来横扫的，我家也没被抄出什么，有半部《水浒传》，一本《康熙字典》，还有一块砚台和一只磨墨用的李太白醉酒的水壶。

镇上被横扫（抄家）的人家很多，干部都被打倒了，留下几个还在做事的也唯求自保，上头乱糟糟的也无人来管下面的事，留下的只有学生和红卫兵这条线，此时红卫兵最大，国荣是红卫兵最大的头，也就是说是国荣最大。

此时，横扫出来的东西堆积如山，凡有旧币、民国时期东西的都当反革命分子游街示众；有钱的、有金银的、有贵重药品都被上台斗争。横扫出来的物资如何处理，红卫兵决定凡带有四旧的一律在人民广场烧毁，有堆的像小山似的木器、书籍，织绵缎的被子、衣服，有佛像、瓷器，凡是有古代人物的，全部销毁。在人民广场焚烧横扫物资的一天，还出动了多台消防车，一时间围观的人山人海，这些都是在国荣主持下的红卫兵干的。

这时候小镇上的天下由红卫兵主沉浮，上头虽然也派人下来，但一下来又被打倒，还是红卫兵厉害。后来成立了革命委员会，但小地方没有军队表，所以三结合学生代表结合进去了。原来像村主任牛爱红这种基层干部，只是把拳头打在最底层的弱小的老百姓身上，欺压他们，草菅人命，无恶不作。现在红卫兵是时时把拳头打在当权者身上，他们虽然也抓浮头鱼，就是原来被专政的死老虎，但他们知道死老虎是翻不了身的，他们造的是当权者的反。大概上头也看到了这一点，就走了一片红这步棋，把老三届的毕业生全部送到农村去、边疆去。老三届的学生在被自己的革命口号声的大潮裹挟下全部下农村，下边疆了，国荣也没办法逃避，去了五七干校。

其实这几年国荣也是得罪了一批人的，我们台门里的万家、冯家就已经和他结下了梁子，但和他们结梁子无所谓，主要是和被打倒的干部结了梁子，他们内心是很恨他的。有些事情国荣也做得太过分，他们学校原来的校长就是他们打倒的，还让他坐喷气式去接受批斗，他们红卫兵还给他吃掺了石子的饭，最后还把他一只脚打残废了。镇里好多干部是国荣他们红卫兵打倒的，打倒就打倒不能对他们进行体罚，他们还横扫了一些不该横扫的人家，打、砸、抢做得过头了，所以很多人恨国荣。

当时碍于潮流，无法收拾他，后来他们重新有了权，所以国荣后来的日子是很不好过的，几年红卫兵头头的辉煌，基本上毁了他一辈子。国荣他又转不过弯来，所以错过了改革开放后的另一条路，就是搞经济。现在据说他和老婆也离了婚，子女也不大好，孑然一身，经济状况也不佳，这是我所看到的邻居之一。

国荣离开了，但他还做了一件事，就是让我们台门里建军的哥哥建国接他的班，当上了镇中里红卫兵的头头。国荣和建国是一对难兄难弟，建国比国荣小三岁，也是留了三级才是学生中年纪最大的，建国是1966年才小学毕业，后因学校停课，他和1968年的小学毕业生一起读初中。因此他是后来进的中学，所以不在一片红范围之内，还是在校生，国荣就把红卫兵的头给建国当了。一时间我们台门里出了当时镇上的两个红人，但此时的红卫兵在社会上已经不能呼风唤雨了，只不过是个摆设，但在学生中还是很风光的。

"文革"开始我到印刷厂去做学徒了，基本上不管社会上乱轰轰的事，台门里自从出了这些红卫兵，一天到晚人进人出的，多数是这些学生。我们台门里平时进出主要是西台门和后门，南门现在是综合厂，居民已经不能进出。以前晚上都有人关门，现在建国每晚都要很迟回来，就再也没人关门了，一天两扇后门被人偷了，据说人家是用船来偷的。后门偷了，从后门进来就是后堂屋，后堂屋是我家的房屋，分家时是抵数的，堂屋是充抵一定平方面积的，我们有政府颁发的房产证。现在后门偷了，堂屋的门是里开出的，也就是如果再有偷门的人来偷门，随时可以把堂屋的门拿走。

自从我姐姐支农以后，我爸爸心里一直不开心，当年夏天就生起病来，后来检查说肝脏不好了，一病好几年。现在家里经济非常困难，这次后门被偷了，大家心里又都不痛快，虽说那时候人们对财产都不大放在心上，但现实的生活困难，日子过不下去还是无法回避的。那时候农民造房子（草屋），门是必须的。但是木材紧张，根本买不到做门的木料，所以会来镇上偷。现在我们堂屋的门如果不处理迟早会被偷走，所以母亲托人准备把这几扇门卖了，卖些钱也可补贴家用。这样买门的人就来拿门了，他们的船就停在后门头的河里，但这事被建国知道了，建国叫了一批学生（红卫兵），把买门的人围了，说要把他抓到打办（打击投机倒把办公室）去，说他贩卖木材，卖门的说我确实自用，但他和建国这帮人说不清楚，他们还真把那人抓到打办。那人和打办的人说买门确实自用，打办的人叫他回去在生产队打个证明，证明自用就可以。但那买门人回到船上后叫随同的人把我们的大门丢在河边，说我不要了总行了，就开船走了。

卖门的事建国是冲着我们的，但他也有些怕我们，所以演了那出对付买门人的戏。按那时候的政策，木材和木制品不得贩卖，但如果是自用是可以的。有的人家生活困难会在房屋的不是十分重要的地方拆些木料下来卖掉换粮食，这点打办的同志是知道的。那天建国把买门的人弄到打办，打办值班的同志还是掌握政策的，所以建国的阴谋失败了，但我们大门也没卖成。门既然没有卖成，我们就把大门扛到自己家里，放在地上堆起来当床用了。后来我结婚时拆了做家具，成了上好的木料，就是当时家里经济困难还是没有改善。从此我们台门就前后畅通了。

买门的事情到此还没完，建国在台门里也有些怕我和我妈妈，毕竟从小看着长大，他也不敢多说，见到我们就避着我们，但他在学校里耍了手段，他竟然欺侮我弟弟。他利用红卫兵头头的身份，组织学生在学校搞批斗会，批斗我弟弟，说我们家里卖大门，是投机倒把的行为。退一步说，就算我们卖大门不对，也不能去弄我弟弟，我弟弟比建国要小五岁，从小我们两家有通家之好，他家里米没有了，柴没有了，就到我家拿，多数我们不叫他们还，我们有农村亲戚拿来蕃薯、老菱、瓜果都会分一半给他们，他们兄弟到我家喝茶，吃东西都不像别家人，有时他们家有亲戚来，家里睡不下会睡到我家来。我们都是从小赤膊鸡的朋友，建国还开玩笑说要把他妹妹给我弟弟做老婆，现在他当了红卫兵头头竟会用这种卑鄙的手段去对付我弟弟。

六、现世因果

一片红支农支边以后，工厂又开始招工了，建国是红卫兵头头，近水楼台先得月，本县最大的国营工厂在镇上招五个人，这五个名额都被他们这帮人占用了。哥哥招工了，本当建军要去支农的，但建军因哥哥是红人，就弄了参军的名额，有人说现在腐败，但基层当权者什么时候没腐败过。从我们邻居及周边乡邻的做法都历历在目，土改时农会干部自己都分了好房子、好地。合作化时有权的都当了干部，大食堂时群众饿得皮包骨，干部吃得油头肥肠的。文化大革命中掌权者在入党、参军、招工、升学都是自己人，而且谁都不好提意见，否则就是对现实不满，都是要坐牢吃官司的，谁人敢多说一句。

这几年村主任牛爱红倒是走了霉运。牛主任这种人虽然不是红卫兵要打倒的对象，但红卫兵也不把她放在眼里，虽然牛爱红仍是村主任，但权力小多了。红卫兵、造反派也不靠民兵组织了，他们有自己的打手队伍。打击投机倒把这种事，镇里有专门的打击投机倒把办公室，简称打办。搞支农运动也有支青办负责，虽然支青办会叫牛主任一起走家串户，但牛主任只是一个领路的跑腿而已。有招工、参军指标也不是牛主任一人说了算。一次村里有两个招工名额，一户人家给牛主任送了两斤毛线一只蹄髈①，最后那户人家的儿子没被招工招上，那户人家告了牛主任牛爱红。正好镇上也有人对牛主任牛爱红不满，就受理了这件事。

　　镇里把牛主任叫了进去，手段也无非是牛主任惯用的一诈、二吓、三安抚，真是以其人之道还治其人之身，牛主任居然都交待了。从她当村主任以来，有的是有点头赖、脚跛、小辫子的，怕吃苦头；有的是不想去支农、支边；有的是想在招工、参军时得到牛主任照顾的，都送了牛主任东西。送的东西五花八门，从青菜、萝卜、鸡、鸭、鱼、肉到虾蟹；从瓜子、花生、红枣、桂圆莲子到水果；从粽子、年糕、米、食油到木柴、煤球；从洋铁淘箩、油布雨伞、搪瓷面盆到热水瓶；碗、筷、茶杯、茶壶、钢精锅子、洋油炉子、电灯泡到台灯；毛线、布料、呢绒到被单被面；还有金戒指、金耳环，反正想得出的东西都有。牛主任的二儿子喜欢捕鱼，还有的人专门送了渔具、渔网。镇里还办了个展览，东西多数是牛主任退赔的，青菜萝卜、鸡鸭鱼肉当然是道具了。一时间镇子上万人空巷，大家都去参观了，在物资短缺的年代，这件事也是轰动了全镇的大事。牛主任牛爱红也是个弄人老手了，原来也色厉内荏，是个银样镴枪头。我们也不

---

　　①蹄髈：猪的大腿部分，但切的位置不一样，上海人切得较下面，只有很小的一段，重量只有二斤左右，浙江人切得较上面，一个蹄髈有四斤左右。

得不佩服"文革"时期办案人员的手段，贪污的人能交待出这许多东西，如果是男女关系，也必然能交待出每一个细节。

牛主任倒霉的事情也还没有到此为止。由于牛主任利用村主任的位置弄权，牛主任家没有支农的人，牛主任的大儿子去当兵，由于没有文化，又表现平平，所以当了几年兵还没入党，也没提干，就是回来有了工作。牛主任的大女儿因儿子当兵，当然是招工优先，进工厂当了工人。牛主任的二儿子与建国同时进了国营大厂，现在牛主任家前面三个子女都在工厂工作，镇上很多人也看在眼里。牛主任几次想把二女儿安排到招工指标里，但苦于名额争夺太激烈，几次都没得逞，所以二女儿一直待在家里。现在牛主任失势力，轮到别人用她对付下乡青年的手段对付她了，牛主任家没有人支农，领导说她和毛主席上山下乡的政策相对抗，她就只能无可奈何的让二女儿下农村支农去了。

人在倒霉时喝开水都要噎着，牛主任的二女儿一到农村后很快与一个男的搭上了，那男的同时和几个女的乱搞，那男的因为玩弄知识青年被逮捕了，牛主任的二女儿也只能灰溜溜的回家了。此事一时间镇上传为新闻，如果是男女青年谈恋爱，大家也没有这么兴奋，那时候人们最大的娱乐就是传男女问题，更何况牛主任也是个人物，就更是传得纷纷扬扬了。

牛主任也是个好强的人，以前都是她弄别人，现在出了这种事如何受得了，就草草把二女儿嫁到她的娘家下三府①去了。牛主任

---

①下三府：浙江人指嘉兴、湖州等地，原来有嘉兴府、湖州府、临安府称下三府，绍兴府、宁波府、台州府、温州府、丽水（处州）府、衢州府、金华府、严州府（现在杭州地区的一部分）为上八府。

家在下三府一个很穷的农村里，新中国成立以前因为家里苦，才把她送到现在的夫家当童养媳。以前我们的文学作品都是把当童养媳写成是穷人家的女儿给富人家当童养媳，这是不符合实际的，其实是穷人家怕讨不起老婆，所以才收童养媳的。鲁迅先生《祥林嫂》中的祥林家也是个穷苦人家，祥林嫂在祥林很小时就到他家当童养媳了。牛主任的丈夫家虽然是开裁缝店的，但这是给人缝衣裳，仰赖十指谋生活，所以牛主任的夫家也是劳动人民家庭，但新中国成立初牛主任当积极分子是靠批判她婆婆起家的，说当童养媳如何被婆婆虐待，被婆婆虐待这当然也有可能，但这不是阶级斗争，这是同质虐待，其实后来牛主任对其婆婆也没好多少。

牛主任是个要面子，要出风头的人，这些年来牛主任一直风光无限，但这两记耳光打下来就要了牛主任半条命，但事情到此还远未结束，牛主任的大女儿又出事了。

先是牛主任的大女儿桂花在自己单位里和一个做机修工的小伙子好上了，那小伙子人很聪明、帅气，也很勤劳，只是父亲历史上有些小问题新中国成立初投河死了。这事被牛主任知道了，一向以阶级斗争为纲的牛主任哪里受得了女儿与父亲有历史问题的男青年搞对象，牛主任就上蹿下跳，硬是把他们拆开了。牛主任虽然把女儿和恋爱对象拆开了，但她女儿也很倔，从此就母女失和了，她女儿桂花也一直闷闷不乐。

牛主任虽然自己长得并不好看，但她两个女儿却出落得很漂亮。牛主任家新中国成立以后也确实是翻身的，原来她婆家开裁缝铺，仰赖十指也仅能糊口而已。到了后来她丈夫在上海做染坊师傅，每月工资有一百二十多元，我父母双职工每月工资合起来才六十多元。牛主任做村主任，虽然补贴少，每月也有十几元钱，但送东西的人多，所以支出的现金就少了。牛主任的子女读书学费都是甲免，不用自己掏一分钱，这对家里经济大有好处，再加上前面三个子女十六七岁都参加工作了，所以牛主任家应该是新富新贵了，因此牛主任的女儿也应该是富贵人家的女儿了，从小不用做活，吃穿不愁，而且穿的都是当时上海的流行款式，所以也是新时代的宠儿了。

牛主任的女儿桂花生来也漂亮，白白净净的，生着一双大眼睛，她也不像妈妈牛主任，而是有些沉默少言的那种女性。现在被她妈妈一折腾，就更是不愿多说话，见熟人就是苦苦的一笑，平时不是厂里上班、开会，就是躲进家里，也不知道在干什么。

牛爱红当村主任，总有些人上门去拍马屁，帮牛主任家做些家务活。牛主任夫家有个远房亲戚，原来是刻印子的，因为给人私刻公章犯了法，被判了两年刑，刑满还被管制①。他家有几个儿子，因为父亲判了刑，所以儿子受牵连也没个好工作，大儿子福庆也近三十岁，原来在石料厂抬石头，名声也不大好，吃酒、抽烟、偷鸡摸狗都会干，一次偷窃被人抓了还被人家吊起来打。由于吸烟，还生了一口黄牙，大热天还穿着一条毛哗叽的裤子，走在路上别人都朝他看。近来石料厂关了门，福庆被安排在煤球厂工作。牛主任政治觉悟高，福庆父亲被判了刑，牛主任就不和他们家来往的，现在不知福庆用什么办法，又开始帮牛主任家送煤球、挑水、劈柴，能

---

①管制：以前的一种刑罚。被判管制的也有年份，但那时候一旦判了管制，地方上是不会再给予摘"帽子"的。

走进她家了。

牛主任家住在东院，东院的大道地改剧院了，就留了牛主任他们最东面朝西的一排楼屋，朝南的一排六间楼屋有三间成了剧院后台的一部分，最东北朝南的三间楼屋还有原来的住户住着。剧院朝东的太平门①和牛主任家的门相对，平时剧院不演戏这太平门是开着的，里面的场地正好给牛主任家派用场，晚上福庆就在这里给东院的年轻人讲故事，一来二去，竟然把桂花给搭上了。

福庆和桂花好上一晃就是大半年，他们如干柴烈火，做出来的事情近乎有些疯狂，就是瞒了牛主任的眼睛，有人看见他们夏天在机埠的石板上，冬天在山上的岩石上野合，福庆的大衣垫在岩石上，冬天里桂花还露出两只雪白的大腿和福庆的屁股盘牢在一起，还有人在福庆的家里的门缝里望进去，福庆在帮桂花洗澡。他们俩人好像是有意要把事情做破②的那种样子，基本上不在意旁人，就是即使明天要去杀头坐牢今天也我行我素，一时间镇子上又传得纷纷扬扬。

真乃祸起萧墙，终于牛主任知道了这件事，她气得火冒三丈，北斗生烟，定要告发福庆流氓罪。最后不知被哪位高人劝阻，牛主任只好将桂花赶出家门，宣布从此脱离母女关系、家庭关系。桂花和福庆即租了房子同居，然后草草成婚，后来倒也双宿双飞，听说福庆也从此改邪归正，是个对老婆很好的男人，也不枉了桂花的私奔。

①太平门：安全出口。
②做破：有意让大家知道。

但牛主任遭受了这几次打击可就受不了啦，一下子卧病不起，被检查出患有淋巴癌，不久就离开人世，时年五十有余，在那个年代，牛主任也算个人物，回想起来，使人五味杂陈。

七、人各有志

转眼间又几年过去了，邻居中相继有老人作古，年轻人招工的招工、支农的支农，大些的都飞出去了，剩下来小些的也都在读中学了。先前的喧嚣渐渐沉寂下来，留在院子里的青年人都是在本地工作的，大家都比较默契，社会上的争斗也好像平和了许多，虽然上头还不时想搞运动，但老百姓好像都已经麻木了。我们台门里居然有人弄来了唱片、唱机，晚上就放起袁雪芬的《梁祝》、梅兰芳的《拷红》来。弄得老一辈的（我父母这辈）不断来说，你们会不会犯错误，其实他们也想听，但被运动搞怕了。这时候似乎又回到"文革"前谢先生讲故事时的祥和。

高考开始了，台门里东院西院也有六七个人报了名，我弟弟妹妹也报名去参加高考，邻居们想去参考的几个人也来我家和我弟弟一起复习，有时候也留他们在我家吃饭。这时候我们家由于落实政策，房子也比先前宽敞了，经济上也比以前好多了，成了台门里受尊重的人家。

高考放榜了，台门里就我家中了两个，而且是高分考上了重点大学。我一个弟弟去上海读大学，走的时候邻居们都来送行，这时候万婆婆、余婆婆还在世，万婆婆对我妈妈说，我以前是说台门里就你们家孩子乖，一定有出息的。

送走了高考的学子，台门里大些的年轻人到了要婚娶的年龄，有嫁出去的，也有娶进来的，这时候住房又成了新的问题。台门里有人家开始在自家门前搭房子的，开始侵占大道地的面积，有的人家一点点蚕食这大天井。东院的大道地是已经建了剧院，我们西院的大道地还空着，以前开交流会能放电影、搭台演戏，现在被占得东一块、西一块的，邻居们不免又互相发生了矛盾。

先是我本家的一个堂伯父，把西台门间拦起来了一半，还堆放了柴草。一天大概路人丢了烟蒂，晚上十点左右引发了大火，但西台门间的路已经被堵死，救火的人只能从后门进来。大火烧了我这本家的堂伯父家，我堂兄家。快要烧到我家时，邻居们都向着我家，他们齐心把我家的东西都抢搬了出来，所以我家基本没有损失，也亏了消防队及时赶到，镇子上本来没有消防车，那一天正好县上有两辆新的消防车在镇上过夜演习，我家的房子刚被烧着就被救灭了。

从此台门里又引发了新的矛盾，这次火灾后住台门里面的住户纷纷指责我本家的那个堂伯父，他把西台门间的通道拦起来一半，火烧起来人们无法逃生，外面救火的人也进不来，做这种事情很缺德，而且他在火烧起来时只顾搬自家的东西，并没有喊救火警示邻居，我的这位本家的堂二伯父人品极差，新中国成立前他们家是以赌博抽头为生，人们叫他们败落户，新中国成立以后他跟了一个叫马家驹的镇长，入了党，就当了街道综合厂的书记。一当就是十几年，他这个书记当的煞是风光，书记当的时间也够长的，原因是他管辖的这个综合厂什么都有。所谓综合厂就是什么都做，有石料、建筑、煤制品、棉织、木工修理、电器、机械等，还有酿酒牧场和小农场。镇上所有公共建筑和私宅他们看上哪里就哪里，因为他们是代表镇里的。综合厂就是用庙宇、祠堂和居民私宅作厂房的。如果私宅被他们盯上了，你只有自认倒霉，绝对不能说不，他们会给你安排一个地方去住，房子往往很小，你不愿意也没办法，只好搬迁，而且他们有建筑修理，会把你原来的房子随意改变，往往弄得面目全非。我家的房子就长期被综合厂的食堂霸占着，为什么食堂要开到这里，因为隔壁住着这位书记，而且书记家的房子比我家大，何不书记自己搬走，把房子让给他的厂里的食堂呢，那这个问题只有天知、地知、我知，你们大家都不知，就把这小秘密留给历史吧。

我们这位邻居，我的本家堂伯父书记为什么在这个位置当得这么长，就是因为物资。那是个物资极度匮乏的年代，谁手里有物资谁就是天王老子。综合厂其实就是镇干部搞福利和打牙祭的地方。那时候国家对账面上的贪污是管得很严的，哪怕是贪污十几、几十块钱往往是这个人一辈子不能翻身了，但综合厂的物资是没有账的。综合厂有建筑、木工修理，有水泥、黄沙、砖块、木料，当时都是紧俏的物资，哪个领导或熟人有需要，拿点去，或叫修理队去修一下，这有什么账，反正综合厂这么多地方每月都在修修改改，书记只要说一声，面子不就在了吗。小农场的产品收获了，东送西送，小农场本身是和牧场一起由空余劳力在空地上种种，搭几排草屋养养的，青菜、萝卜、蕃薯、南瓜在当时饭都吃不饱的时候绝对是好东西，还有鸡、鸭、鱼、肉，综合厂在河道里有好些地方拦起来养鱼，出产东西书记爱给谁就给谁，都是书记说了算，过年杀年猪，职工分个半斤一斤的，好的都送镇里领导了，书记的关系又在了。所以他当了十几年书记如鱼得水，面子就仗在这物资上。我们每天下班从书记家门口过，都能闻到一股酒香、肉香，那时候我们一两个月吃不到一次肉，就感慨杜诗："朱门酒肉臭，路有冻死骨"了。我们还经常看到食堂里的木子师傅给书记家送东西，说是去买菜时顺道给他们捎带的。

文化大革命中群众对书记有意见，写大字报，就是这些物资上的事，最后领导说，事出有因，查无数据，不是政治问题，就将书记免职，调到煤球车间当车间主任。书记的事暂且按下不表，再来说说台门里面的事。

台门里刮起了一股搭建和侵占公共空间的歪风，通过文化大革命十年的洗礼，此时的人们已经不是以前的乡里乡亲了，遇事都会大动干戈。胡隆记原是圆洞门里面的住户，他们里面还有小天井，基本是自成体系，与外面大道地没有什么关系，但他们也到外面大道地里来侵占空间，这就和有利害关系的住户吵起来了。外面的住户也不是好说的，就在胡隆记侵占的场地前搭了个平台屋，这下胡隆记就受不了啦，两家就多次吵闹，弄得邻里鸡犬不宁。

胡隆记原来是杀猪开肉店的，新中国成立初我本家的一个堂叔叔居家搬到上海去了，将自家的房子卖给了胡隆记。他们杀猪时我们也没有少吃他们苦头，每天早上三点过后就吵上了，杀猪时猪叫的声音又特别大，一到夏天，猪毛、猪蹄，卖不完的骨头他们都晒到大道地来，臭气熏天不说，苍蝇满天飞，蛆虫满地爬，幸好后来国家把杀猪统一到供销合作社了。胡隆记有三个女儿，只有一个儿子，三娘就是胡隆记的女儿，一个儿子在供销社收购部工作，经常拿些死猫、死黄鼬的肉回来，闻肉臭大概是他们的嗜好，他们家里也经常有一种肉类变质的味道，胡隆记的儿子叫胡仁可，他们刚搬来时和我父亲的学生袁大河结拜为兄弟，后来袁大河当了副县长就把胡仁可的儿子胡国立招到县政府里当了个科员，现在胡隆记撑市面的就是胡国立。

胡国立在县政府当科员，后升任县里领导的秘书，我们台门里戏谑称他县委书记，这次邻里发生纠纷，他真的把"县委书记"的威风给抖了出来。他打电话给镇里，要镇里来处理违章建筑，镇里真的派城管来把邻居的平台屋拆了。这事胡国立有些仗势欺人，违章是违章，台门里侵占道地搭建的都是违章，胡隆记来占的场地也是违章，从此台门里邻里之间在文化大革命后又结下了新的梁子。

胡隆记与台门里人的争斗到此还没有结束，先是胡隆记在自己的圆洞门内搭建平台，把平台搭到别家的墙上，变得胡家可以直接走到万家的楼上，这时万家坐不住了，就也在外面搭了个平台，把两家的围墙加高了，围墙一加高，胡隆记里面的平台阳光少了，就又开始争吵，两家又吵得不可开交。这次胡国立的那一招不管用了，万家在镇上也有人，镇里城管来了说要拆大家都拆，要不拆就都不拆，不了了之，除了两家无休止的吵架，斗争一直继续中。

胡隆记和万家的矛盾一直在升级，两家不断争吵，就少不了大打出手了，终于天平向胡隆记倾斜了，胡国立升任了机关事务局局长，胡国立讲话管用了，镇里曾出面，一定要万家将平台上的围墙拆低，万家逼于政府的压力，也就只能将围墙拆低了，但他们心中很是不服，万家二妈看见我就和我说："胡家仗势欺人，现在围墙拆底，等于两家互通了，一点安全感也没有了，关键是胡家太霸道，本来明明两家的平台连不起来，是胡家将平台搭过来才连上，现在镇上城建帮胡家说话。"万家很不舒服。

胡国立是一路官运亨通，先是做事务局局长，后来又被提升为驻京办主任，镇里有好多人到京城去过，都是胡国立接待，据说接待规格都是很高的，和市长去的一样，胡国立花钱出手也很大方，好多人得了他的好处，所以胡国立回镇里来镇长书记都前呼后拥，好不风光，后来胡国立因经济问题出事了。

台门里还有我表兄也把房子搭出来，我表兄是部队里当过连长的，转业回来在农机厂当了书记，都是一些碰不得的人。这样，大道地被搞得四分五裂，邻里之间就是不搭房子也用个砖块箩筐什么的占个地方，好多家搭了阳台，现在道地里找个晒衣服的地方都难，台门里昔日的友谊荡然无存，好多家还扯破了面皮，这时候我和我妈妈说，此处已不可久待了。

正在我们想办法搬家的时候，城镇改造要扩建马路，我们的房子要拆一点点，我们就搬离了我们生活过二三十年的祖上的老屋，搬到新村居住，也离开了这些恩恩怨怨的老邻居。

恩茂台门也已经是物是人非了，一些老一辈也相继离世，年轻一代已四处星散，以前的往事也只能留作记忆了。

八、邻婆印记

邻里之间恩恩怨怨，毕竟恩多怨少，在恩茂台门住了几十年，台门里的几个婆婆使人难以忘怀。我父母外出工作，爷爷奶奶早已作古，是这些婆婆伴随了我的童年，虽然我也是一个偶尔会闯祸的孩子，有时会做出一些淘气的事来，但这些婆婆对我还是宽容和爱护的，有时我在梦里会见到她们的音容，似真似幻，好像回到当年。虽然婆婆们在历史的瞬间已被人遗忘，我却不能忘记她们。

余婆婆，原从事接生孩子的行当。20 世纪 50 年代，在一次接生孩子时出了意外。后事主告发，被判处管制（改革开放前的一种刑罚）两年，但在那没有法制的年代，一直没有给她解除管制，直至 60 年代末，余婆婆还经常来求我父亲给她书写思想汇报材料。自从出了事故，余婆婆被剥夺了接生孩子的资格，那时候虽然有医院、卫生院，但乡村私人接生婆接生还很多，但余婆婆已经不能接生，只能从事帮别人洗衣被蚊帐等活谋生。

余婆婆好像有二子二女，老大我们从未见过，但偶尔有所听说，老二在上海金笔厂工作，叫阿荣阿荣的，平时较少回家，也是言语不多，据说在单位也是一个小领导，我们也见过其先进工作者的奖状，大名叫朱仲荣。余婆婆家原有一间草舍（住屋），1958年因政府征用而被拆掉。小镇上较少草舍，所以我虽年幼且印记颇深。余婆婆家的草舍拆掉后，搬到我家所在的恩茂台门，租住在万婆婆家堂屋边的一间楼下，同住的有其媳妇水花，婆媳俩经常吵架。余婆婆和其媳妇孙女孙儿分灶吃饭，两只缸灶头分别放在屋外廊檐下。房屋面积最多二十平方米，一家人住在一起拥挤是可想而知的。这时候余婆婆家已经有四个孙儿孙女了，大孙女星华和我妹妹同学，大孙儿复华与我三弟同学，小孙儿幼华、小孙女美华不知哪个和我小弟是同班记不清楚了，余婆婆虽然与其媳妇水花水火不容，但对孙辈却非常疼爱，一旦其孙儿女们与邻里小孩发生争吵，余婆婆必大骂邻里小孩，至今记忆犹新。

余婆婆与儿媳不睦，但两个女儿却很是孝顺，时常带来食物并不时前来探望，有时也少不了同水花吵一场，但对娘家内侄辈却很眷顾，大侄女星华满腿红疮，姑姑们有时会从农村捉来蛇或蝌蚪给星华治病，我们小时候都感到恶心。后大家逐渐长大成人，各自有了工作后就星散分飞，我家也搬到南河新村，偶尔回家，此时余婆婆已是九旬高龄，但其身子骨依然硬朗，还时常拣一些破烂柴火。据说80年代后期水花在单位分到房子先行搬走了，因万婆婆家讨要归还房屋，余婆婆经政府安排搬到南河新村后面的过渡房居住。

余婆婆，一个确确实实的劳动妇女，劳动了一辈子，先后经历二度丧夫之痛，独自扶养了二子二女，儿子成人后又不管母亲，而母亲还对孙辈们这样痴情。靠自己顽强的劳动来维持自己的生活，又赶上一个非理性又缺少法制的年代，一次意外事故，导致其被强制管制，劳动改造十多年，一辈子被压迫得抬不起头来，又被一心要撇清关系的儿媳妇所唾弃。她到了晚年，还是一个人过生活，也不知其儿女辈而今如何了，幸喜其身体康健，又能自食其力。曾记得我离家前几年，余婆婆已是七十余高龄的人了，还时常来我家洗衣服被帐，每次来时都天刚亮，即催促我们起床拆棉被，下蚊帐，先将衣被浸入水中，然后再用早餐。余婆婆饭量很大，能吃几大碗，她告诉我们，新中国成立前到有钱人家做活，吃饭是要数碗的，也不敢多吃。而她到了我家做活，母亲总是让她尽量吃饱，虽然那时节我家并不宽裕，但对来人总是很客气，生怕人家吃不饱，会做一大锅饭，而且平时我家早餐用的都是稀饭，余婆婆来做活了早餐就做干饭，母亲说，干力气活的人吃干饭不容易肚饥，转眼间数十年过去了，前些年还见到余婆婆，她已是近百岁的老人了，虽然耳朵重听，但手脚还很轻健，这大概也是老天爷的安排吧。

万婆婆，家境不错。万先生（万公公）虽然有些背时，但也是一个厚道人。

万婆婆一家住我家对面，新中国成立前夕因钱塘江塌江而搬来此地，她们家信奉耶稣教。最记得的是每当我母亲病了，万婆婆即来劝信教，这大概就是民间所说的"劝耶稣"了。万婆婆生有五子一女，子女们在当时也算不错，出了两个大学生，大概真得信教的好处吧！但家境不错是不错，一个老妪在当时社会也是非常辛苦的，这么多儿女养大成人不说，我们懂事时万婆婆已经要照顾孙儿辈了。万婆婆整天颠着一双小脚，早上出去买菜，买菜回来准备熄妇孙儿们的早餐，等媳妇、孙儿们出门上班、上学去了，就在家洗衣服、搞卫生、淘米洗菜煮饭。中午等老头、媳妇、孙辈们回来吃饭，他们吃完后走了，万婆婆还得洗碗，下午稍有空闲，还得帮万先生缝一些伞面之类的，有时候还得帮万先生烧桐油。有一次不慎桐油溅漏引起冲天大火，幸好烧桐油的地方在空旷的灰堆场里。到了晚上，又得淘米洗菜做饭，还得帮孙儿孙女洗澡，大孙女万倩倩是我的同学，十几岁了还光着身体由她奶奶在天井里洗澡。我在对面都看见了这情景，幼小的心灵里发誓长大了坚决不要倩倩这种女孩子做老婆，这女孩既懒又不怕难为情。当然倩倩大了也未必看上我这穷小子，前几年开同学会倩倩也来了，真是又老又难看，据说还得了癌症，看来我小时候的眼光还是蛮准的。

万婆婆的脚特别小，偶尔我们看到万婆婆在洗脚，真是三寸金莲，形似一块被岩石压得畸形的去皮红薯；更像一只马蹄笋；当然是一块不平整的肉。想想辛亥革命以前中国人的畸形审美，我们幼小的心灵不禁掠过一丝阴影。说到万婆婆的脚，还真赶上一个倒霉的年代，20世纪50年代有个捉虫运动，地方上把妇女都赶到田间捉虫，妇女干部强迫她们下田，这个妇女干部就是村主任牛爱红，有的妇女不肯脱鞋下田被斗争，像万婆婆这种小脚妇女，脱了鞋走不来，不脱鞋被当众斗争，真是有生不如死的感觉，这是万婆婆亲口所说，也是我的母亲亲眼所见。万婆婆说："当时如果地上有个洞就一定钻下去了。"而妇女干部牛爱红却大骂她们是"地主婆"，现在的人们不知道，那个时候骂"地主婆"是最恶毒的骂人，妇女干部牛爱红的意思，她们这些小脚女人因脚小而不能劳动，在旧社会跟地主婆一样是寄生虫。其实，她们都是劳动妇女，颠着一双小脚，家里有做不完的家务活，像万婆婆这样的人前面已经说过，把六个子女拉扯成人，还要管孙辈们，在家里从早晨起来，烧早饭，卖菜，洗衣服、淘米、洗菜、煮饭，洗碗，空了还要帮万先生烧桐油、缝伞面，傍晚还要把凉在外面的油布雨伞一把把收回来。至于下田去，一双小脚，江南水田的田畦又滑又小，确实不便，但在那个没有人性的年代，被当众侮辱也堪称可怜，当然，像万婆婆这样人在当时也不在少数。

万婆婆，家境还算不错，至少吃穿不用担心，两个儿子在上海，两个儿子大学毕业分配到成都等地，一个儿子去当兵了，一个女儿新中国成立初被解放军招用在锦州部队当医生，女婿也是军官，虽然在捉虫运动中受到斗争和侮辱，那是妇女干部不懂政策，不讲道理的缘故吧。但到了文化大革命，可就厄运临头了。因万先生相信耶稣教，他们家就被抄了。记得1966年夏天，她三儿子回家，带回一只熊猫牌六灯机，收音机放在堂前，播放出优美的乐曲，绿色的指示灯一闪一闪的，美极了，看得我们隔壁小子直流口水。但好景不长，到了8月份被来横扫的红卫兵把收音机抄家抄走了，还硬迫她们家交待，这收音机是不是专门为了收听敌台而买来的。那时候的逼供是用何等手段，当然不用我赘述了，一家人从此遭受了噩运，万先生本来很是豁达的人，从此也被搞得灰头土脸，能保住老命已经算不错了。本来万婆婆一家还算和睦，但从此媳妇开始怨恨起公公来了，因为公公的原因，媳妇感到在单位抬不起头来，难免在家中时出怨言，这时候万婆婆夹在中间，也真是不好受的。一家人为了划清界线，就开始分灶吃饭，这可苦坏了万婆婆，她本来烧一家人的饭，而现在她要烧两家人的饭，因媳妇在上班，孙辈们在读书，中午回来要吃饭，做婆婆和奶奶的能不帮着烧饭吗？万先生虽说为人厚道，但我们和他们同一院子多年，却从来没有看见万先生做过家务活，"文革"一斗，更显老态，当然更不会来做家务活了，而万婆婆却两只灶头做饭，辛苦可想而知。

我的同学倩倩，本来势利，又很懒，爷爷被斗，影响其在学校当红卫兵，自然记恨爷爷奶奶，全然忘了昔日奶奶给她洗澡的情分，对爷爷奶奶表现出不敬和不屑来。从此万家全无昔日的和睦，虽然万婆婆家不愁吃穿，但日子也好过不到哪里去。当然倩倩也难逃被牵联的噩运，一样被上山下乡发配了，后来嫁了一个像爸爸一样老相的丈夫，但那男人是邮电局的职工，要知道在那时节是只选工作不选人的。

年复一年，日复一日，万婆婆依然颠着一双小脚，做着没完没了的家务活。孙辈们一个个长大成人，远走高飞了。后来万公公（万先生）死了，万家娶了孙媳妇，第四代见面了。

有一天，万婆婆摔一跤，脚骨摔断了，一个劳动了七八十年的老年妇女倒下了，晚景非常凄惨，因骨折不能动弹，只能睡在门板上，大小便只能靠在门板里挖一个洞。她养育了五子一女，帮助丈夫支撑家庭，要知道那时节要挣饭吃非常不易，又照管了众多孙女孙儿外孙女，最后还照顾到第四代，而自己到了该要照顾的时候身边几乎没有亲人。万婆婆的二媳妇告诉我母亲说："我们自己也年老多病，小辈们又都不在身边，还有谁能去照顾婆婆呢。"

后来万婆婆走了。

胡隆记，是镇上的一爿肉店。胡隆记婆婆家住在我家所在的恩茂台门的西北角，那是院子中的院子，只不过是里面的天井很小，一天之中很少见到阳光，所以我们小时候总觉得她们家特别阴。她们家有个后门，后门外是原来台门屋主兴旺时的柴房，胡隆记从乡下收来的活猪关在这柴房里。每晚四更天我们就听到了杀猪的声音，先是猪嚎啕大叫，会叫上好长时间，大概在抓捕捆绑，后来猪会一声长叫，延续几十秒后慢慢轻下去，那是一把刀捅进了猪的喉咙，等血放完了，猪也就没有力气了。她们家每天杀一到二口猪，所以胡隆记婆婆很早就起来了，杀猪要烧热水，那时候不用煤，全部用柴火烧，当然也没有自来水，所以，打水上灶，烧好热水，担到退猪毛的大木桶里，也是一件很累的活。看来缠过小脚的女人并不是妇女干部所说的"地主婆"，她们除了不能走又窄又滑的田畦路，在平地上还是挺会劳动的。胡隆记公公杀猪，胡隆记婆婆要烧热水退猪毛。胡隆记公公杀完猪，胡隆记婆婆要为他烧好早饭，胡隆记公公吃完早饭上街卖猪肉去了，胡隆记婆婆要在家清洗杀猪时留下的血污、大便、猪毛。要把各种器皿准备好，以便明晨四更天再杀猪。一切收拾停当后，不知道胡隆记婆婆能不能洗个澡去休息一会儿。

胡隆记婆婆很会讲故事，她每次都会讲胡隆记公公下乡去收购猪，一次在一个山村过夜，睡到半夜，突然床下咚咚响起来了，原来该农户把床搭在棺材上，棺材里的一个僵尸晚上开始用脚蹬棺材的后盖板，一般棺材后盖板是最容易被击穿的，所以胡隆记公公连忙起来跑，衣服也不穿，等天亮回去看，那个僵尸已经抱在一棵树上僵硬了，一双指甲很长的手已经插到树里去了。这故事我们小时候听得又怕又神奇，长大了才知道这是套用《聊斋》里面的故事。

胡隆记公公 20 世纪 50 年代就死了，他也没遇上大饥荒的年代，他们家也不杀猪了，我们也不用每天早上听猪的惨叫声了。其实杀猪是很臭的，猪粪、猪毛、猪血都很臭，他们每天杀完猪后把猪毛晒在院子里，在夏天发出一阵阵恶臭，还有猪骨什么的，能看见很多蛆，不知道胡隆记婆婆每天在摆弄时臭不臭，兴许是闻惯了反而没感觉了也未可知。

胡隆记婆婆在胡隆记公公死后主要精力不在杀猪而在带孙子上。胡隆记婆婆的孙子和我二弟同年，是胡隆记婆婆的生命宝贝。每天吃饭，胡隆记婆婆追得孙子满院子跑，孙子不愿吃饭，奶奶要想他多吃一点。这和我们兄弟正好相反，我们是想多吃一些，而父母想让我们少吃一点，而他们正好相反，孙子想少吃一点，奶奶却想让孙子多吃一些。稍长一些，胡隆记婆婆的孙子国立老是跟着我二弟阿明去玩，我们再三阻止，国立还是要跟着阿明走，胡隆记婆婆就在院子里骂："阿明，你个杀头、斩头，你为什么又带着我们国立去玩。"所以，我们每当国立来了就十分鄙弃他，不愿去理睬他，但他还是要来，死缠着跟我二弟走。

后来，胡隆记婆婆死了，国立大了当了县委领导，又后来，国立犯贪污的错误被判了刑，我不知道；这和胡隆记婆婆从小的教育有没有关系，如果胡隆记婆婆在天有灵，一定先是喜，后是忧，国立当县委领导的时候一定喜，想想一个屠者的后代竟然当了七品官，而且不用读书考试，如果在科举时代中个举人，那是何等的大事，现在当个县委领导就这么容易，真是草窝里飞出金凤凰来了，后是忧，为什么天公不作美，没几年竟成了阶下囚，真不知道是生辰八字哪里出了错？

梁婆婆，一个会享福的女人。梁婆婆有五个儿子一个女儿，一个大儿子因前妻亡故在外续弦，不怎么回来，据说年轻时因做生意把家里三间楼屋卖了，所以家里房屋已经没有他的份，就住在外面不回来，留下一子一女梁婆婆养着。梁婆婆的二儿子很能干，很早就入党做了一个大队书记，三儿子也做了一个单位的书记，所以梁婆婆说话在当地也是掷地有声。梁婆婆有个小儿子在宁波，只是四儿子是个呆子，据说年轻时晚上去捉蟋蟀时看见一个鬼吓了，其实是自己吓自己，回来后就呆了，这个呆儿子梁婆婆从来不管，都是梁公公管的。梁婆婆还有个女儿，女儿女婿都是自由恋爱，正赶上新中国成立划成分，梁婆婆家败光了，又加上二儿子脑子灵活跟上了土改干部，梁婆婆家没划上成分，而女婿家却划上成分，梁婆婆就和女儿女婿划清了界线，从此女婿从来不来梁婆婆家，好像后来梁公公死、梁婆婆死都没看到女婿来。女儿倒是偶尔回娘家，会带来许多土货。梁婆婆虽说政治上要和女儿女婿划清界线，但毕竟自己的女儿，还是心存体恤，一个脚有残疾的外孙倒是常来梁婆婆家居住。

由于梁婆婆家没划上成分，梁婆婆的二儿子又是大队书记，一切都是光荣的。梁婆婆的大孙女十六七岁就被招工进了工厂，那个年代，女孩儿家能进工厂简直就成了公主一样有地位，不久，大孙儿也参军了，一人参军、全家光荣，梁婆婆家的门框上就钉了一块光荣人家的牌子，可谓恩荣并茂了，也不枉了祖上取名恩茂台门的良苦用心。而同时期被划上成分或稍有问题家庭的子女则被遣送到宁夏，名曰："支宁"。实质上是当坏分子去改造，我们县里有个财税局长，支宁运动要他们局里派一个带队干部，晚上开会到两三点钟，并无一个干部响应，他一时豪气，就说既然无人响应，那就我去算了，结果他带队到了宁夏。宁夏那边把他也当成了坏分子，在蛮荒的戈壁滩上劳动改造，食物严重不足，就有三分之一的人冻饿而死，有三分之一的人逃亡后不知死活，后来政策稍有放松，他落实政策后又当了局长，是他亲口和我所说。而梁婆婆家有如此荣光，全赖二儿子书记之力。

转眼间国家遇到大饥荒，家家户户吃不饱、生浮肿病，大食堂中吃饭还要遭食堂工作人员盘剥，食堂人员自己则吃得脑满肠肥，还要用热水瓶偷油，铜火囵偷米，在普通群众苦不堪言的时候，梁婆婆家却正享福呢！我们家和梁婆婆家的房子挨在一起，我家住东边，梁婆婆家住西边，她们进出都在我们东边。大食堂时期农村有农村的食堂，城镇按街道居民村办食堂，工厂自己办工厂的食堂，相比而言工厂的食堂最好。梁婆婆的三儿子因为是书记一把手，就把他们单位的食堂办到我们住的东边，把我们和安同志都赶到二十多平方的朝西屋去住。这是政策所允许的，其他食堂也有挤占居民住房开办的，但问题是梁婆婆的三儿子没有前面说到的财税局长的风度，没有人带队支宁就自己带队去了。梁婆婆的三儿子没有把自己家的院子给他领导下的单位办食堂，那时候梁婆婆家才五个人，我们这里有好多人，他却偏把东屋占了办食堂。起先，我们还以为是房屋的问题，后来我们才明白奥秘原来不在这里。

东屋办了食堂以后，我们都饿得生了浮肿病，而梁婆婆家却每天飘出阵阵酒肉的香味。

说来梁婆婆的儿子也真能干，他所领导的单位什么都有，泥工、木工；砖头、水泥；木头、毛竹；叶柴、煤球；拦河养鱼、搭屋养猪；小农场种的青菜、萝卜成担挑来，下半年食堂里几只七石缸腌制着大白菜，我们小孩子还经常去偷咸菜吃（洗了就能吃）。说来也怪，由于没有粮食，更没有饲料，农民养的猪很瘦，那一年过年我们家八口人分了四两肉，而梁婆婆三儿子单位养的猪居然有三百多斤，又白又胖，他们食堂大师傅做的肉丸子个个比乒乓球要大，我们小孩子进去看了馋得直流口水。当然大师傅要先往西屋送，后来也不知道听到什么风声，梁婆婆的三儿子就在西屋南面开了一个门，把原来东屋和西屋相通的圆洞门封住了，反正单位里泥工、石灰、砖瓦都现成，打死一扇门开一扇门小菜一碟，但是我们小孩子早夜还是经常看到食堂的大师傅拿了鱼、肉往梁婆婆家跑。所以三年自然灾害大饥荒年代梁婆婆家绝对没有受到影响，反而是生活得非常好，我们这才明白，梁婆婆的儿子为什么要把自己管辖的食堂设到他们自己住宅院落的隔壁，将我们赶出的真实用意了。可能我们今天的人们也许不能理解那年代吃的东西对人们来说比生命还重要，可以说那年代食物就是生命，因为饿死的人实在太多了。

后来梁婆婆的三儿子娶了老婆，因为梁婆婆的三儿子年纪有些大了，又生得很矮，烟酒很厉害，幸好是一个有一定规模的一个单位的书记，是个一把手，否则真难娶到老婆。梁婆婆的三儿子娶了老婆后生了三个儿子，现在三个儿子有两个也不太好，像梁婆婆这样讲话掷地有声的老太太，一辈子享享福的女人，如果在天有灵，心里也是一定不开心的。

梁婆婆，金山金家大户人家的小姐，嫁给同样是大户人家的梁店王，当地风俗把有钱人都称之为店王，其实梁店王一辈子不开店也不做生意，就靠的是变卖祖上的田产、房产，俗话说坐吃山空，虽然梁店王家原有良田千顷，但几十年变卖下来就所剩无几，梁婆婆和梁店王不但不劳动而且还喜欢赌，后来家产卖得差不多了，就开几赌桌，靠抽头过日子。梁婆婆家正在山穷水尽之时，新中国成立了，梁婆婆的二儿子跟了土改干部，江南地方富庶，老百姓平时生活只要没有战争一般都过得去，土改干部来了就只能找一些游手好闲的人充当积极分子，后来这些人大多在 20 世纪 50 年代初就犯错误，如拉梁婆婆二儿子参加土改的积极分子马家驹，后来当了乡长，因犯贪污罪被开除了，几十年一直在镇上骗来骗去。梁婆婆的二儿子还算好的，当干部一直当到"四清"后。后来梁婆婆家也因有了当干部的儿子而继续享福，三年困难时期也一直有酒有肉，没吃什么苦头。梁婆婆是享了一辈子的福，而且对别人也很是厉害，什么话都讲得出，梁婆婆、梁公公直到 20 世纪 60 年代中期，才相继离世，虽然梁婆婆的二儿子到"四清"运动后也走下坡路了，但梁婆婆没有看到，梁婆婆真是福气好的女人。

梁婆婆，一个大户人家的小姐，嫁到一个大户人家，一家人一辈子不事生产，先是靠收租剥削，继而靠变卖家产，吃喝抽赌样样都是好手，整天一根长烟管，先前有许多下人，要什么就只要将长烟管在铜痰盂上敲几下，后来刚穷了就解放来了。其实要说穷也不穷，就是土地房屋卖得差不多了，但儿子一跟上土改干部就又阔了，家里经常有许多人来拍马屁，送这送那，做这做那，直到死都不缺少服役的人。梁婆婆也不是和善的人，对有利益冲突的人都很凶，有些像个地主婆。

王婆婆成分是个地主婆，但她人很善良。

王婆婆家住在东头石头庙南面，有许多房子，我们镇里的中心小学就办在她们本家祠堂里。新中国成立了，因为王婆婆家里成分是地主，她丈夫死了，她就是地主婆。她们家里的房子被没收了，用作粮站和人民银行，她被扫地出屋赶了出来，王婆婆就住在我们家厅屋里。

王婆婆又瘦又小，一个人孤零零住在这里，其实王婆婆有子有女，家里有许多人却在土改后星散了。应该说王婆婆和梁婆婆是正式儿女亲家，上文说了，因梁婆婆唯一的女儿嫁了王婆婆的儿子，王婆婆家的成分被划了地主，而梁婆婆的儿子又跟了土改干部，入了党，所以梁婆婆就不认这亲家了。梁婆婆家房子很是宽大，但梁婆婆直说，王婆婆是地主成分，就是有屋最多余也不能给她住。有时两个老太婆碰面了，梁婆婆会指着王婆婆的鼻子说，你是地主成分，所以你儿子女儿不能来看你，你就一个人好好改造改造。其实王婆婆人很好，我们小孩子倒觉得梁婆婆更像地主婆。

王婆婆在我们院子里住了几年，她二儿子偶尔来看她，除此之外好像很少有人来看她了，也不知道她生活来源，我们总觉得她吃得很少，但是她似乎对我很慷慨，有时候总会给一些花生瓜果让我们去吃。有时候我妈妈打我，不给饭吃，王婆婆会叫我到她那里吃饭，我也会帮王婆婆扫扫地，王婆婆会说些扫地扫壁角，到老有积蓄之类的话勉励我，有时候我们晚上在院子里乘凉，王婆婆会说起她家里的事，说晚上乘凉迟了，肚子或有饿了，就可以到自家园子里随便找，就能摘个老南瓜来煮了吃。她们园子里有空地，就随便种些南瓜、扁豆之类的，也不用去管，要吃了随便摘，冬季里还能种萝卜、青菜、芥菜；种些豌豆、蚕豆之类的第二年都有收获。

王婆婆虽然成分是地主婆，但我看她人很善良，也很勤劳，似乎也没有梁婆婆一样整天拿着烟杆吸烟的嗜好。听她自己说说，一辈子在兵荒马乱的年代也很苦，当媳妇时，上大灶烧饭、炒菜，身子不够高，下面还要垫个矮凳，家里活都要自己做，虽说她家成分是地主，听她说她们苦的时候也喝玉米糊糊，就是在青菜里加少量面粉或玉米粉，虽然我没亲眼所见，但我绝对不能把她和电影里、小说里的地主婆挂钩，我还是觉得她是个善良的劳动妇女。

后来王婆婆搬走了。

母亲、婆婆、奶奶、太太（这里是指太奶奶、太姥姥），她们从做媳妇开始，要孝敬公婆，友悌叔伯妯娌小姑子；做了母亲要一把屎、一把尿将儿女拉扯长大，遇到战乱、饥荒、粮食短缺，先要让公婆、丈夫、儿女们吃饱，轮到自己就喝些剩汤，吃些冷饭，一旦做到婆婆，必然饱经风霜，尝遍了人世间人情冷暖之苦，她们必须能吃苦耐劳，经得起灾难挫折。由于她们高龄，她们必然有丰富的阅历经验，而且她们还要有健康的体魄，不管她们生活在何种阶层，我们必须敬重她们，更无理由对她说三道四，她们是我们共同的母亲，虽然时光已经逐渐把她们忘记，但我写邻里记必须把婆婆们写上，她们才是每一个时代真正的主人。

九、九九归真

匆匆岁月，半个多世纪已经过去，恩茂台门除了东南拆了一个角，大部分房屋都还在，搭起来的小屋，杂乱堆放的废弃家具，即将倒塌的老屋，显得破败和苍老，房子还是过去的房子，但已经物是人非。住户们年复一年等待拆迁，但由于商业价值不大，似乎被社会遗忘了。年轻一代都已远走高飞，另觅佳处了，年老的逐年谢世，现在台门里除了几个租户只有万家二妈还在，偶尔我也去探视或坐坐。万家二妈低声告诉我，胡国立还在圆洞门里面躲着，他自从判刑期满释放回家后也不大愿意见人，深居简出。他父亲胡仁可早几年就去世了，现在他和母亲两人生活在一起，国立的老婆孩子好像也不来。朝南屋里建国、建军的妹妹前几年生癌症也死了，他们的母亲在他们的父亲死后就住到儿子那里，这房子现在也无人住了，万家二妈也没有说建国、建军的妈妈跟哪个儿子住。

台门里好多老房子都空关着，我表兄也搬走了，住到儿子那里去了，但他是个爱财的主，把房子租给外地人住了。我那远房本家的三伯父书记家的房子门关着，但据说他的二儿子、小儿子还住在里面，二儿子离婚了，也没工作，小儿子至今还孑然一身，没有娶过老婆，这位堂三伯父大概酒肉吃得多，六十多岁就中风死了，遗下儿子现在是境况凄凉。

前几年建军、建国都来找过我，建军是自己下岗想到我这里来，建国是老婆下岗想叫我帮助安排工作，说真的我们原来都是赤膊鸡弟兄，建国的老婆我帮忙介绍了一个工作，想想文化大革命中他们兄弟的表现，建军想到我这里我可不敢答应了。

听说水荣、国荣两兄弟也混得不大好，回想起我们台门里20世纪五六十年代出生的这辈人，大多命运坎坷，村主任牛爱红的后人混得也不大好，但也不能全怪他们，都是那个时代造成的。年轻时大家都没有好好读书，而且还要接受不好的思想教育，如果做人没有定力，坚守自己独立的人格、人品，如何能有好的人生，好的归宿，甚至影响到第三代人。

回想儿童时代的欢娱，台门里友好的睦邻关系，如果没有文化大革命的人格分裂，没有人与人之间以邻为壑的斗争哲学，伴随我们童年成长的邻里关系会是人生的美好回忆。

回首20世纪80年代初争夺道地搭建房屋的闹剧，看看而今却是破败老屋的空宅，心里不免掠过一丝凄凉。

故　乡

故　乡

卷五　商海记

一、出海求渡

改革开放以后，厂长是个时髦的职务，电影《当代人》激励年轻一代人走上厂长的岗位，那是个充满理想的年代。

1979年，我离开了两岁的女儿，放弃了供职14年的老厂，来到了一个新的岗位寻求发展。

我在老厂是一个三级半的师傅，每月工资44元，加上2元钱的粮价补贴，5元钱的物价补贴，每月固定收入有51元，那时候我们厂已经实行基本工资加超产奖的制度，我每月的奖金是厂里最高的，可以说在当时也不是低收入了。

我为什么要离开原单位，因为我在那里不开心，在原单位也算是三起三落，做童工时车间主任对我们确实不大好，"文革"初期又有人因为我父亲的问题而老是想弄我，但我在原单位还是有一定地位的。因为我妈妈是总厂的领导，我是以公子出名的。1968年印刷厂独立建厂，我们被批准为正式学徒，我一直在厂里管生产。

1973 年工作组进驻，有人说印刷厂的权力在我手中，要工作组把我弄下来，后来工作组走了，厂里实行党支部领导下的厂长负责制，书记不懂生产，又让我负责管理生产。1977 年底厂里又来工作组，说是"文革"期间留下来的领导班子要改组，当时的厂长是我的师傅，工作组长要我取代我师傅的位置，我不干就辞去生产主管的位置下车间了。工作组说我们印刷厂是水泼不进、针插不进的独立王国，其实我们都是一心为了企业，也从未参加"文革"的什么活动，只不过是我们在动乱年代维持了本企业的正常运作。

我要离开老厂是非常保密的，也是闪电式的。我 12 月 29 日到县城和调入单位商量落实好，第二天是星期日，厂里管公章的书记在家里休息，我在书记那里也有些地位能说上话，就到书记家中去叫书记盖章。书记家在三里路外的农村，那天书记正好在家里做年糕，我带了两条西湖牌香烟送给书记，硬是把书记请到了厂里盖了章。我打的也是突然袭击的牌，目的是让厂里其他人不知情，也是让书记来不及反映过来。我拿了书记盖了章的调令单，立马赶到镇里，当时镇里的书记和文书和我们家里都是有些亲戚关系的，文书就在我的调令单上盖了章，第二天我就到县城的新单位报到，这一天已是 12 月 31 日。第二天就是 1980 年元旦。

元旦过后我离开老厂调到新单位的消息迅速传开，在当地引起了不小的震动。在镇里召开的党委会上，管工业的副书记将桌子都拍起，说他们把生产技术骨干放了。会上镇长、党委书记、文书一声不吭。此后三四年里全镇就很少有人再能调出了，一直到很多年后才有所松动。我们老厂里有许多和我关系好的朋友，他们都是怪我把消息封得太死了，说我不相信他们。说真的，当时如果一走漏风声，可能这调动就要搁浅了。

我随身带了一床被子、一只脸盆、一个热水瓶，只身一人到县城新单位上班，很像小说《东风化雨》里的主人公一把雨伞到上海。虽说我 14 岁到工厂做学徒，但我从来没有离开家，离开父母亲。刚来新地方，也难免短暂的寂寞，白天我就全身心投入工作，晚上我在宿舍听广播、学英语，我决心在新的地方打开局面，融入那里的生活。

到了新的单位，换了新的环境，我每天都起早落夜工作，反正我也是一个人，家庭无所拖累，我就早上尽量早点来，做生产前的准备工作，晚上其他职工下班了，我就主动搞清洁清理工作，当时单位里以年轻人居多，他们工作上难免有不到位的地方，我尽力补救。在技术上我几乎是全能，所以我各个岗位都能胜任担当。当时单位有两个高薪请来的退休老师傅，他们技术上却比较单一，自己动手能力又较差，两个师傅之间还经常发生摩擦，有时候还要发发脾气，领导有些头痛。我在工作上任劳任怨，而且技术比较全面，领导很快看出来我的能力远在这两个师傅之上，所以把很多工作交给我去管。

后来两个老师傅由于有矛盾，一个先走了，另一个也经常不来，但单位里的事我管理得井然有条，也没有解决不了的技术问题。我来这里前，新单位的领导知道我是原单位技术上的好手，但他们不知道我有从 1973 年到 1978 年五年的近百人的企业管理经验，管一个二十多人的小厂是轻车熟路的事，他们本来是把我当技术骨干请来的，也就当个管生产的厂长。但我的能力超过他们的想象，这企业总共二十多个人，有一个厂长、两个副厂长、两个老师傅，还经常发生矛盾，有事还要弄到上面去，现在上级领导看到我完全能操控这个企业，就叫我作为正职厂长全权管理这个企业。上面撤走了下派的厂长，清退了外聘的师傅，让我一个接替了原来五个人的工作。工作虽然累些，但上级是为我独立工作扫清了道路，给了我按自己思路发展的机会，让我走出了这漫长商海生涯的第一步。

我担任了这工厂的一把手，就有了施展想法的平台，这工厂虽然眼前很小，只有二十多人，人员还不及我原来工作的老厂的零头，但发展的机会也有。这时候我们老厂新来的书记来看我，他请我回去当厂长，说这小小的印刷厂没有我们老厂大，但我拒绝了他，我说好马不吃回头草，我们走着看。我知道我们老厂也实在没有能管生产技术的人，所以书记会来叫我，这时候他们才知道人才难得。后来他们还是叫了1978年下台的厂长再当厂长，也就是我名义的师傅，但我知道他的才能远在我之下，后来果然他们的企业一直比我们差，最后也不行了。但如果那个工厂给我管，我有可能就做大了，因为老厂是乡镇企业性质，当时他们政策比我们宽松，机会比我们多，自主权比我们大。

我发展企业的第一步就是改善设备，担任厂长两个月，工厂挣了一万多块钱，我就买入了两台六千多元的自动设备，这种设备手工的三千多元一台，但职工操作很累，一改自动化，操作工就轻松了，产量就能有保证。当时上面的领导看到了，就说梁云这个人胆子有些大，当厂长两个月就购买设备，但实践证明我购设备很及时，很快上面有了国库券认购书的印刷任务。如果没有这刚购入的设备，我们将难以完成这笔业务，主管领导也看到了我的见识。我

232

的思路是设备要自动化，交通工具要先进，解决企业的运输能力以增加企业的竞争力。

上级领导批准我们购置一辆汽车，当时汽车是控购商品，当年全县只有六辆汽车的计划指标，我们争取到一辆。这六辆汽车的指标都是一吨半的双排车，其中三辆是进口丰田车，三辆是天津雁牌，我要了一辆国产车，当时进口车的售价是 3 万元人民币，国产车是 1.8 万。也有人说我小气，不就相差 1.2 万元，应该买进口车，但我觉得能省下 1.2 万元能做很多事。当时人均工资每月才三十几元，我还考虑到维修，搞企业一定要善于理财，能节约的地方一定要节约，实践证明我是对的，那时候进口车维修很麻烦。

担任厂长以后，厂里所有产品的生产成本都是我亲自核算的，每天晚上我都在办公室把当天完工的产品的生产成本核算清楚，以便第二天叫财务开票送货，同时也了解了销售、成本、盈利的情况。我调整了原料从百货批发部进货为厂家直接进货，原材料成本有很大下降，利润明显增加。在产品生产能盈利的情况下，关键是提高产量，增加生产承接能力，那时候还是卖方市场，只要做得出，不愁业务没有。

为了提高产量必须改革奖金制度，原来我们奖金要到主管部门审批，我就打报告给上头，改奖金制为基本工资加超产工资的形式，避免了奖金要到上面审批的繁复。职工的积极性高了，收入也增加了，又避开了上面对工资的控制。其实那时候工资制度的漏洞很大，税务部门只要是利润在增加的情况下是不管你工资总额或人均工资的，实际控制工资的是各单位的主管部门，主管部门管的工资确切说是档案工资。就是说任何人在没有主管部门批准的文件或调资表格是不能改变工资级别的。但上面批准了我们基本工资加超产工资的模式后，他们是控制不了我们实际发放的工资了，我这也是钻了政策上的空子，但条件是你利润必须增加，这样领导上不会来查你。这个问题是企业最先能发展的重要一步。

奖金制度改革以后，产量翻了一番，我们的利润有了明显提升，上年年终的利润只有四千多元，今年年终的利润一下子增加到5万多元。职工的收入有了明显的增加。

第二年我们继续扩大生产，原来工厂的产品较单一，只能印些凭证、账页、票据和信封信纸，这些都是零活，批量小，很难提高销售总额。当时能印制书刊的印刷厂很少，要印制书刊非常困难，每年学生的课本由于印不出来，等开学了还不能人均发齐，我们就着手扩大书刊业务。

印刷厂要印制书刊，首先要有字模和排版能力，当时厂里只有两副字模，我就托人到上海字模一厂去想办法。购字模要排队等候，还不保证全部是铜模，我们搞了几百公斤电解铜去，一下子拿到了五副字模。这样厂里有了五号老宋、五号黑体、五号正楷、四号仿宋、四号正楷、三号老宋和二号老宋，加前面两副共有七副字模，排书版是没有问题了。有了印制书刊的能力，我们首先承接了财政厅的公文通报和业余会计学校的辅导教材，企业的知名度一下子就提高了，我们还承印了一个大厂有上千页码的精装书，书刊印出来了，业务更容易承接，销售量一下子上去，促进了企业下一步的发展。

20世纪80年代初期，还是实行计划经济的管控年代，人事没有放开，招工指标要层层审批，我们企业在扩大，劳动力明显不足，但上级怕背包袱，不肯招工，我就想到用临时工。我招了几个原来在其他印刷厂做过的农村户口的工人来做临时工，增加了熟练工，解决了企业的劳动力不足，在当时这些做法也是惹争议的，应该说是有胆识的创新。企业的产值又增加了，利润突破 10 万元，这是 1983 年。

建厂三年，我们企业有了明显发展，随着书刊业务的扩大，我们继续购进字模，又增加了书宋、新五号、六号、头号、魏碑、姚体等各种字模二十多副，当时我们字模的规模堪比报社，可排各种书刊。我们还增加了机器，1984 年完成利润有 20 万元，企业有了较好的知名度，我当年被评为市级先进工作者，出席了市里的表彰会，这是我在商海浮沉的第一个小高潮，应该算是浮的时候吧！

我们企业原来没有房子，用的是别人的老房子，老房子明显不够大，我们已经在搭棚子了，适逢工厂前面民房火灾，主管部门同意我们建造厂房。那时候建房子很困难，主要是土地没有，除非工厂原有土地或旧厂房改建，要征地还没有放开，我们就用他们火灾后的地盘，建造了一幢七层高的厂房，当时这厂房是县城最高的建筑。新厂房落成后，我们又增加了彩印设备，购买了海德堡（凸版彩印）和立飞，这在当时是较先进的设备，我们企业的业务也从票据和书刊拓展到彩色包装。

能印制高档彩印包装，这对企业来说是个飞跃，也是我们工厂已经达到一定规模层次的标志性起点。随着国家经济的发展，市场逐步繁荣，当时急需要有高档包装印制能力的工厂来解决高档包装的印制。我们企业当时就填补了这市场的空白，解决了省内著名企业中药二厂的青春宝包装、东南化工厂珍珠香皂的包装、孔凤春化装品厂化妆品包装的印刷。当时这些产品在省内都是著名品牌，所以包装要求都是精品。我们还把业务扩大到上海，印制了上海交通电气汽车配件的包装和五洲制药药品包装的印制，还承印上海市内电话公司的彩色广告，当时我们企业的技术在省内已经是领先的。

企业发展了，关键是内部管理，内部管理关键是人员素质，我们也比较注重人员培养。在单位内开展了文化补习。我们设法买来教材，自己授课，对职工进行文化补习，使厂内年轻职工通过了国家认可的初、高中文化考试，重新获得了初、高中毕业文凭。我们还通过和省轻工技校联合办学的方式，在厂内开班定期授课，对职工进行了高级工技能培训，使很多职工达到了高级工技术水平，获得了劳动部门颁发的职业资格证书。这些证书很多职工至今还在使用，我们不但为自己工厂，也为社会培养了很多有技能的工人。

几年来我们的企业不断发展、积累，再发展，已经是县内同行业中的老大。我们有几十副字模，省内几个大的出版社都在我们厂内排版、制作纸型。我们聘请了商务印书馆上海印刷厂的一批退休老师傅，能排制《新华字典》和《现代汉语字典》，这是在电脑排版没有问世前的最高排版技术了。我们字模全、铅字齐，周边一些印刷厂都要到我们这里配字，彩版印刷在技术上领先，别的厂家有难做的刀模也要到我们厂制作，企业已经做到凸版印刷的顶峰了。但行业的发展速度也很快，电脑汉字系统的问世，行业已经进入激光照排的时代。

电脑排版、平版印刷是20世纪90年代中国印刷发展之路，时不我待，我们不能在新的一轮发展中被淘汰，但此时我们的厂房又嫌小了，我们就考虑重新扩建厂房。新建厂房，但征地速度没有这样快，我们就设法在城郊农村先租了厂房，购入胶印平版设备，在厂内上了北大方正激光照排系统。那是个使人眼花缭乱的时代，我们抢先一步就步步领先，企业步入行业中先进企业的序列，为今后我们工厂的生存发展打下了基础。事实也是如此，企业很快出现分化，县第一印刷厂由于还在凸版平轮上徘徊，很快开始衰败走下坡路，第二印刷厂关门转型，就我们工厂一枝独秀了。

建厂头十年，正是我们春风得意之时，那时候整体社会环境还是积极向上的。企业职工的社会地位也不比国家公务人员低，收入上还可能是企业职工高，大家的主人翁意识还较强，职工都希望自己企业发展壮大。那时候无论是厂长还是职工，基本上不考虑个人得失，做事情全凭着事业心，尤其我们企业以年轻职工为主，在我这个年轻厂长带领下，职工一切都围着工厂转，厂里有什么急的生产任务，大家加班加点都没有什么怨言，也不计较报酬，职工都把企业当作一个大家庭。当然，作为厂长的我也尽力提高职工的工资收入和福利，经常组织职工去看电影和旅游，搞些文娱活动，所以大家对企业都非常有信心。

那时候的企业有一种团队精神，大家有一种集体荣誉感，上下都希望自己的企业发展壮大。我作为厂长确实是全心全意为企业做事，从不计较个人得失，玩的是一种事业成就感。由于厂长把自己的利益放在后面，大家都有一种信心，有一种信任感。对我来说，把企业搞好就是最大的回报，但是我也没有忽略职工的利益。我们企业都是年轻人，十年之中都到了婚娶的年龄，厂里基本上解决了职工的住房，外单位的年轻人都非常羡慕我们企业，都想和我们厂里的年轻人处对象，有的想调入我们单位来，这就是一种成就。

自从我担任这个企业的领导职务以来，厂里所有工作都是我一人操持，上级领导也放手，在企业领导管理上没有什么羁绊，这也是企业弄得好的基本条件，所以工厂这些年关系一直比较顺，企业发展得好，但前提条件是厂长的人品一定要好，事业心要强，又没有私心，而且要有一定的管理才能，企业才办得好。

我们单位发展到一定规模后，上面领导比较满足于现状，领导的意思是这个企业只要能解决职工的就业，工资发得出就好；现在企业形势很好，不用再发展了；大家可以轻松一些，我也不能违背领导的意思，一时工作有些放松。我就趁此机会抓紧充实自己，去大学读了经济管理，也去考察了一些工厂和城市，但是也失去了最好的发展时期。

时间很快进入 90 年代，一场新的商业风暴正在袭来，一些敢于冒险的弄潮儿把企业做大了，一些胆小保守的企业日渐萎缩倒闭，我们上级领导原来不想发展企业了，但在新的形势下也只好作出新的选择，我们既已在商海中起航，也只能迎来新的一场商海中的冲浪。

二、错失良机

　　人生一世，草木一秋，做生意就是做事业，有些老板酷爱金钱，其实钱够用就好。人这一辈子也就是一个过程，有回忆就好。说到做生意我在西北倒确实得到一次机会，使我能大展拳脚，历练了经营的才华。那是一块未开垦的处女地，可惜我没有宏才大略，也没有男子汉志在四方的胆识魄力，只在那里小试牛刀后就打道回府。但在那里三四年时间创业经营，风流倜傥，受人敬重，真可谓得天时、地利、人和。要资金有资金，要土地有土地，证照审批一路绿灯，如此之好的经营环境，不抓住利用，当面错过发展之良机，命也。

　　1988 年春夏之交，西北某省有一个代表团来考察，他们看到我们工厂办得很不错，就提出要求，协助他们也办这样一个工厂，领导上就派我带队前去考察。同年 8 月我们一行四人从杭州出发，由于没有直达西北的航班，我们取道北京，我们在杭州笕桥机场坐飞机到北京。到北京机场后，是旅游局的一个朋友在接我们，晚上住北京体育宾馆。由于体育宾馆位置不便钱又贵，第二天我们换到东交民巷中牧公司设计院的招待所，招待所住宿费便宜又离天安门近，我们在北京游了故宫博物院和十三陵及长城，还去参观了毛主席纪念堂。

20世纪80年代去西北的飞机航班很少，我连续两天去前门老北京站的售票处去排队买火车票，说是排队，其实是去挤票，第二天我去老早才买到了去西北的火车票，那是北京到兰州的43次特快，没有卧铺票，只有坐票。我们从北京到银川一天一夜，大概24个小时。坐火车累是累了一点，但也看到了大漠的日出日落，那时候正好是夏季，白天时间长，大漠上更是如此，火车经京张线，从八达岭过张家口，到大同，再经呼和浩特，到包头，走包兰线到银川，这些路线我们在读小学地理课时就知道，但亲身经历还是第一次，所以我在路上也很兴奋。我们在北京买了两只烤鸭，又买了几瓶啤酒，大家在车上边喝酒，边欣赏风景，我们看到大漠上椭圆型的落日，偶尔掠过的孤烟被风吹得东倒西歪的，就想起王维的《使至塞上》和王昌龄的《出塞》诗来，我还和了几首诗，同行的他们笑话我，我现在还能记起几句来。

其一：

大漠孤烟古时直，长河落日今不圆。

萧关不知何处是，都护可仍在燕然。

其二：

秦时明月汉时关，万里远行数日还。

但使龙城诗人在，和你一起度阴山。

240

说来惭愧，当时的诗水平确实不高，只能算打油诗之类，聊以消遣而已。

到了银川，对方非常客气，接待热情隆重，给我们安排在银川市最好的宾馆居住。一个省会城市的正、副主管局长亲自到火车站来接我们一个科级单位的办事人员，我们已经感到过意不去了，但既来之则安之，我们也就客随主便，听凭他们的安排了。

昨晚在火车上坐了一夜，几乎没有睡觉，到了银川以后，我们第一件事就是想睡觉，下午我们在银川宾馆好好睡了一觉。醒来已是日色西坠，晚上他们在银川最好的酒楼设宴招待我们。我们去西北一行四人，他们招待我们的倒有足足两桌人。晚宴菜肴是以西北特色的羊肉为主，酒是当地最好的白酒。初来西北，我们不了解当地风俗，他们来敬酒我们并不推辞，这样一来，他们人人都来敬酒，你喝了一个人的，就不能拒绝其他人了，一个晚宴喝得天昏地暗，酩酊大醉。我数数当晚喝完的酒瓶足有十几个，也就是二十个人喝了十多斤白酒，初次领教了西北人喝酒的厉害，以后我就小心了。

第二天上午有人来陪吃早餐，早餐后到他们单位，双方首次会见即以会议的形式，他们十分认真，正副局长都来了，还有办公室人员和准备去筹办企业的候选人。大家开门见山，直接进入办厂话题，他们老大开口说，要我帮助把厂建起来，有什么困难和要求，他们局里会全力支持的。我了解了那里的情况，估算了有可能的业务量，经过测算，我提出了分两步走的方案。第一步先把厂办起来，重点是解决印制发票和各种表格。那时候还是凸版印刷的时代，设备投资钱不多，我测算的最低投入需20万，流动资金和固定资产是三七开，即用14万元购置固定资产，用6万元用作流动资金，第二步等工厂建起来再说。大家都觉得我的方案可行，但问题是当时这20万元也不是个小数目，私人出不可能，一是私人没有钱，二是当时还没有私人办厂的口子。用公家出，他们是政府机关，劳动服务公司刚被清理过，新一轮的大办公司还没有开始。如果用政府的工业或商业部门来投资设立全民所有制或二轻集体所有制的工厂，这企业办得也没有意思了，所以资金成了问题。

形势发展是此一时，彼一时，当时他们办企业也是受我们启发，为了解决机关福利和某些费用的开支，所以我们不能以今天的眼光去评判当时的事，当时他们的决策也是积极为公的。但机关办企业在当时毕竟受限制，不像我们浙江，有些机关的个别领导胆子忒大。所以启动资金成了问题，我就请示了我们领导，领导说，由我们这里先支持20万元帮助他们作起动资金。起动资金有了，办厂的事就定下来。其实他们那里为了办这个工厂已经做了大量准备，连负责人也物色好了。我们商定，这企业前三年由我们托管，设备采购，工厂筹建均由我们负责，他们那里派人协调。我们初次会谈，两个小时，就把全部问题敲定了，这不是西北速度，是深圳速度了。

下午我们去看了场地，其实他们为了建这个工厂已经准备很久了，我们看了几个地方，最后我看好一个地方是汽配公司的仓库，仓库周边有很大一块空地，我一看觉得这个地方以后能发展，有条件时就自己建厂房，大家同意我的意见就定下来了。

场地定下来了，汽配公司的仓库很大，空地也很多。计划经济时代，西北的汽运很重要，所以那里的汽配公司规模很大，但这时候开始走下坡路了，所以场地和仓库有空出来。汽配公司与税务部门关系又很好，房子我们要多少就给多少。场地也没问题。银川是个新兴城市，城区分新城区和老城区，新城区50年代就规划建设，但到80年代还不能将新老城区连成一片，他们这个部门自己在新城区有现成空的地方，但我认为办工厂必须在老城区，而且位置还不能太偏。所以确定在老城区，但租用人家的房子毕竟要付租金，所以我觉得要尽量少租，最好自己能先搭些小房子。

银川老城区地方要相对紧凑一些，土地还是很便宜。第二天，我把要先少量租一些房子，有可能自己搭些房子的思路和局长一说，局长当即拍板说好，他说汽配公司仓库靠围墙的地方搭些临时房子没问题，等有条件建厂房时再去审批土地。我们就租了汽配公司五百平米的仓库。

房子定好以后，我和他们指定的厂长候选人商量了具体问题。我叫他如何规划厂房内部，租来的五百平方仓库一分为二，一半做仓库，一半做车间，靠围墙的地方搭一排平房做办公室、排版，同时叫他落实工厂开办必须的骨干人员。营业执照不用担心，他们局办公室会去办妥。钱等财务人员到位开好账户我即汇款给他们，我叫他们零星开支自行决定，购买设备需经我同意，我要求他们的厂长一个月后来杭州，我们一同去温州考察印刷设备。那时候中国的印刷设备多集中在温州，价格便宜，品种较齐全。

印刷厂的事基本定下来了，他们就带我们出去玩，我们去了南关清真寺，阿訇亲手为我们宰羊，清真寺把我们当作贵宾，用最好的八宝茶和阿訇亲手宰的羊杂碎招待我们。第三天、第四天我们还去了高庙和沙坡头。吃了手抓羊肉和烤全羊，尝遍了西北风味。

我们大约在银川住了五六天，就从银川坐火车取道兰州到西安，在西安玩了几天，从西安坐飞机回杭州。当时在西安买到杭州的飞机票也很困难，我们托了时任陕西省副省长，是他叫秘书给我们买了回程票。这是我第一次西北之行，此后我穿梭于银川和杭州之间。

　　转眼间一年过去，西北的工厂办得有声有色，我又带一个团队去银川。这次我还带着女儿，我们一行从杭州飞北京，在北京玩了些地方，再坐火车到银川，我们盘点了工厂，在不到一年的时间赚了一百多万，大家都很高兴，商量下一步如何继续扩大企业。

　　当时我们在那里投了二十万元，一年不到赚了一百多万，在今天的人看来是一笔小钱，但当时是一笔很大的钱。而且这盈利是在几十个工人的工资和各项费用支付后的结余，所以是值得骄傲的事，后来这些积累的财富都被房地产稀释了。

　　我们到了银川以后，他们那里又非常热情地接待我们，那里的领导班子也有了调整，老的局长离休了，原来的副局长当了局长。新的局长他对我们也是非常真心和敬重，对我女儿也非常好，局长亲自送水果来给我女儿，我们也有到自己家里的感觉。我们开会，总结了一年以来的经验，会议上决定该企业继续由我管理，同意我关于扩大企业规模和自建厂房的意见，由于得到领导上的肯定和支持，我愿意继续为他们服务一段时间。

　　去年我们筹划这个企业，他们一时找不到投资资金的来源，其实，这个地方钱是有的，财政部门有的处室就是有钱，你如果找准地方，借款很容易。这次我们继续扩大工厂规模，就是在当地借到的钱。有了钱以后，我随即安排那里的负责人协调土地，设计厂房。通过他们局里协调，我们征用了汽配公司旁的空地。那里的空地原是汽配公司要想征用的，但目前汽配公司随着市场的逐步开放企业正在萎缩，所以我们轻易地把这块地征用下来了，而且这块土地不用平整，因为汽配公司要临时停放货车已经平整好了，而且我们原来搭的平房也不用拆，围墙反过来就行。

西北那边工厂的厂房设计，我完全吸取了这里的教训，我们这里是七楼，车间都在楼上，那里地皮便宜，我就坚持以平房为主。那里的地基比我们这里好，建造平房不用挖得很深，房屋造价就很低。因为车间仓库最好是底层的，我们只有设计了少量的二层结构，其余全部是平房，第一期我们建造了七千余平方房子，总共才花了三百多万。房屋建设时间也不是很长，当第三年夏天我去时已经建好新厂房，就等我去举行落成典礼，剪彩入住。当然这是第二年的事了。这次由于我坚持建造平房，那里的工厂占了很大一块地，我的决策为他们工厂挣下了一笔巨大的财富，后来房地产开发了，他们这块地卖了很多钱。

我在那里继续布置扩大生产规模，我们扩大了书刊业务，把票证业务扩大到全省，还从内蒙古去联系了邻近宁夏的几个地区，把包头、鄂尔多斯等地的票据印刷业务也拉了进来，那里的企业迅速扩大，规模远远超过我们这里的企业了。

我总结了在那里办厂的经验，发现在这里办企业因为条条框框多，所以我不能随意而为，在那里首先是局长支持，什么事都言听计从的；其次在那里办厂是有的放矢的，目的性非常强，所以一炮就打响；三是客观条件好，周边办事都是一路绿灯，尤其是我出面，反而外来和尚好念经，更能把事情办好；四是做任何事情一定要抓住先机，他们那时候想到在当地办企业还是抓住了先机的。

这次在西北很开心，不光是他们招待得好，陪我们玩了很多地方，最主要的是我觉得事业上很顺利，能做我想做的。但那时候交通还不便，来西北也并不容易，这次我们中转北京正好遇到北京天安门因"六四"事件而晚上交通管制，我们随行的一个技术师傅晚上洗澡把头弄破了，要去医院绕了很多路，也真是急死人的事。我们银川的事办好了后准备回西安，但买不到机票，所以只能从银川坐长途客车到西安，长途客车在路上走了两天，晚上在平凉过夜，半夜里有长途货车司机打起来，吵得很凶，也是惊吓不小。来的路上在北京到银川的火车上也有那边的乘客吵架，而且都带着刀，路上余伯伯抱着我女儿，我们也胆战心惊的。确实，西北的治安还是让人有些怕，当然银川城里是好的，那时候杭州还没有开发，外表看起来银川比杭州还漂亮。

这次我去西北还认识了那里一位造纸厂的朋友，他们那里生产的凸版纸销不出去，我们这里正缺书刊纸，我算算加上运费后还有差价，就要了几个车皮，到这里转手给一些纸张公司分了，也为那里的企业挣了不少钱。这样我来去给他们做了好几笔生意，我发觉在那里还是有许多商机的。

我从杭州到西北，这样来来回回，往返了多次，每年夏季我都会带着局里的老同志前去西北观光。银川到杭州的交通也比原来好多了，基本上都能买到从北京或西安到银川的机票，从银川出来也能买到回西安或北京的机票。交通条件的好转，意味着投资条件在改善。转眼间我在西北托管企业三年期满，房子也造了，设备也全了，三四年时间我为他们挣了一千多万元。而我们自己企业十年才挣了一千多万元，而且形势还在走下坡路，眼前已经开始出现困

246

难。为什么我帮别人弄得好，为自己却很难，这里有个层级天花板，在中国，县级干部要打破这个层级天花板被提升很难，我们企业是个县级局下面的企业，是处处受上面单位压制的，而那边的企业是市局下面的企业，而且那里省里机关是没有企业的，所以那边的企业一做就大，后来我们这里同类型省级机关开办同类型工厂一年就赚一两千万利润一点也不稀奇，无非那边先走了一步而已。

这个企业三年办下来，不但开销了各种费用福利，购了较为齐全的设备，还建造了自己的厂房，最后还盈利上千万，我就成了那里的红人。我还帮助我们局里的公司在那里融资两千万人民币，还帮这里的乡镇企业到那里开了茶叶店和丝绸店，如果不以今天金钱第一的眼光去看，我在西北算事业有成了。他们领导想叫我留下来被我婉拒了，最后他们叫我再管一年，我就又帮助管理了一年。这时候他们市局的局长已经当省局的局长了，我还托我们这里领导帮忙，把他女儿调到了这里。因为局长原籍是我们这里人，所以我们的私交关系很好，如果当时我有眼光在那里发展，我一定会很有机会的。可惜那时候我压根儿没想到一个钱字，我一直以为自己不缺钱花，一心都在事业上。后来被商品房的涨价搞成穷光蛋，想来惭愧，自己早年就踏入商界，有如此好的机会，自己却毫无商业敏感性，那里的事不说，这里的企业我为之奋斗了近20年，到转制时我才知道："苦恨年年压金线，为他人作嫁衣裳"。

那里的企业我管了四年，确实弄得很好，虽然我个人没有得到什么经济上的好处，但我得了一次成功和受人尊重的享受，也是我在商海上航行得到锻炼的机会。但我也给那里的企业留下了后遗症，由于我的无私和全心全意，他们后来的厂长就较难做了，他们就一直以我的标准评判后来的负责人，因此就有了矛盾和裂痕，使后来的厂长较难开展工作，他们一直以为是我能干，而不知道我是客边的人，叫做远来和尚好念经。

商海浮沉，扬帆起航，顺风顺水时什么都好做，外面的风很重要，当逆水行进时，这商海的航程就困难了，所以顺当时不一定是本事大，困难时才能显示出个人的魅力来。

这是顺风顺水时的记忆，但我没有抓住发展的机会。

三、被动经商

曾几何时，中国大地上刮起了一股全民经商的风，政府机关，企事业单位和个人都去注册开办公司。由于开办公司主要是以贸易和投资为主，这和经营实业不同，人员是以坐办公室为主，而且公司的工资待遇比企业高，这就吸引了许多企业的员工想去办公司。当时除了深圳有全国各地去开办的企业带去的外地员工，许多地方的职工都是当地的城镇户口通过劳动部门安排的正式职工，原本大家在企业工作很安心。但现在很多人去开办公司，得高薪、坐办公室，这样一来，企业职工都蠢蠢欲动，要想去公司谋个坐办公室的位置，特别是一些机关事业单位开办的公司，更是使人趋之若鹜，大家就八仙过海，各显神通，想要离开企业去相关公司谋个差事。

我们单位是机关下面的附属企业，企业员工本来就是通过机关的关系进来的，这时候更想去挣钱容易，工作轻巧的地方了。我们的上级机关也办了两个公司，都是进行大宗贸易和开发投资的，这时候已经不是办印刷厂的时候了，投资都是大手笔的，一个投资五千万，一个投资一个亿，这样两个大公司，的确是很诱人的，也确实有能量大的人，我们工厂就有两三个人调入新公司去了。

大办公司，企业内部的员工就不安心了，我们工厂自1979年开办以来，至今也过十年了，工厂内部已经沉淀了许多个关系户，也已人满为患，工作上出现人浮于事的弊端。厂里坐办公室的早已不是原来的三个人，原来我一个人管供应、核算、生产调度，有时还兼校对，会计管账兼管开施工单，出纳管钱还兼门市部，现在有独立的会计、出纳，还有统计。门市部又有几个营业员，开单有专门的调度员，还有专职管后勤的人员，人事已经很空闲了，在车间的人已经很不安心，而且员工也确有多余的，厂里就商量干脆把门市部也扩大为公司，这样能安排一些劳动力，或许能给企业再挣些额外的钱回来。

我们厂里也把门市部改成服务公司，经营纸张、文化用品。其实那时候只要有钱，公司经营是不受商品限制的，你有煤炭的关系可以做煤炭，有钢铁的关系可以做钢铁，你有棉花的关系能做棉花，你有饲料的关系可以做饲料，但必须要有钱和物资的进货关系，也确实有一拨有门路的，做石油、煤炭、钢材、涤纶原料发了财的。公司成立后，厂里安排了几个工作不安心又在主管部门有背景的人去公司开展业务。公司开起来了，业务还未开展，却又找来了麻烦，上面领导也有几个人要安排，见到我们有公司，硬是塞进来了三四个人，这样新公司又人满为患了，这么多人是要发工资的，钱没挣到，又徒增了负担。

新公司有十来个人，会计、出纳一应俱全，除了原来门市部的生意，没有增加多少营业额，就只好动员他们分头去开展业务，但他们提出来说货源有的，只是没钱，就从财政（信贷）借了200万元作为公司的资金，让他们去做生意。

这样，大家就分头去找关系，那时候正是计划经济与商品经济在接轨，只要能搞到物资，是不愁销路的，有人说能在新疆搞到棉花，就去了两个人，时间花了两个月，一斤棉花没搞回来，只是花去了一笔差旅费。又有人说，在东北能搞到玉米（做饲料用），就又派人去东北，说是玉米搞好了，派人回来拿汇票，我们在这里还联系了饲料公司，饲料公司说能够接受我们的玉米。可是汇票拿去了，一个多月还不见踪影，说是车皮搞不到，这里就赶紧派人过去追资金，幸好资金没有损失，这样又空跑了一次，花去不少差旅费。

公司的生意这也做不好，那也做不好，后来又说与人合作做煤生意，公司商量先以少量的钱去试试，就拿出了十万元钱交给合作方去做，一去几个月都不见踪影，就只能到那个人家里去讨钱，去了十几次，那人见我们讨得紧，连家也不敢回，后来年底到了，他要回家过年，最后才将十万元钱还给我们。

生意做了好几次，一次都没有做成功，费用倒产生了不少，长此下去也不是事情，就想到了借钱给人家，当时许多公司集资利息20%，这么多人要发工资，我们就以20%的利息借了别人一笔钱，用利息来发工资，其实借钱的风险更大，开始有20%的收入，大家都很高兴，平时领导不在，公司这些人在办公室打扑克有两桌，中午吃饭有一桌（饭吃公司的），就把这帮人养了两三年。

公司开着，大家都不会做生意，为了讲排场，公司还花 18 万元买了商业城的办公楼，当时楼下的房子是 4 万元一间，后来值 40 万一间，而我们是三楼的房子，要想出售根本无人要。这时候有高人提醒我，叫我还是把公司关了，公司开办这几年，只有我自己做的纸张生意挣了些钱，因为我信誉好，北方的造纸厂肯把纸张发给我，我们这里把纸张卖了才给他们汇钱，我们从来不拖欠别人的货款。有一次，这里有家经营纸张的公司从山东某造纸厂发了几车纸，说好纸张到货给人家钱，但过了时间却没有汇款，对方来人催讨，这家公司根本无钱，对方只好要回纸张，幸好这家公司大部分纸张尚未发出，这家山东造纸厂只好和我商量，把全部纸张拉过来折价给了我们公司，我在这批纸张上挣了一笔钱。还有一次是市场上纸张提价，我捕捉到这一信息后，就把周边绍兴、宁波、金华、义乌等地的纸张公司的纸都吃了进来，总算挣了一大笔钱。除了做了些纸张生意，再就是挣些利息差价，其实这事风险很大，我就赶紧催讨借出去的钱，借出去几百万元，紧催慢催，总算讨回来了大部分，我才松了口气。

经商办公司，这是为什么，仔细想想，我也是顶着石捣臼不怕头大，一个人去挣钱，养着十多个员工，要给他们开工资、发奖金，还有许多费用。借来的钱再借出去，挣了一些利息差，万一要不回来，责任都是我个人的。想当初办公司也是想挣些比开实业容易挣的钱，实际哪有这么容易做的生意，我就决心关了这空头公司。

公司是收摊了，但这帮人怎么办，人进来了，请神容易送神难，这些人都是有关系的，又不能直截了当的叫他们另寻出路。我想我还是擅长做实业，这时候正好有人推荐我开地板厂，说地板厂投资不大，买一台主机才 6 万多块钱，其他配套设备自己可以做，费用只要一两万元，这样我听了人家的意见，就准备办个地板厂安排这些人，我去考察了辽宁宽甸的木材商，材料货源确实有的，当时实木地板刚刚兴起，最后决定把地板厂办起来。

地板厂办起来了，公司有些人安排到地板厂，有些人不愿去就安排到老厂，还有几个安排到服务公司门店，个别人也另寻出路走了。但我老厂有一摊子工作，当时厂里正在征地建厂房，我就派了一个人去管地板厂，但那个人没有经营思路，用钱也不精打细算。其中有一笔贷款，明明只有 8 万多块钱，我叫他们按实际汇，但他们非汇去 10 万，说下次还要去买货，但货到了质量不大好，我们要对方折价，但对方非但不承担损失，就连原来多汇的钱也不再退回，这是一例。如此之事发生很多。还有发货，很多货发出，不能及时收回货款，有的连送带卖，本来能盈利的，最后还是不挣钱，而且库存在增多，我看情况又是不妙，只好将地板厂承包给人家，固定收取回报给公司余下的人发工资。

开公司折腾了五六年，其实我们就是挣了些钱开销员工的工资、费用和借款利息，很难挣到多余的钱，但当时就有这样一股全民办公司的风，我们也参与到其中去了。我是一个胆小的人，处处在防范风险，但最后深圳还有 40 万元没有收回来，这里公司清理，借款方已经在催讨还款了，我只能自己去深圳要钱，到深圳看了实际情况，对方一时可能真的还不了钱，我回来后只能叫我二弟从他的妻舅那里借了私人的钱填了公司要还款的缺口。把对方的债务转到私人那里，这样我才撇清了公司的借款责任，为什么要这么做？

当时有两个考量，一是我觉得对方能还这笔钱，只是一时周转不灵没办法，而且对方是支付利息的，反正人家的钱也在出借，只要有利息和不要赖账就行。二是我不想在公司造成借款丢失的污点，我要把公司的账目弄得清清楚楚，明明白白，至少证明我给公司没有造成损失，而实际这空头公司开了这些年，或多或少还是挣了钱的，至少还清债务后挣了商业城的房子。

这全民办公司，我们企业也办了，但最后没挣钱，其实这也是个好事，如果挣了钱，挣了的钱没有正确使用，倒很有可能会找来麻烦。集体的事情就是这样，我们办公司，单位不给一分钱，借的钱一分不能少，这些人养过了，他们也不一定满意，你负责决策的人还背了一身责任。就如这40万欠款，我转到个人里借，这件事也是有远见的，后来转制时就查到公司的账，幸好与老单位经济没有牵连，又还清了外借的欠款，也没有乱支钱的事，最后才没事。事实上这公司惨淡经营，也根本无钱可支。这也是一阵风带来的闹剧，幸好不是灾难，权当教训罢了。其实人也是一个容易被诱惑的动物，经商做生意一直在铜钱眼里翻筋斗，和孙悟空翻不出如来佛手掌一样，做生意的人翻不出铜钱眼。

企业开公司做生意没有做好，主营业务也在下降，工厂搬到新厂房里，当年业务十分清淡，企业就靠我做些纸张生意来弥补主营业务不足带来的损失。我们工厂人员最多时有一百四五十人，每月的工资和利息都要很多，为了支撑这企业，增加印刷业务，我们又开办了图书公司，这图书公司是我们企业和业务主管局合办的，图书公司注册资金50万人民币，我们出资40万人民币，业务主管局出资10万元人民币，各占80%和20%，但业务主管局是虚资，实际他们从来没有出钱，但我们每年要上缴他们 5 万元利润。为什么要做这样的生意，因为当年要取得国家图书二级批发的执照非常困难，我们有了这本执照，就可以打开图书市场，而且能增加工厂的主营业务，所以才开办这个图书公司的，确实当时这个公司的执照非常好，我们公司开办第一年就盈利，也上缴了业务主管局的利润，工厂也大幅增加了主营业务，开办工厂永远是为了逐利而在冒险。

图书公司开起来，本来势头很好，我们聘请另一个图书公司的经理来负责，那个经理也确实是有这方面的能力的，因为在原单位有矛盾，所以想到我们这里来发展。我劝他快刀斩乱麻，尽快和原单位一刀两断，但他拖泥带水，不肯放弃原公司的职务，终于原公司有些事说不清楚，他吃了官司。其实事情很小，他当时只要放弃领导权那里也不会追究了。当他一出问题，我们图书公司刚开展的业务受了影响，真是多灾多难。

我们只好重新聘请经理。而他们的公司也因为内部不团结而倒闭，有个副经理来找我，愿意接替前面那个经理的工作。因为图书公司的专业性极强，我就又聘请了那个副经理到我们图书公司任职。但副经理就是副经理，新聘来的经理没有前面经理的专业，他在这个图书公司经营了几年，我们这个图书公司亏损了二十几万。其实公司自身也过得去，还能帮厂里增加一些书刊业务，主要亏损原因是因为要上缴业务主管局的管理费。这上缴的管理费是不管盈亏的，每年要固定上缴，所以我们就停止了图书公司的业务，把图书公司租给别人，用别人上交的租费来上缴管理费，直到转制后彻底把图书公司关闭歇业。但我们又赔了 10 万元钱还业务主管局，因为他们 10 万元钱没有给我们图书公司，但他们账上还有这笔钱，我们公司清理了，他们还要拿 10 万元钱去还出资的地方。但这钱谁来出，只有我们来出，这是转制后的企业付的，也就是我个人为转制前的公司又埋了 10 万元的单。

图书公司就是这样了，50 万元的投资，最后剩下了不到 20 万，但厂里是不亏的，很多书刊都是以较高的价格卖给图书公司的。我们开这公司，开那公司，一切都是为了母厂，但都是惨淡经营，都是为利息和员工工资在打工，但这些又和谁说得清楚。其实回过头来看看，一点意思也没有，但当初开办时总以为能挣钱或有什么发展前途，至今想来，实在汗颜。

再来说说这出借款，还回来了极大部分，还有 40 万没有还回来，我们这钱借出去也是觉得可靠的，因为借款人是我们一个较好朋友的亲戚，那个朋友也仗义，用自己的钱又帮他们还了 10 万，还欠 40 万，但我这里公司在清理，我只得又从亲戚私人那里给他们借了 40 万，以顶替公司借出去的钱，他们那里给我们外资企业做了一批工作服，共 8 万多块钱，外资企业没有付给他们，我们给他们顶替了借款，又私人借了些钱，还清了公司的出借款，总算把账弄清了，公司归还了所有借来的钱，但私人背了一些债，也不知道我究竟在做什么，但幸好把钱全部弄清楚了，否则我也难逃责任。这就是下海经商的闹剧。

经商下海，我们上面办了两个公司，一个注册资金 5000 万，一个注册资金 1 亿，最后 5000 万的公司倒闭全没了，1 亿的公司零转制，他们都没有事情，因为背景足、后台硬。一个知情人说：他们的投资款是上面拨付的，只要没有苦主追，赔光了没关系。我们办公司几百万是借来的，如果蚀光了，或者支了不该支的钱，肯定要吃官司，更有甚者，我还赔进去了两笔钱，一笔是图书公司还业务主管局的投资款，还有一笔是合资公司的服装款，合资公司做了一批服装，他们把服装款的发票开给了母公司，货款抵了欠款，母公司把发票开给了合资公司，而合资公司却没有入账，转制后这笔钱还是由我自己的企业支付。

这就是经商下海的故事，叹息也好，笑谈也好，毕竟从风浪中吸取了一些教训。

四、合资遇险

　　我们工厂是个三有两无企业，三有是有牌子（营业执照）、有人员（工人）、有主管领导（单位），两无是无场地（厂房）、无资金（投资）。我担任这个企业的负责人这么多年，从来没有拿到一分钱的投资，换句话说，我们的企业上面只给了一块牌子，是要白手起家的。所以我们的企业要扩大、要技改、要改善经营场所必须要靠借钱。

　　我们企业已两次扩建厂房，都是靠借钱建的房子，第一次由于规模小，靠自己一些积累，只借了少量的钱。第二次扩建厂房，征用了 40 亩土地，头期工程就建了近万平方米的厂房、宿舍、办公楼，全部都是借钱投入的，所以搬到新厂房后再要技改投资设备，借钱的压力更大了，因此我就想寻找外资的合作。

　　20 世纪 90 年代初，随着电脑使用的逐渐普遍，一些三资企业、高档宾馆和酒店开始使用电脑票据，但当时整个杭州地区电脑票据的印刷还是空白，省内只有一家日资企业东湖荣织华有印制电脑票据的设备，我们就着手筹划投资电脑票据印刷生产线，但经考察该设备主要靠进口，而且价格较高，我们就考虑到引进外资来投入该设备，开始寻找外资合作对象。

寻找合作伙伴也并非易事，开始寻找了几家都不十分理想，后来总算找到一家新加坡的印刷企业，那是我多年的一个好朋友介绍的，我们商定总投资140万美元，注册资金100万美元，中方60万美元，外方40万美元，对方要我的朋友也参与进来，为了审批方便，我朋友与对方以同一家新加坡公司出面为一方，我们这里为另一方，其实新方是有我朋友出资10万美元，还有另一方出资30万美元合并起来的，总共40万美元。

外商是找到了，也谈妥了，但当时要批一个外资企业手续非常繁复，根据当时的外资企业管理条例，中外合资印刷企业要报国家相关部委批准同意。在上报北京前还有许多程序要走，首先要报项目建议书，项目建议书报市外经委，外经委发文同意，再上报省计划和经济委员会、轻工业厅，经省计经委和轻工业厅同意立项后，我们再制订可行性报告，在制订可行性报告的同时还要经环保局、银行、工商局等出具相关文件，然后再将可行性报告上报，可行性报告又要原路走一次审批程序，审批涉及省计划和经济委员会，省轻工业厅，省对外贸易经济委员会和工商局等多部门。

审批文件在省内游走问题还不大，多走几次省城而已，但到北京去批就有些玄了。终于等到可以将文件报北京审批了，但按当时惯例，一般审批外资的企业为了赶时间都是自己上北京去批的。我们的文件要到北京中国轻工总会去审批，轻工总会是轻工业部刚改的名称，是省外经贸委的朋友告诉我，如果要他们通过正常途径上报国家相关部门，等文件批下来至少等半年六个月不可。如果我们想快些，那就自己把文件拿上去，直接找相关部门去审批，多少时间能批下来，就看我们的本事了。

我们的合资企业2月8日签定合资经营意向书，就开始制订项目建议书，于8月4日经环境保护局批准对环境影响的评估报告后，将项目建议书报市外经委批准，又报省计划与经济委员会和省轻工业厅，省计划与经济委员会和省轻工业厅到10月27日才联合发文批准项目建议书，这样上上下下已经来去多次，其中还叫银行出具流动资金贷款意向书，又在工商局办理了名称预核准，各种手续经过多次反复审核，得到的还仅仅是一份同意上报项目建议书的批复。10月底又把项目建议书送省外经贸委，到11月底才拿到省外经贸会的批准上报的文件，我才能拿着省外经贸委的批复上北京，到北京后又花了不少周折，这是1995年11月29日，我乘下午一时的飞机到北京，晚上住在大华饭店，第二天上午找了一些朋友，下午我去轻工总会，我们在轻工总会没有熟人，是通过纺织部的一个副部长找到轻工总会的负责人，再找具体经办人员，这是11月30日。

文件已送入轻工总会，但批文不知何日能下来，12月1日白天又去朋友家，朋友告知经办人员住处，晚上去劲松东口农先里经办人员的家。

12月2日是星期六，北京天气已经很冷，遇到大礼拜机关休息，批文没有下，只好等待。12月3日是星期天，晚上又去找了熟人，讲好了星期一早晨去给办理。

12月4日到阜城门外轻工总会，到了那里领导又开会去，中午10时才见到副部长，副部长叫规划处去拟批文，总算还是帮忙的，下午把文件打印好了，晚上通知我明天上午9时去取文件，12月5日上午9:30，总算把中国轻工总会的批文拿到手，文件到手后我赶紧去买机票和退房，买到下午4:50的机票当日就赶回厂里。

到这时合资企业的审批程序远未结束，拿了轻工总会批准的项目建议书，又要打可行性报告给市对外经济贸易委员会，这时候上面的动作也算是快的，我们12月6日上报的可行性报告市外经委12月7日就批准报省计经委，省计划与经济委员会于12月22日批准可行性研究报告。拿到省计经委的可行性研究报告的批复，我们再打报告上报合同、章程。12月26日，市外经委又发文上报合资企业的合同、章程到省外经贸厅，到12月27日才正式拿到省外经贸厅的批准文件和省人民政府外资企业的批准证书，到12月28日领到工商行政管理局的外资企业营业执照，此事外资企业才算正式成立，前后用了一年时间来回审批。

外资企业的营业执照是批下来了，当时有许多企业搞中外合资，如果合作得好确实是一件好事，一能引进外资；二能吸收先进的管理经验；三能打开国外的销售渠道，但前提是要真合作。引进外资，创办中外合资企业被骗的也不少，有的将国外旧设备高价买来，设备不能运转就陷入万劫不复之中，所以我在合资企业非常小心。第一次董事会我就发觉有问题，我们合资企业商定由双方共管，分工中方管业务、财务和供应，外方管设备、技术和生产。这点没有问题，但外方管设备提出的设备清单就有问题了，外方的想法是引进二手设备，但此时我们还没有见到一分钱的外资进入，因为根据当时外资企业条例资金可以六个月内到位,所以我没有否决外商的意见,只答应去考察了再说。

1996 年元旦以后,外方管理人员前来履新,根据双方约定,外方人员只有一人,出任副董事长兼副总经理,但外方带了两人,一个是助手,帮着搭理内部事务,一个是女友。双方在薪酬上面就发生了矛盾,外方提出三人都要薪水,我拒绝了外方的要求,一人是外方高管,外方提出月薪 3 万,经过讨价还价,最后商定月薪 2 万元。但外资企业管理条例规定外方高级管理人员的薪水不能超过中方高管的一倍,董事会就给我定了月薪 1 万元,但我从来没有拿过 1 万元的月薪,直到外资企业在 15 年期满改内制,我的月薪都是 3000 多元。另一个外方随行人员是国内外商的亲戚,我们只能答应以国内的标准,月薪 5000 元,在当时 5000 元也是算高的。至于外方带来的外籍女朋友,因为不在公司任职我们就不能发薪。外方又提出伙食费的问题,经过妥协,我们答应每月每人补贴 1000 元,共 3000 元,外方人员伙食开小灶。外方又提出机票,中方答应每年给予报销来回机票两次,按实报销。

中外合资企业,外资还没有到账,费用却一下子增大,而且外方由于要求没有满足,双方已经留下了矛盾。转眼就是 1996 年春节,外方要回家过年,要求先行支取费用 3 万元,年底公司资金也较紧,但考虑到双方的合作,我只能答应外方先从财务借款 3 万元。这样,外方就先后过年去了,我第一年当上中外合资企业董事长,心里五味杂陈,不知道来年会如何,这是 1996 年春节前的事情。

1996 年春节过后,外方过了元宵节才来上班,上班第一件事,就是报销费用，外方拿出来的是从台湾中转香港的机票，费用明显高于杭州直飞新加坡，他说在台湾过年，而且要报销的费用是两份，外商的理由是他新加坡投资方的股东是两个，他是副董事长兼副总经理，还有一个就是我的朋友，他是公司董事，所以要报销两份，意思就是他的女朋友代表另一个董事，但我为了顾全大局，就答应他报销了，但外方还提出了另一个要求，就是他们三人不在的时间伙食费要用现金补发给他们，这样算下来年底借的三万元钱也就差不多了。原来我在办企业都是省吃俭用，外方来了这阵势我一时也不知所措，但为了顾全大局，我虽然心中不悦，也就应了下来。

总算外方的第一笔钱到了，是十万美元，就是我那个朋友以私人的名义汇的，当时我们财务人员对这笔以私人名义汇的钱还有疑议，后来请示了市外经贸局和外管局，他们答复说没问题，说外方有的就是以私人名义汇的，更何况汇款人本身就是公司董事，这十万美元以私人名义的汇款，后来倒真有故事，按下暂且不表，后来再说。外方的第一笔钱到了，外商就提出去国外考察设备，又从公司领了五万元人民币。

外商先后考察了澳大利亚和新加坡，在澳大利亚他看好了一台配页打码机，还在新加坡看好一台两手电脑票据印刷机，回来还带回了一大批工具和号码机。这工具和号码机价格奇高，算下来要十多万人民币，外商领去的五万元费用也已经超过了，外方还说他是节约的，在新加坡他不住宾馆，这样一来，外方不算工资，也已经两三万美元花掉了。为了让外方尽快把余下美元汇来，这事我又咽下了。

转眼间已是 1996 年 5 月份，离外商最后认缴出资的时间越来越近，在财务的一再催讨下，外方总算把 30 万美元汇进来了。外汇到账，外方就催我到新加坡考察设备，我们办了去新加坡的手续，因为要进设备，我们邀请了上级主管部门的一个领导同去，在临去新加坡的前几天，外商突然提出，要向公司借 43 万元人民币汇到香港，说他临时有货款需支付，等新加坡回来后归还我们，我想他们已经有 40 万美元汇进来了，借 43 万人民币相等于当时汇率的 5 万余美元，也就借他了，但这笔钱后来一直没有还回来，最后看看确实还不回来，只好商量让外方减少股份来充抵这笔借款，这是后话，后文再作解释。

40 万美元，当时对我们工厂也确实是一笔很大的钱，从我接收这个企业 15 年，也确实没有得到过外来的投资，上级只给了一块牌子，我们是白手起家的。以前发展都靠借贷，企业在支付利息后积累很慢，所以我们对外商也确实有点迁就，因此就把钱借给外商了。

到了新加坡，外商倒是热情接待我们的，陪我们到圣淘沙、野生动物公园等去玩。晚上还陪我们去"天安门"听歌，但醉翁之意不在酒，外商的目的是让我们去看机器。新加坡有个专营旧机器的卖场，面积很大，里面有各种旧机器，其中有一块是二手印刷设备的，外商带我们去看了一台旧的票据印刷机，要价 25 万美金，我看了这台机器成色已经很老，而且除了随机的没有插件，如果没有插件，这台机器是很难运转的。外商要我表态，还暗示也给我一定好处，当时我的心很沉重，心想好不容易找到一个搞印刷的合作伙伴，原来目的也是为了推销旧机器，但当时我只能强颜应付，说回国后请示上级后再给予答复。

为了机器的事外商一直死缠，幸好我的朋友另一个董事，就是汇 10 万美元的另一个投资者，他俩原来是同学，这次来中国投资是他牵的线，这 40% 的比例我朋友是 10，那个外商是 30，这位朋友插话说应该让我回去请示后才作答复，那外商也只好暂时不再逼我。我的朋友是个博士，他在新加坡经营一家发泡海棉厂，当时新加坡电子工业发达，发泡海棉生意很好，所以他没有精力来投资我们这里的印刷厂，他同学说愿意来投资，为了使他放心，所以自己也投资了 10 万美元。机器的事没有答复，我们在新加坡也没意思了，我们只待了几天，就取道香港回国了。

回国以后，外商继续催逼我那台二手设备的事，我只得以上面主管部门领导不同意将这事否决了，为此我和外方留下了较深的矛盾。但在其他设备的进口上我放了外商一码，从澳大利亚进口的一台配页打号机，如果按市价从上海进口商那里购买是 32 万人民币，能到厂安装调试好付款，没有一分钱其他费用，但外商直接从国外进口，我们是中外合资企业，能免去一切关税，却支付了四万美元，还要一些运费和报关费，我就当作把免去的关税让给外商了。从英国进口的一台撕裂机，是台轻型设备，对方报价 5 千美元，外商却要他报 2 万美元，这是我们从供应商的传真中看到的，那是一份全英文的传真件，供应商对我们合作的外商说，这台机器是 5 千美元，你要我报 2 万美元，你开什么玩笑。但外方与对方怎么说，我们就不知道了，这件事我始终没有说出来，但我到德国寻了价（机器是德国造，但从英国人手里进），只要 3500 美元，我因为拒绝了 25 万美元的主机，这台机器要多付 1.5 万美元我也咽下了。

这台 2 万美元的设备从进来到外资企业结束从来都没有使用过。

半年过去了，合资企业的主要生产设备电脑票据流水线还没有落实，这时国内还没有这种机器下线，上海的紫光与外商合作在做小峰机，是日本的技术，机器不大好，我们去了几次都没有谈下来，北京的北人也在与日本富士合作，生产票据设备，外商又到国外去了几次，因为我们不接受二手设备也没谈下来。十月份在北京的全印展上，北人富士展出了一台四色票据机，虽然编号是 001号，但其实这台机器是日本原装进口的，当时我和外商同去，外商也说这台机器是好的，我抓住了他的这句话，我们就以 340 万人民币的价格和北人富士签了合同。我们那位外商虽然一心想进二手设备，他的目的是想从中挣钱，但他毕竟是搞印刷的，我的意见他只能接受。当时日本宫腰也同意以 340 万的价格售给我们同型号的机器，但他们的插件价格贵，后来实际生产中插件需求越来越多，实践证明我的决策是正确的，这台机器也争气，我们用了 15 年都不破，这个工厂就是靠这台机器发起来的。

外资企业谈判用了一年时间，审批用了一年时间，购买设备又用了一年时间，但时不我待，当我们的机器正式上马生产时，别人也看好电脑票据的业务，上电脑票据印刷设备在时间上比我们抢先，这样业务的问题就来了。本来杭州地区电脑票据的印刷是空白，但等我们的机器能生产产品时，省里某机关的下属公司也购了一台电脑票据生产线，某省级领导的媳妇也办了一个电脑票据印刷生产线，杭州的业务是没有了，我们只能转向全省各地。但业务发展需要一个过程，所以我们合资企业的头两年业务不是很好。企业合资后，外方的费用一下子增大，由于是合资企业，厂内原有的员工也较大幅度地提高了工资。但我们的合资在管理上是失败的，董事会确定外方是管内部的，但外商自己在外面玩，每晚12点、1点才休息，第二天上午上班要到10点以后，一点也没有严格管理，而我们自己的员工外资企业的待遇是享受了，但工作态度还是老样子。因为是整体合资，一些多余的员工也跟了进来，还是人浮于事，而我们的外商对这些却视而不见，自己只想去玩和报销费用，这样两年下来合资企业亏损了130余万元。

1977年底，我们合资企业召开了董事会，我把另一个董事，我的朋友也叫了来，在董事会上我详细汇报了公司情况，那位外商了解到外方个人还欠公司43万人民币也很生气，最后决定外方减少10%的股份以冲抵所欠款项，股份比例为中方70%，外方30%，即中方为70万美元，外方为30万美元。而实际外资企业当年年底的权益扣除亏损后只有690万元人民币了，而我们退还给外商的10%股份还是按十万美元实足退还。条件是外方人员退出企业管理，外方权益以年底账面权益的10%给予优先分红。外商退出企业管理后根据章程，每年召开董事会两次，董事会期间的食宿费用及来去机票由合资公司报销，这样外商才同意到1997年年底回去，后来又要求到1998年春节，我也同意了，外方在农历年底回了新加坡。

和外商合资，外商先投资了40万美元，现在又退了10万美元，在进设备和配件上，到国外考察等也差不多捞了我们5万美元，实际我们真正得到外商投资只有25万美元，以当时的汇率只有200万人民币，在管理上也没有带来先进的理念，外商在歌厅玩到深夜，还带来外面的女人，反而给合资公司带来一些负面的东西，这合资合作不值得。

中外合资企业，我们的合作关系一直维持到 2005 年，每年两次董事会，就是我难受的日子。每次外商来开董事会，你首先要安排好汽车接送，要给他们住高档酒店，因为董事会期间的食宿都是公司负责报销的，所以公司让外商能在饭店签单，外方就用这签单权请客，每开一次董事会吃请、自吃的费用都有好几万，再加上机票，住宿，有时候外商带着国外其他客人来，他们事先和你打招呼说住宿费他们自己解决，但这里为了面子和求太平，就只能强颜表示欢迎，当然费用你也承担了，加上 10% 的优先分红，所以一年花在外商的费用要四五万美元，我算一下在 20% 左右。

合资企业每年董事会外方从不讨论经营状况如何，企业有什么困难，要想怎样发展，基本上都是外方有什么利益，为些鸡毛蒜皮的事争个不休，特别是我们企业转制以后，外方看看我们企业通过努力好起来，就不满足这 10% 的优先分红了，先是提出要分废料款，废料款我们是在给职工搞福利的，但由于董事会决议没有明确，我们也只能答应了。外方还提出说我们税收上有什么优惠，他们也要分享，总之，外方对自己不在公司任职不满意，但是又不肯直接说退股，总在董事会上捣浆糊。一次董事会，外方搞了好多天，我们好不容易熬到董事会结束，当驾驶员去送外商到机场时，驾驶员在宾馆等了好久，外商姗姗来迟，驾驶员有了怨言，说外商不遵守时间。外商就趁此翻了脸，当天就不走了，又在宾馆住了下来，要我去把话说清楚。我只得又到宾馆去请吃饭，去赔礼道歉，同意赔偿外商的机票改签费用，同意让外商再玩几天，等外商气顺了，高兴了才走。其实外商在国内又有了新的女朋友，所以想住在这里。

我们的合资企业，本来就有问题，我的朋友 G 博士，祖上在印尼有很大一块森林和一个木材加工厂，经营家具和三合板生意。G 博士也是好人家出身，自己在美国读的博士，后来印尼方面将森林收归国有了，G 博士自己办了发泡海棉厂，但由于不善于经营，海棉厂破产了。所以他只能帮人做经济顾问，幸好我们合资企业他随意投了十万美元，这笔钱我们没有给他弄丢。但他的合作伙伴 C 先生却把合伙人 G 博士的十万美元当成自己的了，C 先生说这笔钱如果汇到新加坡 G 博士那里也是没有的，所以就不用给他了。

C 先生也是好人家出身，父亲在新加坡开了一家印刷厂，早年 C 先生在德国留学，学的工学方面的专业，G 博士和 C 先生是从小的同学，但长大以后有许多年不来往了，一次偶然相遇，就说起来我们这里投资，所以就有了我们合资的事情。C 先生原来做的是印刷设备，他和台湾人合作，把一些台湾的设备卖往菲律宾、泰国，来我们这里之前 C 先生把台湾 80 多万美元的设备卖往泰国，但这些设备最终不能正常运转，是台湾人骗了 C 先生，C 先生在泰国损失了 80 多万美元。原本 C 先生来我们这里投资是想用旧机器来挣一笔钱的，但最终目的落空了，所以 C 先生一直感到不舒服，因此总是千方百计寻找是非。

C 先生在台湾被人骗走钱财主要是因为女人，这次来大陆又是女人，由于结交匪类，C 先生开始走歪道，他霸占了 G 博士的合伙投资款，又告我们母公司侵占了合资企业的利益。原因是我们刊物业务要支付管理费，这个刊物业务是需相关部门代为发行的，该业务是与母公司签订的合同，母公司委托合资公司生产、给合资公司的价格是合同销售价款的八折。其实，刊物是一定要有发行费的，20%的发行费还是轻的，省里面同样业务要收30%发行费，该业务合资企业是获利丰厚的一笔业务，而C先生却诬我们母公司的20%的差价是不法侵占，C先生事先也没有提出疑议或质议，直接将此事上告法院，但最后法院经调查后驳回了C先生的上告。

合资公司将C先生的做法告知G博士，G博士长期以来不了解这里的情况，C先生这么多年以G博士的名义报销的费用，合资公司每年给予的红利，G博士一直不知道，更谈不上分到了钱，为此G博士很生气，G博士认为合资企业合到这种程度，根据他所了解的其他合资企业，他觉得在我们这里回报算是丰厚了，他后悔当年叫了C先生，他说当年要是他一个人投资就好了。他对C先生的所作所为十分不满，他就多次催讨C先生以他的名义所得到的利益，在催讨无果的情况下，G博士将C先生告上了法院。

C先生在这里结交了一些人，每次都用我们开董事会的机会大肆请客，他的朋友圈里也有人说，C先生平时很小气，一旦到我合资公司开董事会时就很大方了。C先生结交的朋友也确实有些法道，G博士告C先生的官司居然在当地法院被驳回了，G博士要我帮忙向中院上诉，这时候G博士当年用私人名义汇入合资公司十万美元的凭据起到了关键性的作用，中级法院支持了G博士的请求，判令C先生归还G博士十万美元的权益。

合资公司到了这时候就停止了外商的优先分红，在G博士（合资公司董事）不到场的情况下也不再召开董事会，我们准备清产关闭合资企业。在这样的情况下，C先生只好请了他和G博士的另一个同学L先生来打圆场，我们三方股东坐下来谈判，最后确定我们

270

中方单方面承担合资初期双方共同经营时的亏损，以外方投资时的原值退还外方 C 先生和 G 博士各自的投资款，合资公司外资转内资，由中方承担一切债权债务。

合资公司清算解体达成协议后，C 先生又在汇兑手续费上要求中方补贴了他几万块钱。后来听说 C 先生的父亲亡故了，C 先生得到了二百多万美元的遗产，但 C 先生又被他在中国结识的朋友和女人骗了一百多万美元，最后血本无归。其实 C 先生也并不是一个坏人，但人在无钱或结交不良朋友时做出来的事难免会不理智，给对方、给朋友、给自己造成伤害。

我们合作外资的故事结束了。

后来我在某酒店又碰到 C 先生和 L 先生，他们大概为后来的投资而来，C 先生很客气，L 先生说："梁先生，你们为人算不错了，C 先生是不懂，投资你们这样公司，与你这样朋友合作，也是三生有幸了，说他——指 C 先生，不会做事。"

G 博士我们聘请为外事顾问，还在长期合作，每年都来公司多次，可谓日久见人心。

五、十年苦海

　　十年苦海，这十年是个虚数，我从当厂长、办公司、谈合资，到转制做私人老板，前后三十余年，除了前面十年还是比较顺风顺水，后面二十余年都是风风雨雨，吃尽无数苦楚，前面是公家企业，也算是打工度日，虽然苦些累些，厂长总比普通职工要好一些，看在工资收入份上，姑且不去说它，但转制以后遇到诸多苦事又有谁知，至今想来都历历在目，人生一世，如秋萤朝露，想来却是毫无意思，太觉不值，但有时还梦魂萦绕，挥之不去。

　　企业经过转制动乱，留下烂摊子一个，由于是竞标所得，实在没有什么便宜可言，又要从零开始，重新创业，经济上的拘谨是可想而知的。前面十八年厂长，我本两袖清风，虽然平时省吃俭用，又勤俭持家，也不嗜烟酒，还是结余无多。如今又是十余年过去，晒一晒账单谅也无妨。想当年辞别供职十余年的老厂，出来闯荡江湖，因前途未卜，为了不使自己外出胆寒，夫妻俩节衣缩食，已积余资 3000 余元，这 3000 余元在当年也是一笔巨资。当时没有横财可发，也不管财物，无从贪污，这是夫妻二人的工资、奖金（原单位已有两年执行基本工资加超产奖制度）、结婚时少购或不购买嫁妆省下的，有小弟兄、小姐们送的礼金、独生子女费等累积起来的。后来长期担任厂长，工资比普通职工要高一些，又有几年上级是通过完成利润目标进行考核，计发承包经营奖，最后外资企业担任董事长兼总经理上级是参照局里中层干部计发年收入，又通过集资理财等，到转制时大约有个人积累 30 余万元，这笔钱是干净的，我是为女儿读大学积存的全部积蓄。我担任厂长 17 年，有吃过别人送的烟酒，但从没有收受过别人的钱财，可以说一分钱也没有，我这里指的有商业往来和利益关联的。

当厂长十七八年，那年头平时的费用毋庸忌言要省一些，厂里、局里分的福利，别人送的礼物，开会发的日用品确实要多些，平时开销会省一些，这是事实。我能积下这些钱也算是改革开放后的既得利益者。但这 30 余万元虽然是我当年出来闯天下时的百倍，但还不及当年出来闯天下时的 3000 余元，现在转制买厂需二三百万元钱，另外两个股东虽然也各出资 10 万元，尚缺口 180 余万元，这资金压力可想而知。我们拼尽全家人的力量，有父母将积蓄倾囊拿出约 50 万元，二弟最多 70 余万元（占股 20%），妹妹 20 万元，其他有工龄买断几万元，尚有缺口数十万元，均向亲友借贷，所以转制之初资金的紧缺是可想而知的，办企业第一苦的是资金。

转制后头几年，资金一直十分紧张，公对公的贷款有 1500 多万，当时财政贷款和银行贷款都是分散的，几乎每月都有贷款要到期转贷，转贷需还本付息，这个风险很大，如果银行有哪一笔贷款还进后不出来，我们的企业就有可能倒闭，所以我每次还贷都很怕。在公司我是节衣缩食，那时候几乎没有宴请，自己拿着很低的工资，也不买衣物，节约每一分钱，想方设法在每次还贷时还一些本金。当时银行两个主管行长不看好我们，每次转贷都逼信贷科长收我们的贷款，幸好信贷科长还比较信任我，所以每次还贷他都扣个3万、5万去应付行长。这主要是我们一个年轻的分管局长在银行说了我坏话，说我们企业不是很好，开不长久的。所以银行很怕我们。财政贷款也一样，当时财政贷款已经到了尾声，即将清理，好多企业已经不还贷或者光还本不付息，但我们一直在还本付息。企业不转制时，我们的财政贷款他们不敢不批，但转制后每次去批转贷就要看脸色了，这点我自己清楚，所以我就格外小心，要和他们搞好关系，但财政最后换了三个资金科长，最后一任又是换了一位较难对付的人，所以这资金上的苦只有我自己知道。

对公的借贷如此，还有对私的借贷，老企业转制时有集资款108万，还本付息大约要120万，转制文件要求转制时十天内归还本息，但我转制成功后厂里留下来的一部分人没有马上要求还款，我就将准备好的这部分还款作了转制后企业的起动资金，所以还要面对陆陆续续的个人还款。前面说到转制时卖厂资金还有数十余万缺口，其实何止数十余万，还有需归还集资款的资金，这部分资金最后注入公司增加注册资金，当时都需从亲朋好友借来，所以还款压力很大，我个人的工资收入基本上都归还零星借款，在家里我成白吃饭。当时我最怕无计划的还款，一个亲戚转制时借了我们40万元，转制后没几天还了4万元，还欠36万元，一年不到，就要用这 36 万买我们营业用房，说我的合伙人在转制时答应过她的，但借款是我个人的借款，门市部是公司的财产，要把营业房转到她私人名下，我必须付清这三间营业房的账面价值 44 万元，转制不到一年，我又四处借钱，而且今年这钱比去年转制时还难借，去年有名堂说转制买厂，今年企业已经是自己了，还向人家借钱，别人还以为企业不好了。就这样这三间共一百多平米的当时市值一百多万的营业用房用近三分之一的价格半情愿半不情愿地卖给了那亲戚。其实当时我内心很痛。

那时候最难过的是春节，每年过年就是过难。过年要准备两笔钱，一笔钱用于送礼，一笔钱用于年终奖金、红包。春节送礼每年要持续一个多月，可送可不送的地方都要送，有些地方你今年觉得这个部门可不送，单单明年你有事碰到这个部门了就过不去，你今年觉得这个人可不送，单单明年这个人调到要管你的那个岗位。送礼往往扩大化，你去这个部门目的是张三、李四，单单碰到王五，那王五这里就也一起送了。送礼还有你不想送的地方他们会向你要，你想送的地方还不一定送得进。有时候人不在，要去好几次才能碰到，礼物要得体，十几年是越送越大，你要跑上一个多月，年底遇到雨雪等恶劣天气，外面一身雨，里面一身汗，而且必须自己去，这是最苦的差事，办企业最苦莫过于年终送礼。党中央反腐禁止送礼真是天恩大赦，这些年办厂做生意我最怕过年送礼，这是最苦的事。年终奖金红包也是一件苦差，你一定要分配适当，否则你钱多分了还不一定人人满意，所以春节过年做老板是过难，这话一点不虚假。

转制后前五年，我是一直被资金问题所困扰，有一年过年，我年终拜年送礼、厂里发放奖金红包、支付供货商货款后，公司、个人已经一分钱也没有了，过年时我自己已两袋空空，弟弟在我公司任职，年终他的红包奖金没有兑现。本来有个地方要来还一笔钱，但等到大年三十那人没来，我人像瘟了一样，弟弟由于过年没有拿到钱弄得我父母亲都不高兴，正月初五有朋友请我吃饭，我说年底有人没来还钱，我过年一点钱也没有，那朋友去拿了两万块钱给我，我把这钱给了弟弟，这年过得不痛快，一点心情也没有。

转制后前五年，我们不敢改善设备，但为了生产需要，硬是抽钱购买了运输设备，这时候外面小车多起来，但董事长却没有车子，把有限钱用于购买送货的汽车，公司的设备一直落后于别的厂家，那时候我们最怕客户来看设备，由于设备跟不上，难做的活都要到外厂加工，就这样艰苦创业，前五年归还了477万财政贷款的本金和利息，归还了银行70万元的本金和全部借款的利息。在财政贷款最后清理的时候，财政将最后300万元贷款置换到银行，至此我们还清了全部财政贷款的本息。可银行在财政贷款置换后的一年后将我们从财政置换过去的300万贷款骗了回去。

企业在正常经营，尤其是形势刚刚好转时最怕银行骗还贷款，这事却给我们遇上了。我们原有财政信贷借款777万元，这7万元是老企业的所得税，本来应当减免，但减免不成后成了财政贷款，我们企业转制后一直努力归还财政贷款，几年下来已经还了477万元。还剩300万元到了财政最后清理的阶段，财政通过企业，银行三方协商，把这笔贷款置换到银行，银行同意给我们贷款增加到1000万元，我们企业把20亩土地，一万平米房屋完全抵押给了银行，第二年当这笔300万的财政置换贷款到期时，银行叫我们先把这300万元还进去，然后再贷给我们。我们就把厂里所有流动资金全都凑进去，还从外单位借了100多万，就把这300万还进去了。银行说了这笔贷款只要还进去，马上就给我们再贷出来，我们把贷款手续都办妥了，但迟迟不见银行放贷。我们一直去催，后来支行说他们去年财政置换时经办人员没有给我们做授信，所以上级分行没有批下来。我们又做了授信必须的手续，他们支行又帮我们拿上去，这样一次次往分行跑。我们出车，把支行的人送到分行去催，每次回来的路上都要请他们吃饭，还要说谢谢他们，这样来回折腾了三个多月，这笔贷款最终没有下来。其实他们是个阴谋，去年财政、银行当时就设计好，当时财政给了银行5000万的存款，一年以后收回，问题是他们没有明说，而是用了一个卑鄙的骗贷手段，幸好我也是有所准备，否则我们好端端一个企业就给他们弄垮了。

由于银行骗还贷款，我们就断绝了与这个银行的关系，我们归还了这个银行剩余的贷款，把开户行转到了另一个银行，根据我们的土地、房产，另一个银行给我们授信了1000万元贷款额度，我们贷了980万元，归还了要还前面贷款时从其他企业借来的钱，而且另外一个银行和我们说，我们有房产土地抵押，1000万元以内的贷款支行完全能自主审批，所谓到分行批完全是个骗局。

其实企业从银行拿到的贷款实际利率都很高，所以江浙地区会有这许多民间借贷，因为办企业最苦最难就是资金不足。我办企业就尽量不从银行借贷，通过前几年苦斗，到2004年，我们还清了财政的全部贷款的本息，又还了银行的部分贷款。才重新开始扩建厂房和增加设备，我的经验是不能过度借贷办厂，否则你的工厂有可能随时死在银行手里。企业如果靠借贷过日，迟早会有周转不灵的一天，一辈子给银行及债权人打工，除非你不想做一个诚信的人。

经营企业除了资金的困难，大环境的干扰也非常可怕，我们转制以后遇到大面积的停电，也吃了不少苦头，我们企业 1998 年转制，2000 年以后业务刚刚有所起色，但突然遇到大面积的停电，社会上严重缺电，地方政府只能向企业杀第一刀。规定出 A、B、C、D 的用电方案，企业需避开早晚高峰，还不能每天开工，从停二做五发展到最严重时的做四停三，做三停四，也就说一个星期只能有三天可上班。这对印刷企业来说，这样的停法基本上不能正常生产、正常交货了。我们办企业本来就靠加班加点，每天停电停工哪里停得起，只好每天做后半夜。但我们是服务性企业，不是纯粹生产产品，只要晚上生产白天有货就可以，我们有的产品是人家早上打电话下午下班要，白天别人要看样，根本不能停止生产。没办法我们只能自己上发电机，这样一来就增加了投入的资金，又需增加发电人员。自备发动机柴油价格高，又增加了生产成本。停电的苦楚是没管过生产的人是不知道的。

遭遇空前的停电后，从未发生过的突发事件非典也让我们遇上了，非典期间我们企业基本处于停产状况，企业与职工约定，企业保证他们的工资收入，遇到五一节企业还劝说外地职工不要回家，企业在五一节保证安排好职工的伙食，为了留住外地职工不让他们回家，公司还承诺发放五一期间的加班工资，那时候谁都不知道非典最后能发展到何种地步，作为企业主要的领导，在这种重大突发事件面前，在职工面前表现出沉着冷静和经济上的大度，但内心却十分恐慌，一怕职工中遇到非典的传染，二怕在经济上的难以为继，这是不在位置上的人所不能理解的。由于工厂不开工，还要防止职工无事吵架、赌博等节外生枝，思想上是非常担忧的。

企业转制十余年，第一年春节就遇到一个官司。企业在转制前很多年，曾给一家校办厂盖过一个注册资金的担保章，那个校办厂注册资金110万元，那时候也不知是谁制订了这个政策，说注册资金可以担保，只要有两家单位盖章担保就可以了，他们叫了一家大厂的劳动服务公司和我们转制前的老厂各盖了一个章，本来以为这种事无关紧要，谁知这几年前的一个章却留下了祸根。那个校办厂的经理和城郊一家信用社的主任互相勾结，骗贷了五百万元人民币，这家信用社还不择手段把我们也告上了，作为被告之一，我们要承担归还五百万本金及一百多万利息的连带责任。

转制前我们工厂处于停产状态，转制后刚好去弄了些业务，正好忙了一个冬季，好不容易到一切事情处理明白，就在要放假的最后一天，我正准备回家去休息，传达室交给我一张中级法院的传票，我一看内容是别人告了我们，要我们连带偿还六百余万的本息，我如五雷轰顶，一下子就瘫了。过年了，这件事我对谁也不能说，只能把这件事闷在心里。但我整个春节期间又愁又怕，吃不下饭，睡不着觉，如大病一场，人像瘟鸡一样，在父母、女儿面前还要强颜欢笑，说是度日如年一点不为过，好不容易熬过一个春节，等到上班后才急急忙忙去找律师商量对策。

律师去查看了对方起诉书，起诉书共有六个被告。一是借款人的主体单位，是个校办厂，根本没有资产；二是校办厂的上级单位，是个学校，根本不可能有钱偿债；三是教育局，政府机关不承担民事责任；四是担保单位某村委员会，当时村委会没有经济管理职能；五是我们企业；六是某大厂劳动服务公司，已经撤销。律师看了起诉书大吃一惊，这么多被告只有我们一个经济实体，有偿债能力，我们处在一个十分危险的地步，律师要我们不要在账户上存钱，要以防对方先行冻结资产。

我们是转制企业，这个担保章盖了已近十年，如果按道理说，我也只有失职的责任，没有承担经济上偿债的责任。律师以为找到救命稻草，赶紧叫我把转制合同拿出来。我把转制合同让律师看，律师看了转制合同后大失所望，问我这个转制合同还有谁看了，我说当时还有一个股东，我们请了一个大律师。他说这个大律师是个骗子，怎么会订出这样的合同。原来转制合同上明明白白写着，我们要承担一切债权债务和一切涉讼事务。我们的大律师是个骗子，他只是拿了我们一笔钱，根本没有为我们的合同把关，我们在转制合同里把一切后遗症都揽过来了。我也恨自己，为什么一点也没有看出来，其实我当初为了在十天之内支付购买企业的中标款和职工的集资款，我当时愁得是魂都没有，所以也没有好好看转制合同。

这场没来由的经济官司，无论从对方起诉书中的被告位置，还是从我们的转制文件，摆在我们面前的都是十分不利的后果，我们别无他法，只能硬着头皮去面对现实。我们为打官司做了两种准备，在强势社会对老实的人，老实的企业是不会有一丝怜悯的，我们要自救也只能采取"以夷制夷"的方式去自救。

为了这场没来由的官司，我们做了两手准备，正面我们准备了答辩文书，背后我们也做了些工作，反正事到如今也是无可奈何，被动挨宰了。到了开庭那一天，我们早早地去了中院，但等过了开庭时间，原告迟迟不到，最后法院只能判决原告自动撤诉，这场官司就这么了啦，就好比那苏三唱的："头场官司打得好"。我们的工作白做了，律师费照付，律师的工作也完成了。大家都皆大欢喜，而且今天六个被告只有我们一家出庭，你说这事奇怪不奇怪，反正我是新媳妇吃鸡腿今生第一遭。

这官司真的了啦吗？我们也把这件事给忘了。可是几个月之后，我们拿到了败诉的法院判决，原告居然打赢了这场官司，而且我们作为被告都不知情，说是那天原告因路上在搞抽奖活动车被堵了，后来法院又同意继续受理原告的诉讼请求，反正那时候正在兴起"关系"这行当，法院判决被告赔偿并归还本金、利息、损失计600多万，我们要承担连带责任。

官司打输了，六个被告有五个根本不理会这件事，我们作为被告之一，我们坐不住了，只能重新聘请律师，把官司向省高级法院上诉。我们和苏三一样，第二场官司打输了，而且老爷并没有审我们详情，只是上堂就打，屈打成招。我们指望按院大人明镜高悬，我们把案子的可疑之处上告到高院，高院查了案卷，以为确实有问题，既然认定注册资金是一个有作用的证据，当初何以为把500万贷款贷给一个一无场地，二无设备的只有110万注册资金的皮包公司，分明是一场内外勾结的金融诈骗案件。

总算见到青天大老爷，省高院开庭那天特别传唤了原、被告（借款人），告诉他们，如果开庭不到，将把案子作刑事诈骗案移送刑庭，原被告当事人听说要以刑事诈骗案移送刑庭，到开庭那天就只能老老实实的来了。等几方到齐，法官问原告、被告（借款人）是否同意调解，原被告知道高级法院对他们的借款有刑事诈骗的怀疑，所以都连连说同意，被告（借款人）的主管单位今天也派人来了，也连忙说："同意、同意。"法官就说："你信用社明知被告（借款人）只有110万注册资金，为什么会贷款500万，这其中分明有问题，现在我们也不追究这件事，就叫他们归还110万元，以前原告也付过息，息就算了。"法官又对被告及被告主管部门说："你们贷款不能归还，其中必有经济问题，现在我们也不来追究，你们归还110万，如不归还，将全部借款重新清算，有问题作为经济诈骗送刑庭。"双方都连声说好，并保证一定归还。法官还说，注册资金担保是当年发生的事，工商局第二年通过年检，就是视同注册资金已经到位，驳回把我们作为被告的诉讼请求和判决。最后高级法院驳回"洪同县"的判决，二审（终审）判决被告归还原告贷款110万元。

官司是打赢了，但我们也是被剥了一层皮，这是我们转制第一年的事，真如朱子格言所说："居家戒争讼，讼则终凶。"但我们是没有办法被迫应付的官司。

1999年是艰难的一年，资金问题及官司缠身。到了年底又是加班加点，转眼就是2000年春节，春节又在厂值班，到了春节放假最后一天，外地员工已经陆续回来上班，晚上宿舍员工多了起来，我就回家打算好好休息一晚，第二天准备上班。晚上刚要睡下，就接到厂里电话：说厂里着火了，我就急忙穿了衣服赶到厂里，厂里火势已经很大，我们赶紧去救火，幸好来了两辆消防车，才及时将大火救灭，消防车走了，我们厂内还是乱七八糟的，成堆的纸夹板时不时死灰复燃，我们一直弄到天亮，一个救火的不眠之夜迎来了新世纪的第一个春节的上班第一天。

一个疲惫的晚上，一双过年刚买的新皮鞋已经是一双雨靴了，衣服上全是水和灰泥，脸露倦容，这时候消防队打来电话，要法人代表去做笔录，按规定有消防车出警，消防队都要做事故记录，查问火灾原因。这时候我两腿无力，只好托朋友去解决。那么火灾到底是怎样引起的呢？原来是传达室人员在烧野火。这是2000年正月初七夜发生的事。

办企业要应付资金问题、业务问题，还有这些节外生枝的问题，但重点还是业务问题，转制以后，我们把重点放在业务上，2000年人口普查，我们投标中了较大的一笔业务，我们连日连夜做了一个多月。这一年我们第一次承接了数量较大的精装本，由于精装本技术要求高，我们跑了上海、南京，最后在南京找到了合作方，解决了技术上的难关。我们还通过努力，印制了全省各地的发票，特别是拿到了绍兴地区的发票。正在我们为扩大业务努力时，厂里一个叫朱正明的业务员把厂里的业务转移到外面去，给厂里下半年的业务造成了重大影响。这笔业务原来就是企业的固定业务，与这个业务员一点关系都没有，那一年这个业务员还在生肝炎，休长病假。省里一个单位要开发一批会计师评估的报表，表格品种有几百种，但印刷数量多少不一，我们管生产的副厂长去了，觉得做起来有些为难，讲话吞吞吐吐，结果给他们领导骂了一顿回来了。我去讲好话，一再表示会努力做好，价格也作了重新核算，晚上还到他们的单位挨家挨户去拜访，好不容易才把这笔业务拿下来。

这笔业务每年下半年做一次，需六七十吨纸。后来这个业务员病好来上班了，那时候是公家单位，就照顾他管这笔业务，转制后那业务员把这笔业务当作他个人的业务，以送礼为名，要大笔业务费，但毕竟是厂里的老业务，厂里也不能满足业务员的要求，他就想把这笔业务转出去。他和厂里说，他想去外单位试试，但不带厂里的业务。既然他那样说，厂里也只好同意他出去。那个业务员出去后，就把这笔业务带走了，但他只做了一次，去结账时业务单位就说他："朱正明，你怎么把业务拿到别的单位去做了，我们不是没有单位做，很多单位来要这笔业务，我们是看在老单位的份上，所以不想换，你既然已经拿到别的单位了，那你明年不用来了。"结果那个业务员只做了这年的业务，第二年业务单位把这笔业务放到另外地方去做了，我们也从此失掉了这笔业务。那个新单位也因为没有这笔业务而不要这位业务员了。后来那个业务员说要再回来，我委婉地拒绝他了。

办企业除了资金、业务、生产和一些大的突发事件的影响，还有一些匪夷所思的事情发生。你办企业，很多人会来打你的算盘，来要钱，什么村里要赞助啦，电力局、消防要做什么啦，有些甚至是骗子，但这些还是可应付的，最可怕的是一些原来的熟人，他们看到你有一个厂，就千方百计地来挖你，给你下套。

我们企业在城东有个房子，原来是办公司时买来想做仓库的，后来办地板厂，地板厂停开后关在那里。转制后我们一时无暇顾及，城东那里一个老村长就盯上我们的房子了，房子正好在他家门口，原来开地板厂时有一把钥匙放在他家，叫他顺便照看一下，这样正中了他的下怀，他就私自在使用了，我们想管也管不牢，就答应以账面价卖给他。这房子的账面价仅26万，当时我们刚转制也资金短缺，26万也同意卖了，但一次次去讨款，他就是不肯付钱，一会儿说做生意亏了，一会儿又说儿子病了，左推右拖，就是不肯付钱。其实他是想霸占我们的房子，他说我们买进来用了很少的钱，后来财政还贷最后阶段，财政同意用财产抵，本来这场地能抵60万元，但那人硬是说我们同意卖给他了，拿来了10万元钱，说好当月付清，我们也碍于面子，只得贱卖了，但等到财政的事过去，那人一直不来付款。几次去催讨都无结果。后来我们公司形势也好一些了，就不打算再贱卖给他，也就不去理睬他了，前几年房价暴涨，他才叫他老婆又拿了20万元钱来要求硬买，最后付了35万，多付9万元算是银行利息，这样将房子强行买走了，其实我内心也很生气。

这样受气的事情还很多，转制后的头几年外资企业还在，每年的董事会都是受苦受难的时候。外商一年来开两次董事会，住的是高档酒店，在那里大吃大喝，宴请宾客，因为董事会期间的费用外商可以签单，都由公司承担，外商就乘此花钱结交江湖。董事会从来不讨论公司的生产经营和发展大计，一个字，就是钱。每次会议，外商都要上午十时才来，讨论的是能给他们多少钱，斤斤计较，弄来弄去，还弄些莫名其妙的费用来报，提些莫名其妙的要求，就是捣糨糊。飞机票都要以最高官价报销，参加人员还有一个董事因事多经常不来，外商一定要随便叫一个人顶上，目的就是要多报一个人的费用。有一次开会弄了好长时间，好不容易应付到结束，签了董事会纪要，等到外商要走的一天，说好两点叫司机到宾馆送他们，但司机等到三点半，外商才姗姗来迟，司机说了一句："你是外商，这么不遵守时间。"这下好了，正中了那外商的圈套。原来那外商又有一个女的搭上不想走了，就打电话给我，说你们那个司机对他那样无理，要我开除了那司机，他今天不走了，要我去赔理道歉，并且叫那个司机自行回来。

那时候我还没有能力完全把外商的股本收了，只能硬着头皮去道歉，晚上请他们吃饭，答应外商想住几天就住几天，赔偿他们误期的机票钱，我是气得七窍生烟，但苦水只能往肚里咽。

这样的故事不胜枚举，这十年经商，正是苦海无边，生产上还有许多事，都是碰头磕脑的，员工想走了就随意走，每个员工走了我还要补偿他们工资，为了不让人说坏话，我都是打落门牙往肚里咽，反正就是把吃亏当便宜。有一年三个司机走了一个，我自己就充当驾驶员，近地三方的货物我都自己送，起早落夜的接人都是我去。不是在吹牛，我们公司有很多员工是二进宫，说明我们的为人处事是多为别人着想，以忠厚、诚信、善良为本，但要做到这样，就只有苦了自己。

企业要想做下去，又想做好，真的是很苦很累，尤其是做制造业，这几年都是买方市场，社会又诚信缺失，货款讨不回来也是常事。每当年底，我都要外出催讨货款，有一年一月份，我到辽宁阜新讨钱，正赶上强冷空气，在卧铺车上睡到后半夜被冻醒来，车厢里一点热气也没有。早上五点下车，走在冰雪覆盖的大街上，一步一滑，也不知摔了几跤。我们在北京与一家出版社有业务关系，这个出版社名气很大，付款却不积极，当年5月做的产品，货款要到第二年5月再做的时候才给你，有几年年底难过，我去讨款就在他们那里等，等久了他们不好意思才付你几十万元。我因为要这笔钱拿回来过年，就住在他们地下室的招待所里，每天用白开水就着烧饼过日子等候货款。近几年还出现用工荒，员工想来就来，不想做就走，只能员工违约，不能企业违约。劳动又不是人们的第一需要，所以很多人只想要高工资，不想踏踏实实做，自己人也一样，只想工资高些，但工作最好轻便些。世界上有很多事情是说不清楚的。别人只看到你风光的一面，没有看到你吃苦的一面，尤其是想诚信经营的创业者，每天都在愁城中度日。有的老板开着豪车，一掷千金，可能花的都是别人的钱，真正靠自己积累起来的创业者把每一个铜板都看得很重的。我这些年从来没有买过好车，出门不住高档宾馆，买便宜的机票，吃饭经常误了时间，所以胃也不好，吃的东西是少之又少，也饮不了酒。但有时为了应付客户，就强行喝酒，非常伤身体，由于压力大，还抽上了烟，但好烟酒是送人的，自己只能抽低档烟。搞企业这么苦，要问究竟是为什么？为了钱？这些年挣的钱还不及别人一线城市买了一套房子增值快，那是骑虎难下。搞企业是商海中航行的一只船，只能在激流中航行，不进则退，退则退矣，但不是退的问题，而是不前进要翻船，这压力就可想而知了。真是苦海无边，何处是岸。

六、同船异梦

　　红顶商人胡雪岩说过："做生意一不能听女人床头之言，二不能收受别人贿赂浮利，做生意做的是良心。"要说这两点，我三十余年商海生涯中都做到了。但中国的民营企业起自草根，初创阶段考虑到用人和成本，往往是有夫妻俩人共同在一个企业打拼。如果女人是良善之辈，到企业有一定规模时会选择退出或退居幕后，或做些拾遗补缺的事，不会来争权夺利或喧宾夺主。但如果所选匪人，企业的麻烦会由此而生，小则没完没了的争吵，大则就会勾结外人，做些夺权争利的勾当，轻的影响企业发展，重的导致企业破产倒闭。这女人一旦有了野心，就什么坏事都会做，都敢做，坏就坏吧！如果有能力尚可，但最可怕的是自己以为能干，实际却什么也不懂，这就容易受到外人蛊惑，最后落得身败名裂，什么都不是，还有可能祸及亲友乡邻，这后果是十分可怕的。

　　我们企业转制后十余年来，自己人越来越多。由于我不愿听自己人的耳边之言，这十余年来就没完没了地争吵。自己人都以为是主人，而且还自以为是，老是吹嘘说这企业全靠他们，实际他们对企业管理连入门都没有，根本不知道企业管理的复杂性，也不了解商场竞争的风险，还一直试图掌控企业的权力，干预公司的经营。

企业转制时，很多人并不在公司任职，他们在外单位工作，转制后因在外单位生意不好收入下降而待不下去，只能回到自己公司。回公司后先在业务科帮忙，由于做事锋芒太露，别人不能接受他们的为人处事，由于他们身份特殊，别人就辞职不干了。而他们却并未收敛注意，反而更加猖狂起来。转制头几年，公司的财务人员都是一些老人，他们不同意让多人插手，但他们试图掌控财务的野心一直不死。每年发放年终奖金、红包，他们总要打听知道厂里的奖金数量，哪个职工发了多少。年终奖金、红包公司是保密的，不能让他们知道，他们就很不舒服，有时会说些闲话。转制初期，我们公司的工资确实不高，但与转制前相比已经明显提高，而且公司的原则是不低于周边同类企业，工资发放的策略是平时基本工资低一些，年终以奖金红包补足，这样能避免中途走人，而且实践也证明这方法是对的，但这些人总是在相关场合说我们公司工资低，造成负面影响，这种做法明显与自己人的身份不符，只想搞乱公司，能乱中篡权。

在公司十余年经营中，这些人随意表态，有时明显给公司造成被动，当时外资企业还在，他们就以老板的身份直接联系外商，有些表态都是未经公司讨论决定的。他们也不了解这中外合资企业的前因后果，不了解外商的真实目的，一味讨好外商，给公司造成损失。后来由于公司人事变动，会计到自己开的商店去了，公司一时找不到合适人选，同时也考虑到节约费用，就让自己人顶替了会计。这下他们可就变本加厉了。根据董事会决议，中外合资企业由中方单独经营，外方是享受优先分红，不承担公司盈亏的，所以外方已经无权干预公司日常经营管理。外方如果对财务有疑议，根据公司章程规定，外方需聘请第三方有资质的中间人查账。这所谓的自己人却擅自把公司账目让外方委派的非专业人士查账，结果造成诸多误会，给公司造成了许多不必要的干扰和风险。

公司转制时，企业有财政贷款777万，在财政贷款清理时，公司已归还477万本金及全部利息，尚有300万元置换到银行，第二年这300万元到期时公司的意见是分三年还完，每年归还100万。但会计却说要一次性归还，还代表银行信誓旦旦地说，这笔贷款只要还进去银行会马上再贷出来的。其实当时银行怕企业不能归还，你如果能三年还完银行已经很高兴了，但会计却偏偏听信银行的诱骗，把300万贷款全部还了进去。结果这笔贷款还进去后，跑了三个月，一次一次往分行跑，补办了授信手续，但最后终于没有贷出来，给公司造成了十分困难的局面。这会计平时自认为十分能干，造成了贷款被骗还，公司只好叫他们去通过关系联系转换银行，最后的答复是说我们现在这家银行还算是好的，另外商业银行还要差，以此来答复公司。最后董事长只好自己出面，联系好另外银行，将基本结算户转移过去，才挽救了公司因银行骗还贷款出现的危局，而且新的银行无论贷款手续和利率都比原来的银行要简单和低，其实这会计外在关系和对业务的熟悉都很差，无非是仗着自己人的身份在公司内吹牛显摆罢了。

公司每次调整工资、奖金、计件工资或加班工资，自己人却要和公司决策的方案唱反调，有时提前泄露公司尚在讨论的未定局方案，有时或在局部地方自行作出调整，给公司的总体方案制造混乱。有些人还喜欢用外单位一些不着边际的什么年薪几十万来对比公司的工资水平，说难听如真有这能力何不到外单位去任职而非在自己公司。

公司了解自己人水平和品行，所以长期以来不给自己人在公司高层和董事会任职，后来由于公司和一个新的单位合资合作，让自己人当了合资公司的董事，终于麻烦降临到公司头上，自己人演出一场惊天动地的倒逆施行的大事来。

2010 年，我们企业做了 30 年的传统业务甲方单位要通过招标从 15 家供货商减少到 6 家，为此，我们企业做了积极准备和努力，还花了 200 多万改造了设备。我们是最早从事这个业务的厂家，质量和服务都是首屈一指的企业，无论从管理软件到生产设备硬件都是领先的，长期以来与甲方单位的关系也不错。但那时候的形势对我们很是不利，那是"关系"盛行的时候，据说"部"里有人打了招呼，还有前部长的干儿子，也难为这甲方单位了，要从 15 家减少到 6 家，我们最终退出。那时候的招标公司也很强横，也不和你说分高分低，也不和你说哪里不好，所谓现场评分，他们来随便一转，看也不看，说也不说，就扬长而去，这是我们企业 30 年来的滑铁卢。

这笔业务对我们企业来说确实很重要，因为这是我们的传统业务，我们的生产线都是为承接这笔业务所配套。没有这笔业务，我们的生产安排，销售产值、企业利润都受到严重影响，说塌了半爿天一点都不为过。作为公司的主要负责人心里肯定十分难过，但胳膊扭不过大腿，也没有办法。在我们公司内有一种声音，认为是老总无能，没有把"关系"搞好。同样，老总自己也很着急，自己怨自己"无能"。

业务没有中标，病急乱投医，这时候正好有一家企业和我们生产的是类似的产品，但他们场地小，设备旧，正好我们场地大，设备也闲着，就与他们谈合作，我们厂里派人去他们厂里看了。本来我和人合作尚还心有疑虑，我觉得他们设备不行，管理也乱，但我们派去的人去看了后一拍就合，极力促成合作。特别是自己人上蹿下跳，以为从此找到了靠山。当时我们因为生产线停下来真的很急，也就听从了大家意见，决定与那家企业合作了。其实厂里这些人促成合作是别有用意，他们有去"老大化"的想法，他们想借助新的力量来让"老大"退休。

公司决定了与那家企业进行合作合资，双方商定，两家各自以投资主体为母公司，把下属的两家企业进行合并，名称是以两家公司的字号合并成一个联合公司，叫前进大众联合印务有限公司。出资额为对方51%，我方49%，为什么是对方占大股，因为对方把公司合进来是要取消原公司"前进"的字号，并且还不得进行原"前进"品牌的同类生意。我们公司把"大众"的字号合进去我们的母公司还是叫"大众"，仍可进行原"大众"品牌的同类生意。这些都是在合同章程中约定好的。至于资产核算，因为我们都是新设备，原值明确，仅以折旧后的残值合并进去，而对方是旧设备，购进时原值不清楚，我们以对方自报价进行协商后确定了价值，以双方认可的价值合并进来。

这桩合作就这样谈妥了，根据我们以往的经验应该先去工商办理手续，但对方催促说因为谈合作，员工人心不稳，要快些搬进来。手续尚未办妥，对方就急着要搬进来，这本来有违常理，但我们自己人却也急着要让他们搬进来。智者千虑，总有一失，这时候我们也糊涂，就答应让他们先搬进来了。

搬进来那天，旧设备到工厂搞得一踏糊涂，机油流来淌去，而且还把一些淘汰设备，旧家具都搬来了，我们原来好比是一家五星级酒店，现在一下子成了一片路边汽车旅馆。旧机器开起来的声音严重超标，直接影响职工身体和工厂环境。至此我们才明白，原来对方是被当地质量技术监督局因设备不安全和环境污染查封了，所以才找借口说员工不稳定要提前搬进来。这是对方对我们的第一骗。

对方提前搬进来了，刚开始业务倒也还好，我们就用双方的设备进行生产，人员有他们过来的，也有我们这里的，同时也新增了食堂、门卫和清洁人员，产品出货用双方的汽车送货。这一年我们为业务投标新增了两辆运输车，正好为他们送货，这样两个企业混在一起，但账怎么算？首先碰到的是废料，对方直接将我们双方的废料卖了，钱交给他们，这虽然是小事，但双方总得有个商量，一天他们又在装废料，正好给我碰到，我不让他们出厂。后来传达室直接把车放了让他们出厂，这时候我问了传达室，我说你们到底听谁的。管传达室的是自己人的亲戚，他说二老板说了放他们走，我说他们说了不算，管传达室的亲戚说："他们和你分开，这个企业他们有一半，他们怎么就说了不算。"这以前我们从来没有说过分开两字，而且我是企业的董事长兼总经理，以前这个企业一直是我说了算，今天怎么就暴出个分开的字眼，还说我说了不算。这是前进合进来发生的事，我也懵了，而且大家见证，我和传达室的亲戚说话态度一直很好，只是有点严肃，而且当天我也没有发脾气，只是不让他们出厂。

两家企业合在一起，产品源源出厂，我们提供部分劳动力及原辅材料，却不见货款回来。对方说，因为产品和原公司订了合同，所以必须以原公司开票。我一直催促办理合资合作手续，但对方一直推托说因原公司与客户订了销售合同，现在不能马上终止，所以还不能办手续，有些人对此表示非常理解，说对方确实有困难，其实这是他们对我们的第二骗。

就这样两家单位混在一起，我们成了他们的生产基地，但财务上总要有个说法，会计叫他们把设备合进来，因为设备已经在我们厂里了，说这叫视同合资。但对方对原有设备的报价反悔了，我同意对方老板把那些设备卖了买新设备，但对方老板又卖不掉。我们原来谈好的旧设备的价格是这次合作的基础，把基础推翻了，我们还怎么合作。有些人又对此表示理解，说对方确实把设备价格搞错了，还说这设备价格表是我改过的。这设备价格表确实是我改过的，当时对方首次拿出来的旧设备价格表价格很高，我根本不可能接受，是我们来来去去，多次讨价还价后才达成的，所以根本不可能弄错，这是对方对我们的第三骗。

这视同合资的企业产品源源不断地出去，成本不断垫进去，但货款没有收进来，钱越欠越多，会计说："现在生意难做，别的单位还要欠得多，是我心态不对，已经不适应现在的形势了，所以生意做勿大的。"我们自己公司召开骨干会议商量对策，自己人鼓动小股东，说叫我不要管了，可以去休息，写写东西，这里的事让对方老总和二老板两人去管，叫我可以轻松一些了，这是委婉的"逼宫"。这时候我才明白，某些所谓"自己人"，为对方说话，目的是逼我放权。

既然大家都视我为这次合作的障碍，认为我太精明，太吃亏不起，那我同意退出管理，但我毕竟是大股东，我要对方老总有个承诺，他告诉二老板和我们的股东说他赚200万利润没问题，我说不要200万，有100万就可以了。我叫对方老总承包去，对方老总说出差后给我们答复，结果等了三个月，开会商定这件事，但对方老总赖掉了，说他不能保证能盈利，这是对方对我们的第四骗。

转眼到了年底，双方开始最后结账，对方拿出来是一本烂账，机器设备合在我们这里，已经充抵投资款，对方还在自己公司提留折旧，而且比例奇高，养老金明显超过标准，我们这里的产品开票给他们，本应只有合理差价，但对方还在增加虚假成本，以充抵价差。为此我觉得这种算法有问题，而且货款越欠越多，已经超过对方的总投资额，也就是对方用几台旧设备押在这里，为自己生产产品，其实一分钱投资也没有，使用的都是我们的钱。这时候我们内部已经分裂，只要一说对方的事，就发疯地和我吵，他们不达目的决不罢手，我们的关系已经走到尽头，只得析产分手。

有些人在和前进合作的问题上倒逆施行，这次他们的如意算盘打着了，我们打算把公司的领导权让给他们。前些年，我们公司也与一家公司谈过合作，这家公司是自己人的关系带进来的，他们就当着那家公司的老板黄总说我，如何没有魄力，如何不会办事，还说因我胆小没有远见，所以公司做不大，失去了公司的发展机会。又当着我的面说黄总如何有魄力，公司做得有多大，业务做得有多好，现在是全国各地有分公司，美国也有公司。接下来他们就和黄总谈了合作的事，旁若无人，他们根本没有把我放在眼里，这时候这些人的野心已经露出来了。

后来黄总带我们参观了他的工厂，黄总一直吹嘘他有多少产值，说光包装一年要用4000多万，我看黄总的产品主要是仿制名画的工艺品，每幅仿制画要带画框，加包装，实际就是木工厂的活，就是里面有一张仿制画，所以包装用量确实很大，但黄总只有两台很老的双色机，他的印刷能力很差，最后和黄总达成意向，我们合作去买一台新的海德堡四色机，黄总保证我们每年有超过几百万的利润，得到这么好的合作伙伴，他们是如获至宝。

他们和黄总什么都谈好了，由黄总出钱给我们投一台四色机，我们给黄总加工印刷品，以印刷品的价款逐步充抵黄总的本息，我们还把前面的一幢房子租给了黄总，房子的租金也可充抵投资四色机的本息。他们高兴死了，说真是天上掉下来的馅饼。黄总说叫我们去订机器，我们也谈了好几家，他们还叫我把机器订好，但我还是心存疑虑，幸好我为人谨慎，没有贸然把机器订了。没多久黄总的事黄了，他自己的厂也不行了，哪来钱给我们投资。房子租了一年也不行了。租金讨了好久才讨了一些。如果那次听了他们把机器订了，那次也要陷进去了。

黄总手下有个易总，因为房子租在我们这里，所以这些人和易总也认识了，黄总的厂黄了，易总想拾起来，他们又想和易总合作了。又把易总吹得天花乱坠，说易总能继续租用我们的房子，就要和易总合作，为了把房子租出去，我们就在易总那里投了40万。其实易总根本没有钱，就靠我们的40万在运作，房租一次次去讨都没讨回来，其实这些人就是个破箩筐，到处撒钱。

这几年，他们一直想借助外部的力量来涉足企业管理的权力，这次与前进的合作，他们是极力掺和促成，也是我们企业气数已尽，终于使他们如愿以偿，所以他们是不管如何损害本企业的利益也要巴结对方，真是有量中华之物力，结与国之欢心的味道。现在终于迫使我放弃了这个企业，他们从我这里分到了一半以上的股份，但公司加上其他股东的股份，我还是大股东，我就只能再出售股权，他们和前进的老总合伙购买了我的股权，我只能彻底放弃了这个公司，但不知他们钱在何方？

30年商海浮沉，办企业够难的，外面的风险也很大，但外面的风险并不可怕，最可怕的风险在内部，真应了堡垒往往从内部攻破的这句话。

七、商海浮沉

公司业务接连受挫，长期传统业务被权势者夺走，尝试与人合作又被合作人所欺，自己人又身怀二心，吃里爬外，与人勾结，意欲行篡夺之事，大厦将倾，身边亲近者却熟视无睹，还常言叫我休息。与胞弟言及公司之事，弟笑而不答，内心不胜感慨，读《贺新郎》词，套其韵填《贺新郎·感慨》：

大众商务厂，
转制来，十年苦斗，惨淡经营。
回首公司初创时，倾囊付与此地，
更不复、努力拼搏。
川流轿车出进忙，问支撑公司何人是！
徒遗恨，几时忘！

余生自负澄清志；

更有谁、顾问前途，寻求发展。

事业如今谁倚仗，退休老汉而已！

便都道，你可休息。

借问同胞亲兄弟，但掉头，笑指尺八杆。

以后事，可知矣！

回想这三十余年来商海浮沉，无数感慨涌上心头，想当初出来闯荡江湖，两次创业，白手起家。第一个十年从两台圆盘机，一百多平方的房子做起，不到五年时间发展到自建厂房，自备汽车，黑白彩印齐全的初具规模的印刷厂。又用五年时间，再次征用土地40亩，扩建上万平方米的厂房，已经使用电脑排版，胶版印刷，使企业跃上同行业中领先地位，有一定规模的印刷企业。这大概就是商海浮沉中的浮吧。此时正是春风得意，踌躇满志，手握大哥大，出门有车坐，有求于你的人一呼百诺，幸好自己没有不良嗜好，不喜吃喝，不善玩乐，否则早就翻船，葬身商海。这是出道来的前十年，自己不知道自己是什么？那是公家的企业，虽然自己为人勤奋努力，得到了领导的信任和同仁的支持，做出了一些小小的成绩，但离开了那个平台自己什么都不是。没有三考出身的大学文凭，没有进车间连续工作14小时的体力，打的大哥大，坐的汽车都是公家的，宾馆饭店吃请都是报销的，没有浮财，两手空空。一旦企业不好或被赶下台来，不知魂归何处。但那时年轻，如果不怕吃苦，或可东山再起。

第二个十年，这商海中的航船进入风浪里，时而上浮之峰尖，时而下沉之谷底，我们搬入新厂房，宽阔的场地，高大的厂房，美丽的环境，大面积的绿树，四时有不谢之花，春季里海棠瘦，桃花肥，夏日里荷花别样红，秋日里满庭桂香，冬季里梅压群芳。职工上下班厂车接送，办公室全透明玻璃隔断，厂房白瓷砖贴墙，琉璃瓦罩面，车间里中央空调，办公室独立空调，当时也算得上豪华工厂，厂长只要能维护企业正常运转，就是无冕之王。外资企业合作成功，数十万美元到位，外出采购设备、原材料，供货商敬若上宾。上豪华酒店吃饭，住星级宾馆睡觉，出国考察，时间如能停止，让它永远停留在那里。但商海无情，经济形势风起云涌，乡镇企业、私营企业兴起，竞争性领域的国营企业、集体企业纷纷倒闭转制。最主要的原因是乡镇企业、私营企业经营机制活，税收轻，当时劳动法还不健全，他们的人事能进能出，没有五金福利，而国企、集体企业却人浮于事，能进不能出，还要承担各种规费，要缴五险金，企业如何能有竞争能力，所以江河日下，大面积亏损，这时候厂长倒成了替罪羊，一切责任都是厂长的，一到转制时，厂长昔日的尊严荡然无存，这商海中的航船一下子跌到谷底。

企业转制，尤如母亲分娩，如遇难产，则有可能胎死腹中，有可能母子双亡，我们企业转制也是一次难产。厂里 1997 年初说起转制，到 1998 年 8 月底才转制成功，前后用了两年时间，先后制订了多套方案，局里领导变动又搁了许久，最后定下来整体出售，查账清产又弄了三个月，没有事情也要弄出事情来，幸好我做事一直小心谨慎，做人一步一个脚印，最后才转制成功。企业的转制就是一次涅槃，是置之死地而后生的事，转制这两年是难过的，这是不处在这个位置上的人所不能体会的，转制不是关门，一个企业开

300

门七件事，开一天要一天的费用，工资要发，银行利息要支付，水电费、电话费哪样可以拖欠。但职工的心已经散了，厂长也没有威信了，各种传言乱飞，正常的生产业务没了，企业半停半做，职工三五成群，四五成堆，议论纷纷。职工不管你工资发不发得出，反正企业要转制就是欠他们的了。上级领导距离远，厂长就在眼前，所以厂长就是他们斗争的目标。

转制这事，历史上也从来没有先例，所以我说我们这个年轻的分管副局长人品不好，他没有体会到处于转制期的职工的心情，也不了解处于风口浪尖上的厂长的处境，这种事只有快刀斩乱麻，速战速决，也只能听厂长的意见，树厂长的威信才能把事办好。但这个年轻的分管副局长正踌躇满志，哪想得到这些，但人生不能欠人家债，欠债总要还的，这个年轻副局长后来也尝到世态炎凉的味道了，但那是后话，可我预见到了。

我们企业这第二个 10 年，是风起云涌的十年，我在商海中冲浪，也是最有记忆的十年。盘点一下，这十年中发生的事是够多的，先是企业主体进入电脑时代，从原来的活字排版，凸版印刷时代进入到电脑排版，平版印刷时代，行业里叫告别铅与火，进入光和电，这是印刷业的一次重大革命。接着进入全民办公司时期，政府机关，企事业单位和个人都去办公司。我们上级单位也办了两家公司，因此我们企业也办了一家技术服务公司。反正全民经商，全民办公司。接着我们又征用了 40 亩土地（后部分归主管部门），建造了上万平米的花园式厂房，创办了中外合资企业，引进了电脑票据流水线。接着是企业转制，事情一个接着一个，使人眼花缭乱。这十年我做了很多事，也受了很多苦，但最后转制成功，被迫去做了老板，这是我以前从来没有去想过的事。我一心想做些事业，近20年的辛勤努力我真的都是为了职工，但到最后转制时部分职工与我对立，这是我做梦也想不到的。但后来想想也是，最后我做了老板，他们做了伙计，原来我们都是同一条船上的工人。但这仅仅是从表面上看的事，而实际上他们早把我当作老板，把自己当作伙计了，因为这些年我吃的苦我自己知道。

这最后10年，也就是转制后的10年，虽然也吃了不少苦，没少受累，但这怨不得别人，因为我是老板，我在为自己做事，别人确实是为我在打工，所以我遇到的一切风风雨雨都是应该的。确实，做生意是苦的，商场如战场，商海浮沉，起起落落，世事难料，人心叵测。如果你循规蹈矩，不坑蒙拐骗，要经商做生意中挣钱是非常难的，所以我是不会叫我的后代去做生意的。我自己做老板也是被逼的，因为我当时没有选择，如果不做老板就是下岗，而且名声还不好听，也类似于陈桥兵变，黄袍加身的那种故事，不自觉中做了企业之主，无非这是个小天地罢了。

第三个10年，这商海中的航船已经驶向远海，那海水更深，风浪更大，尤其我们是一艘小船，这舵手如果没有一些定力就随时可以翻船。当传统制造业都转向民营时，无序竞争就出现了，银行贷款、承揽业务、批地建厂一切都靠"关系"。关系大的还有大的，后台硬的还有硬的。由于我们关系不够大，后台不够硬，做起事来处处捉襟见肘。先是地税的发票，这是我们开厂以来的业务，一个姓宫的处长，他为了他的关系厂，做事非常强横，他根本不和你说什么，就把我们的发票印刷资格收走了。我要求我们的局长去说说，他对我们局长说，你要不要再向上面升一升了，我们局长无语，这样我们最主要的业务被收走了。继而是财政票据，省里发文又是每个地区定一到两家，地区也不和你说，就定了两家他们"关系"好的。我们原来是省里定的，省里说现在由地区定了，你们和地区去说，我们和地区去说，地区说你们原来不是我们定的，你和原来定的地方去说，其实我们和省厅，地区局都说不上话，后来我们区局的局长出面和省里说，又勉强维持了一两年。票据业务为什么会这样，因为票据的印制费用定价很高，一些有关的部门和个人嗅到这票据上的铜臭，就千方百计要在这上面分到一杯羹。我们原来做票据几十年，有自主定价时我们的工价都很低，现在他们一下子把价格涨了二三倍，这样的业务怎么还轮得到我们没有背景的工厂做呢？所以就有了这样的故事。

我们是印制票据的元老厂，一切设备和技术人员都是为印制票据配置的，所以票据没了，设备就闲置起来，我们最后还有一张票据是国税发票，国税发票要比前面两个票据要稍微文气一些，进行了全省招标，但当时的招标办非常牛，他们什么也不和你说，最后谁中标还是由他们说了算，据说甲方单位还考虑到地区布局，当然也不尽然，但中标单位上面有背景是确实的，你忍了吧！幸好反腐的力度加大了，我们就祈祷竞争环境公道一些。

我在这商海中浮沉，最后十余年还遭遇了长时间停电、非典等突发事件，还有经济危机，房地产暴涨，银行贷款一紧一松，银根紧时被银行骗还贷款，还有民工荒等，总之，经营环境日趋恶化，企业又没有技术创新，我们也曾尝试互联网等先进手段，与阿里巴巴合作网上接单，但由于没有人才，做了一两年刚有起色就没再坚持下去，失去了好的发展机会。

商海浮沉，浮时有人捧，沉时无人拉。这商海中的航船在风浪中颠簸，挣扎，如果内部团结，齐心协力，或可驶离苦海，平安靠岸，但偏偏还祸起萧墙，内部争权夺利，终于使这航船分崩离析，淹没于大海之中……

八、回头是岸

15 年前这个企业以 270 万元的投标价中标后买下，经过 15 年的拼搏，资产增加 10 倍，这 15 年支付银行利息，上缴国家税收，支付职工工资及企业经营的各种费用，累加起来也是个天文数字，时至今日尚能结余 3000 万元，对点石成金的上市公司、垄断企业来说这些钱是湿湿碎，一点零花钱而已，但对一个制造业的加工企业，能生存几十年，末了尚有此积蓄已属不容易了。

公司 3000 万的净资，并非董事长一人所有，股东们开始拆分股份，为争夺董事长的位置有人处心积虑，我倒愿意坦然放弃，我就出售了股份，放弃了公司的控股权和领导权，卸任后无官一身轻。30 多年的厂长、老总一把手的责任把人的背也压驼了，正如围城一样，没有进去的想进去，进去了的想出来，这厂长、经理并不是这么好当的。

我董事长不当后，每天上班早九晚四，早上也不用每天赶在上班前一定要到，三十几年的厂长生涯，我是上班时间从不迟到，下班时间从不早退，"盖棺定论，"现在离任了，可以说这句满话了。

原来在领导职务上，别人看你坐在那里，其实你有许多事要想，一年之中，年底不到，你就要想年底的事情，首先要盘点本年度的经营情况，预估本年度的盈亏，测算并准备年底的资金流转情况，能收入的要积极去收，要估计有收不到的，要支付的每一笔都必须记清，一笔都不能遗漏。年终分配要早作打算，并准备足够的资金，这是关系到来年工作的大事，要尽可能使职工满意。过年要使大家高兴，年内能给的一定要年内给，不要拖到年外，要知道职工高兴你才高兴。

这是对内的，还比较好处理，对外的工作你一进入10月就要想来年的，有些业务到11月底定不下来年就没有了。拜年是最头痛的事，多拜一家是平平过，少拜一家一定给来年留下隐患。

搞企业苦一点、累一点不要紧，最使人不开心的前些年是个关系社会，做什么事都要有关系，这是我几十年混迹于商场之中最痛苦的事。我喜欢君子之交淡如水，不是说不要朋友，交朋友要有平常心，有事有体大家互相帮助，有空来玩玩也不要紧，不要非得经常吃吃喝喝，送往迎来。逢年过节送些礼也应该，不要嫌礼轻礼重，大家看方便，心意到了就好了。我最头痛的是拉业务要回扣，这是有违国家法度的事，不喜欢做这种事，所以我们的企业发不大。由于我古今中外的书看得多，所以我对负债经营持保留态度，购置设备、扩建厂房我都量力而行，因此限制了我们企业的规模。

在商海中打拼，诚信第一，我经营企业几十年，从不失信于人，但要做到这一点是很不容易的事，要不失信于人，背后要做大量的工作，要有周密的计算，要留有充分的余地，有时自己吃很多苦，还要承担损失。

搞实业、办企业，与员工的关系也很重要，领导要为员工承担责任，企业是个大家庭，你是做不到使每个员工都满意的，但你为人处事一定要公道，你办事公道，人心就服，金钱不是唯一的，感情最重要，但你也不能过于苛刻，职工的收入一定不能低于平均水平，因为人家要过日子。

做老板要能受气，有时在外面有受气的事，个别职工也会让你受气，但你要咽得下，我们企业转制后我基本上没有和职工红过脸，一直客客气气。职工走了要好聚好散，能满足他们的尽量让人家高高兴兴地走，抬头不见低头见，或许在迴水湾里有相见之时。

总之，做老板是个苦差事，不做也罢，商海浮沉，苦海无边，回头是岸。卸了董事长，来去有自由，我不做老大了，做做股票，写写文章，这一年多来我的心情好多了。大有陶潜归去来也的境界，过"采菊东篱下，悠然见南山"的日子。去年做做股票，竟然也挣到了一些小钱，真是福兮祸兮藏兮，祸兮福兮藏兮，祸福难料。这正印了昆明大观楼的长联的下半联：

数千年往事，注到心头。把酒凌虚，叹滚滚英雄谁在，想汉习楼船，唐标铁柱，宋挥玉斧，元跨革囊。伟烈丰功，费尽移山心力，尽珠帘画栋，卷不及暮雨朝云；便断碣残碑，都付与苍烟落照，只赢得：几杵疏钟，半江渔火，两行秋雁，一帆清霜。

工厂一角

卷六　游历记

一、越中山水

　　浙江是我最先游历的地方，小时候就在安昌古镇、石佛寺、柯岩等地游玩，稍长一些又到东湖、兰亭、禹陵游览，还慕名往新昌大佛寺、天台国清寺、奉化雪窦山、舟山普陀山等地去探访。游历归来，久久不能忘情于这大好河山，越地之美，美在这山水之间。

　　我是越人，生于斯、长于斯。不知祖上从何地过来，但家谱有明确记载的到我有 25 世。我的游历是从越地开始，童年时父母带着没有走出 15 公里半径，少年时学校带着没有走出 30 公里半径，青年时我自己玩遍了数百公里之内的越地山水，我从小寄情于山水之间，我喜欢大自然，所以我的游历从越州开始。我了解了越地的历史，见识了越地的风土人情，这是一个有着丰富文化积淀的地方，是一个富庶的鱼米之乡。此地民风淳朴，百姓勤俭善良，一方水土养一方人，这是一个山清水秀、风景优美的地方。

我的家在一个古镇上，周边有很多江河湖泊，往北走 30 里①是钱塘江，那时候没有围海造田，钱塘江和杭州湾江面都很宽阔，钱塘江的潮水比现今大多了。每年八月中秋后我们会去看潮，那时候看潮的人不多，也没有听说过要有人来维持秩序，关注安全，反正你到江边随便看，安全是你自己的事。有一年我们去看潮，赶到江边已是风雨大作，当时钱塘江的大堤是土堤，堤下抛些石块而已。我们看潮的地方有外堤内堤，两堤之间宽的地方有一两公里，狭的地方大概四五百米，那天风浪大，潮水急，我在外堤与内堤之间的咸菁丛里躲雨。忽然听说外堤塌了，我们看到种有咸菁的土地一块块塌下去，就赶紧往内堤跑，当我们逃到内堤上，后面的地已经塌完了，潮水跟着冲上来，我们看到有人被潮水冲进内堤里面，但不知道有没有人被塌进江里去。我们就赶紧回家，一路上跌跌撞撞，一身雨水一身泥，回到家里天早已黑透了。别人说初生的牛犊不怕虎，我们是少小的孩子不知死活，父母也没有追究我们在干什么？只是骂我们把衣服弄得泥冻酱瓜②。我们从小看惯了钱塘江的大潮水，所以我们今天看所谓钱塘江潮水就好像阴沟里的水。

　　钱塘江里有许多鱼，江里的白鲈鱼、鲻鱼味道美极了，江里的鳗鱼很大，刀鱼和小鲻鱼腌了当咸菜吃。钱塘江里最美味的是鲥鱼，吃鲥鱼要到三江口，三江口是钱塘江、富春江和浦阳江的交汇处。我是参加工作后那里的朋友弄到鲥鱼叫我去品尝的，一生也只吃过三五次，现在鲥鱼已经绝迹了。钱塘江又是鳗鱼产卵的地方，

---

　　①里：凡是里都是指华里，公里则标清楚是公里。
　　②泥冻酱瓜：酱黄瓜外面有一层像黄泥一样的酱，意思是小孩子身上弄得像酱黄瓜一样外面包了层泥酱。

每年早春，成千只渔船晚间在钱塘江里捕捉鳗苗，渔船上的灯光如繁星点点，很是壮观，但现在鳗鱼苗已经很少了，再难见到这道风景。由于钱塘江和杭州湾围海造田，水道已经很狭窄，咸水不断上溯，涌潮几乎没有，再也难觅"郡亭枕上看潮头"的美景了。

我家向南30里之内，有许多河流湖泊，当地有句戏言，叫做铜盆（湖）虽大盛不下一条昂桑（Ang Sang）鱼①（狭猯湖，读作"昂桑湖"），昂桑（Ang Sang）鱼（狭猯湖）虽大吞不进一颗瓜子（瓜渚湖）。这些都是大湖，最著名当数镜湖（鉴湖）。著名诗人陆游就在镜湖留下许多诗篇，清末光复会革命烈士秋瑾女士，也叫鉴湖女侠。我特别喜欢这些湖泊，那时候水特清，鱼在水中游着看得清清楚楚。镜湖的水由于清澈甘甜，特别适合酿酒，周边酒厂酿酒的水要到镜湖去取，我小时候多次跟父亲到镜湖去取水，那是一只底下有洞的中型木船，船驶到镜湖，打开船底的木塞，让水自动涌进船内，当水量放到一定高度，就塞紧木塞，把水载了回来，用作酿酒的用水，用镜湖水酿的黄酒口感很好，又便于存放。

镜湖很美，因水面清澈光亮如镜而得名镜湖，还有传说是古时候黄帝在此铸镜而叫镜湖。古人称镜为鉴，所以又叫鉴湖，镜湖一面靠山，一面是以十里湖塘著称的湖塘镇，湖塘镇街道是半爿街，一面就是镜湖，从湖中坐船看湖塘镇一字排开的街镇房屋高低错落有致，粉墙黛瓦，非常美丽，陆游的《游山西村》就是住在十里湖塘时写的，诗曰："莫笑农家腊酒浑，丰年留客足鸡豚。山重水复

---

①昂桑鱼：为一种鱼类，黄色无鳞，肉嫩味美是《辞海》中记载的"黄颡鱼"。

疑无路，柳暗花明又一村。萧鼓追随春社近，衣冠简朴古风存。从今若许闲乘月，拄杖无时夜扣门。"

离开十里湖塘，乘船一路向东不到十里便是柯桥，柯桥因有桥叫柯桥而得名，柯桥南五里就是著名风景名胜柯岩，柯岩是古采石场遗址，一块上大下小的巨大岩石兀立在水面中央，石上有"天下第一石"的石刻，据说岩石周边的湖水很深。柯岩的山里面是空的，这是采石时把下面的石板挖走了。我第一次到柯岩，那时候的柯岩处于自然状态，我们是从山的西边进去的，开始沿着镜湖分支的湖面旁的石板路，能见到宽阔的水面上有为数不多的船只在航行，好像是有意在山水画里的空白中作点缀而画上去的，给人以一种心旷神怡的感觉。到柯岩的小山边上，又有许多池塘，水很清很清，有鳜鱼在水里游连鳍都看得清清楚楚。当时正是桃花开放，田里的油菜花也是开得很好的时候。我们到柯岩要走过一座小山，山上小路上适有一个牧童骑着牛吹着笛子走下来，当时我以为是洪太尉遇见了张天师。爬过小山，柯岩的天下第一石突兀在水中央，旁边几块大的岩石里还雕有佛像，人们说这里是原来的采石场主为了赎罪而雕刻了佛像。柯岩突出的岩石下面是很深的清水池，有一个很大的洞叫蝙蝠洞，我们掷石头到水里，惊起一群群蝙蝠飞出来，很有历史回到两千年前的感觉。从山上远眺，田野盛开着大片的油菜花，一派田园风光，如盛装的少女般怡人靓丽。而今天的柯岩是一个半老的徐娘，脸上浓重的化妆，一旦铅华退去，就是一张鸠盘荼鬼的老脸。

从柯桥向东偏北约 10 华里，有一个齐贤古镇，那里有一个石佛寺，性质和柯岩相仿，也是古代的采石场，后来因为采石材到地表以下很深的地方，地下水一下子涌上来，很多采石工死在里面，采石场成了一大片水面，中间还有两块巨石高高耸立在水中央，据说后来老板为了赎罪，在其中一块巨石里面挖凿了一个大佛，这个大佛有灵隐寺的大佛一样大，大佛盘腿坐着的膝盖上能放一张八仙桌，以供四人玩麻将，这两块巨石旁边的水很深，据说一个杆子的丝线吊一个铜钱放下去还放不到底。

从柯岩西边鉴湖旁的山阴道向南20多华里，就是著名的兰亭。兰清山由南向北，崇山峻岭，这是会稽山余脉，会稽山脉峰峦叠翠，溪涧溅珠，兰亭以西有溪水顺势而下，永和九年三月初三，王羲之和谢安、孙绰等42人修禊于此，留下书法名篇《兰亭集序》，千古称颂。所谓流觞曲水，当时引的是自然水，如此佳景，岂不让人流连忘返，乾隆皇帝在兰亭留有诗曰："向摹山阴镜里行，今日得游慰平生，可见越中山水之美。"

兰亭向西南约50里，便是四大美女之一西施的故里，西施故里在浣纱江边，苎萝山下的苎萝村，此地江水清澈，风景优美，明代就有西子祠，此后屡兴屡废，我们去游玩时只能是寻迹怀古，唐朝诗人李商隐就曾写下"西子寻遗殿，昭君觅故村"的诗句。据说此地还有范蠡祠、郑旦亭和古越台，但当时都已淹没。1986年后西施故里逐年重建，重建后的西施故里我们没有去过。西施故里向西20公里有诸暨五泄风景处，所谓五泄，就是五个相叠的瀑布，和庐山三叠泉瀑布相似，其实是一个瀑布折为五级，所以叫五泄，此处有七十二峰、三十六坪、二十五崖、十石、五瀑、三谷、二溪、一湖，其实一湖是水库，我们由水库坐船进入五泄，比以前少走很多路。

五泄瀑布早在 1400 年前北魏就闻名，郦道元的《水经注》里就有详细的记载。历代文人墨客如宋代杨万里、王十朋，明代陈洪绶、徐渭、宋濂都曾到此游玩，吴中四才子唐寅、文征明、祝允明等还到此赛诗，一时传为佳话。

绍兴城东十里，有东湖风景名胜，东湖在城东箬篑山下，是古代开山取石后留下的，与柯岩相同，东湖仅次镜湖。昔日秦始皇东巡至会稽，于此供刍草而得名。自汉代起，相继至此凿山取石，至隋，越国公杨素为修越城，大举开山取石。经千年鬼斧神凿，遂成悬崖峭壁，宛如天工。湖内有陶公洞、仙桃洞，小舟入洞，如坐井观天；碧潭岩影，空谷传声，这是我最喜欢去的地方。

东湖以崖壁、岩洞、石桥、湖面巧妙组合，湖中崖壁蹉跎，对峙如门，倒悬若堕，深曲如洞，水色深黛，清凉幽静，是巧夺天工之奇观，号称"天下第一水石盆景"。我游东湖不下十数次，也是我初恋的纪念地，所以我对东湖情有独钟。

东湖向东不到五里，是吼山，吼山风景区也是历经千年采石，形成山、水、洞、潭、佛等多元奇特景观。既有皇家园林的真山真水，又有私家园林的小巧玲珑，虽是人工斧凿而成，却宛如大自然天生，吼山山景由两个部分组成。一处是曹家山，有烟萝洞，四周陡壁峭然，中间平坦开阔，广可数亩，壁下有洞数穴，积水为潭，清幽凉爽。另一处是支石山，山上有大小石柱多支，四方峻削，高数十丈，是人工采石时所留，亭亭如云，故名云石。奇特之处都是在高高的石柱上还盖了一些不等边的石块，远看如竿上戴帽一般，巍然欲坠，颇见奇异。

吼山四季如画，春天是漫山的桃花，夏日里是层层绿荫，秋季里枫红银杏黄，冬季里松竹滴翠。登岸拾级而上进入"尽览亭"，极目远眺，展现一幅小桥流水，江南水乡的田园风光，大有忘却都市，返璞归真的心理感觉。素称"世外桃源"的烟萝洞，使人流连忘返。

从柯桥沿官塘一路向西十余里，便是钱清古镇，相传东汉会稽郡太守刘宠因政绩显著而受皇帝褒奖，在离任时当地父老持钱相赠，刘宠执意不收，为示清白，刘宠只收一枚钱投入江中，江水顿时清澈见底，"钱清"始而得名。钱清古镇在西小江边，宋代就在此设驿，很多历史名人从越中往北都需在钱清留驿。爱国诗人陆游于淳熙十二年（1185）留有《钱清夜渡》的诗一首：轻舟夜绝江，天阔星磊磊。地势下东南，壮哉水所汇。月出半天赤，转盼离巨海。清晖流玉宇，草木尽光彩。男子志功名，徒死不容悔。坐思黄河上，横戈被重铠。晚途虽益困，壮志顾常在。一日天胜人，丑虏安足醢。说到钱清古镇，必须要说说西小江。西小江又名钱清江，西小江原是浦阳江水的入海通道，经钱清后汇入杭甬运河，也可以说杭甬运河的这段水道就是西小江，最后流入三江入海，西小江是相对富阳那边的大江而言，故名小江。西小江河宽水深，兼航运、灌溉之利，是历史上重要的航运通道。

从钱清经官塘官河，向西40里是萧山县城，官塘即官道，在绍兴称山阴道，过钱清称钱塘道，越中地方去杭城或京城均需从此道过。萧山县城北有北干山，西有西山，西山又名萧然山，西山和越王城山之间是湘湖。湘湖和西湖是姐妹湖，但古湘湖大部分被农田和砖厂所淹没，我们年轻时多次游历湘湖，因对古湘湖的历史有碎散了解，故常扼腕叹息，如此极佳的去处，竟被如此糟蹋。2000

年，湘湖被重新开发，虽然搬迁了砖厂农田，但却掺杂了浓重的商业气氛，不禁让人想起明朝张岱的文章《湘湖》，文章最后说："余谓西湖如名妓，人人得而媟亵之；鉴湖如闺秀，可钦而不可狎；湘湖如处子，视娃羞涩，犹及见其未嫁时也。此是定评，确不可易。"但今日湘湖开发，定评也要易了，湘湖已经嫁人了，而且嫁的是富翁，昔日未嫁之时视娃羞涩的处子已是风骚的少妇，鉴湖也已经不是闺秀而是残年老妪了。

历史上的湘湖留下了许多名人诗篇，有诗71首；词15首；文7篇，其中有唐诗宋词。存有唐贺知章、孟浩然、李白、温庭筠；宋华镇、杨时、秦观、陆游、文天祥；明刘基、姚广孝、唐寅、金圣叹等的诗和词，这里还是有许多历史文化传承的。重建后的湘湖也恢复了湘湖八景：城山怀古、览亭眺远、先照晨曦、跨湖夜月、杨岐钟声、横塘棹歌、湘心云影和山脚窑烟。

萧山县城西十余里，是西兴古镇，也是古西陵渡所在，陆游于淳熙十二年（1185），留有诗《西兴泊舟》：衰发不胜白，雨心殊未降。避风留水市，岸帻倚船窗。日上金熔海，潮来雪卷江。登临数奇观，未易敌吾邦。西兴古驿、古渡早已淹没，钱塘江已往北退去数公里，此地已是吴越边界，隔江就是杭州城，我们来此也只能对着古海塘凭吊怀古，感叹世事变迁，沧海桑田。

越中山水，近处几乎遍玩，我们便向东南深入。我最喜欢的诗是李白的《梦游天姥吟留别》，诗曰：海客谈瀛洲，烟涛微茫信难求。越人语天姥，云霞明灭或可睹。天姥连天向天横，势拔五岳掩赤城。天台一万八千丈，对此欲倒东南倾。我欲因之梦吴越，一夜飞渡镜湖月。湖月照我影，送我至剡溪。谢公宿处今尚在，渌水荡漾清猿啼。脚著谢公屐，身登青云梯。半壁见海日，空中闻天鸡。千岩万转路不定，迷花倚石忽已暝。熊咆龙吟殷岩泉，栗深林兮惊层巅。云青青兮欲雨，水澹澹兮生烟。列缺霹雳，丘峦崩摧。洞天石扉，訇然中开。青冥浩荡不见底，日月照耀金银台。霓为衣兮风为马，云之君兮纷纷而来下。虎鼓瑟兮鸾回车，仙之人兮列如麻。忽魂悸以魄动，恍惊起而长嗟。惟觉时之枕席，失向来之烟霞。世间行乐亦如此，古来万事东流水。别君去兮何时还，且放白鹿青崖间，须行即骑访名山。……

受李白此诗影响，我一直神往天台。天姥、赤城、剡溪离我们都不是很远，但交通也不方便。我第一次到天台是 1977 年 1 月，是日我们从永嘉回杭州，汽车走回字岭盘山公路，爬山过岭，一路颠簸，到天台已近日落，我不想走了。车子就停国清寺门口，因为日本人访问，1973 年周总理下令敦促在 1975 前完成修复国清寺，还从北京调运大量珍贵佛像、法器到国清寺。天台国清寺已经修缮开放，老僧接待了我们，大和尚兴致很高，说到隋梅十年不开，今年怒放，大和尚有些激动，凡此时去国清寺的都被寺里视为贵人，特别陪同观看隋梅，然后我们在寺内随喜，还到寺外看了隋代所建的塔碑，还有一行①到此水西流石碑。晚在国清寺借宿，此时僧侣尚少，寺内有的是房间，大和尚欣然应允，晚餐吃斋饭，那时尚需粮票，但寺里坚决不收，饭钱由我们随缘，晚宿国清寺，枕衾雅洁。第二天因车子不能久留，我遂随车回杭，自此我更是不能忘情于天台。

---

①一行：一行和尚，唐代杰出天文学家，佛教密宗的领袖。

国清寺，又名国清讲寺，始建于隋开皇十八年（598），初名天台寺，是中国佛教天台宗的发源地。鉴真东渡时曾朝拜国清寺，日本留学僧最澄至天台山取经，回国后在日本比睿山兴建沿历寺，创立日本天台宗，尊天台国清寺为祖庭。国清寺是座历史文化古刹，孟浩然、李白等都留下诗词墨宝。现代诗人邓拓写的颂隋梅的诗《题梅》最为传神："剪取东风第一枝，半帘疏影坐题诗。不须脂粉绿颜色，最忆天台相见时。"

天台山秀丽的山水，令无数文人骚客为其倾倒。东晋文学家孙绰在《游天台山赋序》中写道："天台山者，盖山岳之神秀者也……夫其峻极之状，嘉祥之美，穷山海之魂富，尽人神之壮丽矣。"天台山的景点各有特色，可概括为古、清、奇、幽四个字。赤城栖霞、双涧回澜、华顶秀色、琼台月夜等被称为天台八景。游天台山一定要时间充裕，第一天到天台、游览国清寺、赤城山，住国清寺宾馆；第二天游华顶寺和华顶森林公园、铜壶景区、石梁飞瀑；第三天游琼台仙谷和天湖，如果时间宽裕，九遮山是大自然描绘的山水长卷，龙穿峡是天台山所有景区瀑布最多、最美的地方，被誉为"天龙八瀑"。天台山秀丽的自然风光，悠久灿烂的历史文化和丰富多彩的自然环境使人入山犹如置身世外桃源，沐浴在淳朴的古风中，不禁让人流连忘返，但由于俗务缠身，每次来天台总是来去匆匆，自嘲大概是福薄命苦。

游罢天台，新昌大佛寺也不可不去。新昌大佛寺创建于东晋永和初年，至今已有1600多年的历史。大佛宝像坐落在石城山仙髻岩的一穴石窟之内，石窟之外有建筑宏伟的大雄宝殿。殿外流水淙淙，殿门香烟缭绕，是大佛寺的核心区域。只要一跨入大殿之内，每个人都会感受到一种无形的震慑。宝像庄严，慈眉善目，在微笑中凝视每个"凡夫俗子"。大佛造像座高2米，身高近14米，头部高近5米，耳长近3米，整个造像比例协调，充分考虑了人们观赏的视觉，被学界称之为"江南第一大佛"。

新昌大佛的开凿也不简单，据记载，南齐永明四年（486年），石城山来了一位叫僧护的和尚。相传僧护常见仙髻岩的崖壁上有佛光出现，于是他发誓要在此岩壁上雕刻巨型弥勒佛大像。但在他的有生之年只成造像的面樸，临终前仍发誓"来生再造成此佛"。后来僧淑续凿，但也没有成功。直到梁天监六年（507年），梁建安王肃伟派当时最著名和尚僧佑到此主持续凿工程。在僧佑的指挥下，终于在天监十五年（516年）大功告成，名扬天下，从此开始了真正大佛的历史。由于凿刻大佛的传奇故事，人们称大佛为"三生圣迹"。大佛寺的开凿年代与规模和山西云冈、河南龙门相近，比四川乐山大佛还早200多年。在大佛寺西北约300米，有千佛禅院，是除大佛之外的另一处石窟造像。因石窟内佛像总数超过1000，故名千佛禅院，俗称千佛岩。

越中山水，不能尽述，如把范围再扩大一些，奉化雪窦山风景区的雪窦寺、妙高台，为四明山支脉的最高峰，海拔800米，有"四明第一山"之誉，是弥勒佛的道场。宁波的天童寺、阿育王寺，舟山群岛的普陀山都是千年古刹。真是"深山藏古寺，梵音净人心"。能到这些地方游历，也是三生有幸。

二、沪上繁华

　　上海是中国最大的城市，20世纪六七十年代，大多数老百姓是不敢奢望到上海去一游的，人们只能在图片、电影里能一睹上海的风采。那时候国人要到上海比今天去美国还难，去上海你必须具备两个条件，一是有公差；二是有至亲，缺了这两个条件，你即使到了上海也待不下去。所以那时候能到上海是很见世面的事，我有幸多次到上海，在当时广大乡镇落后贫乏的对比下，上海的繁荣给了我绝大的冲击，所以当时在上海的游历感受是：沪上繁华。

　　十里洋场，鳞次栉比的商店，五光十色的霓虹灯，摩肩接踵的人群永不停歇，时不时开过的公交车和小包车，外滩错落有致的高楼，黄浦江此起彼伏的轮船汽笛声，已经构成了大都市昔日的繁华。

　　上海开埠一百多年，中国的财富都向上海集聚，上海能不繁华吗？更何况还有落后乡村的对照，更显出沪上的繁华。

我第一次到上海是20世纪60年代，我从温州坐轮船到十六浦码头上岸，在轮船上我已经看到了外滩高楼的壮观，从码头出来是我从未见过的人潮如海，幸好有舅舅在接我，否则我也不知到何处停留，舅舅上班的地方在九江路外滩，我们坐电车大约二三站路就到了那里。因为是公出，我晚上不想住舅舅家，黄浦区的旅馆服务处就在旁边，我去办了住宿安排，浙江籍的旅客的住宿在南京路的朝阳饭店，我拿到了住宿安排单。这次我到上海行李不多，只有一个包，我把行李放在舅舅上班地方的门房里，就自己到外滩去玩了。舅舅再三关照，在上海要防撮点儿（小偷）撮钱包，叫我把钱放好。我在外滩待了很久，看黄浦江里船来船往，此时的我还踌躇满志，我觉得我比聂守信②第一次来上海好多了，说不定我哪一天能在沪上发迹，但这只是少年梦想，即使后来有了多次来上海发展的机会，也失之交臂。

我是昨天上午上的轮船，坐的是五等舱，在海里轮船不停颠簸，好几次想呕吐，虽然也挺过来了，但迷迷糊糊睡了一天一夜。昨天我也没有好好吃饭，此时忽然觉得腹中饥饿，就找了个饭店去吃东西，我要了一客生煎③，生煎上来有些烫，我咬了一口里面的汤汁就溅了我一身，一件新的咔叽青年装的前襟都是生煎里溅出的油和汤。也不知道旁人在看不看我，我自嘲真是一个乡下人进城里，因为我们小地方的生煎里面馅子很小，也没有什么油和汤，所以我的确毫无提防。大上海确实不一样，那年代我们小地方一年也

---

②聂守信：聂耳。
③生煎：生煎包子。

没吃几次肉，有饭吃就行了，但大上海还是有板有眼，做个生煎包子按规矩加馅，只是可惜了我的衣服，这件衣服到穿破还是没有洗去油渍，但它给我留下了上海印记。

吃完饭我到舅舅上班的地方去拿了包，舅舅说明天上午帮我去买火车票。我就独自去了朝阳饭店。朝阳饭店在服装大厦的楼上，四层以上才是旅馆，我坐电梯到楼上（我还是第一次坐电梯），旅馆是个大房间，几百张床在一个没有分隔的平面上，干净倒还是蛮干净的，服务人员给了我床号，叫我把包寄存了，要我保管好自己的钱物，一切办妥后我找到了自己的床位，就先睡下了，这时候大概是下午三点多。

一觉醒来，已是晚上七点以后，我看到窗外五颜六色的灯光在闪烁，就走下楼去，一到外面马路上，南京路的夜景确实让一个初次来沪上的"乡下人"震撼，霓虹灯变换着颜色和花纹图案，五光十色的商店招牌使人眼花缭乱，此时虽已是晚上八点多，但人流依然没有减少，商店还在营业，使人回想起电影镜头里20世纪30年代的夜上海。

当天，早上从轮船中下来，挤过人山人海的十六浦码头，还去外滩玩了，看够了黄浦江上船来船往，听足了外滩钟楼的钟声和黄浦江上轮船的汽笛声，下午睡了一觉醒来，又看到南京路五光十色的夜景。我觉得这一天特别长，跨过了很长的时间和空间，这里是上海，我遐想到伦敦、纽约，我仿佛自己会走向世界，我不觉得我是个"乡下佬"，虽然我今天在上海只有旅馆大统铺里的一张床，我似乎觉得自己就属于这里。

我从朝阳饭店出来，向西走到国际饭店，前面是人民广场，忽然感到肚中饥饿，原来我今天只吃过一客生煎。我就往回走，走过大光明电影院，看到一家卖蛋糕的店，我买了几只奶油蛋糕和一个冰淇淋，一个人吃了个饱。说实话，吃这东西我是第一次，今天算是开了洋荤。上海我是第一次来，但我似乎对这里的一切都不陌生，虽然我袋里的钱也不多，但我好像自己就是上海滩上的一个小K，只不过是此时身边少了几个跟班。我在南京路走了一段，就回旅馆稍事洗漱后睡下，一夜无话。

第二天是星期天，我到舅舅家去，舅舅家住虹口，一早舅舅就给我去买火车票，我要舅舅买第二天到杭州的快车票，那时候人们省钱，慢车票难买，快车票好买，舅舅买到第二天早上上海到杭州的快车票。我给舅舅钱，舅舅说不要钱，车票送给我，权当我第一次来上海的礼物。舅舅要留我吃中饭，我说不吃中饭来吃晚饭，我在舅舅家没见到舅妈，舅妈到徐家汇娘家去了，因为表妹在那里，由舅妈娘家人管着。我从舅舅家出来沿着四川北路到虹口公园，那时候三路有轨电车还没有拆除，有一种旧上海的味道。我在四川北路吃了一客小笼包，在虹口公园玩到半下午，参观了鲁迅纪念馆和鲁迅墓，从公园出来再沿四川北路玩到舅舅家。

晚上在舅舅家吃晚饭，舅舅做了南京板鸭炖肘子，八一结①烧肉，还煎了许多小黄鱼和炒了几个素菜，这些菜在当时我们小地方算很丰盛了。我们甥舅两个喝啤酒，那时候我十七八岁的小伙子，舅舅四十左右正当壮年，两个人把四瓶啤酒都喝没了，舅舅就又拿啤酒瓶到里弄口的商店里去换啤酒，当时上海的啤酒要瓶子换，如

---

①八一结：千层结，上海人叫八一结，因形状像阿拉伯数字一个8和1。

果没有瓶子店里就不卖酒，舅舅有四个啤酒瓶，所以他最多能买四瓶啤酒。今天晚上的菜至少有两个是凭票供应的，因为我知道八一结和小黄鱼都要票，舅舅平时不喝酒，外甥来了有什么好的都拿出来了。当时全国物质匮乏，上海是国家重点保证供应的，但什么东西都要凭票供应。晚饭后，舅舅还叫我带了白糖、肥皂和大前门香烟给我妈妈，那时我们乡下这些东西都买不到，上海也要凭票，这些都是舅舅平时积攒下来的。我这次来上海是在温州出差因车票买不到才坐船从上海中转的，出来时间也长了，所以就匆匆而走，舅舅送我到门口电车上，他要我年底来上海过年。

第二天早上我乘火车离开上海。在沪匆匆两天，但我感觉到了这个城市的繁华与厚重。火车到杭州城站，我从火车站出来坐电车到龙翔桥，电车从解放路到延安路一路开来，沿街没有一处像样的楼房，杭州与上海一比，杭州确实没有大城市样子，但也没有今日河坊街那样的古色古香，是一种不伦不类的破破烂烂，那时候尼克松还没有来过杭州，但杭州的城市真如尼克松总统说的是美丽的西湖、破烂的城市。一看杭州就越发衬托出上海的繁华。

1970 年春节，我到上海过年，我们当地的习俗是腊月二十四要化（杀）鸡，母亲因为要给舅舅家送鸡，就叫我提早到上海去了。这次我在上海待了半个月，正好在新疆支边的表兄（我二姑母的儿子）也回上海过年，我们就在上海玩了一个尽兴，加深见识了沪上的繁华。

表兄陪我去豫园和老城隍庙玩。豫园位于上海老城厢东北部，西南与老城隍庙和豫园商场相连，豫园是明朝时期的私人花园，它是老城厢仅存的明代园林。园内楼阁参差，山石峥嵘，湖光潋滟，素有

326

"奇秀甲江南"之誉，是江南古典园林中的一颗明珠。老城隍庙位于豫园商场内，传说系三国时吴主孙皓所建，明永乐年间，改建为城隍庙。豫园和城隍庙都坐落在上海最繁华的城隍庙商业区，这个繁华的地方是上海本地人和来沪的游客必到之处，但一般人并不一定分得清这是三个不同的地方，把豫园、豫园商场和老城隍庙三个地方混为一谈了，人们说到老城隍庙去，其实一定把豫园、豫园商场和老城隍庙都玩了，很少有人会只玩了一个地方的。

上海城隍庙有许多小百货，当时在全国各地是找不出第二个品种如此齐全的地方，那里有全中国最大的缝衣针和最小的缝衣针，有各种样式的钮扣。你不要觉得那些东西小，其实当有需要时很难寻找的，举例说你在北京买了一件衣服，但掉了一个扣子，要想补一颗，你在其他城市是找不到的，但到上海老城隍庙能找得到。当天我们在城隍庙和豫园玩，城隍庙当时已经没有什么，是一个小商品批发和花鸟市场。豫园内在挖防空洞，但城隍庙还是人山人海，人头最旺的地方是吃南翔小笼包，我们在城隍庙买了梨膏糖和吃了小笼包，要不是表兄人高马大，我们或许还没有挤上吃小笼包，城隍庙虽然人多一些，也足见沪上繁华。

我们第一天玩了老城隍庙，第二天去西郊公园，当时因为年底，人不是很多，但乘公交车还是排了很久的队伍。西郊公园是个大型动物园，也是上海市区最大的林木公园。西郊公园内有珍稀动物六百余种，占地近百万平米，是当时全国最大的动物园。西郊公园里有老虎、狮子、大象、长颈鹿、河马、鳄鱼、斑马、犀牛和巨蟒等大型动物，当时我们还没有看过《动物世界》的电视，能看到这些大型动物是很震撼的。

我们从西郊公园回来表兄带我去了上海大世界，当时大世界已经停了许多活动，但 12 面哈哈镜依然对游客开放，这 12 面大镜子能使人变长、变矮、变胖、变瘦等，千姿百态，引人捧腹。老上海人说起大世界来都津津乐道，可见大世界对普通市民有深刻影响。我们从大世界出来沿南京路向西，到大光明电影院去看了电影。大光明电影院在南京路上，已有几十年历史，据说是远东第一影院，里面有座位 1500 多个，座位全部是软座，大光明电影院的建筑具有欧美风格——奶黄色的外立面构成波浪中的风帆，流畅的圆弧曲线从大厅顶部围环整个影院，渐叠成荷花型的三层屋顶装饰独具匠心，意大利大理石砌成的抽象图案，宽敞的观众大厅极度气派。当天我们在电影院看了《列宁在十月》，这电影和影院还算吻合，影院的优雅和赏心悦目使人感到沪上确实繁华。

快到农历过年了，我和舅舅说初一没有新衣服，舅舅说你想买什么衣服，他带我到南京路上去看衣服。我们在第十百货的橱窗里看到了一件呢制服，舅舅到里面去问，柜台上的服务员说要明天早上来排队。第二天我们甥舅两个一大早去排队，买衣服的人很多，这是"文革"开始后上海第一次恢复做呢中山装的，售价是 50 元人民币一件，由于我们去得早，总算买到一件，晚上舅妈回来叫我穿起来看，舅妈说："阿啦外甥就是上海滩一小 K，穿起呢制服就是神气，但这种服装是要配套的，还少一条同样料子的呢裤子。"舅妈给我量了裤子尺寸，她第二天去八仙桥协大祥买了一块与衣服接近的呢料及衬里，拿到徐家汇叫她侄女去给我做裤子。正月初一我穿了一套呢衣呢裤，皮鞋锃亮，还真是神气，仿佛真是上海滩三四十年代的少爷小 K。

为什么要说到服装，服装是上海繁华的标志，上海一直领导中国服装的潮流，民国时期上海的旗袍，西装都是全中国最好的。解放初期，国家从上海调裁缝师傅进京，为中央首长制作服装。即使在"文革"这样恶劣的环境里，上海还在蠢蠢欲动，研制出的确凉、涤卡等时尚原料，设计女式连衣裙，现在又开始老翻新，制作呢料中山装，后来又有全毛华达呢的中山装，当然西装还是不能解禁，为什么中央同意上海服装可以时新和华贵一些，据说主要是做给外国人看的，那时候全国各地在好多地方老百姓都穿清一色的蓝色中山装、军便装，不管男男女女，基本上是一件蓝衣服，年轻人时髦的，有办法的去弄一件黄军装穿穿，甚至有的老百姓衣不遮体，几个人合穿一条裤子，而上海还是在服装上动脑筋，和周边贫穷的农村相比，越发显得沪上的繁华。

沪上的繁华，与全国各地的萧条形成强烈反差，当时是短缺经济的年代，很多东西只有上海和天津等少数工业城市有生产。有些东西当地虽有生产，但质量不及上海产的，老百姓去买东西会问，这东西是不是沪产的？也有可能当地买不到，一定要到上海才有。所以我每次到上海都会帮家乡的邻居、同事带上海的东西，什么白糖、肥皂、香烟、布料、绒线、海绵拖鞋等。

沪上的繁华是有其根基的，上海开埠一百多年来，吸纳了全国各地的人才、资金和各地的名家、名品汇聚到上海，当然还有西洋的东西登陆到上海，所以上海是中西合璧的国际大都市。我们看到的繁华仅仅是它的表面，或者是体现在商业和服务业上，上海的繁华是有工业、科研、大专院校、文化等做支撑的。

此后几年，我多次到上海，由于我在上海有很多亲戚，厂里就让我跑上海采购物资，购买器材和机器配件，那时候采购某些物资是需要关系的，所以我对上海很熟悉。我舅舅家在虹口、二姑母家在金陵中路，舅公家在徐家汇武康路，以前他们住的都是有私家花园的洋房，"文革"期间被强租出去，但房子还不算很小，住个把人绝对没问题，所以我一直到上海过年。一个地方去多了，就比较深入了解它内在的东西。

当时的上海与国内其他地方比较，这震撼比20世纪80年代人们到美国还大，上海外滩的风景不去说它，20多层的上海大厦，国际饭店当时在中国是最高的，"一百""十百"的自动扶梯当时在中国，除了上海是绝无仅有的。北京的王府井和上海的南京路、淮海路根本没有可比，和平饭店、锦江饭店的服务都是中国之首，美国的三舅公回来，舅舅带我到国际饭店去看他，说实话，我是第一次坐这么高的电梯。一次在海关当关长的表叔请我们去和平饭店吃饭，让我有机会见识了上海这国际大都会的风范。当然那时候普通老百姓没有国外来客是进不了国际饭店、和平饭店的。

20世纪六七十年代，我通过探亲、出差的机会多次到上海，了解上海的一些东西、结识了上海的一些人，上海的游历是确实让人长了一些见识，开阔了眼界的，特别是对一个十七八岁的年轻人来说，在当时社会封闭，经济落后的年代，有一种豁然开朗的感觉。人的思想是很复杂的，在今天这种商业社会，物欲横流，经济第一，一切向钱看的时代，需要有精神和文化方面的东西，人们就不会把经济看得如此重。其实社会除了经济，还有许多东西，你会把金钱看淡些，这对社会和个人都有利。但在那个政治疯狂的年代，当你看到上海这个大都市的繁华，看到这高大宏伟的建筑；当你远望黄浦江巨轮的进出，听到外滩钟楼的钟声和江里轮船的汽笛声，看到晚上五光十色的霓虹灯和外滩的景观灯亮起；当你穿上体面的服装，接受彬彬有礼的服务，你就觉得这些政治小丑的幼稚和可笑，反而提高了自己的思想境界，有超脱当时时代的精神升华。

年轻时代见识了大上海的繁华，提高了对财富的认识。知道一切物质和繁华都是过眼烟云，但你必须理解财富的真实意义，只有真正理解了财富的人，一生才能掌握财富，但不崇拜财富。

三、江南记忆

　　江南地方，一村一镇都是风景。古镇、古桥、名木；寺庙、戏台、民居，小桥流水，粉墙黛瓦，历史悠久，自然天成。要说有个性，各地也有各地的特色，要说有共性，不仔细分辨也是千篇一律。江南地方，就好比江南姑娘，你说她们不一样，却都是少女青春，你说她们都一样，却各有各的风韵美丽。我游过江南多地，无法忘记这美好的记忆，但也找不回过去的风景，只是留下江南记忆！

　　白居易的《忆江南》词：江南好，风景旧曾谙；日出江花红胜火，春来江水绿如蓝。能不忆江南！可见江南值得记忆。

　　江南记忆，最使人梦魂萦绕，难以忘怀的是江浙水乡，江浙水乡，最使人留恋记忆的是水乡的古镇、古村落。

　　江浙水乡主要是江苏南部和浙江北部的平原水网地带，也就是传统上所说的江南，但比地理上的江南要小。江浙水乡不仅有夺人心魄的自然美，更有醉人情怀的人文美，这就是江浙水乡独特的文化习俗和建筑艺术。

江浙水乡独特之处就是水文化。江浙水乡，以水为邻，傍水而居，住宅、村落、街镇与水巧妙融为一体。农耕以水田为主，渔猎以江河为主，运输出行以舟船为主。手工业也离不开水；西施浣纱，养蚕缫丝都离不开水；酿造、印染、造纸都离不开水。

江浙水乡的水是活的，小河连着大河，大河连着大江，大江连着大海，湖泊星罗棋布，条条江河相连，个个湖泊相通。一条京杭大运河又把大江、大河、大湖一线穿起来。因为江浙水乡的水是活的，所以江浙人的头脑也很灵活，江浙地方的手工业和建筑工艺在古代已经很发达，近代民族工业在明朝初年已经开始萌芽。浙江的西塘、乌镇、安昌，江苏的同里、角直、周庄是江浙水乡古镇的活化石，它们向人们展示江浙水乡的传统文化。今天人们看到这些古镇称奇点赞，但大家不知道江浙地方这些古镇以前比比皆是，哪里用去挤破人头看热闹，花上百元的门票钱去买堵受。

我游历过上百个江浙古镇，基本上大同小异。较具规模的古镇一定是水路码头，历史上水路运输发达，有舟楫之便才能繁荣发达。所谓江浙水乡，必然湖港纵横，小桥流水、桨声欸乃。古桥是江南地方、江浙水乡的一道风景。

以苏州、绍兴及其周边的古镇、古村为例，就有许多古桥、名桥，如苏州的宝带桥、五龙桥、彩云桥、觅度桥、吴门桥、上津桥、下津桥及周边的七里山塘河古桥等，还有什么寿星桥、盘门桥、香花桥、大运河古桥等不胜枚举，苏州有中国最长的连拱桥，还有周边的太仓古桥、寒山寺前古桥，其实枫桥倒并不是很大，只是因张继的《枫桥夜泊》诗：月落乌啼霜满天，江枫渔火对愁眠。姑苏城外寒山寺，夜半钟声到客船。而名满天下，千古流传的。

绍兴城内及周边古桥也很多，城里有桥229座，五步一登，十步一跨，著名的八字桥就很有特色，八字桥建于南宋嘉泰年间，和广宁、东双两桥南承鉴湖之水，北达杭州古运河，是中国最早的立交桥。绍兴城向东有东湖的秦桥、万柳桥，向西有东浦的洄龙桥，这是一座一孔拱桥连十七孔梁桥的长桥，继而再向西的柯桥、太平桥、行礼桥、扬汛桥和螺山桥都是古桥名桥。螺山大桥跨西小江，始建于明代，螺山桥也是拱梁组合桥，三孔拱桥和七孔石梁桥组合成大型古桥，长29.9米。建于道光丁酉年的画桥，清刘正谊有《夜宿画桥》的诗：千里名桥路，扁舟向晚过，犬声吠月淡，鸦影背里多。杨柳垂烟雾，澄波皱绮罗，寒塘人独宿，渺渺奈愁何。因此画桥的名声留传更广。

大家熟悉的古镇都有很多古桥、名桥。苏州旁边的无锡老城也有很多名桥，古运河上的桥大多数是历史悠久的古桥，古色古香，别有韵味，亭子桥、莲蓉桥、清名桥是无锡城厢运河上三座齐名高桥。亭子桥历史最久，建于南朝齐时，清乾隆六十寿辰时重建，上有亭子，1968年拆除重建。江浙水乡是无桥不成市，无桥不成路。

江浙水乡的桥和路是相连接的，所谓无桥不成路，因为水乡河港纵横，一定要遇水建桥，否则路是不通的。江浙水乡因为交通以船为主，出门、货运以船代步，所以走路并不方便，考虑到水系的走向，有些路要绕道而行，往往比实际距离要多走许多，但是有船代步就省力又快捷，所以水乡船运发达，但以前的船是以人力和风帆作动力，有时候风向不顺，需要人工拉纤驱动船只前进，因此就有了纤道，纤道沿河而建，非常宽阔壮丽，纤道往往又与官道合建，所以多数纤道就是官道，这是江浙水乡的大路。祝英台从上虞出发到杭城读书，走的就是官道，舞台姐妹从嵊县出发到上海，走的便是水路，旁边就是纤道，这些都是上银屏的真实外景。官道直而宽，一般用四五块石板拼起来，小道只用一块石板连接起来，所以小道不好走，小道还因为弯曲，所以路也不好认，日本人来时，有的地方就是因为路不好认而免遭劫难。

江浙水乡的路都用石板铺成，桥梁也以石材建成，所以江浙水乡的石材应用发挥到淋漓尽致，因此就有了独特的石文化。江南水乡的桥梁、道路、街道、戏台、寺庙、祠堂、官署、陵墓就是石材博物馆，绍兴的东湖、柯岩，苏州的虎丘剑池都是古代采石场的遗址。如果以江南的石材建筑和北京的皇家园林的石材建筑相比较，前者是一种精雕细琢的艺术，重在一个巧字，而后者追求的是恢宏，一个大字。说到江南建筑，也必须说江南的民居，江南的民居是石和木的巧妙结合，因江南地处潮湿之地，所以建筑不能直接建在泥土上，必须以石材为基础，建在青石板上的民居特别清丽，给人以一种赏心悦目的感觉，这与北方的泥石或泥木结构的民居，形成一种鲜明的对照，这里的民居是一种艺术。

游历江南，说到桥和路，说到石材艺术，还必须说说江南的古树名木和寺庙。江浙水乡，古树名木繁多，每村每镇，都有许多大树，江南的树木能长久生长繁荣的以香樟为主，素有南樟北槐之说，一般每个村落古镇，一定有大量的香樟树，香樟树大可数围，冠盖盈亩，一定是每个村镇的坐标。江南的古树名木，除了樟树还有朴树，学名珊瑚朴，俗称娑婆树、银杏，但不幸通过几十年的破坏，这些古树名木几乎砍伐殆尽。江南的寺庙规模也很大，除了北京的皇家寺庙和四大佛教名山的寺庙，就数江南的寺庙最为壮观，我们不说杭州城里的灵隐寺、苏州城里的西园寺，宁波城外的阿育王寺、天潼寺，新昌的大佛寺，天台的国庆寺都是一些古寺宝刹，各地还有很多大型寺庙都被淹没了。

桥、路、古树名木和民居，已经勾勒出一幅江南水乡的水墨画来，江浙水乡处处是风景。我们再来说说江浙水乡的市井。江浙水乡除了苏、锡、常，南京、杭州这些城市，主要是大大小小的一百多个古镇构成框架的。近的十几里，远的二三十里，必然有一个市镇，市镇有辐射，和各个村庄相联系，这种布局是合理的，是社会几千年的发展后形成的，现在的城市化运动，基本上已经破坏了这种格局，这是十分错误的，几十年后必然会被惩罚，我写的是未被城市化运动破坏之前的江浙水乡。

江浙水乡的市井，都是方圆几十里地方的中心，是一种自给自足的田园经济，套用一句现代时髦话，叫绿色、环保、生态，可持续发展。它和大城市互为依托，互为补充。水乡古镇的工商业直接为民生服务，一般格局是三只缸一定是有的。这三缸第一只缸是酱缸，酱缸就是酱园，以酿造酱油为主，兼做腐乳，甜酱、米醋，有的也做酒，生产的产品直接为当地服务。绍兴的安昌古镇上现在还保留着在生产产品的酱园，酱园占地大，投资长，产品需要自然发酵，需要很多大缸，所以酱园以酱缸出名，由于以前的产品以散装和坛装为主，所以运输半径不大，因此几十里必须有一个酱园，它的销售量和生产量是平衡的，不存在销路问题。酱油是江南老百姓的生活必需品，江南水乡是鱼米之乡，烧肉、煮鱼一定要用酱油，腐乳是一般普通老百姓佐餐的佳肴，也有一定销量。有的地方有酱缸不一定有酒缸，因为酱园也酿酒。

酒缸，就是酒厂，那时候江浙水乡酒厂很多，但酒厂不一定要酱园那样的规模。在烟酒没有专营前老百姓家里也酿酒，但口味就不一定有酒厂酿造的那么好，所以就有了酒厂，一般每个市井古镇都有一两家有些规模的酒厂。中国人饮酒的习惯已有数千年，江浙水乡的酒以黄酒（米酒）为主。一般是先酿黄酒，用黄酒做完的酒糟再做白酒，或者用杂粮直接酿造白酒，乌镇上就有酒厂在酿酒，那些酒都是纯粮食酒。说到酒就必须了解酒文化，江浙地方的酒文化与北方不同，北方人饮酒是豪饮，而且以白酒为主，可能有御寒的作用。但江浙地方的老百姓一般不饮酒，因为这里的老百姓都很勤俭节约，但做体力的人要喝酒，喝些酒壮壮体力，请人做活要给人家喝酒，办喜事要请人喝酒，过年过节要喝酒，但江浙地方的人喝酒很注意一个量的问题，一般人喝酒不过量，少数个别人喝酒过量被认为是酒德不好，人品遭人诟病。所以江浙水乡的人喝酒是个雅事。当然如船工、渔夫等饮酒是工作需要，目的只为御寒除湿。所以酒是必须的，但江南水乡的酒店并不发达，一般一个市井古镇上酒楼不多。

第三只缸是染缸，就是染坊。在洋布没有进入前江南的普通百姓一般都穿土布，就是自己织的布，自己织出白布，需到染坊加工染色，所以每镇每市都有染坊或染店，染店有很多高高的架子，你想到某镇上去，远远的就先看到染店的架子，现在乌镇的染坊架子摆放的是毛竹，这不真实，原来染店的架子都用上好的木材做成，我们当地有句俗话，叫做染店倒闭了染店的架子不倒，因为染店的架子要做得牢靠，以免晾布时被风吹倒。

江南古镇除三缸，当铺一定是有的，有的镇上还不止一个当铺，旧社会的当铺挣穷人的钱心很狠，但说实话有时候没有当铺倒还真不行，穷人走投无路的时候只能去当铺。当铺的房子一定是每个镇上最高、最大、最牢的房子，解放以后当铺往往就是当地的银行、粮站或政府机构的所在地，如果一个地方没有大规模的旧城改造，一般当铺的房子到现在还不会倒，如果在古镇风景区，还能挣些门票。

江南市井，茶馆是另一道风景，一般一个镇上会有几十家茶店，我们家乡镇上原来有 36 爿茶店。江南地方人们喜欢到店里去喝茶，谈事情，做买卖，所以茶店特别多。当然茶店是有档次的，普通茶馆一般去喝茶的是老农民，船夫、渔夫为多，老农民早上挑些农产品到市上卖，或直接放在茶店门口，自己在茶店里喝茶，有人来了就把东西卖掉，茶也喝了，东西也卖了。船夫一般上午船是停在码头上的，要下午或晚上开船，所以上午就在茶店喝茶。渔夫也是这样，一般晚上或五更捕鱼，早上把鱼货放到渔行，渔行会代卖，自己跑来喝茶，有的或者直接把鱼货放在茶店门口卖。另外喝茶的还有一些市井上的闲人，他们边谈生意边喝茶。各地的茶店是普通的多，价格也便宜，一般几分钱就能喝一个上午，你不走，茶馆里一直给你续水，但不能加茶叶，换茶叶重新算钱。当然每地都会有一两家茶楼，茶楼是接待体面人的，价格较高，还配有点心和瓜子等，有些像今天的茶楼。以前人们有矛盾，喜欢请人去喝讲茶，喝讲茶就是在茶馆里评判是非，有调解的味道，但有权威的人发话了，双方必须服从，茶钱由请吃讲茶的发起人付。如果处理公平，法院可以省事很多。

江南市井，以前茶馆很多，新中国成立后减少一些，但还是不少，这和当地的燃料有关，以前江南地方不烧煤，一般农户都烧稻草，所以在家不烧开水，如果在柴灶上烧开水，味道也不好，所以人们喜欢去茶店喝茶。人们在茶馆喝茶，茶馆里市面很灵，有传新闻的味道，"文革"期间各地将茶馆全部关闭了，1978年后又重新开放，但数量大不如前了，茶馆喝茶的味道也在变，还有一个原因是挨家挨户烧煤气、液化气，烧开水很容易，所以现在经常去喝茶的人不多了。

说到茶馆和喝茶，也要说说茶叶，江南地方，一个镇上一定有一两家茶漆店，这是卖茶叶和油漆的，现在的人们不懂，为什么茶叶和油漆放在一起卖，那时候的油漆是生漆，是从树上采下来的。所以茶叶店就把茶叶、桐油、生漆放在一起卖，因为这些都是山货，是同一种类的东西，这和现在的洋漆不同，洋漆是不能与茶叶放一起卖的。

江南古镇市井的茶馆很多，但饭店、酒楼不多，因为江南百姓有节俭的良好传统，无大事一般不到饭店、酒楼去吃饭、喝酒，那是被认为是"不要好"①的人的行为。那里农家人出门自带饭菜，早上在家里做好饭，盛在蒲包②里，上面放些蒸熟的霉干菜，中午拿出来吃，还是很香的。江浙水乡的老百姓有到杭州灵隐进香的习

---

① 不要好：指人不太好，也就是说不是好人。
② 蒲包：用蒲草或香蒲叶编成的装东西用具。

俗，但他们不吃饭店，都是自带干粮，那里有句俗话，叫做吃麦髓饭①游西湖。所以江浙地方除了上海、苏州、杭州等城市，下面的古镇、县城（县城所在地也是镇），饭店、酒楼不发达。

　　江浙水乡市井饭店、酒楼不是很发达，但各地方一定有特色糕点、名小吃，这是符合江南水乡人民的生活习惯的。老百姓到集镇上去办事，肚子饿了咋办，就会吃个小吃，比如说吃个馄饨、面条、粉丝；葱包烩、萝卜丝饼什么的，这比较符合当地老百姓勤俭节约的消费心理，所以各地一定会有一两个名小吃。至于糕点，是江浙水乡老百姓走亲访友的"手把子"②，是一种最普通的礼品。那时候人们送不起烟酒这种礼品，只能买个糕点聊表心意，做个见面之礼。所以各地会有名糕点，特色糕点，说到底其实也没有什么，无非是糖和粮食的搭配。但一旦有名气就比较好送人了，说这是什么什么名点心。点心点心，也就是一点心，这就是江浙人的精明了。

　　江浙水乡的每个镇上基本上都有一个船厂，因为江南水乡出门、货运都靠船只，北方有骡马客栈，江南就有船用码头，因为船只多，所以一定要船厂修理和建造，船厂就成了一个特色行业，在江南地方已有几千年的历史。那时有条件的人家有自备船或者固定租用的小船，就好像现在的自备车和包车，船厂就是4S店。由于造船修船需要大量木材，船厂旁会有较大的木材行，当地多叫树场。但由于木材消耗太大，木船逐渐减少，后用水泥船代替，最终

①麦髓饭：把大麦的皮去净，挤压成扁平的精髓。
②手把子：见面时能有个见面礼，是不空着手的意思。

340

因为汽车发展了，木船又被淘汰了，木材也是国家计划分配物资，树场也消失了，江浙水乡两千多年的木船历史也结束了。据浙江萧山湘湖跨湖桥木船遗址博物馆考古发现，中国人造船的历史已有八千年，但那是一只独木舟。

江浙水乡市井，中药房也是一道风景，在西医没有进入前，老百姓治病靠中医，所以每个大村古镇一定会有中药房，与北京的同仁堂一样，也号称什么天生堂、积善堂、同善堂、同德堂、澄心堂、养心堂等，但中药铺实际是大称进，小称出，是很赚钱的行业，各地的中药铺也是有故事的地方。

江南古镇的戏台也是值得回味的水乡风景，我到过的江南古镇一定都有戏台，江浙地方演戏的历史也很久了，至少明清两代演戏文化已经很流行，所以各地都建有固定的戏台，民间称为万年台。有的戏台临水而建，人们可在船上观看演出，这是有道理的，因为戏台前面一定要有广场，临河而建就节约了土地，又便于乘船来的观众有地方看戏。

前面说到江南民居的建筑，江南民居在实用性上也很讲究。一般江南民居都是临街傍水而建，就是像乌镇东栅、西栅那种形式。这种建筑形式一是出街方便，开前门就能上街，二是日常生活方便，开后门就是河和水，洗衣服、洗菜都很方便。以前江南水乡的河水很清，老百姓直接用河水煮饭、烧开水，随便打一桶水都能饮用，所以离河水要近。江南水乡的老百姓有很多商业交易直接在河里完成，老百姓买柴、买菜、买鱼虾很多就是船开过来，直接在船上完成交易的。卖菜、卖鱼虾的会驾着船在河里叫，卖菜啦呵！卖鱼啦呵！有人说要，他船就靠过来，直接在船上过称，完成交易。

其实这是很好的一道风景。说到这里，我们也只是说了个进的问题，还有个出的问题，其实江南水乡的老百姓早就想好了，所以才能有几千年的持续发展。

江浙水乡的老百姓，很早就知道把人畜的粪便和草木灰作肥料了，所以江浙水乡的民居傍水而建非常方便这些废弃物的外运。我们小时候就经常有人来换料（买大粪）、换灰（买草木柴灰）。江浙水乡河港纵横，捻河泥也非常有趣，每当农闲，附近村庄的农民伯伯会来镇上的河道里捻河泥，他们用中型木船，拿着用两根竹杆下面绑上两张三角型的密度较高的网，把两根竹杆和网做成夹子型的夹具，把它沉到河底，在一开一闭之间，把河里的淤泥提上来，放到船里。为什么下面要用网，目的是让水流出，夹住淤泥。那时候农民都用生态肥料，每年都会把河道里的淤泥清除干净，通常在外河航道上是没有淤泥的，因此捻河泥一般都到镇上的河道里，特别是溇底码头，由于这些地方沉淀的废物会多一些，两个农民伯伯差不多一天能捻一船河泥，那时候的生态可以说真的是绿色环保，可持续发展。

江浙水乡，素有鱼米之乡之称，农民种植水稻，收获稻米，这大家很熟悉，但鱼米之乡的鱼，大家可能不是很清楚了。那时养鱼的还不多，鱼米之乡的鱼，主要靠渔民去捕捉野生的鱼，江浙水乡的水生资源很丰富。捕鱼是一个很普遍的行业，有很大一部分人靠捕鱼为生。所以渔船和渔民也是江浙水乡的一道风景，难怪中国古代把渔、樵、耕、读的渔放在最前面，可见渔是中国古代一个重要的求生存的行业。

江浙水乡捕鱼是很大一个产业，因为当地老百姓的日常菜篮子里一定有鱼，那时候人们一年之中吃肉不多，鸡鸭一年只能吃少数几次，鱼是每天都有的荤菜，所以叫鱼米之乡。捕鱼的方法也很多，有用渔网打鱼的、有用鱼鹰（鸬鹚）捕鱼的、有放钓钩的、有直接垂钓的，还有钓鳗鱼的、捕鳝鱼的、扒螺丝的，还有放捕笼的、钓虾捉蟹的，每天在河里能见到很多捕鱼的船和捕鱼的人。一般老百姓自己也会钓鱼、钓虾。江浙水乡的男孩一般都有捕鱼、捉虾的经历。

捕鱼也是一个很苦的行当，风里来，雨里去的，遇到风和日丽的日子还好，但一旦遇到连日风浪，高温酷暑或天寒地冻的日子，这苦是可想而知的。捕鱼这行当还很危险，在内江内河还好，但在大江大河（湖），风险可就大了。有很多捕鱼的人水性很好，但最后死在水里。柳宗元的《江雪》：千山鸟飞绝，万径人踪灭。孤舟蓑笠翁，独钓寒江雪。它反映了不畏风雪，独钓寒江的老渔翁形象，描写了捕鱼人的艰辛。捕鱼的人不但苦和危险，经济收入也不稳定，因为当时老百姓的购买力还很低，你有时虽然捕到鱼，还不一定卖得出去，夏秋季节鱼货很多，但卖不掉，很多有男孩的家庭自己都会捉鱼，但一到冬季，捉鱼也是很困难的。说到江浙水乡，捕鱼和渔民是不能不说的。任何事物都有它的两面，江浙水乡风景确实很美、经济也发达富庶，大多数老百姓的生活应该都过得去，但过去的渔民和农民也是比较苦的。康熙皇帝有《西溪》诗一首：十里清溪曲，修篁入望深。暖催梅信早，水落草痕深。俗藉渔为业，园绕笋作林。民风爱淳朴，不厌一登临。我也有西溪诗一首，这是早年的情景，《西溪》：佳日游佳景，游客好心情。谁知农家苦，吟与诗人听。晴天晒脱皮，晚来虫蚊叮。雨天路难行，蚂蟥爬上身。夏秋鱼虾多，常常弃市归。冬春鱼虾贵，几多空舱回。家中粮无多，何心赏梅花。雨后春笋发，不及油酱价。原住西溪人，多被游人夸。一年三百六，日为生机嗟。当然这是 20 世纪 70 年代前的事情，如今已是物是人非，江南水乡已经被工业发展，城市开发淹没了，少数几个旅游景点都是人为设计的，已经完全失真，很难再寻回过去的记忆。

四、徽州旧韵

　　我第一次到徽州地方是 20 世纪 60 年代，最近一次到那里是 2013 年，我到徽州地方旅行不下数十次，前后跨度近半个世纪。几十年来虽然徽州地方也发生了许多变化，但相比于其他地区，徽州的变化还是较小的，旧时的韵味还在，这就是文化。

　　徽州之行，不能写成几月几日，如何走杭徽公路，过煜岭关，路上遇堵遇雪，如何到歙县宿夜，先品黄山毛峰，再尝当地石鸡。上黄山，游屯溪，走宏村，到绩溪，这样就不能把徽州的味道写出来，徽州的味道在久远和传承，这就是徽州旧韵。

　　徽州，旧府名，府治在今安徽省的歙县，古称歙州，又名新安。辖地大概和今黄山市相同，由黄山市的歙县、黟县、休宁（屯溪）、祁门及婺源、绩溪六个县组成。婺源现属江西上饶，绩溪现属安徽宣城。徽州是浙江省早期雏形浙江西道的一部分，也是江南省分治后安徽之"徽"的来源。新安亦指徽州与严州之新安江

（钱塘江北源）及分治前之新安郡，严州现已并入杭州。太平天国时期徽州曾短暂归属浙江代管。

徽州地处黄山与天目山脉间，东临吴越故都杭州，与浙西的金、衢、严三州唇齿相依，山水人文系之。粉墙黛瓦的江南徽派建筑与之相得益彰。明清时徽州地方六县商人以徽商称雄中国商界五百余年，有"无徽不成镇""徽商遍天下"之说。其实徽州地方读书做官的人很多，文化底蕴相当深厚，徽文化也成为中华三大地域文化之一。文房四宝的端砚、湖笔、宣纸、徽墨，徽墨就出歙县。

徽州境内群峰参天，山丘屏列，岭谷交错，有深山、山谷，也有盆地、平原，波流清澈，溪水回环，到处清荣峻茂，水秀山灵，犹如一幅风景优美的画图。古徽州四面有四座山，西边黟山（黄山）；东边白际山脉，是歙县的发祥地，主峰搁船尖；黑白两山，龙飞凤舞，形成黑白徽州的格局；北方是障山，主峰清凉峰（海拔1787米）；南边是耸立在祁门县境内的牯牛降（海拔1728米）、位于婺源与休宁交界处的大鄣山（海拔1629.8米）、横亘于婺源西南部的凤游山（海拔675米）、拔起于休宁西北部的白岳齐云山（海拔585米），是壮丽神奇的天造画境。

著名的黄山绵亘于歙县、黄山区（屯溪）、休宁、黟县之间，黄山最高峰莲花峰海拔1860米，峰峦峻峭，辟地摩天，重岩叠嶂，宏博富丽，是闻名中外的风景胜地，古徽州就在这"大好山水"中。

徽州地方历史悠久，徽州脱胎于隋文帝开皇九年（589）所置的歙州。宋徽宇宣和三年（1121）改歙州为徽州，徽州之名前后沿用长达780年之久，所辖六县一直没有变动。徽州是中国历史上的经济文化重地、"安徽"便是取安庆府之"安"、徽州府之"徽"作为省名。徽州，是一个地理概念，也是一个历史、文化、思想概念。徽州曾经的人、物和故事渐行渐远；而那些深藏于民间的历史文化记忆依旧栩栩如生。

古徽州是徽商的发祥地，明清时期徽商称雄中国商界500多年，有徽商遍天下之说，以徽商、徽剧、徽菜、徽雕和新安理学、新安医学、新安画派、徽州篆刻、徽州建筑、徽派盆景等文学艺术形式共同构成的徽学，更是博大精深。

"无徽不成镇""徽商遍天下"之说并非空穴来风，我们家乡镇上就有很多徽州人。徽州人会做生意，镇上茶漆店是徽州人开的，新中国成立以前当铺里都雇用徽州朝俸①，有的朝俸先生新中国成立以后在旧货店里工作。茶漆店有徽州歙县来的学徒，他说他从歙县渔梁古埠上船，沿新安江顺流而下（那时候还没有新安江大坝），到富阳大源上岸，走过大黄岭，到临浦再坐船，就到我们镇上。我们小时候有徽州朝俸的儿歌：我家有根娑婆（罗）条，徽州朝俸未取宝，铜钱还了三万吊，朝俸问我好不好，我说勿好！勿好！就勿好。朝俸先生请我吃宴饭：青壳螺丝笃屁眼，湖羊尾巴太油（最好的酱油）蘸，黄芽韭菜炒鸭蛋，老板鲫鱼精肉嵌，花雕老酒热起来，我说勿吃！勿吃！就勿吃②。这是说徽商真的很普遍。

我们单位有个老同志是徽州歙县人，未退休前我们经常送他回家，退休后我们也经常去看他，他从家乡也带出一批人来我们单位

---

①朝俸：徽州方言中称富人为朝奉，苏、浙、皖一带也用来称呼当铺的管事人。

②吃：绍兴方言吃读切（qiè）。

工作，借机我们去过徽州地方多次，对徽州的山山水水、古村落很熟悉，徽州地方民风淳朴，还保留很多传统文化的东西，旧时的韵味还在，但近来却被冲击得很厉害，我们这代人对过去的人和物还有些记忆，后代人可能要找不到回家的路了，而今他们还一心往外冲，但一旦到他们想回归的时候，就只能从纸上去找一些散碎的记忆了，所以我们能写一些就写一些，能记一点就记一点。

徽州古城。徽州古城就是歙县县城徽城镇，千年徽州府治所在，内有许国石坊、许国相府、南谯楼、阳和门、徽园以及斗山街等古建筑，是展示徽州文化的重要实物建筑，歙县徽州古城是我国保存完好的古城之一。

许国石坊。许国石坊又名大学士坊，俗称八脚牌楼，建于明万历十二年，八柱，口字形平面，南、北二面依二柱三楼式，东、西两面依四柱三楼冲天柱式，结构稳固，造型丰满。其四柱三楼冲天式石坊形制，垂明清数百年，在石坊建筑史上有突出地位，全国独一无二。许国石坊是徽州石牌坊中最杰出的代表，综合体现了石坊建造技艺的最高水平。许国，字维桢，明嘉靖四十四年进士。万历十一年，许国以礼部尚书兼东阁大学士入参机务。万历十二年，因云南平叛决策有功。晋少保兼太子太保、礼部尚书，武英殿大学士，赐建牌坊。

棠樾牌坊群。棠樾牌坊群在歙县郑村棠樾村东大道上。共七座，明建三座，清建四座。明牌坊为鲍灿坊、慈孝里坊、鲍象贤尚书坊。鲍灿坊旌表明弘治年间孝子鲍灿；慈孝里坊旌表宋末处士鲍宗岩、鲍寿孙父子；鲍象贤尚书坊旌表兵部左侍郎鲍象贤。四座清坊为鲍文龄妻节孝坊、鲍漱芳父子乐善好施坊、鲍父渊节孝坊、鲍运昌孝子坊。

在中国各地，应该也有许多牌坊，但徽州歙县牌坊特别多，被誉为"牌坊之乡"，据史料记载，歙县历代共建牌坊250多座，现存牌坊82座。棠樾牌坊群是保存完好的一处牌坊群。虽然棠樾牌坊群规模气势宏大，雕刻精美，但这不是它保存完好的理由，如果这些牌坊不在徽州而在其他地方，那么这些牌坊早就应该被拆除了。因为它是宣传："忠、孝、节、义的封建糟粕的东西，尤其是棠樾牌坊群有两座祠堂，其中一为鲍氏妣祠，俗称女祠，这些都是封建社会迫害妇女的罪证"，历次运动应该不会放过它的，但在徽州却保存下来了，这就说明徽州人心胸是博大的。徽州虽然地处皖南山区，又是什么忠、孝、节、义的牌坊，又是什么程朱理学的故乡，又是官商门第，"上交天子"，"藏镪百万"，但我觉得这里的人是厚道的，民风是淳朴的，如果这地方出了什么不怕杀头坐牢的人物，这些古迹应该全都被打碎了，哪能还有让全国人民去旅游，去饱一饱眼福的古建筑群。所以去徽州这种地方去看古迹不完全是看风景，看建筑，更多的应该是看看民风和文化。牌坊也是一种文化。

屯溪老街。屯溪老街，原名屯溪街，由新安江、横江、率水河三江汇流之地的一个水埠码头发展起来的。明弘治《休宁县志》中就已有"屯溪街"的名目记载。清康熙《休宁县志》记载："屯溪街，县东三十里，镇长四里"。可见当时屯溪老街已经有了相当规模。

屯溪老街西端老大桥桥头紧连着一段曲尺形街道，原名八家栈，是老街的发祥地，也是屯溪的发祥地。老街的形成和发展，与南宋移都临安（杭州）有着密不可分的联系，外出的徽商返乡后，模仿宋城的建筑风格在家乡大兴土木，所以，屯溪老街被称为"宋城"，是中国保存最完整、最具有南宋和明清建筑风格的古代街市。

屯溪老街的布局是一条直街、三条横街和十八条小巷，由不同年代建成的三百余幢徽派建筑构成整个街巷。老街两侧有武兴趣巷、珠塘巷、祁红巷、渔池巷、枫树巷等十八条巷弄，呈鱼骨结构形态。屯溪老街，依山顺水，就地势自然形成，街道走向略显弯曲。街道狭窄，褐红色麻石板铺路；街道两旁鳞次栉比的店铺有序，全为砖木结构，粉墙黛瓦；窗棂门楣有砖雕木刻，技艺精湛；屋与屋之间是高高的马头墙，构成了徽派建筑群体美。整条街道，蜿蜒伸展，首尾不能相望，有街深莫测的感觉，是中国古代街衢的典型走向。老街境内宽窄不一的巷弄，纵横交错，交通方便。老街店铺狭窄幽深，透出一股旧时中国街镇的韵味，使人神驰。

屯溪老街的兴盛，主要靠屯溪茶商的崛起，当年"屯溪绿茶"外销兴盛，茶号林立，茶工云集，带动各类商号相继开放。徽商在全国各地做生意，有盐商、药材和其他的，但徽商主要经营茶叶和山货。屯溪的地方特产是茶叶。黄山毛峰、太平猴魁、祁门红茶、屯绿炒青都是当地名茶。黄山毛峰干茶外形芽叶肥状匀齐，白毫显露，形似雀舌，色泽金黄隐翠，俗称"象牙色"，口感鲜美醇和，回味甘美。太平猴魁选料精良，采摘考究，成品色泽苍绿，"二刀一枪"挺直有锋苗，含而不露，芽叶肥壮重实，滋味甜醇，尤耐冲泡，太平猴魁和黄山毛峰都是历史名茶。祁门红茶香气鲜醇甘厚，入口醇和，味中有香，成茶外形条索紧细苗秀，色泽乌润，金毫显露，汤色红艳明亮，叶底鲜艳匀整，也是红茶中的上品。"屯绿"

属炒青类，有珍眉贡熙、特针、雨茶、秀眉、绿片等六个花色，亦是中国绿茶中的名品。屯溪老街虽然有几百年历史，但他似乎离我们的生活不远，这些有几百年历史的茶叶还是我们每年、每月、每日能品尝的，所以我没有感到古和老，只是感到都是旧相识。

徽墨和胡开文墨厂。徽墨，即徽州墨。徽墨是中国汉族制墨技艺中的珍品，也是闻名中外的"文房四宝"之一。因产于徽州府而得名。徽州的绩溪、屯溪和歙县三地为徽墨的制造中心，1915年在巴拿马万国博览会上荣获金质奖章的地球墨就是歙县墨店的珍品，这是胡开文所制的墨。清代徽州墨业有四大家：曹素功、汪近圣、江节庵、胡开文，其中胡开文善做药墨，被誉为"药墨华佗"。胡开文原名胡正，字天柱，本为一名墨工匠，因休宁县汪启茂墨店倒闭而盘下该店。为了重振墨业，胡天柱拜访了绩溪小九华山银屏古寺的老和尚了空，得到了配墨原料和工艺创新的启发。在回家路上，借住山神孤庙过夜，梦见一白发老翁手托文房四宝，站在他面前说："汪氏墨店归尔经营，天开之运，百事待兴。"言毕飘然而去。南柯一梦，胡天柱把"汪启茂"招牌改名为"胡开文"，这是乾隆三十年事。

胡开文墨厂。歙县有老胡开文墨厂，目前还年产徽墨数十吨，产品销往国内外，是目前全国规模最大，技术力量雄厚的制墨企业，我曾在友人带领下，去过该厂两次，厂里赠送了不少徽墨至今在收藏中。屯溪胡开文墨厂位于屯溪老虎山五号，是个百年老店。设有雕模、点烟、制墨、晾墨、打磨、描金等十多个生产工序，拥有明清以来历代名家创作雕刻的珍贵墨模七千八百种。至今还保留传统工艺精华——古法手工点烟技术。"胡开文"是清代四大家中的最后一家，也是徽墨中集大成的一家，又是把徽墨推向世界的一家。

胡开文是个金字招牌，所以他的子孙后代都打着这个招牌，但只是在清及民国各地所出的墨上会标注清楚是歙县、屯溪、海阳、齐阳或别的地方，清晚期民国初期安徽胡开文的精英为顺应时代发展来到了上海，到 20 世纪 50 年代，上海胡开文、查二妙堂等墨家合并到曹素功麾下，至此清代制墨四大名家就只有一家存在了。到了改革开放出现歙县、屯溪等胡开文墨厂，其实与真正的胡开文已经没啥关系了，只是恢复老字号而矣。

宏村。宏村位于徽州六县之一的黟县东北部，整个村依山伴水而建，村后以青山为屏障，地势高爽，可挡北面来风，既无山洪暴发之危机，又有仰视山色泉声之乐。数百年前的建村者便有先建水系后依水而建村的前瞻，所以有水一样的灵性，这也正是宏村比其他徽派建筑的村落更具魅力的原因，黟县的宏村被誉为"画中的村庄"。

宏村，古称弘村，在黄山西南麓，距黟县县城 10 公里。宏村始建于南宋绍兴年间，距今约有九百年的历史，宏村基址及村落由海阳县（休宁）的风水先生何可达确定。村中两棵古树，白果树和红杨树是"牛角"。湖光山色与层楼叠院和谐共处，自然景色与人文内涵交相辉映，是宏村区别于其他民居建筑布局的特色，成为当今世界历史文化遗产一大奇迹。

宏村现完好保存清民居一百四十余幢，承志堂"三雕"精湛，富丽堂皇，被誉为"民间故宫"。著名景点有：南湖风光、南湖书院、月沼春晓、牛肠水圳、双溪映碧、亭前大树、雷岗夕照、树人堂、明代祠堂、乐叙堂等。村周有闻名遐迩的雄山木雕楼、奇墅湖、塔川秋色、木坑竹海、万村明祠"爱敬堂"等景观。

宏村原为汪姓聚居之地，绵延至今已有九百余年。它背靠黄山余脉羊栈岭、雷岗山等，地势较高，经常云蒸霞蔚，有时如浓墨重彩，有时似泼墨写意，真好似一幅徐徐展开的山水长卷。因此被誉为"中国画里乡村"。古宏村人规划牛型村落和人工水系，是当今"建筑史上一大奇观"。

绩溪及龙川村。绩溪是徽州六县之一，徽州文化的发源地之一。绩溪境内现有文化遗存三百余处，其中祠堂一百三十余幢，徽派古民居、古道、亭庙、古水口、古桥随处可见，有"木雕艺术殿堂"美誉的龙川胡氏宗祠，是国家重点文物保护单位，宗祠内极负盛名的隔扇门裙板木雕荷花图，寓意"和谐""和美""和顺""和鸣"，处处体现出以"和"为贵的传统儒家思想，是徽文化思想的经典之作，被誉为和谐之源。

始建于宋代的绩溪文庙是皖南规模最大，保存最好的孔庙。建于明洪武五年的明伦堂考棚，为国内留存为数不多的考棚之一。正因为受徽文化的长期熏陶，绩溪自古就有"邑小士多、代有闻人"的美誉。

龙川，又称坑口，距绩溪县城约十公里，是一个古老的徽州村落。由于特殊的地理环境和绵长的历史文化渊源，形成了其独特的自然和人文景观，现为安徽省历史文化保护区。龙川，不仅历史悠久，而且山环水绕，景色秀丽。龙川村地形如靠岸之船，东耸龙须山，紧依登源河，南有龙川汇集，西偎凤冠秀峰，北峙崇山峻岭，独具特色。

龙川不仅山水清丽，自古也是文风昌盛、人才荟萃之地。龙川胡氏代有人才，是徽州出名的"进士村"。村内现有"龙川胡氏宗祠""奕世尚书坊""徽商胡炳衡宅"和"胡宗宪故居"等。村东的龙须山，山中多奇松怪石、珍禽异兽，山岭陡峭，古道崎岖，飞瀑流泉。龙川胡氏宗祠始建于宋，明嘉靖年间大修，坐北朝南，前后三进，由影壁、露台、门楼、庭院、廊庑、享堂、厢房、寝室、特祭祠等九大部分组成。宗祠采用中轴线对称布局的建筑手法。令人有气势磅礴，蔚为壮观之感。龙川尚书府被称为"徽州第一家"。龙川胡宗宪尚书府，粉墙黛瓦，绿水环绕，如诗如画。透过五百年的时空，彰显出古徽州的幽秘与神奇！占地三千平方的尚书府，像个小社会，从善堂、官厅、梅林亭、胡氏家井、绣楼、徽戏园、松公家祠、文昌阁、蒙童馆、土地庙、医馆等，和众多小巧的庭院相交辉映，组成一个巷弄陌阡，四通八达的迷宫豪宅。尚书府鼎盛时期，曾七世同堂，足不出户就可以上私塾、唱大戏、请郎中、祭祖拜佛，可以说尚书府是整个古徽州迄今保存最为完美、气势最为雄伟，结构最为复杂的明代建筑群，也是古徽州最具代表性的官宦豪宅。

　　如果说北京故宫木雕具有皇家气派和豪放，那么龙川胡宗宪尚书府的木雕则具民间的隽秀典雅，窗上、隔板上、梁柱上玲珑有致的木雕，让您仿佛进入古时的艺术天地，加上苍旧的木楼，徽州风俗的摆设、幽幽小巷，低头是鹅卵石路，抬头放眼是青砖细瓦，飞檐高挑的砖雕、石雕，还有那错错落落的马头墙、鳌鱼禽兽，栩栩如生，你会感觉时间倒流，这就是徽州旧韵的魅力。

　　徽州，最有名当数黄山，我上过黄山六次，但黄山只要不人为去破坏它，它永远是新的，而且大家也很熟悉，此文就略去不说了。

徽州作为一块有着悠久历史的土地，以其山清水秀的自然环境和贾而好儒的人文积淀养育出众多著名人物，更有无数的徽商，用自己的勤劳智慧在异地他乡的工商界叱咤风云，而且将徽文化传播到各地。我觉得徽文化是一种精英文化，是一种勤劳和积极向上的文化。徽商做生意是有其文化内涵的，他们吃得了苦，肯学习文化和知识，能持之以恒，如果中国人都有徽商的精神，中国早就是一个强国了，但具讽刺的是同属安徽的其他地方有一些人却喜欢要饭，这大概就是中国的宿命吧。

徽州，为后人留下了民居、牌坊、雕刻等精美的物质遗产。一方水土养一方人，斯土不复，人何以存？徽州之土已分属两省三市，而徽州之名也被改成黄山，名实俱销的"徽州"早已失去了原有内涵，被包含进安在黄山市下辖某县级区头上的行政区划——"徽州区"，早已不复有几百年历史的一府六县，甚至新中国成立之初的徽州地区的历史风采。

如果说 1934 年婺源改隶江西成为肢解徽州的开始，那么 1983 年和 1987 年的两次行政区划变动则使徽州再次分裂：1983 年徽州地区的大平县（原宁国辖地）与原徽州府治（今歙县）所辖的汤口等地划属省直辖，成立县级黄山市；1987 年县级黄山市撤销，并入由"徽州地区"改名为地级市黄山市。这便是所谓的徽州改名事件。撤销了 1983 年在黄山脚下成立的省辖县级黄山市，与原徽州地区合并组建黄山市（地级），从此，徽州不复存在了。同时，将属徽州地区的绩溪划给了宣城管辖，使得有六百多年历史的徽州搞得残缺不全。徽州的辖区地理继 1912 年废府留县、1934 年婺源隶赣后再次被人为地割断了，给徽州一府六县百姓，给热爱徽州文化的人们留下了难以平复的伤痛和遗憾，这是行政区划史上的一大败笔。

行政区划改变的败笔不是安徽一省一地的事，正在全国各地上演这则闹剧，我们家乡也是这样，有几千年历史的县域，硬是被分拆了，划来划去，本来同属一个国家，一个政府领导，何必这样划来划去，要知道，每个地方的发展、生存，都有其历史规律，都有当地人民付出的辛勤和智慧，这样弄来弄去，还有谁会爱护这块土地，所以造成环境破坏，不能持续发展是必然的。现在在做的事就是让城市穿上的确凉和尼龙袜，最终这尼龙袜一定是臭不可闻的。的确凉也不一定舒服。

徽州旧韵，倒是纯棉制品。

五、京华寻梦

北京，中国的首都，又是金、元、明、清的故都，历代记述北京的好文章实在太多，要想描述北京的游历落笔很难。郁达夫的散文《故都的秋》就把北京的秋天写绝了，我们还想把北京的精、气、神写出来可不容易了。

要了解北京，写出好的游记，光凭一二次的游历是不够的，只有留寓北京，细细品味，慢慢体会才能心有所得，很多人在北京有梦，我在北京的游历也如梦如幻，仿佛进入了时空隧道，不也是到京华寻梦吧。

书这东西害人，少年时大概看过几本破书，颐和园的十七孔桥，北海的小白塔，燕大的校园，香山的红叶，似乎总在对你召唤，你便萌生了想去北京看一看的梦。

北京，明清两代的京城；民国时候鲁迅、林语堂、张恨水等人又留有许多故事；著名的北大、清华在那里；还有故宫博物院、万里长城、明十三陵等古迹；有颐和园、香山等风景名胜，国人想去看一看也在情理之中。但今天的人们不了解过去，我们的青少年时代是个极封闭的时期，不是你想到哪里去就能到哪里去的，尤其是北京那种地方，所以我们少年时代想去北京就是一个梦，一个不可以实现的梦。

14 岁那年，有同学告诉我说："某某、某某他们要去北京"，当时我还不大相信，但后来确实有许多人去了北京，但那只是一时的喧嚣，很快被上山下乡一片红给沉淀下去了。少年时人生如梦如幻，成年后不知梦之所在，我是成年后才到北京的。

我第一次到北京是搭别人的便车去参加一次商业订货会，这是20 世纪 80 年代初的一个早春，我们第一天上午 8 点多从杭州上火车，在火车上坐了 28 个小时，人已有些困倦，幸好在北京站有接站车，把我们直接送到花园饭店，我已经记不清饭店在北京城什么方位了，只是感到有些偏，以北京宾馆的标准，住的地方也有个三星，但我似乎感觉不到那里是北京。

这次订货会是铁路系统召开的，我们因为要到北京考察设备，就和他们一起来了，当然食宿和路上的交通费都是我们自己承担的，但车站接送、住宿旅馆就不用自己操心了，同样也参加了他们的宴请和旅游安排。当天晚上主办方在宾馆设宴招待参会者，晚宴菜肴很丰盛，有北京烤鸭、黄河大鲤鱼、红焖大虾等，但据说最贵的菜是一盆蒜苗，因为那是早春天气，北京除了去年窖藏的大白菜，是很难见到有绿色的蔬菜的。

第二天上午，我们参加了订货会的开幕式，至后就几个人约好到天安门去玩，我们在纪念堂的外面看了纪念堂的建筑，在天安门广场拍了几张黑白照片，就到故宫博物院参观，那时候天安门城楼还没有对游客开放。我们从故宫出来到王府井逛了商场，到下午四点多才打算回旅馆，但找不到出租车，那时候北京的出租车都是皇冠，没有面的，最后我们在北京饭店门口才搭上出租车回旅馆。

第三天，会议主办方组织我们去清东陵，会议安排了两辆大巴，汽车经长安街一直往东开，出城后还没有高速公路，大概沿着国道到河北省遵化县，清东陵在遵化县马兰峪。一路车马很乱，有些地方马拉车很多，从北京出来到清东陵，根本没有都市皇城的感觉，只有到了清东陵附近，才能看出陵墓所在地的山势风景来，我们下到了慈禧的墓里面参观。清东陵里陵墓其实并不复杂，墓就在封土下面。清东陵我就这样去了一次，以后虽在北京久住，却再也没有去过了。

最后一天我们去了十三陵和八达岭长城，在十三陵我们参观了定陵地宫，定陵地宫比清东陵的位置要复杂，出土文物也比清东陵要多。但十三陵水库好像几乎没有水，八达岭长城我们爬到了烽火台。下来我们还参观了居庸关。从十三陵和长城回来的第二天我们便坐火车离开了北京去石家庄。

这次我来北京，一没有感到陌生，二没有感到新奇，三更没有什么感动和感慨，好像北京是我常来常往的地方，有一种旧时已相识的味道。少年时期有的那种梦已荡然无存，大概是已经过了有梦的年龄，或许自己不知道自己的梦在何方。

自此以后，北京几乎就是常来常往，有业务往来上的事，有过路中转停留的，我对北京好像也挺熟悉，每次来京总要带人去故宫、长城、颐和园、北海等地玩，玩的地方也无非是老三篇，虽然我这些地方都熟悉，但带去的人在换，对他们来说这些地方都是必去的。

20世纪80年代末，我考入了北京某大学的在职研究生，北京更是常来常往，但每次都是来去匆匆，几年下来，我从来没有感知到校园风景如画，有人说："这里有皇家园林的宏伟气度，又有江南山水的秀丽特色。不仅有亭台楼阁等古典建筑，还有山环水抱，湖泊相连，堤岛穿插，风景宜人；古木参天，绿树成荫，四季常青，鸟语花香，园林景色步移景异。"但我从来不见春花秋月，只觉得夏日里天气雾蒙蒙，热得透不过气来，就躲在房间看书写字，偶尔出来买些生活必需品也要跑得快，买好了赶紧躲进室内去；冬天里天气灰蒙蒙的，外面都是风和沙，宁愿躲在房间就着白开水啃冷烧饼也不肯到外面去吃饭，我似乎忘了我自己是身在北京。

后来，女儿也考上了北京的大学，我们在北京租房子、买房子，居然把半个家搬到了北京，这时候才有心思把玩北京（地图）；思考北京（文化）；观察北京（风土人情）。但我依然不知道自己北京的梦在哪里？

如果到北京去看看就是青少年时期的一个梦，那就是人性最大的弱点，你在极度饥饿时，有半个烂苹果吃也是好的。知识青年下乡时，只要有个农村青年爱你，你便娶（嫁）了他们，但一旦回城后遇到有更光鲜的人爱你，你便后悔了。人在处于不利地位时，他的要求很低，大概基于这个原因，我们少年时代的梦也只是想到北京去看一看。

那么除了到北京去看一看，有没有做过到北京去上大学的梦，说实话，我还真没有做过。那时候能有饭吃，不饿死就算不错了，至于想到北京去看看，那是因为对北京的宣传多了，每天是北京怎样？怎样，你作为这个国家的一员，难免也会想到有机会时去看一看。因为从来没有想到过去北京上大学，所以真的到了北京的大学里反而是十分麻木，除了听课和考试，几年没有思想和感觉，也很少与人交往。我也自己问自己，对北京究竟有没有梦，似乎也曾有梦，但不知道梦在哪里？于是，我便在北京寻梦。

北京，表面上它已被改造成现代大都会，但内心却抹不去古朴和怀旧。老舍茶馆我去过好多次，但这老舍茶馆已经不是老舍先生笔下的那种茶馆了，现在的老舍茶馆是以老舍先生命名的茶馆，虽然也古色古香、京味十足，还可以欣赏到曲艺、戏剧名流的精彩表演，可以品茶和尝尝宫廷细点。老舍茶馆也接待了很多中外名人，虽然享有很高声誉，但现在商业味却越来越足，收费也越来越贵，也不是一般北京人能常去的地方，只能说老舍茶馆对北京的旅游业是有贡献的，要在那里寻古怀旧只能是外行。

我也几次去过北京湖广会馆，湖广会馆坐落于宣武区虎坊桥，已有两百年沧桑岁月，历史上朝廷重臣纪晓岚、曾国藩，梨园泰斗谭鑫培、余叔岩、梅兰芳，还有孙中山等都曾在此留下足迹。湖广会馆装修典雅，古色古香，舞台天幕为黄色金丝缎绣制的五彩龙凤戏珠极具特色、戏楼分上下两层，虽然是新近装修，还有老北京韵味，但门票售价偏高，也只能来一两次看看而已。

北京的琉璃厂，是自以为有些文化的人必去的地方，我也不能免俗，去过琉璃厂几次。琉璃厂大街位于北京和平门外，是北京一条著名的文化街，它起源于清代，因这里出售书籍和笔墨纸砚，还经营古玩字画，所以有许多中外游客慕名而来。琉璃厂有许多著名老店，如槐荫山房、茹古斋、古艺斋、瑞成斋、萃文阁、一得阁、李福寿笔庄等，还有中国最大的古旧书店中国书店。琉璃厂最著名的老店当数荣宝斋，有人说，琉璃厂因荣宝斋等著名老店而享有盛名。荣宝斋收藏的名画最多，荣宝斋木刻水印和复制品当为一流，使水印品的艺术更臻完善，曾得到鲁迅先生的赞许。我初到琉璃厂时，有些书画还不算贵，我虽然心里欢喜，但囊中羞涩不敢出手，后来去过几次，东西都是天价，尚不知真伪，看来这里也并非我寻梦的地方。

设在国子监的首都图书馆，我因《车王府曲本》的结集出版去过多次，我好像觉得这里有梦。北京国子监坐落在北京东城区安定门内国子监街，与孔庙相邻。北京国子监建筑坐北朝南，中轴线依序为集贤门、太学门、琉璃牌坊、辟雍、彝伦堂、敬一亭。主体建筑两侧有"二厅六堂"、御碑亭、钟鼓楼等，形成传统的对称格局。前院东侧有持敬门与孔庙相通，构成"左庙右学"，是我国现存唯一的一所中央公办大学建筑，但当时国子监被首都图书馆占着，幸好是图书馆，对国子监的破坏还少一些，如果是其他单位，则破坏将更严重。当时我因为和首都图书馆有业务联系，经常和馆长、馆里的一些领导联系，所以得以在国子监尽情观赏，也借此观看了首图的一些图书藏本。首图的规模比北京图书馆要小很多，但有些藏本却是北京图书馆所没有的。我本欲将一些图书善本重印，但终因领导干预而没有成梦。

在北京寻梦，在高等学府寻不到，因为已经过了做读大学梦的时间，读大学是为了求学问，花开花落都有时，我们青少年时代正好赶上动乱年代，没有好好学习，接受学问和知识，成年以后再上

362

大学，为的是拿本文凭，结交几个朋友，哪有心思真正在做学问。所以在大学里没梦，只是满眼的功名。想在北京做生意发迹，就发现自己钱少、关系少，还有胆子更小，虽然逢到开放盛世，但自己不是这块料，生意上也没梦。想在收藏上在北京有所收获，更是难上加难，虽然我较人有先知，在"文革"后期就开始搞收藏，但终因胆子不够大而无所建树，所以更没有梦。但既已来到北京，总觉得北京还是有梦。

京华寻梦，梦在哪里，梦在山水之间。我在北京去过很多地方，潭柘寺是我喜欢的地方，老北京说："先有潭柘寺，后有北京城"。潭柘寺始建于西晋永嘉元年，寺院初名"嘉福寺"，康熙皇帝赐名为"岫云寺"，因寺后有龙潭，山上有柘树，故民间一直称为"潭柘寺"。潭柘寺位于北京西部门头沟区东南部的潭柘山麓，寺院坐北朝南，背靠宝珠峰，潭柘寺建成于西晋建兴四年（316年），是佛教传入北京地区后修建最早的一座寺庙。

潭柘寺初建时规模不大，发展缓慢，还出现了北魏和北周两次"灭佛"，后来逐渐破败。唐武则天万岁通天年间，佛教华严宗高僧华严和尚来潭柘寺开山建寺，持《华严经》以为净业，潭柘寺得到兴盛。唐代会昌年间，唐武宗李炎崇信道教，在道士赵归真和权臣李德裕怂恿下，唐武宗下令在全国排毁佛教。潭柘寺也因此而荒废。五代后唐时期，禅宗高僧从实禅师来到了潭柘寺，铲除荒夷，整修寺院，"师徒千人讲法，潭柘宗风大振"，潭柘寺重新繁盛起来。潭柘寺从此由华严宗改为禅宗。辽代律宗大盛，潭柘寺香火衰微。金代，禅宗在中都（北京）有很大发展，潭柘寺先后出现了数位禅宗大师。金熙宗完颜亶于皇统元年（1141年）到潭柘寺进香礼佛，这是第一位到潭柘寺进香的皇帝。元代元世祖忽必烈的女儿，妙严公主为了替父赎罪，而到潭柘寺出家。她每日里在观音殿内跪拜诵经，"礼忏观音"，年深日久，竟把殿内的一块铺地方砖磨出了两个深深的脚窝。现今妙严公主"拜砖"依然供奉在潭柘寺内，是潭柘寺极为珍贵的一件历史文物。妙严大师终老于寺中，其墓塔在寺前下塔院。

明初重臣姚广孝法号道衍，助朱棣夺取皇位，功成名就之后，姚广孝辞官不做，而到潭柘寺隐居修行，每日里与潭柘寺住持无初德始禅师探讨佛理。在明代，潭柘寺曾进行了多次大规模的整修和扩建。清康熙二十五年（1686 年），康熙皇帝降旨命广济寺住持震寰和尚为潭柘寺的钦命住持。康熙皇帝驾临潭柘寺进香礼佛，并留住了数日，赏赐给潭柘寺御书金刚经十卷、沉香山一座、寿山石观音一尊、寿山石罗汉十八尊。康熙三十一年，康熙皇帝拨库银万两，整修潭柘寺，历时两年，整修了殿堂三百余间，使潭柘寺这座古刹又换新颜。康熙三十六年，康熙皇帝二游潭柘寺。清雍正年间一向深居简出的雍正皇帝也专程到潭柘寺进香礼佛。乾隆七年（1742 年），乾隆皇帝第一次游幸潭柘寺，在潭柘寺到处都留下了乾隆皇帝的墨宝。1929 年蒋介石来北京时，曾专程到潭柘寺去进香。

1950 年，北京市园林局接管了潭柘寺，作为名胜古迹景区向游人开放。1956 年，朱德委员长到潭柘寺视察，指示有关部门，修建一条从门头沟通往潭柘寺的公路，为前来浏览的人们提供交通方便。1957 年陈毅副总理到潭柘寺参观考察。1964 年，全国政协委员、末代皇帝溥仪到寺参观考察。"文革"期间，潭柘寺受到空前的洗劫，文物遭到了毁坏和流失，建筑也受到了损坏，因而于1968年底被迫关闭，停止开放。

1978年，北京市政府拨款，重修潭柘寺。整修了殿堂，重塑了佛像，1980年7月，潭柘寺重新开放。

1997年初，潭柘寺恢复宗教活动。

2003年夏季，潭柘寺庆祝建寺1696年周年。距潭柘寺始创于西晋永嘉元年（307）。

2007年9月9日潭柘寺举行了隆重的建寺1700年周年庆祝活动。

了解了潭柘寺1700年的历史，我如大梦初醒，说什么到京华寻梦，原来我们就在梦中。人生一世，草木一秋，原来都是一瞬间的事。什么荣华富贵，都是过眼烟云，无非是这个梦做好做坏罢了。我们能几次来潭柘寺游玩，我还能带上八十几岁的老父母来潭柘寺随喜、进香，上天已经给了莫大的眷顾。回想自己一生，除了少小时受了一些贫穷和困顿，一生衣食无忧，三十而立，已在人之上，能在京华之地随意游玩，可住高档宾馆，穿时尚服饰，品尝山珍海味，已是梦中之梦，还要再去何处寻梦，若要寻梦，这梦就在山水之间，寺庙之中。

在北京我们还多次去游历了香山碧云寺、戒台寺、大觉寺、卧佛寺（十方普觉寺）、红螺寺和八大处（一处长安寺、二处灵光寺、三处三山庵、四处大悲寺、五处龙泉庵、六处香界寺、七处宝珠洞、八处证果寺）。碧云寺是一组布局紧凑、保存完好的园林式寺庙，其中立于山门前的一对石狮、哼哈二将，殿中的泥质彩塑以及佛殿山墙上的壁塑皆为明代艺术珍品。1925年，孙中山先生在京逝世后，曾在碧云寺停过灵柩，因而此殿后为中山堂。大觉寺以清泉、古树、玉兰、环境优雅而闻名，寺内有千年银杏和古树160株，大觉寺有八绝：古寿兰香、千年银杏、老藤寄柏，鼠李寄柏、灵泉泉水、辽代古碑、松柏抱塔、碧韵清池。卧佛寺有一尊巨大的释迦牟尼佛涅槃铜像；红螺寺有南有普陀，北有红螺之说；灵光寺有佛牙舍利，我能多次游历这些寺庙，也算是佛门之中的有缘之人了。我还带着八十多岁的老母亲到碧云寺、卧佛寺、戒台寺、潭柘寺，仔细回想是何其有幸之事。

在北京我们还多次到避暑山庄和外八庙。避暑山庄是清皇朝的夏季行宫，它是由众多的宫殿以及处理政务、举行仪式的建筑构成的一个庞大的建筑群。建筑风格各异的庙宇和皇家园林同周围的湖泊、牧场和森林巧妙地融为一体，是罕见的历史遗迹。外八庙的普陀宗乘之庙是仿西藏布达拉宫形制而建。安远庙俗称伊犁庙。仿新疆伊犁固尔扎庙形制而建。须弥福寺之庙仿西藏日格则扎什伦布寺而建。普乐寺前部由山门至宗印殿为汉族寺庙的传统形式。后部为坛城，第二层墙上四角和四面正中各置琉璃喇嘛塔一座。再上为平台，上筑旭光阁，仿北京天坛祈年殿形制，阁顶有大型圆形斗八藻井，上有二龙戏珠、制作精美，金碧辉煌，具极高艺术价值。普宁寺内有一巨大木雕佛像，又称"大佛寺"，寺规模宏大，综合汉藏寺庙建筑形式。寺内的大乘之阁高36.75米，外观正面六层重檐，阁内的千眼千手观音立像高22.23米，用松、柏、榆、杉、椴五种木材雕成，是我国现存最大的木雕像之一。说到木雕，有必要也说一说雍和宫，雍和宫万福阁内供奉一地上18米，地下8米，总高26米的木雕弥勒站像，其主干由整棵白檀木雕刻而成。雍和宫永佑殿内正中供有三尊高 2.35 米的白檀木雕佛像。雍和宫原为喇嘛庙，1983 雍和宫被国务院确定为汉族地区佛教全国重点寺院。

游遍了北京的山山水水、皇家园林、庙宇古建筑，想当年康熙、乾隆贵为天子，要经常去寺庙可能也没有这么自由，我一介平民，能有如此造化，夫复何求。京华寻梦，原来我的梦在山水之间，寺庙之中。北京的很多地方都去了，但有一个地方久闻其名，没有去过。这个地方就是玉泉山。我去过这么多地方，已经很知足了，因为这是以前做梦都做不到的，我却梦游玉泉山。我只是想告诉人们，让更多的人了解北京深藏的美景。

玉泉山，当你站在北京西山的半山腰向东瞭望，一定会看到一处六峰连缀，逶迤南北的神秘的小山丘，山丘的两座宝塔（玉峰塔和妙高塔）这是香山地区标志建筑，这里就是有"燕京八景"之称的北京玉泉山。

这座玉泉山，"水清而碧，澄洁如玉"故此称为"玉泉"。玉泉山是封建帝皇的御园，没有皇帝的特别恩赐，即便是朝廷大臣也无法入内。

从南宫门（玉泉山静明园共有六个门，正门俗称南宫门，大门以东有东宫门、小南门和小东门，以西有西宫门、西北有隔墙门）经过，便是肃穆神秘、深不可测的皇家园林。

玉泉山里面很大、很美。青山绿水，古木参天、空气清新、万籁俱寂，与外面喧嚣的北京城截然是两重天地，真正的一个世外桃源。乾隆皇帝非常欣赏玉泉山的景致，并总结出了十六景：廓然大公、芙蓉晴照、玉泉趵突、竹炉山房、圣因综绘、绣壁综绘、溪田课耕、清凉蝉窟、禾香云径、峡雪琴音、玉峰塔影、风篁清听、镜影涵虚、裂帛湖光、云外钟声、翠云嘉荫。

北京玉泉山是燕京八景之一。玉泉山经过金、元、明、清四朝的建设，才有今天的规模。这里不仅山清水秀、布局精致，而且还有不少诗文雕刻、山洞石像。这里的泉水好，流量大，号称"天下第一泉"。用玉泉山泉水灌溉的"京西稻"是名贵大米。

"玉峰塔"位于玉泉山巅，又名定光塔，俗称大塔。为北京市地理位置最高的塔。砖石结构，平面八角形、七层，高33米。玉峰塔影，曾为静明园中一景。

玉泉山经历了从金到清的发展过程，起源是玉泉山行宫和芙蓉殿，元、明时期，玉泉山就成为皇家的避暑胜地，元世祖忽必烈在玉泉山修建了昭化寺。清康熙年间，对这里进行了大规模修扩建，康熙皇帝最终将"澄心园"改名为"静明园"。静明园里有慈禧太后题匾的"含晖堂"是接待重要贵宾的场所。

"玉泉趵突"乾隆御碑矗立在山崖上的一座古建筑前面。这一景原叫"玉泉垂虹"，是乾隆皇帝改的。据说他多次实地考察，认为玉泉的水是从石缝中流出的，不能形成瀑布"垂虹"的景致，更像趵突泉，就把名字改成"玉泉趵突"了。还作诗留史：玉泉昔日此垂虹，史笔谁真感慨中，不改十秋翻趵突，几曾百丈落云空？廊池延月溶溶白，倒壁飞花淡淡红。笑我亦尝传耳食，未能免俗且雷同。

笑我亦尝传耳食，玉泉山我没有去过，传耳食而矣！

六、齐鲁文化

山东，近代是个很"粗"的地方，给人以风风火火，豪气冲天的感觉，其实山东是个礼仪之邦，中国儒家文化的发源地。山东文化的底蕴很深，山东的游历，必须循着文化这条主线，但文化这个题目太大，就试着用故事文章去了解山东，不知是否能对山东游历有所助益。而我就是顺着《聊斋》故事去游历的，以后还可以顺着《水浒传》或莫言的有山东印记的文章去游历山东。

杜甫的五言古诗《望岳》：岱宗夫如何，齐鲁青未了。造化钟神秀，阴阳割昏晓。荡胸生层云，决眦入归鸟。会当凌绝顶，一览众山小。齐鲁大地，孔孟的故乡，论语、孟子，是中国两千多年的经典，但一读淄川蒲松龄的《聊斋志异》，有杜诗"会当凌绝顶，一览众山小"的感觉。

泰山位于山东省泰安市中部，气势雄伟磅礴，有五岳之首，天下第一山之称，主峰玉皇顶海拔 1545 米。自古以来，中国人就崇拜泰山，泰山一直有"五岳独尊"的美誉。自秦始皇封禅泰山后，历朝历代帝王不断在泰山封禅和祭祀，在泰山上建庙宇，刻石题字。古代文人雅士对泰山仰慕备至，纷纷前来朝历，作诗记文。泰山宏大的山体上留下了20余处古建筑群，2200余处碑碣石刻。

泰山风景以壮丽著称，重叠的山势，厚重的形体，苍松巨石的烘托，使它在雄浑中兼有明丽，静穆中透着神奇。泰山有许多古树名木，源于自然，历史悠久。《史记》有载："茂林满山，合围高木不知有几"，现在还有三十余树种，万余株，其中著名的有汉柏凌寒，挂印封侯、唐槐抱子、青檀千岁、六朝遗相、一品大夫、五大夫松、望人松、宋朝银杏、百年紫藤等。

泰山，又称岱山、岱宗、岱岳、泰岳。远古时称太山，泰山为五岳之首，古人形容"泰山吞西华，压南衡，驾中嵩、轶北恒，为五岳之长"。泰山因其气势磅礴，又有"天下第一名山"的美誉。自古以来，中国人就崇拜泰山，有泰山安，四海皆安的说法。所以历代帝王不断在泰山封禅和祭祀，在泰山上建庙塑神，刻石题字。古代文人雅士对泰山仰慕备至，其实也非完全是泰山的气势和风景，多因人文思想和文字石刻，我上过三次泰山，由于均不是春夏，两次上泰山都下雪，视觉上除了感觉泰山很雄伟外，基本看不到什么风景，所以上泰山重文化胜于观风景。齐鲁大地是文章胜于风景，可以说泰山也是人文胜于风景的。

泰山前邻孔子故里曲阜，一般人的游历路线是泰山、曲阜为一条线的，我们也是每次上泰山后必去孔子故里曲阜。

曲阜，古为鲁国国都，后曾改名为鲁县。"曲阜"之名最早见于《礼记》，东汉应劭解释道："鲁城中有阜，委曲长七八里，故名曲阜"。曲阜因著名的"三孔"：孔府、孔庙、孔林而闻名，是中国古代伟大的思想家、教育家、儒家学派创始人孔子的故乡。"三孔"是一个文化传承的博物馆：

孔庙，孔庙是祭祀孔子，表彰儒学的庙宇。始建于周，完成于明清时期，是世界上两千余座孔庙中最大的一座。孔庙现占地 14 万平方米，三路布局，九进庭院，贯穿在一条中轴线上，左右作对称排列。整个建筑群包括五殿、一阁、一坛、两堂、十七座碑亭。主体建筑大成殿，重檐九脊，黄瓦飞甍，周绕回廊，最为奇特的是大成殿的柱子都雕有栩栩如生的飞龙，是东方三大殿之一。有汉以来的历代碑刻 1040 多块，连同大量书、画、牌、匾等珍贵文化遗存。

孔府，是孔子嫡系长支世代居住的府第，是中国现存历史最久，规模最大，保存最完整的衙宅合一的古建筑群，有"天下第一家"之称。孔子去世以后至宋代以前，长子长孙依庙居于阙里故宅，看管孔子遗物，奉祀孔子，称"袭封宅"。历代帝王在尊重孔子推行儒家文化的同时，对其子孙一再加官封爵，赐地建府。宋宝元年间，首封孔子四十六代孙孔宗愿为"衍圣公"，兼曲阜县令，并新建府第，改称衍圣公府。衍圣公世代恪守"诗礼传家"的祖训，着意收集历代礼器法物，有藏品达 10 万余件，尤以孔子画像，元明衣冠，衍圣公夫人肖像著称于世。孔府最著名的珍藏还有明清文书档案，共有 30 多万件，是中国数量最多、时代最久的私家档案。

孔林，孔林作为家族墓地，为世界之最。自孔子"葬鲁城北泗上"，其子孙接冢而葬，两千多年从未间断。林内墓冢累累，多达

10 万余座，成为世界上延时最久，规模最大的家族墓地。占地 200 余万平方米，有坟冢 10 万余座。孔子去世后，"弟子各以四方奇木来植，故多异树，鲁人世世代代无能名者"，林内现有树木 10 万余株，其中 200 年以上古树名木 9000 多株。孔林是一座集墓葬、建筑、石雕、碑刻为一体的露天博物馆。林内现有金、元、明、清至民国历代墓碑 4000 余块，是中国数量最多的碑林。

游历泰山、曲阜，看到的其实就是一篇中国古代历史的文章，这篇文章的特点是比纯纸质的文章更具真实性，但它主要的是官样文章，是帝皇的文章。那么民间的文章又如何？我认为孟子的文章是半官方半民间的。这又如何说起呢？说孟子的文章是半官方半民间的，依据有三：一、孟子被尊称为"亚圣"，追封为"亚圣公"说明孟子已经一脚踏进了官方的门槛；二、《孟子》一书，南宋时朱熹将其合在四书之中，《孟子》《论语》《大学》《中庸》一起被称"四书"。《孟子》是四书中篇幅最大的部头，有三万五千多字，一直到清末，"四书"是科举必考内容；三、孟子的思想却是民本思想，最著名的言论是："民为贵，社稷次之，君为轻。"孟子认为如何对待人民这一问题，对于国家的治乱兴亡，具有极端的重要性。孟子十分重视民心的向背，通过大量历史事实反复阐述这是关乎天下得失的关键问题。而孟子的很多道理是老百姓看得懂的，但很多地方被官方所利用，又被官方所批判，所以说孟子的"文章"，即孟子的思想是半官方半民间的。

孟子的仁政学说，有人说其本质是为封建统治阶级服务的，他把"亲亲""长长"的原则用于政治，以缓和阶级矛盾，维护封建统治阶级的长远利益，但我认为如能这样，也是符合没有戴"封建”这顶帽子的“统治阶级”的长远利益的。

孟子的思想不但具有前瞻性而且是永远不能改变的真理，孟子认为“劳心者治人，劳力者治于人”，这个真理能变吗？实践证明文化大革命中的工宣队和贫下中农当家做主无非是一时的闹剧罢了。有人说孟子把统治者和被统治者的关系比做父母对子女的关系，主张统治者应该像父母一样关心人民的疾苦，人民应该像对待父母一样去亲近、服侍统治者，这是多么伟大的思想，如能做到这一点，天下早就大同了。孟子认为，这是一种最理想的政治，如果统治者实行仁政，可以得到人民的衷心拥护；反之，如果不顾人民死活，推行虐政，将会失去民心而变成独夫民贼，被人推翻。这是何等高瞻远瞩，这是放之四海而皆准的真理呵。

“性善论”是孟子重要的哲学思想，孟子认为：“恻隐之心，人皆有之；羞恶之心，人皆有之；恭敬之心，人皆有之；是非之心，人皆有之。恻隐之心，仁也；羞恶之心，义也；恭敬之心，礼也；是非之心，智也。仁、义、礼、智，非由外铄我也，我固有之也。”

孟子故里在山东邹城，孟庙、孟府在邹城南门外，庙、府毗邻，仅一街之隔。孟庙又称亚圣庙，是历代祭祀孟子之所。孟府又称“亚圣府”，是孟子嫡系后裔居住的宅第。元文宗至顺三年，孟子被封为“邹国亚圣公”，孟府因此被称为亚圣府。孟子后裔嫡系长子在明代之前，袭封邹县主簿。世袭“翰林院五经博士”，以后从未间断。孟家世袭“翰林院五经博士”，其爵位不高，但世代相袭，世代显赫，而且经历八百年不衰，也只有孔孟之家了。

孟子墓位于孟子林内，孟子林亦称亚圣林，是葬埋孟子及其后裔的家族墓地，位于邹城市东北几公里的四基山西麓。高大的土冢上绿草如茵，墓前有螭首龟趺巨碑，上书"亚圣孟子墓"，是清道光十四年重建。孟庙、孟府、孟林，依孔庙、孔府、孔林规制，虽不及三孔规模，但无疑孔、孟都被统治者绑架了。孔子、孟子原是一个思想家，但统治者为了需要，把他们供奉了起来，这对孔、孟后人，对中国倒也无疑是一桩好事。

游孟子故里，我对三孟兴趣不大，重在孟子的思想文章，但孟母三迁的故事倒铭感在心。孟子少时，父早丧，母仉氏守节。居住之所近于墓，孟子学为丧葬，躄，踊痛哭之事。母曰："此非所以居子也。"乃去，遂迁居市旁，孟子又嬉为贾人炫卖之事，母曰："此又非所以居子也。"舍市，近于屠，学为买卖屠杀之事。母又曰："是亦非所以居子矣。"继而迁于学宫之旁……

山东文章，孔孟的思想文章是重要的，但真正民间的文章是什么？就是蒲松龄的《聊斋志异》了。在中国古代数以百计的志怪传奇类小说集中，清代初年蒲松龄所作《聊斋志异》可谓独占鳌头，意蕴之深，现实性之强，艺术造诣之高，流传之广，没有一部书可以与之匹敌的。

蒲松龄是山东淄川县的一位穷书生。他19岁中秀才后，大半生在本县缙绅人家做塾师。为了博得一第，他三年复三年去应科举乡试，始终没有能够中举，从而没有获得改变命运的机缘，直到古稀之年方才援例获得了个岁贡生的科名，不数年也就与世长辞了。

蒲松龄是有非凡才能的。诗、词、文、赋、通俗戏曲诸种文体，他都曾试其身手，并且皆有可观的成就。他最热衷的是记述奇闻异事，撰写狐鬼花妖故事。虽然"事或奇于断发之乡，怪有过于飞头之国"，而理念却是面向现实社会，以生活经验理性，驾驭六朝志怪小说和渗入民间宗教信仰中的神秘意识，进行文学创作，虚构诡谲绮丽的故事，来针砭现实，抒发忧愤，表达现实社会人们的经验、情趣和对精神方面的向往、追求，并且成为观照人间官僚或某类人的幻设形象，多半寓批判之意。由于摆脱了宗教迷信意识的束缚，《聊斋志异》更充分地发挥了真幻相生，虚实互渗的艺术潜力，编织出了许多灵动而饶有生活意趣和现实意义的故事。

《聊斋》故事虽多是虚构，但从中却有很多篇幅留有山东地方的现实生活痕迹，如《崂山道士》《长清僧》《香玉》《葛巾》《公孙九娘》《胭脂》《罗祖》《王六郎》《念秧》等。久欲游历山东，去追寻蒲松龄《聊斋》笔下故事发生的蛛丝马迹，但大多数地方改变很大，很难再追寻到这些遗迹，崂山是我久久想往的地方。

崂山，位于青岛东部，古代又曾称牢山、劳山、鳌山等，是山东半岛的主要山脉，崂山的主峰名为"巨峰"，又称"崂顶"，海拔1132米，是我国海岸线第一高峰，有着海上"第一名山"之称。当地有一句古语说："泰山虽云高，不如东海崂"。

崂山，东高而悬崖傍海，西缓而丘陵起伏，山区面积446平方公里。山脉以崂顶为中心，向四方延伸，尤以西北、西南两个方向较长，形成了巨峰、三标山、石门山和午山四条支脉，崂山的余脉沿东海岸向北至即墨市的东部，西抵胶州湾畔，西南方向的余脉则延伸到青岛市区。崂山最有特色的是剑峰千仞，山峦巍峨和各种奇石怪岩。岩石参差不齐，山峰面貌峥嵘，构成了崂山这种雄伟、奇特的地貌形态。

"劳山"最早出自《诗经》"山川悠远，维其劳矣"，《诗经·小雅·鱼藻之什》郑笺云："劳劳，广阔"。崂山是道教发祥地之一。从春秋时期就云集一批长期从事养生修身的方士，明代志书曾载"吴王夫差尝登崂山得灵宝度人经"。到战国后期，崂山已成为享誉国内的"东海仙山"。

《汉书》载武帝在崂山"祠神人于交门宫"时"不其有太乙仙洞九，此其一也"。

西汉武帝建元六年（前140）张廉夫来崂山搭茅庵三宫并授徒拜祭，奠定了崂山道教的基础。从西汉到五代时期末，崂山道教基本属于太平道及南北朝时期的天师道，从宗派上分属于楼观教团、灵空派、上清派（亦称茅山宗、阁皂宗）。所以也有人把崂山道士叫茅山道士。

宋代初期，崂山道士刘若拙得宋太祖敕封为"华盖真人"，崂山各道教庙宇则统属新创的"华盖派"。

金元以来，道教全真派兴起，崂山各庙纷纷皈依"北七真"的各门派，成吉思汗敕封邱处机之后，崂山道教大兴。延至明代，崂山道教的"龙门派"中衍生三派，教派总数达到10个，崂山及周边地区道教长盛不衰。至清代中期，道教宫多达近百处，有"九宫八观七十二庵"之说。但"文革"期间崂山上众多道教宫舍被毁，现在太清宫和上清宫已经对游客开放，据说明霞洞和太平宫也有道士，并且也对外开放，但我们没有找到下清宫。《香玉》故事说："劳山下清宫，耐冬高二丈，大数围，牡丹高丈余，花时璀璨似锦。"这些描写崂山的场景，在现实中已很难寻找，只能是定格于蒲松龄的文章里了。

世人都道洛阳牡丹好，但不知洛阳牡丹的种来自菏泽，聊斋故事《葛巾》说："闻曹州牡丹甲齐鲁"。我曾数度到菏泽去看牡丹，每次去必寻葛巾紫和玉版。菏泽，古称曹州，是中国著名的牡丹之乡、武术之乡、书画之乡、戏曲之乡、民间艺术之乡，菏泽的面塑艺术非常高，曹州面人古来有名。曹州灯会做工精细，色彩强烈，条纹粗犷，或静或动，雅俗共赏。我因菏泽生产切纸机而去菏泽，但内心却藏有私心，是因为聊斋故事《葛巾》。

《葛巾》故事说："常大用，洛人，癖好牡丹。闻曹州牡丹甲齐、鲁，心向往之。适以他事如曹，因假缙绅之园居焉。时方二月，牡丹未华，惟徘徊园中，目注句萌，以望其拆。作'怀牡丹'诗百绝。未几花渐含苞，而资斧将匮；寻典春衣，流连忘返。"洛人常大用对牡丹花可谓痴情，后兄弟二人各娶了牡丹花神葛巾和玉版为妻，还各生了一个儿子，后二年，姊妹自言："魏姓，母封曹国夫人。"生疑曹无魏姓世家，又且大姓失女，何得置之不问？未敢穷诘，心窃怪之。遂托故复诣曹，入境谘访，世族并无魏姓。于是仍假馆旧主人，忽见壁上有赠曹国夫人诗，颇涉骇异，因诘主人。主人笑，即请往观曹夫人，至则牡丹一本，高与檐等。问所由名，则以其花为曹第一，故同人戏封之。问其"何种"？曰："葛巾紫也。"愈骇，遂疑女为花妖。既归不敢质言，但述赠夫人诗以觇之。女惨然变色。遽出呼玉版抱儿至，谓生曰："三年前感君见思，遂呈身相报；今见猜疑，何可复聚！"因与玉版皆举儿遥掷之，儿堕地并没。生方惊顾，则二女俱渺矣。悔恨不已。后数日，堕儿处生牡丹二株，一夜径尺，当年而花，一紫一白，朵大如盘，较寻常之葛巾、玉版瓣尤繁碎。数年，茂荫成丛，移分他所，变更异种，莫能识其名。自此牡丹之盛，洛下无双焉。"故事虽然离奇，但说清了洛阳牡丹根在曹州（菏泽）。

读《公孙九娘》，循聊斋足迹，栖霞、莱阳尤如故地重游。《公孙九娘》一文说："于七一案，连坐被诛者，栖霞、莱阳两县最多。一日俘数百人，尽戮于演武场中。碧血满地，白骨撑天。上官慈悲，捐给棺木，济城工肆，材木一空。以故伏刑东鬼，多葬南郊"。千坟成村，村名"莱霞里"。里中多是莱阳、栖霞两处新鬼。则千坟累累，坟兆相接，迷目榛荒，鬼火狐鸣，骇人心目。异史氏曰："香草沉罗，血满胸臆；东山佩玦，泪渍泥沙"。

我们顺着聊斋《公孙九娘》故事，来到临淄稷下，临淄古为齐都，传说稷下始于齐桓公，齐宣王喜文学游说之士，由于宣王礼贤下士，在稷下积聚了大批知名学者。但如今的稷下街道已找不到聊斋年代的痕迹，南门外也根本没有千坟累累，鬼火狐鸣的地方了。但我又似乎觉得莱阳地方很亲切，仿佛莱阳有很多公孙九娘这样的美女，所以我们到了烟台就去莱阳、栖霞。我们熟悉莱阳是因为莱阳梨好吃有名，水果店卖的梨都标着莱阳梨，小时候父母经常给我们买莱阳梨吃，但从来不买烟台苹果，因为苹果很贵，我去过莱阳、栖霞我才知道烟台苹果主要产自栖霞，当地苹果也很便宜，但却找不到当年的文化气息了，抗清英雄于七也很少有人知了。

东昌府，今属山东聊城，明清时期东昌府辖聊城、茌平、高唐、平轩、莘县、冠县。东昌（聊城）历史悠久，郑板桥在聊城当过知县，那时候聊城是东昌府下属的一个县，聊城和东昌的关系很复杂，聊城以东昌为地名，始于元代，元之前，聊城系博州州治。东昌湖是聊城的风景名胜，东昌湖的文化积淀非常丰富。东昌湖曾经叫"胭脂湖"，与杭州西子湖、南京莫愁湖并成为"三大美人湖"。蒲松龄的聊斋《胭脂》就是取材于东昌湖畔，美女胭脂浣纱的故事：牛医之女胭脂在湖边洗衣时与英俊潇洒的秀才鄂秋隼相遇，一见钟情，本欲结成佳偶，不料卷入一场杀人案，两人含冤受尽牢狱之苦。幸得山东学政施公愚山智破此案，才清洗了他们的不白之冤。最后县令作媒，有情人终成眷属。东昌（聊城）是黄河文化和运河文化的交汇点，有许多值得记忆的地方，《水浒传》《金瓶梅》《聊斋志异》都写到这个地方。

　　《胭脂》故事写的是东昌牛医卞氏的女儿胭脂，才姿惠丽。但清门、世族鄙其寒贱，不屑缔盟，以故及笄未字。一日见一少年过其门前，丰采甚都，女意似动，秋波萦转，少年俯首去远，女犹凝眺。给对户龚姓之妻王氏看破，王一句戏言，竟生出一段奇中又奇的案子来，这个故事并非完全虚构，故事中的人物、地点都与东昌府的现实刻画在一起。胭脂的故事有别于《聊斋》掺涉鬼狐的手法，倒好似在给聊城（东昌府）的旅游在做广告，我特别喜欢书中施愚山公的判词。判曰：宿介：蹈盆成括杀身之道，成登徒子好色之名。只缘两小无猜，遂野鹜如家鸡之恋；为因一言有漏，致得陇兴望蜀之心。将仲子而逾园墙，便如鸟堕；冒刘郎而入洞口，竟赚门开。感悦惊龙，鼠有皮胡若此？攀花折树，士无行其谓何！幸而听病燕之娇啼，犹为玉惜；怜弱柳之憔悴，未似莺狂。而释么凤于罗中，尚有文人之意；乃劫香盟于袜底，宁非无赖之尤！胡蝶过墙，隔窗有耳；莲花瓣卸，堕地无踪。假中之假以生，冤外之冤谁信？天降祸起，酷械至于垂亡；自作孽盈，断头几于不续。彼逾墙钻隙，因有玷夫儒冠；而僵李代桃，诚难消其冤气。是宜稍宽笞扑，折其已受之惨；姑降青衣，开其自新之路。若毛大者：刁猾无籍，市井凶徒。被邻女之投梭，淫心不死；伺狂童之入巷，贼智忽生。开户迎风，喜得履张生之迹；求浆值酒，妄思偷韩椽之香。何意魄夺自天，魂摄于鬼。浪乘槎木，直入广寒之宫；径泛渔舟，错认桃源之路。遂使情火息焰，欲海生波。刀横直前，投鼠无他顾之意；寇穷安往，急兔起反噬之心。越壁入人家，止期张有冠而李借；夺兵遗绣履，遂教鱼脱网而鸿罹。风流道乃生此恶魔，温柔乡何有此鬼蜮哉！即断首领，以快人心。胭脂：身犹未字，岁已及笄。以月殿之仙人，自应有郎似玉；原霓裳之旧队，何愁贮屋无金！而乃感关睢而念好逑，竟绕春婆之梦；怨摽梅而思吉士，遂离倩女之魂。为因一线缠萦，致使群魔交至。争妇女之颜色，恐失"胭脂"；惹鸳鸟之纷飞，并托"秋隼"。莲钩摘去，难保一瓣之香；铁限敲来，几破连城之玉。嵌红豆于骰子，相思骨竟作厉阶；丧乔木于斧斤，可憎才真成祸水。葳蕤自守，幸白璧之无瑕；缧绁苦争，喜锦衾之可覆。嘉其入门之拒，犹洁白之情人；遂其掷果之心，亦风流之雅事。

一个地方的游历，要有故事才有灵魂，很多地方作为旅游胜地就是因为古代有文人墨客留下文学作品而名扬千古，聊斋故事地域感很强，如《罗祖》是山东即墨人，《王六郎》临淄北部河中溺死的人，后为招远邹镇的土地，《念秧》写的是山东进京路上骗人的行当。这些故事都把历史上的某个时代写活了，我们到这些地方游历犹如身临当时，但说实话，失望的地方也很多。我似乎感觉今天的山东地方对文化有些疏远，要想寻回历史的旧梦已经不再可能，甚至找不到蛛丝马迹，当然文章还是有传承的，从《曹刿论战》的"肉食者鄙，未能远谋"的千古绝唱到今日莫言获得诺贝尔文学奖，说明文章的根还没有断。

　　齐鲁文章，游历以文章命名，实才有欠妥帖，要切题当用文化，但用齐鲁文化题目太大，短短数千字定然难以尽述，但此中还是主要贯穿文化思想，以此为路线指引，齐鲁文化在中国文化和文明史上有重要地位，主要就表现在泰山和儒学，他的基本精神是自强不息、崇尚气节、经世致用、人定胜天、民贵君轻、厚德仁民、大公无私和勤谨睿智。但齐鲁文化，由于泰山、孔子等在文化中所占比重太大，也是难以展开，有一个故事讲，中国人喜欢争谈本地的名山、名水、名人。最后问到山东人，山东人说："俺们山东名山、名水、名人最少，羞于启齿，只有一山、一水、一圣人。一山是泰山，一水是黄河，一圣人是孔子。但他的一却占尽了一个字——大。"

七、西北怀古

　　小时候看过很多汉、唐故事，似乎汉长安城的未央宫、唐长安城的大明宫都是国家兴盛时的神殿；大雁塔、小雁塔总是在向你招手，被誉为"世界第八大奇迹"的秦始皇兵马俑的发现，更是吸引了我去西北游历旅行。西安古城，原上帝陵，陇右风光，塞外遗存，这里是千年前的热土，留下多少英雄的故事，怎不能让人去西北怀古。

　　我游历西北多次，有生意上的需要，也有路过、访友、旅游等原因，到西北，第一站必然是西安及周边地区。

　　西安，古称长安、京兆、镐京，是国务院公布的首批历史文化名城，历史上有周、秦、汉、隋、唐等在内的十三个朝代在此建都，是世界四大古都之一。西安北濒渭河，南依秦岭，八水绕长安（渭、经、沣、涝、潏、滈、浐、灞），素以八百里秦川著称的关中盆地，曾经作为中国首都和政治、经济、文化中心长达1100多年。

早在 100 万年前，蓝田古人类就在这里建造了聚落；7000 年前的仰韶文化时期，这里已经出现了城垣的雏形。

西安历史悠久，已有 3100 多年的建城史，1100 多年的建都史，是中华文明和中华民族重要发祥地，古丝绸之路的起点。1974 年，西安市临潼区村民在打井时发现了大大小小的残俑，由此秦始皇时期的政治经济文化军事状况逐渐展示在世人的面前，1979 年国庆节规模宏大的秦兵马俑博物馆隆重开放，西安更是引起了全世界的瞩目。

西安是西北的门户，要进入西北必须先到西安。西安周围有帝皇陵墓七十二座，最大的是秦始皇的陵墓，周、秦、汉、唐四大都城遗址都在西安范围，西汉帝王十一陵和唐代帝王十八陵、大、小雁塔、钟鼓楼、古城墙等古建筑有七百多处。被列入《世界遗产名录》有秦始皇陵兵马俑、大雁塔、小雁塔、唐长安城大明宫遗址、汉长安城未央宫遗址、兴教寺塔等六处。西安（长安）有关中八景：

华岳仙掌

玉屑金茎承露盘，武皇曾到旧长安。

何如此地求仙诀，眼底烟雾指上看。

骊山晚照

幽王遗没旧荒台，翠柏苍松绣作堆。

入幕晴霞红一片，尚疑烽火自西来。

灞柳风雪

古桥石路半倾欹，柳色青青近扫眉。

浅水平沙深客恨，轻盈飞絮欲题诗。

曲江流饮

坐对迴波醉复醒，杏花春宴过兰亭。

如何但说山阴事，风度曾经数九龄。

雁塔晨钟

噌弘初破晓来霜，落月迟迟满大荒。

枕上一声残梦醒，千秋胜迹总茫茫。

咸阳古渡

长天一色渡中流，如雪芦花载满舟。

江上丈人何处去，烟波亦旧汉时秋。

草堂烟雾

烟雾空蒙叠嶂生，草堂龙象未分明。

钟声缥渺云端出，跨鹤人来玉女迎。

大白积雪

白玉山头玉宵寒，松风飘佛上琅云。

云深何处高僧卧，五月披袭此地寒。

长安八景这诗不知何人所作，虽然语句不算精练，但也算应景合题，故抄录之，以作怀旧之念。

西安，如果作为旅游目的地，是仅次于北京的地方。西安的看点就是历史和怀古。秦始皇兵马俑是 20 世纪 70 年代的考古发现，但至前西安就有许多地面上的历史遗迹，稍有些文化和历史感的人都会向往去西安一游。西安及周边地方，是中国历史上最强盛的汉朝和唐朝的都城长安，历史在这里留下许多故事，特别是唐诗，往往能将人们带到过去。小时候我们背过李白的《子夜秋歌》：长安一片月，万户捣衣声。秋风吹不尽，总是玉关情。何日平胡虏，良人罢远征。短短一首乐府诗歌，儿童读了就终生留下爱国、爱乡、爱家的爱国主义情怀，这比满纸谎言的说教更深入人心，也使我们对长安感到很亲、很近，甚至感觉我们就是当时的人。

游人一到西安，首先您会看到西安古城墙，西安古城墙是我们国家现存最完整的一座古代城垣建筑，虽然现存城墙建于明代，但也有六百多年的历史。虽然西安城也不是原来的长安城，但我们游客可以忽略这两千年的变迁，尽可以把西安当作长安，更何况大雁塔、小雁塔就在这里。

西安城墙位于西安寺中心区，呈长方形，墙高 12 米，底宽 18 米，顶宽 15 米，东墙长 2886 米，西墙长 2706 米，南墙长 4256 米，北墙长 4262 米，是个大概的长方形，总周长 13.912 公里。有城门四座：东长乐门，西安定门，南永宁门，北安远门，每个城门都由箭楼和城楼组成。西安古城墙包括护城河、吊桥、闸楼、箭楼、正楼、角楼、敌楼、女儿墙、垛口等一系列军事设施，构成严密完整的军事防御体系。游览西安古城墙，是以实物形式了解了古代战争和城市建设，为此提供了实物模型，尤其是当北京和南京等重要城市的古城墙都被无情地拆除后，对我们了解过去的城市建筑及建筑艺术都很有意义。

大雁塔是西安大慈恩寺内佛塔，是古都西安的象征。大雁塔建于唐代永徽三年，是为玄奘法师从印度带回的佛像、舍利和梵文经典的供奉而在慈恩寺的西塔院建起的一座五层砖塔。和扶风法门寺因塔建寺相反，大雁塔则是因寺建塔。在武则天长安年间又重建，后来又经过多次修整。大雁塔在唐代就是著名的游览胜地，因而留有大量文人雅士的题记。玄奘法师从天竺取回佛经，曾在慈恩寺主持寺务，以"恐人代不常，经本散失，兼防火难"并妥然安置经像舍利为由，拟于慈恩寺正门外造石塔一座，遂于唐永徽三年（652年）三月附图表上奏。唐高宗才恩准资助在西院建了这五层砖塔，此塔名雁塔，后来在长安荐福寺内修建了一座较小的雁塔，慈恩寺塔就叫大雁塔，荐福寺塔叫小雁塔，一直流传至今。

大雁塔是砖木结构的四方形楼阁式塔，由塔基、塔身、塔刹组成。全塔近高64.7米，塔基高4.2米，南北长约48.7米，东西长约45.7米，塔身底层边长25.5米，呈方锥形，塔刹高4.87米。一、二层有九间，三、四层有七间，五、六、七层有五间，每层四面均有券门。大雁塔底层南门洞两侧嵌置《大唐三藏圣教之序》碑与《大唐三藏圣教序记》碑，两碑建于唐永徽四年。《大唐三藏圣教之序》由右向左写，置于西龛，《大唐三藏圣教序记》由左向右书写，置于东龛。两碑分别由唐太宗李世民和皇太子李治撰文，时任中令的褚遂良书写。

大雁塔仿西域窣堵坡形制，砖面土心，不可攀登，每层皆存舍利。玄奘法师亲自主持建塔，历时两年建成。因砖表土心，风雨剥蚀，五十余年塔身逐渐塌损。武则天长安年间，女皇和王公贵族，施钱在原址上重建，新建为七层青砖塔。唐末以后，慈恩寺寺院屡遭兵火，殿宇焚毁，只有大雁塔独存。唐代诗人岑参曾在诗中赞道：

塔势如涌出，孤高耸天宫。登临出世界，磴道盘虚空。突兀压神州，峥嵘如鬼工。四角碍白日，七层摩苍穹。

大雁塔是个实物历史，我们每次登临大雁塔，唐代的故事就会重现在眼前，仿佛玄奘法师讲大乘佛教还是昨天的事，辩机作为玄

386

奘法师的高徒，当时的高僧大德帮助玄奘法师翻释佛经，后受高阳公主诱惑，失身失德被腰斩都是刚刚发生的故事，这就是大雁塔的神奇之处，它能把人间的历史浓缩为瞬间。我多次到大雁塔游历怀古，每次到这里都有进入时空隧道的感觉，但西安城却在变。早年我们登到大雁塔的最高处，可向四周远眺，古城四方四景尽收眼底。但而今西安古城却多了许多不伦不类的高房子。大雁塔已经不是高点了。

临潼华清池。华清池，亦名华清宫，在临潼骊山北麓，南依骊山，北临渭水，是以温泉汤池著称的古代离宫，周、秦、汉、唐历代帝王，都视这块风水宝地为他们游宴享乐的行宫别宛，或砌石起宇，兴建骊山汤，或周筑罗城，大兴温泉宫。

华清池作为古代帝王的离宫已有三千多年的历史。但最使它出名的还是在唐代。唐朝诗人白居易《骊宫高》诗曰："高高骊山上有宫，朱楼紫殿三四重"。华清池在西周已成天子游幸之地，后代帝王遂加修饰，北周武帝令大冢宰宇文护造皇汤石井。隋文帝开皇年间植松柏千株，至唐代逐步形成规模。唐太宗贞观十八年并赐名"汤泉宫"。唐高宗咸亨二年改名温泉宫。唐玄宗天宝六年更温泉宫为华清池。华清池"环宫所置百司区署，诏瑢总经度骊山，疏岩别薮，为天子游览"（见《唐书·房瑄传》）。华清宫因在骊山，又叫骊山宫，亦称骊宫。华清宫的范围："南至骊山西绣岭第一烽（周烽火台），北到今县城北什字。东至石瓮谷（寺沟）。西到牡丹沟。宫城（罗城），南至山根，北到今县城南什字，东至东窑村，西到游泳池。"从发掘的遗迹及文献资料所记，华清宫的建筑布局严谨，曲折萦回，规模宏大，唐玄宗不惜动用民脂建此豪华宫苑，供一己之欢娱，焉有天下不乱之理。白居易的《长恨歌》写得明白："春寒赐浴华清池，温泉水滑洗凝脂。待儿扶起娇无力，始是新承恩泽时。云鬓花颜金步摇，芙蓉帐暖度春宵，春宵苦短日高起，从此君王不早朝"。"渔阳鼙鼓动地来、惊破霓裳羽衣曲。九重城阙烟尘生，千乘万骑西南行。"曾几何时，"渔阳鼙鼓"惊破了美梦，华清宫楼殿汤池，遂渐次破坏。自明至清，原有建筑已荡然无存。我们现在也是吊其遗迹，作个怀旧记忆。

骊山温泉堪称一绝，其历史久远，任沧桑巨变，仍千古不竭，被誉为"天下第一泉"。温泉"不以古今变质，不以凉暑易操。与日月同流，无宵无旦，不盈不虚，将天地而齐固"。但人就不同，春秋易逝，老之将至，徒留感叹而矣，今视古人如斯，后人视今人亦如此也。

昭陵和昭陵六骏。昭陵是唐太宗李世民与皇后长孙氏的合葬陵墓，是陕西关中"唐十八陵"中规模最大的一座，昭陵陵园周长60公里，占地面积200平方公里，共有陪葬墓180余座，被誉为"天下名陵"，是中国帝王陵园中面积最大、陪葬墓最多，也是唐代具有代表性的一座帝王陵墓。到西北怀古，昭陵是一定要去的，昭陵是初唐走向盛唐的实物见证，是中国古代的文物宝库。中国人的历史自豪感也多是来于这一时代的骄傲。

昭陵依九嵕山峰，凿山建陵，唐太宗撰文刻石在碑上写着："王者以天下为家，何必物在陵中，乃为己有。今因九嵕山为陵，不藏金玉、人马、器皿，用土木形具而已，庶几好盗息心，存设无累。"不管此话真假，唐太宗李世民的心胸是大白于天下。

昭陵六骏，昭陵六骏是指唐太宗李世民陵墓昭陵北面祭坛东西

388

两侧的六块青石浮雕石刻，每块石刻宽约 2 米，高约 1.7 米。昭陵六骏造型优美，雕刻线条流畅，刀工精细、圆润，是珍贵的古代石刻艺术珍品，六骏是李世民在唐朝建立前先后骑过的战马，分别为"拳毛䯄""什伐赤""白蹄乌""特勒骠""青骓""飒露紫"。为纪念这六匹战马，李世民令工艺家阎立德和画家阎立本，用浮雕描绘六匹战马列置于陵前。昭陵六骏中的"飒露紫"和"拳毛䯄"两骏石雕，于 1914 年被古董商卢芹斋以 12.5 万美元盗卖到国外，现藏于美国费城宾夕法尼亚大学博物馆，其余四块石雕现藏于西安碑林博物馆。2010 年，我国专家受邀至美国参与修复"拳毛䯄""飒露紫"，现已可以巡展。

中国国家历史悠久，人口众多，特别是汉民族，其中不乏宵小之徒，昭陵六骏在盗卖给美国前，为了方便运输全部用工匠器械将其打碎，其中的"飒露紫"和"拳毛䯄"两骏是较成块的，1914 年被盗卖美国，其余四幅真品，于 1918 年在再次盗卖过程中被砸成几块企图外运，幸而途经西安北郊时被发现制止，但却残缺严重，现存西安碑林博物馆。

乾陵和无字碑。乾陵位于乾县城北 3 公里的梁山上，为唐高宗李治与武则天的合葬墓。离唐代都城长安 87 公里处，是唐十八陵中唯一没有被盗的陵墓，也是唯一的女皇陵。乾陵采用依山为陵的建造方式。乾陵有气势磅礴的陵园建设规划，乾陵地表留有大量的唐代石刻。除主墓外，乾陵还有十七个小型陪葬墓，葬有其他皇室成员与功臣。乾陵是唐十八陵中主墓保存最完好的一个。关于乾陵这座帝后墓有各种说法，有人说是二帝合葬墓或武则天墓，其实都是不顾历史事实的。

乾陵本是唐高宗李治的陵墓，陵号乾陵。弘道元年，武则天命吏部尚书韦待价负责乾陵的工程，次年 8 月李治下葬，之后乾陵工程继续进行。神龙二年五月，唐中宗李显下令将武则天葬入。此前一年，唐中宗还赦免了被武皇迫害致死的皇族，并且将他们重新厚葬，其中有永泰公主李仙蕙和懿德太子李重润、章怀太子李贤三人。

乾陵是一帝、一后的合葬墓。但郭沫若认为这是二帝合葬墓，但这并不符合古代的观点。因为神龙政变之后，武则天提前将大唐江山归还给李氏皇族。为了死后能有栖身之所，武则天自己宣布废去自己的帝号，请求她的儿子唐中宗李显，将自己以唐高宗皇后的身份葬于高宗的乾陵。唐中宗答应了母亲的这个请求，所以在礼制上乾陵符合一帝、一后的合葬墓。自古以来，乾陵在史书中一直像其他帝后合葬墓一样。新中国成立以后，郭沫若为了迎合需要，于是带头把唐高宗乾陵说成二帝合葬墓，更有甚者，一些人不顾历史事实，把乾陵说成武则天陵。

唐朝末年黄巢之乱，黄巢打算盗墓，于是动用了 40 万大军，挖出一条 40 余米的大沟，也没找到墓道口，只好悻悻作罢。五代十国期间，后梁崇州节度使温韬组织军队发掘所有唐朝皇陵，只有乾陵因建筑牢固而得以幸免。1958 年，当地几个农民放炮炸石，无意间炸出墓道口。1962 年 2 月，"乾陵发掘委员会"在陕西成立，经初步确定被炸处是地宫墓道，并准备继续发掘。后来被叫停。

乾陵无字碑，为武则天所立。在乾陵司马道东侧，北靠土阙，南依翁中，西与述圣碑相对，奇崛瑰丽，巍峨壮观。据史书记载，唐高宗死后，乾陵的选址、设计以及营建，都是在武则天直接指导下进行的，陵前立有两块石碑都是武则天设计的，一块"述圣碑"5000余字的碑文是武则天亲自撰写，东侧立武则天的无字碑，为何没有碑文，众说纷纭，我们也不想深究。一种说法是武则天用立"无字碑"夸耀自己，表示功高德大非文字所能表述；第二种说法认为武则天立"无字碑"是因为自知罪孽深重，感到还是不写碑文为好；第三种说法认为，武则天是一个有自知之明的人，立"无字碑"是聪明之举，功过是非让后人去评论，这是最好的办法；还有一种说法，武则天的儿子恨透了自己的母亲，她本写好碑文，却被她的儿子藏在墓室之中，留下了一块无字碑。无字碑因为无字，所以一定会有猜想，我们也只能猜想了。

霍去病墓和杨贵妃墓。霍去病和杨贵妃属不同的两个朝代的人，一个是抗击匈奴的一代名将，一个是败国亡家的美女，何以要写在一起，因那次我去西北正好同一天去看了这两个墓，所以就写在一起了。霍去病墓位于茂陵东约一公里，在今兴平市南位镇道常村西北，墓为山形。《汉书·卫青霍去病传》载："冢象祁连山"。霍去病死于元狩六年，年仅24岁。汉武帝将其安葬在其陵墓茂陵东侧，垒土为冢。墓冢底部南北长92米，东西宽61米，高15.5米，顶部南北长15米，东西宽8米。现存石雕十八件，是中国现存年代最早、保存最完整的墓冢石雕。

霍去病，西汉名将，军事家，河东平阳人。元朔六年，霍去病被汉武帝任为票姚校尉，随卫青击匈奴于漠南，以800人歼2000余人，受封冠军侯。元狩二年任骠骑将军。于春、夏两次率兵出击占据河西地区的匈奴部，歼4万余人。同年秋，浑邪王率4万余众归汉，在部分降众变乱的紧急关头，率部驰入匈奴军中，斩杀变乱者，稳定了局势。从此，汉朝控制了河西地区，打通了西域道路。四年夏，与卫青各率5万骑过大漠进击匈奴。霍去病击败左贤王部后，乘胜追击，深入2000余里，歼7万余人。元狩六年，年仅24岁的霍去病殁于军中。

为什么要说霍去病，可能很多汉人不明白，汉何以为汉，就是因为汉武帝打败了匈奴，如果没有卫青、霍去病等英雄善战，彻底击败匈奴，可能黄河以北非中国所有，大汉民族也不能自立于世界如此之久，所以这是汉民族统一国家的重大转折，虽然霍去病也有不研兵法，对士兵不是很爱惜等缺陷，但他是中华民族史上少有的战神之一，不可不凭吊他的历史功绩。另一位相反的人物就是杨贵妃。

杨贵妃，名玉环，道号太真，始为玄宗子寿王李瑁妃，玄宗先把贵妃度为女道士。后入宫纳为己妃，史书记载贵妃"貌美、性聪、善歌舞、通音律、智算过人"，因为贵妃能承合上意，深得玄宗宠幸，天宝十四年胡将安禄山、史思明以诛杀杨国忠为名起兵反叛，这就是唐王朝历史上的"安史之乱"。次年六月，潼关失陷，京城长安岌岌可危，唐玄宗携杨贵妃和一帮禁军西逃四川避难，行至马嵬坡前，禁军哗变，以罪咎杨门杀了杨国忠，并声言"祸根犹在"，要求处死贵妃，在宦官高力士"将士安则陛下安"的劝说下，赐贵妃三尺白绫，自缢于马嵬佛堂，死时年仅38岁。将官用行军被褥将贵妃尸体包裹后草草掩埋，两年过后，玄宗打算对贵妃重新安葬，但已经找不到尸体，新旧《唐书》均记载："肌肤已坏，香囊犹存"，后人多有不解，为什么香囊犹存，1200年后，据考古发现，唐时的香囊是黄金丝编织的一个镂空的球体，不管球体如何转动，里面盛香的杯不会倒转。

392

杨贵妃墓在咸阳市兴平市马嵬西 500 米，距西安 63 公里。墓呈半球型，冢高 3 米。整座墓冢都用青砖包砌，墓后有一座 6 米的杨贵妃大理石塑像。历代文人曾有大量关于唐明皇宠幸杨贵妃的故事，使杨贵妃墓闻名于世，白居易的长恨歌：汉皇重色思倾国，御宇多年求不得。杨家有女初长成，养在深闺人未识。天生丽质难自弃，一朝选在君王侧。回头一笑百媚生，六宫粉黛无颜色。……七月七日长生殿，夜半无人私语时。在天愿作比翼鸟，在地愿为连理枝。天长地久有时尽，此恨绵绵无绝期。杨贵妃墓能留 1200 年，倒真的无绝期了。

扶风法门寺。法门寺位于陕西宝鸡扶风县的法门镇，始建于东汉末年，法门寺因舍利而置塔，因塔而建寺，原名阿育王寺。释迦牟尼佛灭度后，遗体火化结成舍利。公元前三世纪，阿育王统一印度后，为弘扬佛法，将佛的舍利分成八万四千份，使诸鬼神于南阎浮堤，分送世界各国建塔供奉。中国有十九处，法门寺为第五处。558 年，北魏皇室后裔拓跋育曾扩建，并于元魏二年首次开塔瞻礼舍利。隋文帝开皇三年改称"成实道场"，仁寿二年右内史李敏二次开塔瞻礼。唐高祖李渊武德七年敕建并改名"法门寺"。唐贞观年间曾三次开塔就地瞻礼舍利。原塔俗名"圣冢"，后改建成四级木塔。高宗显庆年间修成瑰琳宫二十四院，建筑极为壮观。

唐代 200 多年间，先后有高宗、武后、中宗、肃宗、德宗、宪宗、懿宗和僖宗八位皇帝六迎二送供养佛指舍利。每次迎送声势浩大，朝野轰动，皇帝顶视膜拜，等级之高，绝无仅有。法门寺成为皇家寺院及举世仰望的佛教圣地，佛塔被誉为"护国真身宝塔"。最后一次迎请佛骨是唐懿宗咸通十四年。四方百姓扶老携幼前来瞻仰，甚至有断臂截指以示虔诚。自这次迎骨请佛骨之后，地宫关闭，与世隔绝1113年之久。法门寺在唐代也曾遭过厄运，唐武宗在会昌五年大规模灭佛，史称"会昌法难"。唐武宗曾下令毁掉佛指舍利，但此前，寺僧们准备了几件佛指骨舍利的影骨（仿制品），用以搪塞君命，而把释迦牟尼佛真身指骨秘藏起来。"文革"期间，红卫兵欲挖地开塔，良卿法师点火自焚，用自己的生命保护了塔下珍宝。历史有时候又何其相似也。

1981年8月24日，明塔一半崩塌，剩下半壁残塔。1987年春发掘出唐代塔基，证实其为正方形，边长26米，木结构，有4根承重柱，20个回廊柱，楼阁式结构。1988年四月按坍塌前的明塔实测施工复原。法门寺唐代地宫于1987年发现，是世界上发现时代最久远，规模最大，等级最高的佛塔地宫。我20世纪80年代末去法门寺，法门寺刚刚修复，游人还不算很多，展出的物品也是刚刚出土的真实出土文物，换句话说还来不及制造仿品，这也是一种缘分。我前后去了几次，有幸瞻仰了佛骨真身舍利。但此后随着参观者日众，当地又进行了大量改造、扩建，以适应旅游和商业需要，法门寺也失去了昔日古朴、神秘、庄严；礼拜者也失去了昔日的虔诚。游客更是懵懂无知，法门寺也面目全非。

游历西安及周边地区，还仅仅是进入了大西北的门户，既然打开了门户，西北的广袤和历史的深邃是诱人和无法抗拒的。一次去敦煌，夜宿咸阳秦都宾馆，早上下了场雨，从宾馆远望咸阳城，昨日还是灰蒙蒙的柳树，一夜之间全绿了，这和我们南方的柳树完全不同，南方的柳树从发芽到长绿叶会拖很长时间，这时候我才真正理解王维的《送元二使安西》诗的意境；"渭城朝雨浥轻尘，客舍青青柳色新。劝君更尽一杯酒，西出阳关无故人。"王维的诗前两句是应景，后两句是感慨，但我们理解了应景，却不用感慨，我在大西北有许多故人，此去朋友相见可叙旧怀古。

甘肃，简称甘或陇，用甘州（今张掖）与肃州（今酒泉）二地的首字而成，因西夏曾置甘肃军司，元代设甘肃省，简称甘。又因省境大部分在陇山（六盘山）以西，唐代曾在此设陇右道，故又简称为陇。

甘肃地控黄河上游，沟通黄土高原、青藏高原、内蒙古高原，东通陕西，南瞰巴蜀、青海，西达新疆，北扼内蒙古、宁夏；西北出蒙古国，辐射中亚。甘肃省东西蜿蜒 1600 公里，有八千余年历史，是华夏文明的重要发祥地之一，被誉为"河岳根源、羲轩桑梓"，据说伏羲、女娲、黄帝都诞生于甘肃。西王母降凡于泾川县回中山。周人崛起于庆阳，秦人肇基于天水，陇南。天下李氏的根在陇西。

先秦时期，中国分为九州，甘肃属雍州、凉州，旧称"雍凉之地"。位于大西北的甘肃，有很多地方似曾相识，丝绸之路出陕第一站是平凉，史称"西出长安第一城"，是古"丝绸之路"必经重镇，素有"陇上旱码头"之称。平凉自古为三秦屏障，是"兵家必争之地"。平凉有道教第一山的崆峒山和回山王母宫，是西王母回凡的驻地。我去宁夏坐汽车必经平凉。陇南、定西、张掖、武威、天水等地都很有名，嘉峪关是长城西部的尽头，酒泉因敦煌和卫星发射而名扬天下。河西走廊的甘肃，因为有古丝绸之路，有大唐西域记，有感叹边塞的唐诗，还有三国演义等小说的描写，从小我们对这里耳熟能详，到这里有一种古地重游的情感。

西北之行，敦煌是西安之外的重点，莫高窟是一个必去的地方。莫高窟，又称千佛洞，坐落在河西走廊西端的敦煌。莫高窟始建于十六国时期，北朝、隋、唐、五代、西夏、元等历代不断修建，形成巨大的规模，有洞窟 735 个，壁画 4.5 万平方米，泥质彩塑 2415 尊，是世界上规模最大，内容最丰富的佛教艺术地。

我曾多次到敦煌游历，重点是莫高窟壁画，但现在莫高窟只有少数洞窟向游人开放，我适有故人在莫高窟工作，参观了莫高窟的一些洞窟，但对莫高窟的了解还是非常有限，所以也不敢对莫高窟展开讨论，但对藏经洞还必须说：清光绪二十六年（1900 年 5 月 26 日），这一秘室被道士王圆箓在清理积沙时，偶然发现。但令人痛心的是，自 1905 年至 1915 年期间，先后有英国人斯坦因、法国人伯希和日本人桔瑞超、吉川小一郎、俄国人鄂登堡等纷至沓来，他们用低廉的价格从王道士手中骗购古文献资料近四万件。

敦煌遗书，包罗万象，内容涉及公元 4 世纪到 11 世纪中国古代的政治、经济、军事、文学、史地、医药、科技、民族、宗教、艺术等各领域。但不幸被道士王圆箓盗卖，昭陵六骏被古董商卢芹斋盗卖，这些都是让人痛心疾首的事。

敦煌，除了莫高窟，还有鸣沙山、月牙泉、玉门关、阳关等古代遗迹和风景名胜，党河上游河谷里还有小千佛洞，朋友开车带我到那里去过，有很多洞窟塑有佛像和绘有壁画，只是无人管理也不对游人开放，其实，在西北被淹没的文物还很多。

西北之行，我们还去了嘉峪关长城，宁夏西夏王陵、宁夏高庙、贺兰山等地，宁夏高庙位于宁夏中卫城北，接连在城墙的高台上，所以称高庙。高庙始建于明永乐年间，当时称"新庙"。高庙是西北地区的汉庙，大雄宝殿屹立正面；地藏宫、三霄宫各具特色。保安寺后是高庙主体建筑，沿24级青砖铺砌的台阶而上，高庙砖雕牌坊耸立眼前。牌坊上一副对联十分有趣。上联是：儒释道之度我度他皆从这里；下联是：天地人之自造自化尽在此间；横批是：无上法桥。过南门，达中楼。中楼上层塑太白金星像，中层塑观音像，下层绘二十八宿，各展风采。最后一殿是分上中下三层而设的五岳玉皇，圣母宝殿。下层正面是五岳庙，东有三宫殿，西有祖师殿，中层正中塑有玉皇像，后楼为大成殿，祀孔子；上层正面为瑶池宫，东西两侧为三教宫。三殿底层东西两侧的文武楼有身骑四不象的文昌、骑赤兔马的关公，文武楼下层是龙王宫，砖牌坊下面是地狱宫，显示了儒释道三教合一的庙宇，这是典型的塞外汉庙，但内地倒真不多见。

西北怀古，有许多场景使人留恋怀念，但限于篇幅，只能就此搁笔，而且文字粗糙，如有机会，当作西北行缅怀祖国之大好河山，最后以王之涣的《出塞》结尾吧！

黄河远上白云间，一片孤城万仞山。

羌笛何须怨杨柳①，春风不度玉门关。

---

①杨柳指北朝乐府《折杨柳枝》。

八、川中探看

　　四川是个神秘的地方，素以天府之国而著称于世，天府之国不光是富有，还有安宁和神奇的意思，确实川中是中国的腹地，历来外族的入侵都到不了四川，而古代蜀国的历史又这样久远。四川地大物博，又有许多风景名胜，我们去了几次也没法了解个究竟。走马观花的旅行，蜻蜓点水的问景，真是"欲问巴蜀千古事，川中探看匆匆行。何期重游天府国，夜夜梦到草堂西"。

　　川中我去得不多，重庆倒是去过多次，但重庆从四川分出来了，重庆属巴地，原来四川巴蜀不分，不知到现在能不能把重庆还归在四川之中。前些年到四川成都开会，住在郫县郫筒镇上，几天之中，我们去了九寨沟、黄龙、乐山大佛、峨眉山，游了成都武侯祠、杜甫草堂等，所以只能说是探看。

　　小时候我们上地理课，都说四川是天府之国，四川确实是个好地方，人们很悠闲，我觉得四川的小吃很好，以前我非常爱听四川话，

398

这是因为出了几个慈祥的伟人，是他们的四川话给我们留下了很深的影响。但以前四川交通不便，路途又远，所以我们对四川游历是向往多于行动，对四川的了解多数是从文学作品中得到的。李白的《蜀道难》对我影响很深。诗曰：噫吁嚱，危乎高哉！蜀道之难，难于上青天！蚕丛及鱼凫，开国何茫然！尔来四万八千岁，不与秦塞通人烟。西当太白有鸟道，可以横绝峨眉巅。地崩山摧壮士死，然后天梯石栈相钩连。上有六龙回日之高标，下有冲波逆折之回川。黄鹤之飞尚不得过，猿猱欲度愁攀援。青泥何盘盘，百步九折萦岩峦。扪参历井仰胁息，以手抚膺坐长叹。问君西游何时还？畏途巉岩不可攀。但见悲鸟号古木，雄飞雌从绕林间。又闻子规啼夜月，愁空山。蜀道之难，难于上青天，使人听此凋朱颜……

确实，没有飞机我们是很难去四川，我们到九寨沟、黄龙是亲身经受了这川北的山路之难走。我们这次到四川的行程是第一天会议报到，第二天开一天会议，第三天一早从郫县出发去九寨沟、黄龙。早上包车从郫县出发，先到都江堰，到都江堰有成都出来的高速公路，但一过都江堰路就难走了，汽车一上317国道就堵车，走走停停到中午才到汶川，那时候汶川没有地震过，我们在汶川吃了中饭，中饭后改走213国道到茂县，汽车一直沿着山谷溪边行走，213虽说是国道，但路并不大，弯弯曲曲很是难走，遇桥都只能单向通行，但这路其实还是好走的。汽车一过茂县，这路才真正难走了，茂县到松潘这段路不但长，而且全都在山上，只有窄窄的一条盘山公路，弯道和急转弯忒多，有的地方上下落差很大，而且汽车开得很快，路上在走的都是十一二人的面包车，稍有不慎，汽车随时都有可能掉下去，事故不是没有，车祸一路都有发生，坐在车里提心吊胆的，把命都交到司机手里，在路上心里在发誓，下次再走这条路一定不会再来这里了。

汽车过了松潘县城，路才好走一些，汽车沿着岷江河谷，两边都是第四纪冰川遗迹，到处都是泥石流的痕迹，山上非常破败难看，树木稀少、砾石滚落，这里很难和风景优美的九寨沟扯上关系。汽车过松潘后又沿着岷江走了许久，一路上河水都是自北向南流去，但过了塔玛道班，就显出林深树密的景区迹象来，河水也改作向北流淌了，原来这里已不是岷江而是嘉陵江了。九寨沟地区原是川北林区，20世纪90年代后由于九寨沟黄龙作为国家自然保护区后森林砍伐才被禁止，其实这里的生态很脆弱，山上参天的大树底下才30多公分厚的土，九寨沟这种地方能保护下来，皆得益于交通不便。

九寨沟，国家级自然保护区，位于四川省阿坝藏族羌族自治州九寨沟县内，是中国第一个以保护自然风景为主要目的的自然保护区。九寨沟距离成都400多公里，是一条纵深50多公里的山沟谷地。沟内大部分为森林所覆盖。因沟内有树正寨、荷叶寨、刚查洼寨等九个藏族村寨坐落在这里而得名。

九寨沟地势南高北低，山谷深切，高差悬殊，区北缘九寨沟口海拔仅2000米，中部峰岭均在4000米以上，南缘达4500米以上，主沟长30多公里。峰顶和两侧山峰基本终年积雪。九寨沟地质背景复杂，碳酸盐分布广泛，褶皱断裂发育，新构造运动强烈，地壳抬升幅度大，多种营力交错复合，造就了多种多样的地貌，发育了大规模喀斯特作用的钙华沉积，以植物喀斯特钙华沉积为主导，形成九寨沟艳丽典雅的群湖，奔泻湍急的溪流，飞珠溅玉的瀑布，古穆幽深的林莽，连绵起伏的雪峰。

水，是九寨沟的精灵，九寨沟的海子（湖泊）更具特色，湖水终年碧蓝澄澈，明丽见底，而随着阳光变化，季节推移，呈现不同的色调与水韵。每当风平浪静，蓝天、白云、远山、近树，倒映湖中，水上水下，虚实难辨，梦里梦外，如幻如真。翠海、叠瀑、彩林、雪峰构成了九寨沟美景的基础，四时变化是九寨沟美景的灵魂，九寨沟的五彩池、五花海、长海、镜海、熊猫海的水有使人强烈想唱的欲望，但九寨沟的水是不能喝的呵！依据科学，九寨沟的水是硬水，水中含钙很高，说通俗点，九寨沟的水是石灰水，所以九寨沟的水是能看而不能喝的。

九寨沟原来景区内有住宿，后来都迁到外面了，但藏民住的地方还在，也有人住在里面的，但我们只能是一日游。第二天我们又去黄龙。我们住在九寨沟，从九寨沟到黄龙大约有100公里，汽车都走在3500米以上的高山上，有一段海拔超过有4000米，人坐在汽车里有高原反应，但车在高原上开感觉天地非常开阔，真的有离天上很近的感觉。

黄龙风景名胜区，是松潘县境内的一个风景名胜区，虽然与九寨沟很近，但黄龙和九寨沟分属两个县，实际上这两个风景名胜区是同一座山脉的南坡山沟和北坡山沟，在地理位置上是处在同一个地方，风景构成也是以钙化资源和相同的植物群为主，所谓各种彩池，其实就是受钙化影响的结果。黄龙风景名胜区因沟中有许多彩池，随着周围景色变化和阳光照射角度变化变幻出五彩的颜色，被誉为"人间瑶池"。由黄龙沟、丹云峡，牟尼沟、雪宝鼎、雪山梁、红星岩、西沟等景区组成，主景区黄龙沟位于岷山雪宝顶下，面临涪江源流，长7.5公里，宽1.5公里。

　　黄龙风景区以彩池、雪山、峡谷、森林"四绝"著称于世，也有说还要加上滩流、古寺、民俗称七绝。黄龙地区山雄峡峻。其特点是：角峰如林，刃脊纵横；峡谷深切，崖壁陡峭；枝状江源，南直北曲。黄龙风景区的主要景点有黄龙沟、迎宾池、飞瀑流辉、洗身洞、盆景池、黄龙寺、牟尼沟景区、扎嘎大瀑布、溅玉台、二道海、珍珠湖、红星岩、雪宝顶、西沟景区、丹云峡等，但我们去一天不能尽心游玩，又有缺氧感受，我还是坚持走到黄龙寺的，再往高走也只能望而却步了。

　　九寨沟、黄龙风景确实很美，但我们这次在那里玩得很不愉快。路上导游和我们说过，在那里要注意不要和少数民族同胞发生不愉快，要注意尊重当地的风土习俗，这点我们都注意了，但我们一起去的人一定要到宾馆外去洗足，结果给人宰了，而且弄得很不愉快，但这种事倒并不是触及民族的事，而只有我们汉族同胞才会做的，这种事给风景名胜抹了黑，我不知道后来九寨沟治安有没有好一些。

　　去九寨沟、黄龙，去的路上一天，在九寨沟一天，去黄龙一天，回来的路上又一天，前后四天，我们在四川已经六天了，第六天我们从郫筒镇搬到成都市里住，晚上在成都吃川菜，四川的川菜和外地的川菜味道确实不一样，其实川菜不光是辣的，有些菜并不辣，而且四川的点心也特别好，品种多，口味多，做工讲究、精细，确实一绝。在成都杜甫草堂和武侯祠是必去的地方，第七天我们去了成都市里玩。

　　杜甫草堂。杜甫草堂坐落在成都市西门外的浣花溪畔，是杜甫流寓成都时的故居。杜甫先后在此居住近四年，创作诗歌 240 余首。唐末诗人韦庄寻得草堂遗址，重建茅屋，使之得以保存，宋、元、明、清历代都有修葺扩建。

现今的杜甫草堂占地面积近 300 庙，仍完整保留着明弘治年间和清嘉庆十六年修葺扩建时的建筑格局，建筑古朴典雅，园林清幽秀丽。但这是杜甫纪念馆，又叫成都杜甫草堂博物馆，并非当年杜甫寓居成都时的草堂。草堂整体保留的是清代嘉庆时重建的格局，是独特的混合式古典园林。博物馆按工能分为草堂旧址，梅园和草堂寺。草堂旧址内有照壁、正门、大廨、诗史堂、柴门，古朴典雅而又幽深静谧、秀丽清朗。进入杜甫草堂正门，跨过石桥，是一座通堂式敞厅，高朗明亮，气势不凡。两壁悬挂一幅意深语工的长联：异代不同时，问如此江山，龙蜷虎卧几诗客；先生亦流窝，有长留天地，月白风清一草堂。

游杜甫草堂，还有一段公案鲠在我心头，都只为《茅屋为秋风所破歌》，杜诗曰：八月秋高风怒号，卷我屋上三重茅。茅飞渡江洒江郊，高者挂罥长林梢，下者飘转沉塘坳。南村群童欺我老无力，忍能对面为盗贼，公然抱茅入竹去。唇焦口燥呼不得，归来倚杖自叹息。俄顷风定云墨色，秋天漠漠向昏黑。布衾多年冷似铁，娇儿恶卧踏里裂。床头屋漏无干处，雨脚如麻未断绝。自经丧乱少睡眠，长夜沾湿何由彻？安得广厦千万间，大庇天下寒士俱欢颜，风雨不动安如山！呜呼！何时眼前突兀见此屋，吾庐独破受冻死亦足！游杜甫草堂，原本要了解草堂实际面貌，但这草堂已是博物馆和公众旅游的地方，难以找到昔日的原貌。杜诗说："八月秋高风怒号，卷我屋上三重茅。"这三字原是虚指，但茅屋之上何至三重茅，十几重茅也有，所有茅屋上面的茅草，都是打成草扇，一重一重叠上去的，但每重茅之间是有一定间距，也就是锯齿型阶梯一样搭上去的，还有小儿的顽劣，我童年时也经常见到，一些比我还大的孩子，他们欺侮盲人，他们还把精神不正常的人的东西丢到河里，每朝每代都有一些专做坏事的调皮孩子，所以这没有什么。

从杜甫草堂出来，我们去了成都武侯祠，武侯祠位于成都市武侯区，肇始于公元 223 年修建刘备惠陵时，它是中国唯一的一座君臣合祀祠庙。其实有些喧宾夺主的味道，可能也是诸葛亮功高盖主了。武侯祠是纪念蜀汉丞相诸葛亮的祠堂，因诸葛亮生前被封为武乡侯而得名。公元 234 年八月，诸葛亮因积劳成疾，病卒于五丈原，时年 54 岁。诸葛亮为蜀汉丞相，生前曾被封为"武乡侯"，死后又被蜀汉后主刘禅追谥为"忠武侯"，因此历史上其祠庙尊称为"武侯祠"。明初重建时将武侯祠并入了"汉昭烈庙"，形成现存武侯祠君臣合庙。武侯祠实际由武侯祠、昭烈庙和惠陵组成。祠内供奉刘备、诸葛亮等蜀汉英雄塑像五十余尊，唐及后代碑刻、匾额、楹联七十多块，尤以唐"三绝碑"，清"攻心"联最为著名。所谓三绝碑是唐朝著名宰相裴度撰碑文，书法家柳公绰书写，名匠鲁建刻字，都出自名家。因此被后世称为三绝碑。

武侯祠正门为"汉昭烈庙"，大门内浓荫从中矗立着六通石碑，最大的就是三绝碑，碑文歌颂了诸葛亮的高风亮节、文治武功。武侯祠二门之内是刘备殿，又名昭烈庙。刘备殿后，下数节台阶，经过一座过厅，挂有"武侯祠"匾额，是诸葛亮殿，所以武侯祠的关系有些矛盾，外面武侯祠的名声已经大过昭烈庙，里面又要分出刘备、诸葛亮的君臣关系来。武侯祠中还有文武廊、惠陵和三义庙。

其实武侯祠也没有什么，后人崇敬诸葛亮的主要是他的人品和才能。我觉得是他的《出师表》和《戒子书》才是后人能一代一代怀念诸葛亮的德行和品格的原因。《出师表》最动人是"鞠躬尽瘁，死而后已"。但一般人真做起来做不到的。《戒子书》："夫君子之行，静以修身，俭以养德。非澹泊无以明志，非宁静无以致远。"如果中国的知识阶层，即所谓的君子，能有一半做到这样，我们的国家就有希望了。

我们在成都游了杜甫草堂和武侯祠，晚上朋友陪同品尝了成都美食小吃，成都的名小吃龙抄手就是我们这里的馄饨，夜宿成都，一夜无话。第二天我们驱车一百多公里到乐山，参观乐山大佛。

乐山大佛，又名凌云大佛，位于四川省乐山市南岷江东岸凌云寺侧，濒大渡河、青衣江和岷江三江汇合处。大佛为弥勒佛坐像，通高71米，是中国最大的一尊摩崖石刻造像。古代乐山三江汇流之处凌云山麓，水势相当凶恶，舟楫至此往往颠覆，每当夏汛，江水直捣山壁，常常造成船毁人亡的悲剧。海通禅师为灭杀水势，普度众生而发起，召集人力、物力修凿的。

乐山大佛佛像于唐玄宗开元初年开始动工，当大佛修到肩部的时候，海通和尚就去世了。海通死后，工程一度中断。多年后，剑南西川节度使章仇兼琼捐赠俸金，海通的徒弟领着工匠继续修造大佛，由于工程浩大，朝廷下令赐麻盐税款，使工程进展迅速。当乐山大佛修到膝盖的时候，续建者章仇兼琼迁家任户部尚书，工程再次停工。40年后，剑南西川节度使韦皋捐赠俸金继续修建大佛。在经三代工匠的努力之下，至唐德宗贞元十九年，前后历经90年时间才完工。

乐山大佛头与山齐，足踏大江，双手抚膝，大佛体态匀称，神势肃穆，依山凿成，临江危坐。在大佛左右两侧沿江崖壁上，还有两尊身高16米的护法天王石刻，与大佛一起形成了一佛二天王的格局。与天王共存的还有数百龛石刻造像，宛然汇集成庞大的佛教石刻艺术群。"乐山大佛"是后人对这座位于四川省乐山市大佛的通称。这座被称为"乐山大佛"的石刻雕像的真实名称应该是：嘉州凌云寺大弥勒佛石像。

乐山大佛是一尊弥勒佛。在中国汉地佛教文化中，弥勒佛的造像变化很大，各地比较常见的是布袋弥勒，乐山大佛是古佛弥勒。中国早期的弥勒都是古佛弥勒，布袋弥勒是五代时根据契此和尚的形象塑造的。契此和尚是我们浙江奉化人，乐善好施，能预知天气和预测人的吉凶，经常拿着一个布袋四处化缘，在逝世前他曾说"弥勒真弥勒，化身千百亿，时时示世人，世人自不识"，因而大家都认为他是弥勒佛的化身，寺庙里的弥勒佛也塑成了他的形象，一个笑口常开，大肚能容的布袋和尚。乐山大佛还有一个说法，说是乐山大佛所在的山是乐山睡佛，而令人叹为观止是乐山大佛刚好位于乐山睡佛的心脏处，构成了"心即是佛"千古奇观，可惜我们看不到，要坐船到江里才能看清楚。

我们这次到川中已有八九天了，游罢乐山大佛，我们一行由朋友驱车陪同到峨眉山。峨眉山位于四川省乐山市峨眉市（县）境内，峨眉山最高峰万佛顶海拔有3079米。峨眉山地势陡峭，风景秀丽。有"秀甲天下"之美誉。中国的名山素有泰山雄、华山险、峨眉秀、黄山奇之说，峨眉山气候多样，植被丰富，奠定了它的秀丽的风景基础。峨眉山又是中国四大佛教名山之一，是普贤菩萨的道场，主要崇奉普贤大士，山上有寺庙二十六座，重要有八大寺庙，这八大寺庙是报国寺、伏虎寺、清音阁、万年寺、洪椿坪、仙峰寺、洗象寺、华藏寺，华藏寺是佛教圣地，在峨眉金顶（3079.3米），为峨眉山的最高点。

峨眉山景区面积有 154 平方公里，包括大峨、二峨、三峨、四峨四座大山。大峨山为峨眉山主峰，通常说的峨眉山就是指大峨山。峨眉山层峦叠嶂、山势雄伟，景色秀丽，气象万千，素有"一山有四季，十里不同天"之妙喻。清代诗人潭钟岳将峨眉山佳景概括为十景："金顶祥光""象池月夜""九老仙府""洪椿晓雨""白水秋风""双桥清音""大坪霁雪""灵岩叠翠""罗峰晴云""圣积晚钟"。渐渐人们又不断发现和创造了许多新景观，如"红珠拥翠""虎溪听泉""龙江栈道""龙门飞瀑""雷洞烟云"等。新峨眉十景为："金顶金佛""万佛朝宗""小平情缘""清音平湖""山谷灵猴""第一山亭""摩崖石刻""秀甲瀑布""迎宾滩""名山起点"，这些景点无不引人入胜，但在峨眉山短短两天是绝对看不了这么多的，所以我称这次四川游历为川中探看，既然是"探"，信息肯定不多、不全，待以后有机会再作细游吧！

到峨眉山游玩，第一站是报国寺，汽车能开到报国寺。报国寺在峨眉山麓凤凰坪下，是峨眉山的第一座寺庙，也是峨眉山佛教协会所在地，是峨眉山佛教活动的中心。在峨眉山众多的寺庙里，报国寺是入山的门户，是游峨眉山的起点。报国寺周围楠树蔽空，红墙围绕，伟殿生辉，香烟袅袅，磬声频传。报国寺坐西向东，朝迎旭日，晚送落霞。前对凤凰堡，后倚凤凰坪，左濒凤凰湖，右挽来风亭，恰是一只美丽、吉祥，朝阳欲飞的金凤凰。报国寺山门上大匾"报国寺"三字是康熙皇帝御题。山门两边柱上对联:"凤凰展翅朝金阙,神磬频闻落玉阶。"报国寺正殿有四重,依山而建,一重比一重高,雄伟自然。报国寺四个大殿分别为弥勒殿、大雄殿、七佛殿和普贤殿。游人一到这里,就有一种心灵净化的感觉。

万年寺,从报国寺上行约十五公里,就是万年寺,万年寺踞观心岭下,门迎大坪、牛心等寺和石笋、钵盂诸峰,海拔1020米,是峨眉山主要寺庙之一,也是全国重点寺院。万年寺是峨眉山历史最悠久的古刹之一,相传为汉代采药老人蒲公礼佛处;东晋隆安五年创建,当时名普贤寺;唐乾符三年慧通重建,易名白水寺;宋称白水普贤寺;明万历二十八年重修时,神宗赐额"圣寿万年寺",沿称至今。

万年寺原有殿宇七重,规模宏大,几经兴废,现今只剩一座明代无梁砖殿,明代重修时仿印度、缅甸建庙技术和风格,主殿长宽均为16米,四壁全部用砖砌,砌到7.7米处,逐渐内收,建成穹窿形拱顶,上面绘有手持琵琶、箜篌、笛子仙裾飘拂的四天女。全殿无梁无柱,不用一木,故称"无梁殿",殿墙上装饰圆拱、重柱、窗棂等仿木结构图案。圆顶上建有五座白塔和四只吉祥物;殿内顶壁四周佛像密布,原供铁佛三千尊,金人十二、罗汉五百,造型古朴,称"千佛朝普贤",现只穹窿下正中供奉着7.35米,重62吨,铸于宋太平兴国五年的骑白象的普贤菩萨铜像。菩萨神态安详,跌坐于莲花宝座上,头戴五佛金冠,手执如意,体态丰满,神情肃穆;莲花花瓣怒绽,重叠四层。座下的六牙白象姿态浑雄,大耳下垂,鼻几触地,四足立于莲台之上。普贤又称"通吉""三曼多陀罗",代表德行。传说此菩萨有延命之德,发过十大宏愿,因而成为主理德、行德者，尊号"大行普贤"。普贤菩萨行之谨审静重莫若象，故普贤常骑六牙白象。

万年寺不但有无梁砖殿、普贤铜像、珍贵佛牙，还有美丽的传说：万年寺内有一长方形水池，相传唐代僧人广浚曾在池边为李白弹琴，遂有千古传颂的李白《听蜀僧浚弹琴》诗，诗曰："蜀僧抱绿绮，西下峨眉峰。为我一挥手，如听万壑松。客心洗流水，馀响入霜钟。不觉碧山暮，秋云暗几重。"

由于受时间限制，我们没有上峨眉金顶，这是一个遗憾，川中之行，匆匆十几天过去，我们走马观花，总觉得没有透过蜀地神秘的面纱而一见真容。

九、南国相思

　　红豆何以生南国，只因此是相思地。近代中国，岭南地方给人以无限相思。十三洋行是闭关锁国的大清朝唯一的对外通商口岸，鸦片战争外国列强叩开了中国的大门。省港大罢工，《三家巷》的故事好像就在昨天。北伐战争，是南方的思想影响中国的第一次进步；改革开放，又是南来之风吹醒了还在沉睡的人们，从此中国大地旧貌换新颜，高楼拔地而起，大路纵横东西，三十年发展的速度，使人回想当初这南来之风，这南国之地又有多少相思。

　　唐朝诗人王维说："红豆生南国，春来发几枝？愿君多采撷，此物最相思。"红豆生南国，南国一般是指岭南地区，原是指中国南方的五岭以南的地区，相当于现在广东、广西及海南全境。历史上，唐朝岭南道，也包括曾经属于中国皇朝的越南红河三角洲一带。现在提及岭南一词，特指广东、广西、海南、香港、澳门五省区，习惯把这些地区泛指南国，而且是多指珠三角地区。岭南古为百越之地，是百越族居住的地方，秦末汉初，它是南越国的辖地。《晋书·地理志下》将秦代所立的南海、桂林、象郡称为"岭南三郡"，明确了岭南的区域范围。

古代岭南，由于山高岭峻的阻隔，与中原沟通困难而开发较晚。但正是"山高皇帝远"，较少受到中原政治风波的影响，经济发展一直有自己的轨迹。岭南拥有较长的海岸线和较早开放的港口，海上对外贸易无时无刻不在刺激商品经济和商品意识。明代至清中期，是古代岭南最繁荣的时期，广州长时间成为唯一的对外贸易港口，也是当时最大的商业城市之一。清代时珠江商贸航运更加繁忙，康熙二十四年，在广州建立粤海关和在十三行建立洋行制度，乾隆年间开始，准许外国人在十三行一带开设"夷馆"，方便经商和生活居住。

商周以后，岭南与中原及长江流域已存着政治、经济和文化等多方面的往来。战国时，岭北人因经商、逃亡或随军征战等原因，逐渐南来。但对岭南的开拓，则在秦代统一岭南后才开始。唐开元年间，张九龄主持扩建大庾岭新道，使其成为连同岭南岭北的主要通道。历史上历次汉人的大举南迁，加快了岭南的开发，同时，历代流人贬官的流放，对提高岭南各地文化素质与文化水平，或多或少带来帮助。唐代流贬广东有史可考者，流人将近三百，降官近二百。唐宋有名的有刘禹锡、寇准、秦观、汤显祖、柳宗元、韩愈等，最著名的是苏东坡。苏轼被流放岭南，虽然当时岭南没有中原发达，但诗人还是以爽朗的语调，倾吐出他能到岭南的自豪感，为了表示他对荔枝的喜爱，作《食荔枝二首》，其中一首诗曰："罗浮山下四时春，卢橘杨梅次第新。日啖荔枝三百颗，不辞长作岭南人。"

人类在历史发展过程中有许多具有历史、艺术、科学价值的遗物、遗迹留下来，岭南文化也给我们留下范围很广、涉及各个领域的具有历史、艺术和科学价值的文物，其中最为重要的是历史人物。从早期的"南越王"赵佗、"六祖"惠能、葛洪等，到唐宋的韩愈、张九龄、苏轼、包拯、文天祥，到近代的林则徐、张之洞、康有为、梁启超等都给南国的历史留下浓彩重笔。辛亥革命以来，岭南更是中国民主革命的根据地，以广州为中心的岭南地区，是20世纪精英寻梦的地方。

在中国漫长的古代历史中，都是中国北方的政治、文化、经济影响岭南，但在近代历史中，却是南方，特别是岭南的经济、思想影响中国内地。20世纪，中国发生了二次南北战争。第一次南北战争是20世纪20年代的北伐战争，南方要求共和的思想被北伐的胜利带到中国内地。第二次南北战争发生在20世纪80年代，一场没有硝烟的经济战争，从南国的南来之风刮到北方，从根本上改变了中国人的思想意识和衣食文化，对80年代的这段历史，至今还常思常想之中。

羊城广州。广州，简称穗，别称羊城，广东省省会，位于广东省中南部，东江、西江、北江交汇处，在珠江三角洲北缘，濒临南海。广州地处中国南部，是中国的"南大门"。广州不但是珠三角城市的核心，也是南中国的核心，中国最大的三个城市北、上、广，广州是其中之一。由于得益于良好的地理位置，广州对外贸易发达，自秦汉至明清，广州一直是对外贸易的重要口岸城市。每年春秋两季的广交会，吸引了国内外大量的客商。

412

20 世纪 70 年代，我第一次去广州，即被广州的南国风光所吸引，广州的建筑富有南国特色的骑楼，有一种到南洋的感觉。广州骑楼，由 20 世纪初开始出现，形式多样，保存完整，是粤派骑楼的代表。当时广州还没有大规模开发建设，走在广州街上的骑楼下面，可以避风雨，防日晒。广州的骑楼是把门廊扩大串通成沿街廊道。廊道上面是骑楼，下面一边向街敞开，在还没有空调的时代特别适应岭南亚热带气候，商店里边很凉爽，有一种为顾客着想的亲近感觉，除了骑楼广州的洋房也很多。位于广州市区中心的一德路上的石室圣心大教堂，是天主教广州教区最宏伟、最具特色的一间大教堂。由于广州特殊的地位，这教堂才在"文革"中没有被完全拆除，但遭到严重破坏，据说这教堂有一百多年历史，是歌特式建筑，可与闻名世界的法国巴黎圣母院相媲美。

广州的饮食也非常具有特色，广东菜也非常符合我们江浙人的口味，以清、鲜、嫩、脆为主，讲究清而不淡，鲜而不俗，嫩而不生，油而不腻。在当时我们这里物质还不是十分丰富的年代里，广州的白切鸡、白灼海虾、明炉乳猪、挂炉烤鸭都是天堂里的美味了。蛇羹是我们将信将疑的，欲吃不吃的南国奇珍。广州的三碗茶也是我们内地人不能忘记的南国情味，这三碗茶是喝早茶、饮凉茶、功夫茶。早茶的功夫在点心上，说真话在广东地方，早上喝茶能使人食欲大振，非常适合那里的气候特色。广东的凉茶也特别好喝，据说有清凉解毒的功能，还有龟令膏等也特别好吃。广东的功夫茶真的很香，有一种炒出来的味道，我们这里无论如何泡不出这么好吃的功夫茶。

广州是一个非常有特色的地方，后来去多了，对广州的文化也有了较多的了解。广东的粤剧是非常有特色的地方戏剧，粤剧源自南戏，广泛流传于广东、港澳和海外华人社区，在广东文化中占有重要地位。粤剧的内容和文字是深植于中华文化的，它的戏剧语言是倾向于汉古文化，可以说他的文学性要比我们这里的戏剧内涵更深刻，文字更深奥，也可以说南戏的文化涵养要高于内地，是文人戏。广东的绘画也自成一体，岭南画派是中国画派系中一个重要的画派。这一画派折衷中西、融绘古今，是在受西方艺术思想的影响，是在近代中国艺术革新中逐步形成的，一百多年给岭南文化贡献了巨大能量。

广州，无论在改革开放之前还是之后，都给内地的经济发展、思想开放带来进步意义的，回想我第一次去广州，带回来椰子、菠萝和咖啡，还有广东的拖鞋、胶鞋，当时在我们家乡好多人没有见识过，说明广州当时的经济发展水平比内地高，其实这些东西是当地最普通的，但他们那边受香港和海外影响，物质已经比内地高出一筹。思想上也一样，想当年广州白天鹅宾馆刚刚建成开业，这是一家中外合作的五星级宾馆，宾馆坐落在榕荫如盖，历史悠久的沙面岛的南边，宾馆拥有客房843间，在1983年正式开业，1985年被世界一流酒店组织接纳为在中国的首家成员，1990年被国家旅游局评为中国首批三家五星级酒店之一。开业二十多年，白天鹅宾馆不但创造了良好的经济效益，还接待了40多个国家的元首和政府首脑，英国女王伊丽莎白二世、美国总统布什、尼克松、德国总理科尔及卡斯特罗、基辛格、西哈努克、李光耀等国际名人都曾在此驻足，中国改革开放的总设计师邓小平更是三次莅临"白天鹅"。就是这样一家宾馆，第一次给了中国老百姓"人民"的待遇。长期以来，我们国家的高档娱乐场所和宾馆等是对老百姓，也就是平民，或者被虚拟成人民的中国人不开放的，现在白天鹅这种高档宾馆要对普通老百姓开放，在内部有极大的争议，是霍英东先生坚决坚持对普通百姓开放的。由于长期受一大二公的教育，公的就是大家的，既然是大家的，也有我的，于是就把宾馆的卫生纸都拿完了，把宾馆的公共部分的卫生也搞得一塌糊涂。当时宾馆的中方管理层很是惊慌，是霍英东先生力挽狂澜，叫宾馆去采购了大量卫生纸，卫生纸少多少就补多少，增加了搞卫生的人员，终于挺过了中国境内高档宾馆向平民开放这一关，为以后全中国的宾馆走向平民迈出了重要的一步。这无疑是一场思想上的革命，中国人民在不知不觉中提高了人的尊严。

鹏城深圳。深圳位于中国南部海滨，毗邻香港，地处广东省南部，珠江口东岸，东临大亚湾和大鹏湾，西濒珠江口和伶仃洋；南边隔深圳河与香港相联，北接东莞和惠州两市。深圳有辽阔的海域连接南海及太平洋。深圳原为宝安县连接香港的一个口岸，当地百姓以农业和捕捞为生，1979 年国家把宝安县改为深圳市，同年 11 月广东省将深圳升格为地级市，1980 年 8 月 26 日，全国人大批准在深圳设置经济特区。所以深圳是我国第一个经济特区，又紧挨着香港，在 20 世纪 80 年代全国经济都还没有开放之前，深圳成了全国的唯一窗口。

深圳作为我国第一个经济特区，国家在那里尝试了一系列改革新政，深圳的经济迅速发展，城市也异军突起，于是，就南风徐徐吹来，唤醒了被打了麻药的中国内地。全国各地想在经济改革上蠢蠢欲动的少数精英，都想方设法去深圳看个究竟。经领导批准，我成了当地第一批去深圳考察的人，当时到深圳需要办理边境通行证，要有主管部门领导批准，到公安局去办理。有了边境通行证，坐飞机到广州，再从广州坐大巴到深圳，在进入深圳特区前还在南头下车，排队验证过关，有一种出国的味道。在一个长时期被闭关锁国的国家，老百姓看到深圳这扇门里有一条缝，能窥见这被铁幕封闭的围墙外一些消息，就都想到深圳去看，也就是去看一看而已。在这里我有一比，就好比中国的女人，在明、清两代封建礼教发展到顶峰，中国的妇女都被包裹起来，叫做行不露足，笑不露齿，男女授受不清，妇女都穿着高领的衣服，粉颈根本不会让你看，走起路脚还藏在裙子下面，你是休想看到妇女的胳膊，更不能让你看到大腿，不会像现在的女人有意让你看到她的乳沟。那时候边境之外的事情也好像女人，是不能让你看到她的粉颈，或者胳膊，更不能让你看到大腿，因为你看到胳膊和大腿就会想到其他，会想入非非的，外国的东西也一样，大概就是这个意思。那时候的深圳，不想遮得严严实实，简单地说，就是那时深圳比内地开放，我们到深圳是去学习开放，参观开放。

如果揭开神秘的面纱，其实那时候深圳也没有什么，一是要凭证过边境通行的关，这有个好处，凡在深圳特区关内的每个人都身份清楚。二是深圳城市建设的速度确实很快，一些高楼快速建设起来了，深南大道也比内地的城市道路宽多了。三是私人老板和外商合资、独资企业很多，不像内地还是以国有集体企业为主导。四是服务业很发达，私人饭店、桑拿浴和异性按摩公开化。五是商品较内地多样化，免税店里能买到内地没有的东西，我第一次去黄金饰品还要侨汇券，后来几次去黄金饰品就放开了。六是可以再搞一张通行证去沙头角中英街，看看界碑，见识一下一街两地的风景（那时香港还属英国人管辖）。当然还能隔海看到香港林立的高楼。当然，我们还能买些便宜的小电器和女人的丝袜，有些服装可能在内地较时新，就是如此而矣。现在回想起来，那时候到深圳去真的也没有什么？但全国各地凡在当地有些头脸的都要到深圳去一去，究其原因，因为国人闭塞太久了。

惠州，位于广东省中南部的东江之滨，是广东省历史文化名城，在隋唐已是"粤东重镇"一直是东江流域政治、经济、文化中心和商品集散地，素有"岭南名郡""粤东门户"之称，惠州有"半城山色半城湖"之誉。从唐到清末1000多年间，有430多位中国名人客寓或履临惠州，留下396处遗址和2100多件文物。苏东坡人还未到惠州就写下了一首赞美惠州《舟行至清远县，见顾秀才极谈惠州风物之美》的诗，诗曰：到处聚观香案吏，此邦宜看玉堂仙。江云漠漠桂花湿，梅雨翛翛荔子然。闻道黄柑常抵鹊，不容朱橘更论钱。恰似神武来宏景，便向罗浮觅稚川。作者此诗极写岭南风物之美，作者还拟去罗浮山觅葛洪。苏东坡刚到惠州，又写下了《十月二日初到惠州》诗一首，诗曰：仿佛曾游岂梦中，欣然鸡犬识新丰。吏民惊怪坐何事，父老相携迎此翁。苏武岂知还漠北，管宁自欲老辽东。岭南万户皆春色，会有幽人客寓公。此诗写苏轼初到惠州，仿佛旧地重游，父老相携迎接，他感到很亲切，表示自己无意北归，将老死惠州。从苏轼的诗我们可看出惠州历史的悠久。惠州在近代也孕育了叶挺、廖仲恺等杰出人士，在争取民主共和的近代史中，惠州也有一席之地。惠州是客家人的重要聚居地和集散地之一，旅居海外华人华侨、港澳台同胞居客家四州之首，是客家侨都。

我初到惠州也有一种故地重游，似曾相识的感觉。惠州位于广东省中南部，地处低纬度，雨量充沛，阳光充足，气候温和，属亚热带季风气候区，但又没有长江中下游副热带高压控制时的高温天气，尤其七八月份多雨，有一年我七八月份到惠州，住了一个星期，全是大雨，好像江南梅雨季节一样，但似乎又比江南的梅雨要好过一些，所以我喜欢惠州。惠州是个开放的地方，苏东坡初贬惠州时心情抑郁，但惠州百姓的热情让他得到极大的安慰。惠州文化的开放性，让历代名宦重臣，骚人墨客荟萃于此，惠州也接纳全国各地的创业者扎根于此。惠州地区广府文化、客家文化、潮汕文化结合部，这些地区都有各自的方言，在惠州汇聚交融后，各自又无法形成强势语言的地位，造成惠州在语言上的包容性很突出。在惠州，你可以讲普通话、讲白话、讲客家话、讲潮汕话，因为惠州的胸怀包容并蓄。在这里，你不必为自己是少数语种孤独，只要你能讲普通话。

惠州地方的饮食文化虽是富有地方特色的客家文化，但我们江浙人却没有不适合的感觉。惠州的菜是广东菜和潮汕菜，但那里的东江盐焗鸡，客家酿豆腐和梅菜扣肉和我们浙江菜没有两样，似乎是我们家乡菜。惠州的广东汉剧，有中原古乐的味道，总之，惠州虽地处岭南，似乎离中原很近。惠州西湖，我也久闻其名，可能是因为杭州有西湖，所以我对西湖情有独钟。

惠州西湖在惠州城中心区，由西湖和红花湖景区组成，总面积21.83 平方公里，其中水域面积3.35 平方公里，比杭州西湖要小，但惠州西湖以素雅幽深的水为特征，以历史文化为底蕴，素以五湖、六桥、十四景而闻名，其山川秀遂，幽胜曲折、浮洲四起、青山似黛，古色古香的亭台楼阁隐现于树木葱茏之中，景域妙在天成，有"苎萝西子"之美誉，并有"中国西湖三十六，唯惠州足并杭州"的史载。历史上惠州西湖比杭州西湖大，北宋余靖写的《开元寺记》中说："重山复岭，隐映岩谷，长𧭱带幡，湖光相照。"但成风景名胜比杭州西湖晚，而且一部分成田地了。从苏东坡来惠州后，惠州西湖就叫开了。清代美术家戴熙称惠州西湖："西湖各有妙，此以曲折胜。"清代惠州知府吴骞还作了一次对比："杭之佳以玲珑而惠则旷邈；杭之佳以韶丽而惠则幽胜；杭之佳以人事点缀，如华饰靓妆，而惠则天然风韵，如娥眉淡扫。"把惠州西湖比作未入吴宫前在苎萝的西施，道出了惠州西湖的特色是：天然美。

惠州西湖的五湖是平湖、丰湖、鳄湖、菱湖、南湖。六桥分别为：拱北桥、西新桥、明圣桥、圆通桥、烟霞桥和迎仙桥。拱北桥是西湖六大名桥之二，北宋惠州太守陈称围湖筑堤时建，位于平湖与东江之间。西新桥位于苏堤之上，是西湖六大名桥中的第一桥。是苏东坡资助建造。惠州西湖有八景著名，分别是：苏堤玩月、玉塔微澜、孤山苏迹、留丹点翠、苏华秋艳、西新避暑、花洲话雨、红棉春醉。苏堤是苏东坡留在惠州西湖的名迹之一，清文学家吴骞有诗云：茫茫水月漾湖天，人在苏堤千顷边；多少管窥夸见月，可知月在此间圆。故称"苏堤玩月"。玉塔即泗州塔，始建于唐末，当年苏东坡寓居惠州时对此塔情有独钟，称之为"大圣塔"，并在《江月》诗中对湖光塔影有精彩的描绘：一更山吐月，玉塔卧微澜，正似西湖上，涌金门外看。留丹点翠是点翠、枇杷两洲的统称。明代才女孔少娥曾在《点翠洲诗》中赞曰：西湖西子两相俦，湖面偏宜点翠洲。故历来有点翠洲之名，为惠州岛景之冠。红棉春醉是指明月湾前的小岛，前人有：云水空蒙草树妍，湖山幽赏晚晴天，绕亭花放红于火，万绿丛中看木棉。每当榜岭春明平湖日暖，万花竞放，如晴空火盖；风吹花落，争染绿波，如流红逐水；棉絮飘忽，若滚春雷，实为惠州西湖别开一景。

惠州辖惠城区、惠阳区、惠东县、博罗县、龙门县等二区三县，罗浮山在博罗县西北境内东江之滨，是罗山与浮山的合体，距博罗县城35公里。西北分别与增城、龙门接壤，方圆260多平方公里。向来称为百粤群山之祖。《后汉书·地理志》刘昭注："有浮山自会稽浮往博罗山"。《太平御览》引南朝宋怀远《南越志》云："此山本名蓬莱山，一峰在海中与罗山合而为一"。袁宏《山记》称："罗山自古有之。浮山本蓬莱之一峰，尧时洪水泛海浮来傅于罗山"。当然这些都是传说。

罗浮山是道教名山，最早开辟罗浮山而有实物遗迹者为汉代朱灵芝。他在朱明洞建一庵一坛，即朱子庵和朱真人朝斗坛，且服食至今犹存的"青精饭"。331年葛洪到罗浮山，先后在山中建了东、西、南、北四庵。葛洪及其妻针灸名医鲍姑炼丹、传道、行医。葛洪著述宏富，阐扬道教理论，为道教南宗灵宝派之祖。佛教也差不多在此时进入罗浮山，357年，佛教徒单道开进入罗浮山面壁。502年天竺僧智药入罗浮山，535—545年头陀僧景泰禅师结茅于小石楼峰下，广州刺史萧誉常与他往来，因而改建茅庵为南楼寺，这是罗浮山第一间寺庙。罗浮山道教和佛教同在罗浮山发展，这在全国名山中并不多见，但罗浮山佛教名声没道教名声那样远播，来此山观光的游客多是冲着道教遗迹、葛洪和黄大仙后人来的。

朱明洞和冲虚古观。罗浮山为道教南宗的发祥地，在此山修炼的道士众多，道观及洞天也众多，有朱明洞、冲虚古观、黄龙洞黄龙观、酥醪洞酥醪观、明福洞九天观、白鹤洞白鹤观、韩元洞等。洞天是道教用以称神仙所居的洞府，意为洞中别有天地。朱明洞位于罗浮山南麓，为罗浮山最佳景区之一，其全称为"朱明耀真洞天"。何谓"朱明耀真"？《广雅》谓：日曰朱明，亦曰耀真，故兼名朱明耀真。南朝谢灵运的《罗浮山赋》中有"洞天有九，此为其一。潜夜引辉，出境朗日。故曰朱明之阳宫，耀真之阴室。"742 年，唐朝廷命有司筑百尺坛祀罗浮山神，遣道士申太芝祭罗浮。据道书载："申太芝找到朱明洞口，下视无底，云彩烂漫。"宋苏东坡诗：罗浮高万仞，下看扶桑卑。默坐朱明洞，玉池自生肥。

冲虚古观在朱明洞口，326 年至 334 年，道教理论家、化学家、药物学家葛洪来罗浮山选择了这个地点修炼，筑灶炼丹，著书讲学，创道教南宗灵宝派，于是声名远播，前来学道的人众多。葛洪分别在罗浮山东西北三面建庵，著书立说，留下了《抱朴子》内外篇 116 卷，《肘后备急方》《神仙传》《集异传》《金匮药方》等著作。朱明洞南南庵称都虚，又名玄虚。葛洪逝世后义熙元年改建称祠，诏赐祭祀。唐开元二年，唐明皇遣道士到罗浮山求雨。天皇元年下诏循州（今惠州）长官来此祭祀改祠为观称都虚观。1087 年（宋元祐二年）诏赐额，都虚观改名冲虚观。新中国成立以后，周恩来曾来到罗浮山，批准用黄金 20 两金箔包装冲虚观的三清神像，文化大革命期间，周总理明确批示广州部队保护好冲虚道观，使这座 1600 多年的历史古建筑保存下来。新中国成立后叶剑英、陈毅等 7 位元帅均曾游罗浮山，为名山生色，历史上来罗浮山的名人也不胜枚举。民国时期孙中山、宋庆龄、廖仲恺、何香凝、陈济棠、蒋介石等均曾游罗浮山。当时我们一行六七人到罗浮山，黄大仙后人给我们一一看相，指示休咎，看相人言道，只有我面相最好，福泽最深，当时也颇为得意，其实一个人的福泽是靠自身修为的。

澳门。原葡萄牙殖民地，是一个国际自由港，世界四大赌城之一。澳门大家都很熟悉，大山巴牌楼是个典型地面建筑，其实这是一个教堂未塌的门面。要游澳门也没有什么可玩的，大山巴和妈阁庙一二个小时搞定，余下来当然只能是赌城了。我去过澳门四五次，几家最大的赌场都到过了，但我一次都没下手去赌，这是我的原则，赌不能开戒。一次一个香港朋友硬要给我五千港元，叫我赌一下玩玩，我坚决不赌，看一看，了解一下赌场就可以了。

澳门回归以后，内地大量游客涌向澳门，许多爱好者都去澳门露一手。过去十年，随着大量内地赌客涌入，澳门作为中国唯一合法赌博之地，已成为博彩收入七倍于拉斯维加斯的赌博圣地。这座面积28平方公里，人口60万的小城，由于博彩业收入大幅飙升，人均财富2002年超过瑞士，跃居全球第四，但近年来随着内地经济的下滑，澳门的博彩收入也有所下滑，但这并不影响澳门的经济。

中国人是个好赌的民族，但中国人虚伪，表面上却要装出个一本正经来。我长期以来有个观点，我觉得中国人赌博要公开，内地也可以搞个来去自由的合法赌城，让好赌者去过个瘾，但赌博必须实名制，有企业家去赌，银行就不能给这个人贷款。有政府官员去赌，就不能提拔重用。这样既增加了政府的财政收入，又避免了地下赌博场所的存在，最重要的是把中国人的两面人格变为一面的人。

香港。香港这个东方之珠的国际大都市，现在是仅次于纽约和伦敦的全球第三大金融中心，与美国纽约、英国伦敦并称"纽伦港"，是亚州重要的金融、服务和航运中心。素以廉洁的政府、良好的治安、自由的经济体制及完备的法制闻名于世，有"美食天堂"和"购物天堂"的美誉，但近来正被"占中者"亵渎，一些有外国背景的所谓"自由民主者"正在把罩在这颗东方之珠上面的光环剥去，让其露出本来面目。

其实香港长时间的繁荣是大陆的制度和闭关锁国所带来的红利。香港本身并没有什么，如果说 20 世纪 30 年代的上海是个富翁，那香港只能算个乞丐。抗战期间，日军进犯香港，驻港英军无力抵抗，香港被日本占领。1949 年大陆解放，一批上海的富人逃往香港，香港用上海带来的财富，在中国大陆被国外反对势力封锁和自行闭关后带来的转口贸易机会，渐渐积累财富。改革开放三十余年，香港又在珠三角和内地掘得了大桶的金。换句话说，香港的繁荣完全是得益于内地的落后。现在香港作为政治特区，不需要支付军费的支出，中央政府不要香港一分钱，同样和香港一样的港口城市新加坡，每年用于军费的是很大一笔开支，如果遇到 1998 年那样的经济危机，又有谁出手救援。

香港的一些所谓"政治精英"，他们既不懂政治，也不懂经济，无非是一些别有用心的外国奴才而已。他们不知道像香港这种以服务业和金融为经济依托的城市是很脆弱的，一旦有一个风吹草动，外国资本撤走，服务减少，旅游者裹足，经济很快难看，而且香港经济的大笔财富都掌握在少数人手中，这些大佬都半足脚跨在国外，财富随时可以转移，到时候受损害的是下层民众，我去过香港多次，其实香港的普通百姓并不富裕，他们的住房和收入目前还不及内地发达地区。我了解香港，香港的很大一部分人根在内地，有的是上海过去的，大部分是珠三角。改革开放后内地人一切向钱看，广东话成了时尚，原来的香港上海话也有一定市场，现在这部分人逐渐谢世，香港就是广东话的天下，但广东话也是中国话，所以香港是离不开中国的。

前段时间粤语歌非常流行，香港的功夫片也很受欢迎，但市场主要在内地，虽然在东南亚和国外也有一定市场，但这市场肯定没有内地大，所以香港人要明白，中国内地才是香港的靠山。饮水思源，新中国成立以后，中国大陆送东江水到香港，解决了香港的缺水问题，长期以来，大陆的鲜活农副产品保证香港的供应，现在为了区区一瓶奶粉，香港竟有少数人歧视大陆游客，其实少数港人是势利眼，所以我们国内改革开放不能倒退，经济一定要发展，只有国家强大了，才能避免分裂势力乘虚而入，这就是南国相思。

徽州棠樾牌坊群

敦煌月牙泉

敦煌莫高窟